U0633030

DIANSHI

电视门

夏侯阳◎著

娱乐是个圈

选秀·炒作·名气·收视率

重庆出版集团 重庆出版社

图书在版编目（CIP）数据

电视门 / 夏侯阳著. —重庆：重庆出版社，2011.8
ISBN 978-7-229-03769-7

Ⅰ.①电… Ⅱ.①夏… Ⅲ.①长篇小说–中国–当代
Ⅳ.①I247.5

中国版本图书馆 CIP 数据核字(2011)第 080664 号

电视门
DIANSHI MEN

夏侯阳 著

出 版 人：罗小卫
策　　划：张玉辉
责任编辑：陶志宏　曾　玉
责任校对：何建云
装帧设计：天下书装

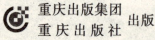 重庆出版集团
重庆出版社 出版

重庆长江二路 205 号　　邮政编码：400016　http://www.cqph.com
北京宏泰恒信文化传播有限公司制版
北京佳顺印务有限公司印刷
重庆出版集团图书发行有限公司发行
E-MAIL：fxchu@cqph.com　　邮购电话：023-68809452
全国新华书店经销

开本：710mm×1000mm　1 / 16　印张：21　字数：344 千字
2011 年 8 月第 1 版　2011 年 8 月第 1 次印刷
ISBN 978-7-229-03769-7

定价：32.00 元

如有印装质量问题，请向本集团图书发行有限公司调换：023-68706683

版权所有，侵权必究

现实中没有的,即是完全创作的
现实中也有的,则是纯粹巧合的

1

夏侯阳走出兄弟传媒公司的办公室，独自站在北中街东侧的楼下，在清冷清冷的风中深深地吸了一口气。他又想起了那段过去了的非典时期，在那些日子里，在北京的街头，并不仅仅是街头，可能是任何一个地方，都不敢自由自在地深呼吸；只有偶尔跑到郊外的时候，才能放心地深深地呼吸着空气，不用不好意思，不用有所顾虑。

刚才在兄弟传媒公司办公室的时候，他就有非典时期的那种感觉，别人或许不是这样，但他却是实实在在的没有轻松自然地喘口气。看完主持人试镜，他没有任何评价就出来了，事实上，他是不会给予任何一个主持人任何评价的，因为，他可以说是一名不错的律师，但不是传媒专业人士，更不是编导，他仅仅看看而已。

虽然面试的绝大多数是美女主持，可美女们并没有让他赏心悦目，他的心情也没有因为美女们的千娇百媚而生出一份愉悦。

天气变冷，路上的行人已经很少，路边鳞次栉比的高楼大厦的霓虹灯依然在夜色中争奇斗艳，分外绚丽；而在这五彩缤纷的绚丽中，夏侯阳一眼就看见了马路斜对面的夜总会。

此时此刻，时而有三三两两的人进进出出夜总会的旋转门，进去的高兴，出来的也高兴。

夏侯阳莫名其妙地穿过马路，好像故意要从夜总会的门前走过，然后便不由自主地向里望去，却什么也看不见，只隐隐约约看到玻璃的后面有几位漂亮的小姐还在迎来送往。

这地方他进去过，曾经有人感叹，白日见不到的美女原来晚上都在这儿！或许有些夸张，但这儿的确是个档次不低的娱乐场。

那一次走进这个地方的时候，他觉得那条两边站满美女的走廊是那样的长，仿佛那无数美女的无数的眼睛都在看着他，让他不知所措。那会儿，他觉得自己的脸上火辣辣的，似有一种脱光衣服在众目睽睽之下裸走的感觉，下意识地想用自己的手遮挡住自己的脸，若是没有其他人走在前面，若是没有

周瑾琪也在身边,或许,他会像裸奔一样跑出去……而秦亦讯则不然,或者与身材高挑、脸蛋儿漂亮的迎宾小姐说说笑笑,或者驻足在哪个美女面前逗个乐子,抑或盯着某个美女看个180度,那才叫一个洒脱和自然。

张友德也不像他那样没出息。

今晚主持人试镜的主考官之一的张友德,那个晚上也一起去了这家娱乐场。虽然说,张友德的年龄差不多可以做这些美女们的爷爷了,可张友德走在那条长长的红地毯上时,却没有扭扭捏捏,没有无地自容,而是那样的昂然,那样的红光满面,仿佛脚下的红地毯不是穿越美女之间进入欢乐场,而是穿过鲜花和掌声通向荣耀的殿堂……就是那一次,就是在这家夜总会里,他好一阵茫然……

从夜总会门前走过的夏侯阳,心里有点怪怪的,晚上看主持人试镜的感觉竟然让他想起了那会儿和秦亦讯、张友德等人一起去夜总会的感觉。虽然看主持人试镜与去夜总会风马牛不相及,但此一时彼一时的感觉又是那样如出一辙的青青涩涩。那一次在夜总会,他感觉浑身不自在,好像献媚送笑的是他而不是小姐;而这一次面试主持人也是一样,好像袒胸露背的是他而不是那个生猛的主持人。

晚上一共有四位跃跃欲试的主持人试镜,除了小编导和摄像外,还有五位主考官,夏侯阳算是一位。其实,说他是主考官,倒不如说他是一个看客,在这个晚上,他仅仅是看看而已,因为他既不是把握镜头的人,也不是将要上镜的人,在专业人士的眼里,他只是一个普通的观众,无需他发表任何意见。当然,他自己也明白,这是兄弟传媒公司的事情,而他仅仅是兄弟传媒公司老总周瑾琪的朋友,仅此而已。

四位试镜的主持人除了一位男孩子外,其余三位都是美女,而晚上的镜头也几乎全部给了美女们。

斯丽娅长得漂亮,身材也好,不知道怎么搞的,脸上的某些地方长得确实有些像"斯",所以就有了一个带"斯"的艺名。或许是为了更对得起这个艺名,斯丽娅的头发也染成了黄色。但斯丽娅漂亮倒是漂亮,可做电视节目主持人却不怎么职业,两只眼睛蛮好看却怎么看也看不出有什么内涵。她的功夫没有更多地用在试镜上,更没有用在对节目内容的理解和把握上,而是用在了周瑾琪和张友德的身上。她在周瑾琪身边转来转去,一口一个周姐听起来很是亲切,不知道的以为她们之间很熟。但她并不安分,刚才还在周瑾琪身边亲热地叫着周姐，一会儿又在张友德面前扭动着细腰，一口一个张总，甜甜的，蜜蜜的，撒个娇也像乖乖女。

彭丹丹小巧玲珑的，聚光灯下红扑扑的小脸蛋激情洋溢，圆嘟嘟的小身材生动活泼，只是头发长了点。激情洋溢、生动活泼倒是适合《我玩时尚》这档节目的风格，但头发太长似乎就有些不协调。或许这些并不重要，头发长是可以改变的。可惜的是，现在正在读播音员主持人短期培训班的彭丹丹这次试镜却不顺利，虽然在地方电视台也做过小主持，可连续两次试镜竟没能把她自己准备好的一段开场白完整地说下来。至于表演，则更像是没有熟的杏子，酸酸的，涩涩的。这倒没有影响她的自信，看上去她更有兴趣跟推荐她的总编导蓝可发嗲。蓝可坐在椅子上，她在蓝可身边转来转去，长长的头发也随之在蓝可面前拂来拂去，时不时地蹭着蓝可那满是皱纹的脸。

林洋洋是她们之中最为生猛的，要说脸蛋儿，她比不上斯丽娅，要说激情和生动，她比不上彭丹丹，但她却独具特色，也有自己的看家本领。据说她做过模特儿，演过电视电影，现在是一家演艺公司的签约艺人，应该说算是个腕儿。起码在今晚试镜的主持人中，她是当之无愧的一姐。她的试镜也别具一格，既不用准备，也或许没有时间准备，可没有丝毫紧张，轮到她时，自然色的貂绒大衣一脱，上身只剩了一件红兜儿。红兜儿很鲜亮，若是系紧点儿也很性感，只是松松地裹不住那一颤一颤的奶。或许在林洋洋看来，这是她很自豪的地方，露一露也无妨，要不怎么偏要伸胳膊转圈的，搞得两个奶探头探脑的，不是犹抱琵琶半遮面，而是怎么遮也遮不住。

办公室里弥漫着浓浓的香水味，从蓝可和郁小朋的嘴里，又不间断地冒出一缕缕的青烟。试镜过了一轮，夏侯阳就和周瑾琪告辞出来了，出来好自由自在地喘口气。在那兄弟传媒公司的办公室里，在那试镜的大厅里，他的呼吸不能均匀，有点透不过气。倒不是因为那两个奶让他兴奋了紧张了，而是让他脸红了不自在了，就像在夜总会里待着不自在一样，还是出来的好。

虽然走出来就又看到了那家同样让他不自在的夜总会，但他毕竟是在大街上，在大街上当然就自在些。

出来了，自在了，可夏侯阳又惦记起周瑾琪，这个晚上她会忙到什么时候？这个晚上的主持人试镜对她这个投资人来说是欣喜还是失望？

2

周瑾琪曾跟过剧组,做过统筹,是几部影视剧的编剧,还是一些影视插曲的词作者。电视栏目与电视电影总有一些相通的地方,她想尝试一下电视节目的制作与经营,因此,已经是兄弟传媒公司董事长的周瑾琪便决定投资《我玩时尚》这档电视节目。

周瑾琪投资电视节目与夏侯阳有关。

夏侯阳是江南电视台的法律顾问,江南电视台的山河卫视频道因为资金的诱惑最终搬到京城,夏侯阳的业务就更多地放在了京城。进进出出山河卫视的门,总见一些节目制作公司的人为了能在山河卫视频道做一档节目,而不厌其烦地请秦亦讯及秦亦讯一样的大大小小的领导们吃饭,有时还会像跟屁虫一样地跟在秦亦讯身后,从办公室跟到咖啡厅,从咖啡厅跟到饭店,再从饭店跟到夜总会。

俗话说,外行看热闹。夏侯阳不懂电视节目的事情,虽然他曾在一家电视台待过一段时间,但并不是做节目,更不是做这种经营性的节目,他不懂他们为什么要做节目,也不懂他们为什么如此渴望地要在山河卫视频道上节目,只是看着他们那份执著的劲儿有些好奇。

有一天,和周瑾琪一起吃饭聊天的时候,他问周瑾琪。

周瑾琪漫不经心地说:"这都不知道呀?做节目挣钱呗。"

也算是闲聊,夏侯阳有心无意地问:"做节目怎么挣钱啊?"

周瑾琪笑笑,说了关于节目挣钱的种种途径和办法,算是经营之道。

夏侯阳听了,有点恍然,便问:"你想做节目吗?"

周瑾琪没有正面问答,而是把怡然的笑挂在脸上,如同是一位太极高手,宛若绵绵无力,实则绵里藏针,看着他反问道:"你能帮着要到时段吗?"

夏侯阳嘿嘿一笑,想了片刻,说:"几天以后才能告诉你。"

"那我也几天以后的几天之后才能告诉你。"

两个人都笑了,笑着喝了杯中的酒。

说来也巧,夏侯阳隔了两天再去山河卫视时,刚好赶上秦亦讯、项东方等人正在从一大堆节目公司提供的一大摞节目方案中初步筛选频道所需要的节目,或作为频道的备播节目,或作为频道日常节目外的补充。

见到夏侯阳,秦亦讯乐哈哈地说:"过来了?嗯,不给你打电话,你也不说过来看看我们,不知道我们想你嘛。"

夏侯阳嘿嘿笑,还没有来得及臭贫,项东方就笑嘻嘻地说:"呀,夏侯大律师来了,真的该谢谢你啊!"

"谢我什么?"夏侯阳装模作样地问,"叫我来就是要谢谢我吗?"

"当然要先谢谢你啦!若不是你帮我们把山河卫视频道的广告经营权收回来,把放出去的经营性节目的制作与经营权收回来,上什么样的节目哪能由我们说了算?"

"就是!"秦亦讯也指着一大堆的节目方案说,"这些节目公司更要谢谢你,若不解除与那家广告公司的合同,怎么能轮到这些节目公司为山河卫视做节目?"

"都是老黄历了,不说也罢。"夏侯阳不以为然地说,"若真要说谢,也得谢你们二位。若没有你们二位,就是要回来了,也不见得能接得住。"

"呵,那咱们就别互相吹捧了。说正事儿,还有事儿麻烦你,请你给我们做一份标准的《节目播出合同》,以便与这些节目公司签约。这可是要长期用的,只好劳你驾了。"

项东方的话说得玉润珠圆,不紧不慢、客客气气中透着一份不错的心情。

"做份合同没问题,不过——"夏侯阳想起与周瑾琪的闲聊,就煞有介事地说,"我还想做一档节目呢!"

"真的?假的?"项东方不信。

秦亦讯则既不信其有,也不信其无,嘻嘻哈哈地说:"这还不好说嘛,你想做就行,不行也行;你不想做就不行,行也不行。当然了,有好节目不行也行,没有好节目行也不行。"

"是真的,不过也不全是真的。做档节目是真的,要个时段是真的,朋友做是真的,我做是假的。"夏侯阳笑道,"当然了,领导的意思我也明白了,我的朋友想要个时段是可以考虑的,但是,节目是只能做好不能做坏的……"

秦亦讯笑,项东方也笑……

随后,夏侯阳打电话给周瑾琪:"黄金时段,周播节目,30分钟,带3分钟的广告时间。"

电话里，周瑾琪爽爽地笑："我要了，就这么定吧。"

就这样，周瑾琪的兄弟传媒公司成为山河卫视频道下个年度的节目制作公司之一，为山河卫视频道制作并提供一档30分钟的节目。休闲体育是其内容，引领时尚是其宗旨。结合频道的定位和节目的内容，周瑾琪他们为这档节目选了一个充满动感的名称——《我玩时尚》。

今晚的主持人试镜，就是为这档节目挑选主持人。

兄弟传媒公司要为山河卫视频道制作并提供的是一档时尚的、运动的节目，为观众呈献的是一个精彩纷呈而又缤纷时尚的动感世界。

缤纷汇一处，精彩不停步，这是夏侯阳想看到的。

但在这个晚上，他没有看到缤纷和精彩，反而让他一声叹息。

时尚并不是不穿衣服，就是再漂亮的主持人不穿衣服并不就是代表时尚，仅仅穿着内衣也不能说就是时尚，哪怕内衣无比的漂亮和鲜艳。

当然，让他内心感到不舒服的，并不仅仅是林洋洋的红兜儿和那遮盖不住的两个奶，更不舒服的是那大导演蓝可和影视人郁小朋，还有那斯斯文文却沉醉其中的张友德。

大导演蓝可看彭丹丹试镜是那样的眉飞色舞，一边看一边夸，彭丹丹发嗲他也跟着发嗲，说彭丹丹很养眼。真是奇了怪了，彭丹丹哪儿让人养眼了？是那圆嘟嘟的小身材还是那红扑扑的小脸蛋儿？要说林洋洋养眼也算是个人的爱好，毕竟林洋洋欲露还羞，让您看了她的胸不是一马平川。而彭丹丹穿着衣服发嗲，咋就养眼了呢？发嗲就是发嗲，那脸蛋儿又没有多漂亮，看几眼就会发涩，何来养眼嘛？！

最是蓝可忙里偷闲、不厌其烦地教彭丹丹摆的几次 pose，怎么看都像是舞台剧中的战天斗地。二人合作演绎的时尚，让他夏侯阳好一阵忆苦思甜……

还有那个拐弯抹角找来经纪公司签约艺员林洋洋的郁小朋，看着林洋洋脱去上衣，一个劲地叫好："这身材……啧啧！这气质……啧啧！没得说，洋洋就是为咱们这档节目量身订做的主持人……"那样子，那神态，那表情，能找到这样一位主持人，好像就是他郁小朋的大功一件。

郁小朋一双眼睛本来就挺大，睁圆了就更大，一边转着圈圈看林洋洋，还一边打着手指弄出些响声来。如果林洋洋连那红兜儿也脱了去，想必那才让郁小朋大呼过瘾、拍手叫好呢。

或许是激动，也或许是缘于一种难以名状的兴奋，原本不怎么抽烟的郁小朋，在这个晚上却时不时地跟蓝可要烟抽。即便是一缕青烟迷了眼，也不影响他眉飞色舞。

　　而斯丽娅却把嘴上的甜蜜都给了周瑾琪，周瑾琪多少有些不领情，作为节目的总制片人，她把嘻笑和赞美均匀地给了所有的主持人。而斯丽娅显然不满足于同其他人共同分享周瑾琪似是而非的赞美，便把媚给了张友德。

　　相比而言，张友德是今天晚上最能端着的考官，除了习惯性地抬起手将将那充满艺术味儿的齐肩长发外，基本上是端坐着，就是倒杯茶水，也多是周瑾琪代劳。

　　当然，张友德端坐着并不是傻坐着，而是拿捏得很有分寸——连周瑾琪都尊敬地称他为张老师，所以，他就得稳稳当当地拿出点儿老总的老师的样儿。

　　可他毕竟又是今晚的考官，自然要对试镜的主持人指指点点。

　　每当一个主持人试镜下来，张友德都会将其招至面前，先是有板有眼地夸一番，然后就是一丝不苟地说"但是……"

　　不像郁小朋那样肤浅，不像蓝可那样沉不住气，张友德俨然就是行家的眼光，夸能找到其长，"但是"之后也能找到其短。

　　试镜的主持人们在被张友德夸过并"但是"过之后，大多弯腰低头在张友德的面前，就连林洋洋也不敢造次。而张友德则正好拉着他们的手或拍着他们的肩，谆谆教诲一番。

　　就连斯丽娅送上的媚，张友德也没有失态，爱媚不能耳鬓厮磨，拒媚也不能让斯丽娅热脸蹭着凉屁股……

　　想到这儿，夏侯阳的心中突然有了一种莫名的沮丧，这沮丧让他孤独地徘徊在行人稀少的北中街头，失神落魄地抽着烟。

　　当时，他和秦亦讯及在山河卫视频道与秦亦讯一样重要的项东方调侃过后，正儿八经地说起朋友要做节目的事情时，他们都很支持，并说条件可以宽松，但必须做出一档好的节目来，一定要成为频道的品牌栏目，这很重要，也算是支持他们的工作。再说了，你夏侯大律师能做出这样一个电视业没有先例的大手笔，你的朋友也一定能做出一档好的品牌节目。

　　那会儿，夏侯阳是笑眯眯的。

　　但是，看了今晚的主持人试镜，他却怎么也笑不出来，反而不由得有了一

份担心——这儿能培育出一档品牌的节目吗?

天,真的是凉了,夏侯阳冷不丁打一个冷颤,赶紧钻进车里。

他的脑子里有点乱,挥之不去的是林洋洋那两只跳动的奶,甜呀蜜呀的斯丽娅,发嗲的彭丹丹以及那跟着发嗲的大导演蓝可,喜欢奶的郁小朋,以及那半推半就拒媚而又爱媚的文化人张友德……

一档期待的品牌节目就这样开始了吗?

夏侯阳问自己但却回答不了自己,他只好把希望寄托给周瑾琪。

今晚坐在办公室里的周瑾琪才是沉稳的,那份沉稳也不是端出来的。她也笑,她也偶尔评价几句,还总不忘鼓励几句。但她没有眉飞色舞,也没有摇头叹气。

或许,她是专业的。

想到了周瑾琪的沉稳,夏侯阳的心里有了些踏实。

3

秦亦讯开着"大切"驶上东三环,心里的感觉很爽。

平头、墨镜、越野车,是一个酷男人不可或缺的三大要素。理了平头、戴着墨镜,坐在威风凛凛的大切的驾驶室里,秦亦讯果然就觉得很酷。

其实,秦亦讯原本就不是邋遢人,高挑的个子离魁梧差不了一点点,修长的身材总是与他不弃不离。虽然说不上是浓眉大眼,但眼睛睁大了也是炯炯有神。总之,大差不差也算是个蛮标致的男子汉。有这样一副不错的身板,坐在大切的驾驶座上自然就很有派。

出门前他照了镜子,尽管不再青春年少,尽管体态多多少少会透着他这个年龄必然会有的福态,甚至是有那么一些臃肿,可从头看到脚,秦亦讯自己还是很满意。潇洒地对着镜子里的自己吹一声口哨,情不自禁地自己逗自己。

有了这样一份自信,再开上专门给他配的大切,连他自己都感觉有派,有派就特有精神。

也是,人生能有多少春风得意的时候,现在他就处在得意的时刻。

早几年,还是那个因贪污受贿而成为阶下囚的熊台长在任上时,他可没有这样的精气神儿。

那时,他是一个边缘人物,是可有可无的。虽说业务还算拿得出手,可以做出一些有人气的节目来,也可以策划并制作出一些大型的综艺节目或诸如文艺晚会之类的活动,可那又有什么用? 还不是把他放在文艺部一干就是六七年。

人生能有几个六七年?

六七年,连两口子也该七年之痒了,四肢发达、头脑也发达的秦亦讯被撂在文艺部一待就是六七年,心里自然是心不甘、情不愿。

心烦意乱的时候,他也想拿着俩钱儿活动活动,可那点儿钱又有谁能看到眼里? 还不如美女的脸蛋儿更让台长大人喜欢。

有时候,性别的差异是显而易见的,还是前任台长在任的几年里,女性的优势常常让秦亦讯汗颜和自暴自弃。就算不是美女,只要是个女的,那脸蛋儿就比他这点儿业务能力值钱,纵使你不服气,又能怎么样?

不过,不得意就不得意吧,秦亦讯终究还是一个很想得开的人,天天心里像吃了屎,你也得一天一天过,郁郁寡欢的弄不好得个病闹个灾什么的,岂不反而得不偿失? 人不能和命争啊,命是啥样就啥样,随遇而安吧。

不过,有道是塞翁失马,不得意的日子倒让他秦亦讯明白了不少的道理,也就不再想那什么当官不当官的事情,反正想来想去也没用,谁叫咱没那官运呢。

于是,秦亦讯就有了自己的两个爱好:

一是喝酒。甭管是不是哥们儿,有酒就喝,喝了再说。至于为什么喝酒则全然不在意,喝酒时说过的话过后大多是记不住的。

二是喜欢女人。关于这一点儿爱好,或许是受了那位台长潜移默化的影响,也或许是骨子里与生俱来的天性,不管是潜意识里存在,还是郁郁不得志的排解良方,反正就是喜欢。喜欢看,喜欢摸,喜欢贫嘴儿,喜欢挑逗儿,并且是走至哪儿,这爱好就带到哪儿,纵然是光天化日之下,也依然故我。

节目、晚会之类的业务做久了,就有更多的人知道他做的节目和他搞的晚会,其连锁效应就是有了更多的机会喝酒,有了更多的机会玩乐。

俗话说三十年河东三十年河西,河东不顺河西顺。

前任台长下去了,新的台长上任了。前任台长的宠儿们大多都郁闷了,而

被前任台长冷落的边缘人物们却一个个地活跃了。

失意了很久的秦亦讯，也如久旱逢甘雨，悄悄然就复苏了，那积压心中许久的郁闷随着前任台长的下台而悄然远去。人生真是如梦，这秦亦讯也如恍惚一梦，睁开眼却是另一番景象——先是从文艺部调到台经营中心做主任，因业绩显著且业务全面，很快又加冕"经营处处长"的头衔。

这时的秦亦讯已不是昔日的秦亦讯，已由边缘人变为新台长的宠儿。当然，这时的秦亦讯也跟那时的秦亦讯有了一些不同，说话不再像神经错乱，做事也变得有序不紊且越来越有分寸。至于喝酒嘛，该喝的时候一定会喝出水平，但不该喝的酒也会躲闪腾挪；只是唯有关于女人的事儿总是难以割舍，就像吸毒一样上瘾，终不能"放下屠刀，立地成佛"，但也不像以前那样随时随地……人嘛，此一时彼一时也。

秦亦讯北上京城，出任合资公司——新山河卫视传播公司的常务副总裁，是经过江南电视台领导反复考察推敲再斟酌、比较权衡再比较而决定的人选。虽然有这样那样的小毛病，但人无完人，且老秦业务全面，懂节目懂经营又能处理各种关系，既不是无原则的人，也不是原则不能变通的人，是几个备选人员之中最为合适的一个。有毛病可以批评，还可以严格要求嘛，台里没有十全十美的大将。既然没有十全十美的大将，有点小毛病的秦亦讯无疑就是可以挂帅的廖化。

若是在半年多以前，谁能想到山河卫视频道的经营权又会回到江南电视台？谁又能想到在短短的时间内，从山河卫视频道到江南电视台就不用再为没有钱花而发愁？又有谁会想到曾经郁郁不得志的秦亦讯忽然间平步青云、摇身一变成为合资公司的常务副总裁？没有人能想到今天，就连他秦亦讯自己都想不到，但想不到的事情居然就成了现实……

要知道，新山河卫视传播公司对于江南电视台而言，可不是一个普通的合资公司。它承载着江南电视台的未来，承载着江南电视台上千人的诸多梦想。

江南电视台将山河卫视频道可经营性资源的经营权以许可经营的方式许可给了新山河卫视传播公司，这个公司就担负起了江南电视台属下的重中之重的电视频道——山河卫视频道的运营。而山河卫视频道不仅是江南人的重要宣传阵地，而且还是江南电视台的主要经营来源。一个电视台可能有数个电视频道，但作为一个拥有卫视频道的地方电视台，其经济收入的绝大部分都来源于卫视频道。就电视频道可经营资源的经营能力而言,地面频道与上星频道的经营能力是不可同日而语的。这就是说,秦亦讯作为新山河卫视传播公司控股方——江南电视台派出的常务副总裁,即便是如廖化一般挂帅出征,依然是不可小视的。若要说此时的他春风得意,自然有他春风得意的底气和理由。

这天下午,东三环的路况特别地好,这在非典以后是难得一遇的。秦亦讯开着崭新的"大切",又遇上这样好的路况,再加上好的心情,好上加好,踏在油门上的脚就不由自主地踩下去,"大切"在东三环路上风驰电掣般如飘一样。

什么叫爽?这就是!心情好,感觉好,路况好,春风得意好,这会儿不叫爽啥叫爽?

过了燕莎桥,车子突然多起来,又有点儿车水马龙的样子,秦亦讯只好让大切慢下来,慢下来,然后慢慢地往前移动。

三元桥上,路更是拥堵,曾经蝴蝶一般美丽的三元桥,如今却成了堵车的地方。

秦亦讯看看表,已经四点多了,本来和吴秋林约好的是四点钟会谈。但约好了四点,秦亦讯并没有想四点准时到,而是想迟延一会儿,晚点儿到。

他想,约好的是四点谈,可吴秋林从来没有准时过。再说了,晚点儿就晚点儿吧,用不着太给他吴秋林面子,也用不着太在意是不是守时,毕竟我老秦代表的是江南电视台,江南电视台可是合资公司的控股方。你吴秋林再有钱也不过是一个民营企业家,这年头,有钱人多的是,而山河卫视却只有一家,你再有钱想玩电视也得上赶着与我们合作。若不是因为我们钱紧,凭什么和你合作?让你等上几分钟十几分钟甚至是半个钟头又怎么了?京城的堵车谁人不知?谁人不晓?

桥上堵车,但秦亦讯不急,没有飞一样的感觉,并没有影响他的好心情。

透过墨镜斜视着右侧车道火红的跑车上的美女,秦亦讯的心里暖洋洋的,不由得又使他想起那晚的紫罗兰温泉度假村。

那还是差不多一个月前的一天下午,吴秋林的中影中万公司的副总薛明远请他打高尔夫,秦亦讯是爱好打高尔夫的,说到打球,难免心里会痒痒,"哼、哈"一番后没有拒绝薛明远的邀请,一起去了京城东一家很有档次的高尔夫球场。

虽然"哼、哈"一番后才和薛明远去的高尔夫球场,但这并不影响秦亦讯

快乐的心情,只是秦亦讯的"哼、哈"也是很有学问的——合作毕竟是甲方、乙方,合作双方热热乎乎是需要的,可热乎到不分你我就是不合适宜的。他是江南电视台派驻京城的第一人,类似于这样的热乎,矜持地"哼"一声是有必要的。但话又说回来,双方合作就像男女谈恋爱,签合同就像领结婚证,合作合同都签了,你情我愿谈婚论嫁了,还一定要在谈判桌前正襟危坐,难免又有些生分。合作了,轻轻松松说说事儿,适度地热乎热乎,"哈"一声乐呵乐呵也是不可缺少的。

秦亦讯喜欢打高尔夫,倒不是因为他打得好。打得好或打得不好都没有什么,在他看来,这项运动带给他的是一个全新的世界,他没法不喜欢。

古时那位苏格兰的放牧人怎么也想不到,他在放牧时百无聊赖地用一根棍子将一颗圆石子击入野兔子洞中的游戏,会在后来演变为一项时尚运动。他更想不到,从他的一枚石子改良成一个小球,并逐渐引起宫廷贵族的浓厚兴趣,且漂洋过海、四海盛行后,会成为身份和地位象征的贵族运动。

当然,这只是一种传说。

但不是关于高尔夫运动起源的唯一传说。

与苏格兰放牧人石子与野兔的传说相比,高尔夫球起源于中国的说法就更具有高贵的品质——相传早在唐朝,皇室就有一种游戏叫"捶丸",酷似高尔夫运动。顾名思义,捶者击也,丸者球也,并且是击球入洞。宋代的一张捶丸图便是这一传说的佐证,而壁画上的"捶丸"者无一不是雍容华贵。

这也是一种传说。

大凡传说,免不了莫衷一是。

但不管传说是怎样的莫衷一是,关于高尔夫运动的传说,却都离不开一个高贵。它是品位的标签,是身份的象征。

这或许就是原本的高尔夫运动。

可是,当这项运动真正地在我们的地面上盛行时,它的高贵依旧,只是被渲染得淋漓尽致,甚至成了兴奋剂。

现如今新老贵族们哪有不打高尔夫的?都说高尔夫是绿色鸦片,可谁能从打球中品出鸦片的味道来?还不是自己给自己注射强心剂?有的老板,还不见得有多少钱呢,明明想着如何抱小姐,却拿起电话就说自己在打高尔夫,鬼知道他有没有打过高尔夫?鬼知道他能不能把球打到洞里?

但秦亦讯喜欢打高尔夫,并不是缘于跻身贵族的强烈欲望,而是为了告别浑浑噩噩的过去，为了拥抱清风扑面的今世人生。

当他第一次在练习场上看见唐逸风打球时，几乎可以用震撼来形容——和他一样身材高挑的江南电视台新台长唐逸风，潇洒地挥杆击打出一个又一个白色的小球，动静之中是那样的英俊倜傥、风度翩翩而又洒脱不俗……

他站在一边入迷地看着唐逸风打球，又惊又讶地想入非非。其实，自己也有唐逸风一样的身高，虽然不似唐逸风那样浓眉大眼，虽然不像唐逸风那样戴着一副眼镜文质彬彬又有学问，虽然不如唐逸风年轻，但终究是可以与唐逸风一样优雅潇洒的。而以前的自己却是混混沌沌，白白虚度了不少时光。

在他那因走神而迷离的目光里，宽阔的球场如同忽然打开的福地洞天之门，就在这一刻，他似乎懂了高尔夫，甚至懂了人生。

人生是需要华丽转身的。

在此之前，秦亦讯去过很多次高尔夫球场，有朋友请的，也有老板请的，可他从没有真正在意过这项运动。逢场作戏甩甩杆，附庸风雅作作秀，无非就是怎么个玩法，怎么个玩法也都是图个乐子而已。

可这一次他顿悟了，人生不是怎么个玩法，而是怎么个活法。

秦亦讯从这时起喜欢上了打高尔夫球。

喜欢上了高尔夫球，果然就发现洞小世界大，小球之中有乾坤，绿草之上有浮华……

打了一下午的球，出了一点点的汗，收杆后薛明远说晚上吃烧烤，吃完洗一洗。饿了要吃饭，出汗要洗澡，秦亦讯没有反对，薛明远就直接带他到了紫罗兰度假村。

吃饭怎么吃，大凡吃饱就忘了；可洗澡怎么洗，却不容易忘。

说是洗洗，其实并不是自己洗，而是和小姐一起洗。房子都是一模一样的，房前是用拳头般粗的木棍儿扎起的一人高的篱笆墙，篱笆墙的门口是带锁的门；后面是一个四周高墙围住的露天温泉池，温泉池不大，但高墙围得很高，私密性当然也没有问题，脱光了一丝不挂也不用担心会走光，怎么洗就由着两个人的兴致。里面有大小不等的三个单间，每个单间的功能也有所不同：一间是卫生间和淋浴室；一间是一张大床，当然不仅仅是一张大床，还有配套的用品用具；最外一间是一个客厅，聊天、玩乐、喝茶都是可以的。从前面的小院到后面的温泉，设计很是紧凑，几步之遥的距离便可以满足多种不同的需求。进了篱笆院，自己锁上小院的门，再把钥匙拿在自己手里接下来便是洗

也行,睡也行,玩也行。总之,尽兴就行。

薛明远费了一番心思带秦亦讯到这儿来洗一洗,秦亦讯当然是会尽兴的。

说起来也挺奇怪,在这春风得意的日子里,曾经让秦亦讯激情澎湃的,并不仅仅是在紫罗兰洗鸳鸯浴的那个夜晚,但当他恋恋不舍地看着跑车上的美女时,却偏偏就想起了紫罗兰和紫罗兰的鸳鸯浴。想起那晚的鸳鸯浴,这会儿的秦亦讯仍然春心荡漾,脸上也不由得再次洋溢出一种自得其乐的惬意的笑……

4

另一条车道上的火红跑车也在一点儿一点儿地往前蹭,原本有飞一样的速度,这会儿却无用武之地。

秦亦讯有心并车道,但一想前后不如左右,便不找那麻烦。有道是"横看成岭侧成峰",那双睁大了的眼睛总也舍不得离开那辆跑车和开着跑车的美女。

美女同样戴着一副墨镜,长长的黑发披在肩上。

虽然只能斜视着美女的侧面,但在秦亦讯的眼里,"有岭有峰"的美女和跑车是同样的漂亮。

终于到了一片繁华的北四环。

秦亦讯进了中影中万公司老总吴秋林的办公室,吴秋林正靠在椅背上等他。寒暄是肯定的,就像是老朋友那样,说几句好听的,虽然口是心非,但彼此心照不宣。

吴秋林的办公室秦亦讯已经见识过了,宽敞而略显杂乱。四周的墙上满是影视的宣传画和美女演员们的照片;身后的书架里也摆满了各种各样的影视书画及各种造型的奖杯奖品;宽大并保持着原生态的树根状的茶几上摆放着精致别样的茶具;老板台的一侧,笔直地站立着一尊原大的秦兵马俑仿制品,威猛雄健,如同老板的守护神;而最最别具一格的,则是墙角处放置的已经很古老的只有农村才有的石碾,看上去很陈旧,但还真实,推着玩玩儿也是可以的。

远古和原始,新潮和艺术,一起挤在主人的办公室里,原始傍着高雅,艺术捆绑原始,分不清是艺术的复古还是生活的道具。

一切都像已经安排好了一样,或许说是训练有素,就在秦亦讯落座之后,穿着时尚、发比肩齐、楚楚动人的美女落落大方地走进吴秋林的办公室,款款地给客人和主人倒茶,随之飘来的是一阵美女身上的芳香。

喝上一口好茶,吴秋林叼着他的烟斗,随意而悠然地坐在沙发上。

今天他没有穿那名贵考究的西装,而是穿了一身品牌的休闲服,上身的休闲服外边,还特意套穿了一件影视人常穿的坎肩儿。

秦亦讯这次与吴秋林的商谈,原本是为了钱,寒暄过了以后,他便想这个不得不谈的正事儿,可一时又说不出口,只好一口接一口地喝茶。

在与吴秋林的合作中,尽管秦亦讯的潜意识里不屈不挠地有些许良好的自我感觉,但与吴秋林面对面坐下时,他并不会自以为是,也不能咄咄逼人。因为他明白,不管吴秋林是什么样的企业家,一旦双方的合作就位,则意味着吴秋林将就位于新山河卫视传播公司的总裁,唐逸风是铁定的董事长,他秦亦讯这个常务副总裁便要直接与吴秋林打交道,话说过了自然不太合适。

而吴秋林虽然还没有就位,可身价和派头样样都有。

可话说回来,吴秋林的派并不是因与江南电视台合作才有。别看为了与江南电视台合作而一掷千金,可他全然没有虎视眈眈盯着新山河卫视传播公司总裁位子的意思,或许他压根儿就没在意这个总裁的头衔,没有这个总裁的头衔,他依然是总裁。

相比秦亦讯,吴秋林的个儿着实不高,一双眼睛也不大,没有好身材,没有帅长相,好像也不是出自什么名门望族。这年头就是英雄不问出处,有本事不在身高,吴秋林有吴秋林的本事,有本事就有感觉。

这会儿,吴秋林的自我感觉比秦亦讯一点也不差,他东一句西一句地闲聊,既不提钱的事儿,好像也没心思谈正事儿。

吴秋林四平八稳地坐着,叼着烟斗说闲话,秦亦讯只好跟着说几句心里没想说而张嘴却说出来了的言不由衷的话。

就在这时,随着轻轻的敲门声,又进来一位美女,婷婷玉立的,看上去别有一份成熟。美女把一个文件夹放在吴秋林的办公桌上,并莺声燕语地说:

"吴总,这是您要的资料,您有时间时请看看。"

说完就妩媚一笑悄然退了出去。

吴秋林只是抬起厚厚的眼皮看了美女一眼,没有说话,甚至连叼在嘴上的烟斗也没有拿下来。等美女轻盈地转身而去并轻轻地带上办公室的门后,吴秋林才略微有些得意地对秦亦讯说:"这是韩国的美女作家。"

秦亦讯很想再看看韩国的美女,看看韩国的美女作家,但已不见那美女的芳影,心里有些惋惜,刚才韩国的美女进来时他没有好好的看看。按说这不是他的习惯,因为美女是他最想看的,走到哪儿他都不会对美女没兴趣,有美女而不看,岂不是对社会财富的浪费?只是刚才想着跟吴秋林要钱的事情怎么说更得体而有些走神儿,看得没有那么仔细,这会儿只好叹道:"吴总,您这儿可是美女如云啊!"

吴秋林又把烟斗放到嘴里,有滋有味地吸了一口,缓缓地吐出一缕青烟,嘿嘿笑着,自豪地说:"美女也是资源呀。"

到底是有台长唐逸风的指示,要催着吴秋林付款,还要推动合作合同实施细则的商谈,秦亦讯不像吴秋林那样若无其事地沉得住气,还是率先谈起了今天要谈的正事儿:"吴总,我们的合同签了有两个多月了,三千万的定金呢,却只付了两千万,那一千万也早该付了,您看……是不是劳您驾,把这一千万也付了?不然的话,接下来的事情不好进展,而时间不等人的……"

"放心吧,该付的钱一分都不会少付的,我吴秋林说话是算数的,什么事情都不会耽误。"吴秋林气定神闲,说这话的时候眼睛眨都不眨,叼在嘴里的烟斗也没有拿出来。

"还有我们的合作合同实施细则,也是一搁就两个月了,您这儿也没有动静……"

吴秋林把嘴里的烟斗拿出来,气宇轩昂地说:"老秦啊,今天见面,就是要告诉你,关于钱的事儿,你转告唐逸风台长,让他老人家放心。再就是合作合同实施细则的事儿,我尽快安排人与你们商谈落实。还有明年频道的改版,我也安排人在做调研……老秦啊,和我吴秋林合作你就把心放在肚子里,明年的山河卫视一定会异军突起。没有这点儿把握,我对不起江南电视台,也对不起江南人民嘛……"

吴秋林总喜欢谈论山河卫视的未来,而说到山河卫视的明年和将来,吴秋林总是眉飞色舞,仿佛山河卫视的明年和将来早已在他的运筹帷幄之中。

"吴总啊,关于山河卫视的明年和将来,我们先不说了。事情都分个轻重缓急,您就说这一千万什么时候到位吧,大差不差给个日期,我也好跟领导汇报。"

秦亦讯听吴秋林这样的话有 N 多遍了,因而也就不新鲜了,只好打断吴秋林的夸夸其谈,继续追问一千万定金何时到位。

被秦亦讯从眉飞色舞中拉回来,吴秋林停顿片刻,仍然不慌不忙而又信誓旦旦地说:"马上付、马上付……"

吴秋林的话音刚落地,薛明远就推门走了进来,见了秦亦讯,哈哈笑着打招呼。

顿时,吴秋林的办公室里活跃了起来。

薛明远进来后,话题也自然而然地变成了闲聊。

薛明远有一副好嗓门儿,说话略带一些口吃,但声音很洪亮。据说他是海归人士,但却总有很多山南海北的趣闻逸事,或许正因为有一些口吃,所以说起话来往往很有表情和色彩。

有了薛明远爽朗的笑声和一段又一段的山海经,吴秋林和秦亦讯也跟着变得兴奋,时不时地哈哈大笑。

谈笑间,薛明远忽然神秘兮兮地冲着秦亦讯诡秘地问:"嗨,秦总,您说实话,那晚感、感觉怎么样? 爽不爽? "

经薛明远这么一问,秦亦讯嘿嘿地乐,笑而不语。

其实,薛明远是不需要秦亦讯回答爽还是不爽的,一切尽在笑而不言中。

看着秦亦讯嘿嘿笑,薛明远更是兴奋,兴奋得双手一拍,一下子从沙发上蹦起来,得意地冲着秦亦讯说:"那个晚上幸亏我他妈的聪、聪明,最后时刻憋住了,没有把那一梭子子弹打、打出去。要是我当时脑子一昏,憋不住把那一梭子子弹打、打完了,晚上回家就惨了! 您猜为什么啊? 我老婆出差二十多天,恰好就那个晚上回来了,我要是把子弹打、打完了,那哪儿能说得清啊? 还不得查个底儿掉! "

三人大笑,为薛明远的一梭子子弹……

进入冬季,天黑得早,不知不觉中已有些夜色朦胧。

薛明远打开了吴秋林办公室所有的灯,灯光顿时照亮了吴秋林的办公室。

秦亦讯还坐在那儿嘿嘿地乐,似有无尽的回味,薛明远的一梭子子弹又

让他心潮起伏地想起了紫罗兰鸳鸯浴的快感，因为这快感不能喊，便只好在回味中独自享受。

薛明远还没有尽兴，看一眼吴秋林叼着烟斗乐不出声，他还想接着讲段子。

可就在这时，一个光脑袋、四方大脸、红光满面的中年男人径直走进了吴秋林的办公室。

中年男人的个儿和吴秋林差不多，可眼中透着一份比吴秋林更胜一筹的高傲。密密的胡子楂子刮得青青的，锃亮锃亮的皮鞋一尘不染，一条灰色的西裤笔挺笔挺，一件黑色带纹的西服没有一点儿褶皱，虽然没有打领带，但蓝色的衬衫依然透着考究。

跟在这个中年男人后面进来的是穿着红兜儿想做《我玩时尚》栏目主持人的艺人林洋洋，无拘无束地不离这位中年男人的左右。

吴秋林的办公室里不再嘻嘻哈哈，一向唯我独尊的吴秋林见了这位中年男人也赶紧站起身来。

在中年男人的引见下，林洋洋冲吴秋林一笑，嗲声嗲气地问吴总好。

吴秋林也很给面子，客客气气地和林洋洋打了招呼。

显然，在吴秋林的眼里，这位中年男子要比秦亦讯更重要，或者说比秦亦讯更有来头。

不错，这个红光满面的中年男人叫朱野南，是吴秋林的贵人。

秦亦讯眼睛直直地看过林洋洋，见吴秋林另外有约，遂站起来告辞。

吴秋林也不挽留，和薛明远一起送出门口。

秦亦讯趁机半真半假地对吴秋林说："吴总，一千万可要尽快到账啊，不然的话会影响以后的工作。要不，下次来时，我可就带律师一起过来了。"

吴秋林显然有些不屑，哼哼哈哈、半真半假地应道："我吴秋林谁都怕，就是不怕律师，我这儿有一大堆的律师。"

5

夏侯阳带着一份忐忑,天一亮就开车上路了,他要去外地的省法院开一个庭。

之所以心里有些忐忑,是因为有两件事情放心不下,一是兄弟传媒公司《我玩时尚》节目的主持人悬而未定;二是江南电视台与中影中万公司的合作合同实施细则的商谈。

自从那个晚上看了主持人的一轮试镜以后,夏侯阳不但没有对兄弟传媒公司又炫又酷的《我玩时尚》节目欢欣鼓舞,反倒是有些沮丧。由于有些话又不好说出口,因此,他的心里并不踏实。

江南电视台与中影中万公司的合作合同实施细则也早该商谈了,虽然他已经做了充分的准备,但正式商谈时,江南电视台一定是需要他在场的,对于江南电视台来说,这件事儿很重要。说不定这几天说谈就谈,这时候离开京城,确实是不合时宜。

可他代理的一个经济纠纷案件的二审就要开庭了,当事人慕名赶到京城找的他,他不能不去,没办法,只好快去快回。

虽然说律师是一个自由的职业,但很多的时候却往往是身不由己。不论是作为当事人的法律顾问,还是作为当事人的代理人,夏侯阳都要尽力做到在当事人需要他的时候,他就能给当事人解惑答疑,为当事人出主意想办法。

他知道,凡是当事人找律师了,就是有解不开的事情需要律师帮忙,要不然,人家聘你干吗?当事人有事找你的时候希望你能在,这是最起码的,因为你在,对当事人来说就是一个安慰,就是一个支撑;你要帮他们解决已经发生的麻烦事、棘手事,还要帮他们防患于未然,这就是人家为什么要花钱聘律师的缘由。

在夏侯阳认为,作为一个律师,没有必要太自以为是,当事人花钱聘请的是精通法律的专业人士,是能够帮他们排忧解难的良师益友,而不是花钱聘个爷伺候着;但作为一个律师,又不能不自以为是,无论当事人是因为无助还是为了防患于未然,他们需要的都不是六神无主的律师。而要做到恰到好处,

其实并不容易，不仅需要一定的基本功，而且还要有相当的实际操作经验。

电视电影里的律师，是理想化的律师，在现实中是没有的。而现实中所谓的好律师无非就是对受托范围内的事情尽心尽力，仅此而已。

这一次，他也是去尽心尽力。

大清早的就赶路，是想早点儿到省城，但他习惯了不开快车，就只好早点儿动身。再说，早晨的路上车少，路况又好，正是赶路的好时候。

夏侯阳不管有多忙的事情，从不在开车的路上争分夺秒，这是因为一个深刻的教训，也是因为一个不会忘却的记忆。还是 20 世纪 90 年代的事情，他毅然决然地从机关下海，出任一个集团公司的副总兼法务部总监。在一个冬天雪后的日子，公司要去内蒙商谈托管一家国企的项目，一行四人开车前往。也许是司机开上崭新的豪华轿车有些心潮澎湃，车速会不由自主地加快，也许是阴差阳错该着要发生事故，就在离内蒙越来越近的时候，突然发生了意外，车子撞在路边的树上，一位好朋友顷刻间逝去，从此阴阳相隔。

正是因为这个事故，夏侯阳仿佛看到了生与死的距离，也就是从那时起，他明白了方向盘一定要握在自己的手里，并从那时起，夏侯阳开车从不追求速度。

因为出行早，高速路上的车少，夏侯阳开着 X5，一路畅行。

随着暖暖的阳光照进车内，夏侯阳原本有些忐忑的心也渐渐地变得清爽起来。

车上的音响放着阿杜的歌。

每当听到阿杜的歌，他就会想起江南，想起江南电视台——这是他与江南电视台结缘之初每次到江南时，接送他的小雷经常在车上听的歌。

小雷是年轻人，是一位时尚而又机灵的小伙子，崇拜的都是流行的歌手。不仅听，而且阿杜的大多数歌还都会唱。夏侯阳听的次数多了，也喜欢上了阿杜的歌，喜欢上了阿杜那沙哑而又低沉的嗓音。

什么事情都会有惯性，夏侯阳每每听阿杜的歌，就会习惯性地想起小雷，想起江南电视台，就像每次听林忆莲的歌，就会想起周瑾琪一样。因为第一次听到林忆莲的歌《至少还有你》时，是在歌厅里听周瑾琪唱的。

这会儿听阿杜的歌，夏侯阳又自然而然地想起了小雷。

小雷是他的老乡，在江南电视台混得不错，做过节目制片人，做过编导。秦亦讯接了广告经营中心的主任后，他又到了广告经营中心。每当江南电视台台长唐逸风的司机有别的事情要忙时,小雷就是唐逸风的司机,既然常常是唐逸风的司机,自然蛮得唐逸风的信任。

夏侯阳成为江南电视台的法律顾问后,大家都熟悉了,小雷有一次告诉他:"在当初的时候,唐台长是很犹豫请你来做律师的,因为前面的许多事情均发生在京城,即将站在公堂上的另一方表面上看是成立于江南的公司,而真正的对手却是那几个股东——他们都是京城的文化商人,或有盘根错节的关系,或有不同一般的背景。在关系到山河卫视频道未来的关键时刻,在关系到江南电视台生死存亡的紧要关头,请一位不知根不知底儿的律师是有很大风险的,万一江南电视台聘请来的京城律师也和那些人有着这样那样的关系而一心两用,那江南电视台还不是死路一条?但是,在接触过的众多律师中,只有你让唐台长满意,他说他信服你。你不说大话,不夸夸其谈,想问题有独到之处,思维缜密周到,是应当值得信赖的。"

夏侯阳听了,哈哈大笑说:"君子爱财,取之有道。如果我也不择手段,我一定会挣到更多的钱,起码比做江南电视台法律顾问挣的钱要多。可人的一生有不少于三分之一的时间是在床上度过的, 能睡得踏踏实实也是一种幸福!"

其实,夏侯阳事后回想,做江南电视台的首席律师是很偶然的事情。

在那个非典的特殊时期, 为了江南电视台的生存和山河卫视频道的未来,台长唐逸风带着秦亦讯及秦亦讯一样的大小领导一次次进京,一项重要的事情就是希望能够找到一位好的律师。

那时候,他们认为能打赢官司的律师就是好律师。

唐逸风他们约见了好多位律师,却总有些迟疑不定。

大概这就是天意,有一次去京城,就在他们即将踏上回程的前一刻,唐逸风约见了夏侯阳。初次见面的时间很短,短得只能大概说一下情况,且去机场送他们的车已经在宾馆的楼下等候。唐逸风简单地介绍了急需解决的而又相当棘手的事情,夏侯阳简单地翻阅了一下唐逸风随身带着的材料。

唐逸风和秦亦讯他们都很期待夏侯阳能给他们开出一服灵丹妙药,以便让他们踏踏实实回江南。但夏侯阳毕竟不是华佗再世,他直截了当地说:"一,我现在无法明确地告诉你们这个诉讼的胜诉概率到底有多少;二,我会与您唐台长电话联系;三,我需要的不是'可能'和'也许',而是明确而又肯定的'是'或者'不是'。"

唐逸风先是疑惑地看着夏侯阳,然后又点点头,就急急忙忙去了机场。

一天后,夏侯阳给唐逸风打了一个电话,两人做了进一步的沟通。再隔一天后,唐逸风邀请他去江南。

夏侯阳接受了唐逸风的邀请,随后便去了江南。

江南,这个曾经十分红火和喧闹然后又冷却回到现实回到平静的地方,曾几何时,这里是炙手可热的,无数的人纷至沓来,千里万里寻梦。现如今,处处可见的斑驳陆离的"后现代建筑",就是许多人梦想的见证,也是许多人梦碎的见证。不管是梦想成真了还是梦碎了,据说这个地方曾为全国培养了很多的人才,地产界、娱乐场等诸多行业的人才在江南的喧闹冷却后,却在许许多多的地方重新崛起,并遍地开花。

那时候,夏侯阳记得,身边的好多人纷纷离开京城加入到下江南的大军中,但那时的他却不为所动,不管江南传来的消息多么令人振奋,他连想都没有想过自己也会到这个地方来。他生在北方,但人生最重要的时刻是在大上海度过的,大上海改变了他很多,却没改变他对北方粗犷的喜爱。也许是这种骨子里的意识,在千军万马下江南的日子里,他是一个落伍者,直到他离开机关,他都没有想过要去江南。

唐逸风是赶在江南沸腾前就下江南的北方人,并从北方的干部队伍走进了江南的干部队伍。火红的岁月没有把唐逸风这位学者型干部卷入商海,无数的诱惑也没有让唐逸风找不着北,充斥于每个角落的鼓噪没有让唐逸风放下他那份矜持,知识型干部始终是唐逸风不曾撕去的标签。尽管会有不少朋友的不少鼓动,尽管也会有一时的冲动,但唐逸风始终没有华丽转身,在五颜六色的人海中依然像一位书生。

书生看潮,不过就是心潮澎湃,或把酒当歌,或思绪万千,仅此而已。

一阵激情澎湃和极度的鼓噪过后,原本无冬的江南却寒流强劲,曾经搭起的高高的脚手架纷纷拆落,四处涌来的热情饱满、心气高昂的赶潮人或观潮人纷纷退去。

送走了喧闹的日子生活依旧继续,唐逸风是赶着潮来不随潮去,依然稳稳地走自己的路,并走到了宣传部副部长、江南电视台台长的位子上。

唐逸风成了江南电视台的台长,秦亦讯们又活了过来。

但是,一个棘手的问题也随之而来,并让唐逸风和秦亦讯们束手无策。

江南电视台山河卫视频道的广告经营权和绝大部分的节目制作与经营

权早在前任台长在位时，就"卖"给了老山河卫视传媒广告公司，由这家公司上交江南电视台广告代理费用。这是江南电视台活着的基本经济来源，可这家公司已经好长时间没有支付费用了。

换句话说，江南电视台已经断粮了，这种状况如果再持续下去，江南电视台靠什么活着？这是一个现实而又不能回避的问题。

并且，老山河卫视传媒广告公司拿走了山河卫视频道的广告经营权和大部分节目的制作与经营权，与此同时，他们还把山河卫视频道的运营带到了京城。

京城离江南这么远，江南电视台对自己频道的节目生产线却看不见、摸不着，更谈不上管理和呵护。而台里能做的，仅仅是当老山河卫视传媒广告公司把节目传输过来后，审审节目而已。

谁的孩子让别人养着能放心？

老山河卫视传媒广告公司的董事长兼 CEO 和前任台长关系不错，凭着这层关系，这位 CEO 在京城找了几家公司和几个有头有脸的人，其中一家还是他自己的公司，顺便捎带着江南电视台的广告公司一起，成立了这个老山河卫视传媒广告公司，并把山河卫视频道的广告经营权和大部分节目的制作与经营权带到了京城。

CEO 是前任台长的关系，前任台长可以对他放心，但前任台长下去了，唐逸风成了新台长，新台长连这个人的影子都见不着，又怎么能够放心呢？

还有，一个电视台可能会有五六个甚至七八个或者更多的频道，但并不是每个频道都能挣钱，经营能力强、效益好的频道也就二三个。一个地方电视台，最能挣钱的频道的广告经营业务由公司代理经营了，而公司又不给电视台缴费，让电视台的人吃什么喝什么？

这是前任台长留下的糊涂账，虽说前任台长下台了，可山河卫视频道的广告经营权由他人代为经营的现实，却并不因为前任台长的下台而结束。一份十多年的合同才履行了两年多，唐逸风来了，也不能把合同当成一张废纸，那毕竟是甲方乙方的事情。电视台可以维权，反过来，人家也可以维权，不慎重不行啊。唐逸风率秦亦讯等人几次去京城，就是想找一位好律师，帮江南电视台解决这件不得不解决的事情。

因为，这不仅仅是经济的压力，而且还有政治的风险……

初到江南，夏侯阳顾不上仔细看看这座曾经喧嚣无比的城市，他先去了

工商局，又去了江南电视台和几个他认为应该去的地方，查询了能查到的档案，复印了所有与老山河卫视传媒广告公司关于山河卫视频道广告经营及节目制作与经营的资料。

然后，他独自在月光城宾馆的房间里足不出户整整思考了一天，准备接受江南电视台的一次大考。

还好，这次大考是及格的，唐逸风算是十分满意，并代表江南电视台欣然与他签了一份长期的法律顾问合同。

当然，夏侯阳也没有让唐逸风失望，不仅利利索索地帮江南电视台要回了山河卫视频道的广告经营权及可经营性节目的制作与经营权，而且还为山河卫视长期落脚京城提供了完整的方案和清晰的思路。

现在的新山河卫视传播公司便是整个方案的核心。京城有钱人多的是，江南电视台有资源但没钱，而有人有钱却没资源，钱与资源的联姻是优优结合。江南电视台剥离一部分可经营性资产成立一个平台公司，将山河卫视频道的可经营性资源许可公司经营，公司便有了无形资产和核心竞争力，溢价卖出49%的公司股权便是一个大价钱。江南电视台拥有公司51%的股份既符合相关的政策，又不失去对公司的控制……

等到一切变为现实，唐逸风确信没有看错夏侯阳，甚至有些喜出望外，一个好律师，不仅仅能打赢官司。

6

夏侯阳一路不停开车到了省城，找了一家离省高级人民法院不远的宾馆住下。

周瑾琪就像能掐会算，电话跟着打了过来。

她说："晚上还能到公司来一趟吗？"

夏侯阳嘿嘿笑："想我了？"

"稍微纠正一下，是想起你来了。"周瑾琪呵呵笑，接着说，"今晚还有主持人试镜，想让你过来……"

"怎么还有主持人试镜啊？海选啊？"

"海选？这倒是一个不错的创意，只是没有时间运作了。不过，以后可以考虑搞一次时尚运动大赛，海选、初赛、决赛，不仅主持人有了，连一年的节目都有了……哎，你给拉一个赞助吧？"

"你还挺会借题发挥！"夏侯阳这会儿没有心思想这个创意，便一本正经地说，"主持人不是试过镜了吗，不会是预赛、复赛吧？"

"哪儿呀？今晚是另外十几个主持人试镜，有专业院校的，也有毛遂自荐的，还有想跳槽过来的……"

"有那么复杂吗？"

"上次试镜，你大律师不开金口，肯定就是没有满意的了。"周瑾琪忍俊不禁，笑道，"所以呢，就要有其他的主持人接着试镜，怎么着也要选出让你夏侯大律师满意而又喜欢的主持人啊！"

夏侯阳忍不住哈哈大笑，边笑边说："是主持人试镜呢，还是选美啊？这话怎么听着像是不怀好意。若是给我选美，你就省省吧，'曾经沧海难为水，除却巫山不是云。取次花丛懒回顾，不缘修道只缘君'。"

"喊，若真是给你选美，你心里还不知道怎么美呢。"玩笑开到这份上，周瑾琪便适可而止，"这不是想请你帮着长长眼嘛。"

"我眼拙，真的。外行看热闹，你自己看看门道儿就行了。"

"那你就过来看看热闹嘛，没你不热闹……"

"瞧瞧，你这么一说，我成什么了？"

"你别往歪了想！"周瑾琪嘻嘻笑。

夏侯阳只好实话实说在外地，周瑾琪这才有些无奈地挂了电话。

其实，一个主持人好与不好，周瑾琪自然看得明白，心里清楚。可之所以试而不定，议而不决，是因为她有她的想法——她知道《我玩时尚》节目该用什么样的主持人，但她不知道她想用的主持人是不是能够在频道顺利通过的主持人。若是节目公司定了主持人，又做了节目样片，一旦在频道通不过时，一切就要推倒重来。若不想推倒重来，最简单的办法便是夏侯阳满意，频道的工作他做起来当然方便……

可夏侯阳哪儿会想得这么复杂？

挂了周瑾琪的电话，他又乱乱地想周瑾琪的节目，想上一次的主持人试镜。

上午听着阿杜的歌，不知不觉忘了的忐忑，这会儿又悄然涌上心头。

这份忐忑怪怪的，不仅仅是因为那晚的主持人试镜，或今晚的主持人试镜，还有北中街的那家夜总会。

那家夜总会与节目的主持人试镜原本是没有什么关系的，可自从那晚看了主持人试镜之后，每每想到周瑾琪的节目，想到主持人试镜，他就习惯性地联想到那家夜总会。

那一次，一起走进那家夜总会的有好几个人，有他和秦亦讯，有兄弟传媒公司的周瑾琪、张友德和段茂然，还有周瑾琪的朋友王广明和毕先生。

那时，周瑾琪的兄弟传媒公司刚刚确定要为山河卫视频道制作并提供一档节目，但至于制作并提供一档什么内容的节目却一时难以定下来。当然，鉴于山河卫视频道是定位于山水之间、动感休闲的专业频道，兄弟传媒公司即将制作的节目自然也离不开青山绿水、动感精彩。经过一段时间的策划、调研和一次又一次激情澎湃的酝酿，最终有两档节目让周瑾琪难以取舍——

一是以时尚体育为主的时尚运动类节目。

这档节目以张友德领衔策划。

张友德是体育界的文化人，搞了大半辈子的体育类平面媒体，虽然不是体育类的主流媒体，但这并不影响他对时尚体育的了解和喜爱。从欧洲阿尔卑斯山区悬崖峭壁之巅的高山玫瑰，到如"岩壁上的芭蕾"般绚丽的攀岩；从苏格兰牧羊人喜欢玩用木板将石子击进动物的洞穴，到绿草清水间鬼魅般的高尔夫运动；从法国造纸商蒙戈菲尔兄弟在巴黎凡尔赛宫前为国王、王后、宫庭大臣及13万巴黎市民表演的热气球升空，到风靡全球的热气球竞技；从法国登山家路易·菲龙使用改良后的方块伞成功飞下勃朗峰，到集冒险、挑战与休闲于一体的空中运动；从蹦极到潜水；从高空跳伞到滑雪……没有时尚不运动，没有运动不刺激，没有刺激不休闲！

对于这档以时尚体育为卖点的节目，张友德喜欢，周瑾琪也喜欢。经过张友德的不断升华和润色，这档节目的名称也从《时尚体育》演变为《我玩时尚》。

二是以心跳和探索为主的探险类节目。

这类节目以段茂然领衔策划。

段茂然是科技口的人，和各有专长的科学家们打了大半辈子的交道。但段茂然学的不是科技，搞的也不是科技，而是和张友德一样，也搞平面传媒，并且是科技口的主流媒体。只是，段茂然在主流媒体做的不算是主流业务，而是搞摄影，并且不是那种作品经常上头版的摄影，大多是休闲版面上的休闲摄影，偶尔也顺手玩一玩DV。不过，"有心栽花花不开，无心插柳柳成荫"，段茂然玩着玩着，就玩到了科学探险协会，去了很多人没有去过的地方。不仅去过谜一样的古城楼兰，而且还跟队寻找过中国的霸王龙；去过西藏、青海，踏遍四川、云贵；上雪域高原，下地下岩洞；探自然奥秘，求未解悬疑……

这样一档以奇、惊、险为卖点的节目，段茂然喜欢，周瑾琪看上去也喜欢。段茂然更是信心满满："节目的名称也不用冥思苦想，就叫《探险》，既响亮，又刺激，每一期都相当于一部悬念大片。不做则罢，要做就做我们自己的Discovery……"

实事求是地说，这两档节目都不错。

但周瑾琪显然不能同时做两档节目。先不说山河卫视频道不可能一下子给两档节目的时段，就是给了，也做不起。

当然，周瑾琪也没有想同时做两档节目。她明白，对于社会节目公司做节目而言，本身就像是探险，若没有一个循序渐进的过程，那探险也就成了冒险。

因此，难以取舍，实际上还是为了取舍。

这就让张友德与段茂然不免暗中较劲。

张友德有些瞧不起段茂然。

他眼中的段茂然不像是个文化人，缩着脖子弓着背的那副样子，怎么看都像被门挤过脑袋，不仅没有点儿利落劲儿，并且也没有传媒人的气质。虽然身为行业主流媒体的摄影，也混到了高级职称，但却一直够不着主版业务，只能算是边缘人。边缘人只能做边缘事儿，策划一档节目则不具有全局观。

相比段茂然，自己可是从做主版业务到主持编辑业务的负责人，要说传媒业务，那当然是他张友德当仁不让。

而段茂然瞧不起张友德也不意外，因为心理上他就不输张友德。

首先，自己毕竟是科技口的人，科技口的人十有八九是文化人，他段茂然也是文化人。从某种意义上说，张友德与他段茂然就像他们各自所代表的行业，没有什么可比性。虽然自己搞的不是科技，但终究是行业主流媒体的高级记者，要说传媒，当然不是张友德的一个小期刊所能相提并论的。其次，电视传媒不同于平面传媒，连镜头感也把握不准，还谈什么电视传媒？

因此，在段茂然的眼里，留着长头发，还有些油头粉面的张友德便是一个假文人或酸文人，夸夸其谈不过是自以为是，指指画画不过是不懂装懂。

但两人到底还是文人，虽然各自把自己策划的节目说成是一朵花儿，又在心里骂着对方的策划方案是狗屁，可嘴上并不互相攻击。

他们要做的，只是如何说服周瑾琪。

周瑾琪明明知道他们之间较着劲儿，却视若无睹他们心中的酸，就像并不在意哪一个策划方案更花哨一样。她在意的是哪一档节目的背后资源更好，她在意的是哪档节目的策划方案具有可行性和可操作性，她更在意的是哪档节目能够博得山河卫视频道的青睐。

因为有自己的主见和想法，所以就在那一天的下午，周瑾琪郑重其事打电话邀请夏侯阳到兄弟传媒公司搞一个座谈，以决定两档节目选择其一。

夏侯阳有些纳闷儿，自己不是电视人，不懂得电视节目的操作，如此重要的事情，周瑾琪何以会听他这个外行人胡言乱语？

但他还算反应快，只一愣神儿的工夫，就嘿嘿一笑，问："你是想邀请秦总吧？"

"聪明人就是聪明人，你看可以吗？"

"应该说是心有灵犀吧。"他还是嘿嘿笑着，又问："为什么你自己不直接给他打电话？"

"又装糊涂了吧？这不是借你的面儿一用嘛！"周瑾琪咯咯笑。

"那我试试秦总会不会给这个面儿吧。"

夏侯阳放下电话，当即约了秦亦讯，秦亦讯很给面儿。周瑾琪就约了她的朋友王广明和毕先生。

王广明是周瑾琪早几年认识的朋友。

周瑾琪还在跟剧组的时候，为了影片的拷贝发行，跟剧组主创人员到京城，在看片会上认识了王广明。那时，王广明还是小编剧，也或者说不是编剧，而是写手。可当几年后周瑾琪落脚京城时，王广明已经成了大编剧，并且是游走于影视之间的大腕儿。

当然，号称是大编剧，并不是说编剧功夫了得，或作品影响大，而是从一个写手成了写手们的大哥大。手中笼络着一帮写手，东攒一个剧本，西攒一个剧本。而他自己则更像是一个专业的统筹，只是比统筹更有本事，他能接着把一些本子推销出去。

至于游走于影视之间，那是他的独特本领。电影圈里熟，电视剧圈里也熟，甚至连电视节目也熟，上上下下，没有不通的路子，因此，很像是个腕儿。

王广明是地道的京片子，天庭饱满、地阁方圆，身材也很魁梧，看上去小视不得。

周瑾琪约的另一位朋友毕先生是喜欢文化的公家人。

由于喜欢文化，在一次书画拍卖会上与周瑾琪偶尔相识后，便逐渐成了很聊得来的朋友，并一直有心与周瑾琪合作做些文化方面的事儿。

周瑾琪做节目本没有想起这位朋友毕先生，因为人家是公家人。

事有凑巧，毕先生给周瑾琪打电话时问最近忙什么，周瑾琪就说想做一档电视节目。

这毕先生兴致很高，问了问圈里圈外的朋友后，便决定与周瑾琪合作。

合作归合作，缘于一些只能意会、不好言传的原因，他在其中只能是一位隐形人，面上的事情一切还由周瑾琪一人出面。

这也没有什么，基于双方的信任和了解，这并不影响合作。

但这次座谈会将决定兄弟传媒公司做一档什么样的节目，与以往泛泛的商谈不一样，周瑾琪认为有必要让毕先生听听，于是也一并约了毕先生。

毕先生明白了周瑾琪的用意，认为蛮有道理，就欣然同意一块儿听听。只是，他只能是毕先生，听听而已。

虽说约的是下午，可大家都忙，除了张友德和段茂然一直在办公室里各自绞尽脑汁地想着自己感兴趣的节目外，其余人差不多都在五六点钟才来到兄弟传媒公司。

该到的都到齐了，周瑾琪特意郑重其事地介绍了秦亦讯，便开始座谈。

段茂然先下手为强，首先介绍《探险》，从创意到定位、从内容到制作、从看点到效果、从资源到潜在的合作方，面面俱到，一气呵成。然后，他把《探险》节目的策划方案发给在座的每人一份。

不用说，段茂然对《探险》节目很得意，甚至对自己刚才的一番推介也很得意，他瞄一眼张友德，消瘦的脸上似笑非笑。

然而，让段茂然出乎意外。

张友德没有按规矩出牌。

他只是把《我玩时尚》节目的策划方案每人发一份，此前只夸《我玩时尚》而从不评价《探险》的他，这时却不说《我玩时尚》，而是第一个否定了段茂然

的《探险》："做一档什么样的节目,主要是看有没有实操性。像《探险》这样的节目好不好?这不用说啊,当然好!可有实操性吗?别说我们一个小节目公司,问问频道敢做吗?问问一视敢做吗?要制作一档真正的《探险》节目,那得需要多大的动静?有多少钱够烧的?你以为有个 DV 就可以做《探险》节目了?我们跟着 Discovery 玩能玩得起吗……"

张友德俨然就是行家,出其不意,一脚踹得段茂然瞠目结舌。

周瑾琪的朋友王广明也是行家,不等张友德说完,他就把两个节目方案往会议桌上一扔,上嘴唇一碰下嘴唇,呱呱呱呱,又脆又利落地说:"要我说呀,你们不用这么麻烦,自己做节目多费劲啊!去几家专门代理国外节目的公司看看,有适合在山河卫视播出的节目就买过来,或者配配音就播,腾出工夫拉广告,不想原版播呢,就照着扒,这多省事儿啊!"

秦亦讯扭头看着夏侯阳,憋不住嘿嘿乐。

周瑾琪看在眼里,不失时机地笑请秦亦讯指示。

秦亦讯还是笑,冲夏侯阳挤眉弄眼地说:"夏侯大律师,周总想听听你的指示呢。"

夏侯阳笑而不语。

秦亦讯便坐正了,但却没有不拘言笑,漫不经心地问:"做节目为了什么呀,周总?"

周瑾琪一愣,随即笑道:"又做文化又挣钱呗。"

夏侯阳立马纠正道:"不用不好意思,做节目就是为了挣钱。"

"这就好办了。"秦亦讯看看夏侯阳,嘻嘻哈哈地说,"要想把投的钱挣回来呢,就先把《探险》放一放,有了条件再探。要想把投的钱挣回来还有富余呢,就先别想着扒人家的,等以后不想做了再扒。哈哈……我是随便说的,不用当真。要我说呀,不妨做做《我玩时尚》,我和夏侯大律师有机会也时尚时尚……"

周瑾琪乐不出声,与她的朋友毕先生相视一笑,就热情地请大家去吃饭。

这事儿到此,夏侯阳本来是喜,喜的是周瑾琪不动声色的小智慧。若只有一个节目方案,大家东一句西一句,品头论足一番后过不了就没法往下进行,而两个节目方案供选择,淘汰一个留一个,这事儿就算定下来啦。

可吃完饭,毕先生意犹未尽,就请大家去附近的那家夜总会去唱歌。这一唱歌,却又让夏侯阳找不着北。

走过那条红地毯进了包房，入乡随俗，除了周瑾琪，除了自己，毕先生给每人叫了一位小姐陪着唱唱歌。

小姐鱼贯而入，有人立马就像苍蝇见了血。

王广明进了歌厅轻车熟路，不用照"扒"别人，下手也最快，像是过了这村没这店，跟抢似的就把一个高个儿小姐拉到自己身边；张友德则如劳苦功高，当仁不让地搂着一个小姐的肩大模大样地坐在了沙发上；段茂然心爱的《探险》被冷落，可这会儿他似乎早就忘了《探险》，也忘了被张友德从背后冷不防踹一脚的尴尬，忙不迭挑了个顺眼的。

秦亦讯迟疑间，面前只剩下两个小姐。

他看看夏侯阳，先是一番坏笑，接着嬉皮笑脸地说："咱们俩就不用抢了，你先！"

走过红地毯，夏侯阳还是没出息，不知所措地说："您先……都给您吧。"

秦亦讯哈哈笑……

周瑾琪像是什么也没看见，唱了两首歌便去了多功能厅。

多功能厅里观众不多，但台上的表演却照样很卖力。

过了没多久，夏侯阳也坐在多功能厅里，心不在焉地看着台上的歌舞表演。

周瑾琪看见夏侯阳，便坐到夏侯阳这边来。

她掩口而笑："我在那儿不合适，可你怎么也出来了？"

夏侯阳笑不出来，也说不出来——包房里浑浊的灯光下，王广明搂着小姐像是生离死别，张友德让小姐坐在了他的腿上，而段茂然则弓着背把脑袋扎进了小姐的怀里……

那个晚上之后，段茂然便一去再没回来，只留下了一个《探险》节目的策划方案；王广明倒是回来过一次，给周瑾琪推荐了郁小朋。

只有张友德对《我玩时尚》节目依旧爱不释手并得意洋洋。

可一把年纪了还能让小姐坐到腿上的张友德，是不是个真行家呢？

7

第二天上午的开庭很顺利,这让夏侯阳有了一份不错的心情,中午在省城好好地吃了一顿饭,然后开车回京城。

上了高速路,路况还不错,只是手机不消停,夏侯阳只好戴上耳机。

他没想到,打来电话的竟然是项东方。

曾经是主持人的项东方,声音还是那么字正腔圆,只是打电话自然不像上镜主持节目那样在意语音语调。在客气了几句后,她在电话里问:"夏侯律师啊,你的朋友要做的那档节目是不是叫《我玩时尚》? 前几天是不是选主持人了? 是不是有一个姓林的女孩子也去试过镜? 主持人已经定了吗? 如果没有定的话也该定下来了。哦,那个姓林的女孩子怎么样? 是不是可以考虑考虑? "

不愧是曾经红极一时的主持人,项东方一口气就问了一连串的问题。

但问题虽然很多,其实需要夏侯阳回答的就是最后一个——是不是可以考虑用林洋洋做主持人?

这个问题夏侯阳没有想过。

他知道《我玩时尚》节目的主持人肯定没有定下来,不然就不会有昨晚的试镜。但项东方的意思是,有没有定下来并不重要,重要的是能不能用林洋洋。

其实,这个问题根本就不用回答,在这儿,问号和感叹号是一个意思。

只是夏侯阳疑惑不解,他不明白的是,项东方为什么特别举荐林洋洋做主持人? 虽然林洋洋是经纪公司的签约艺人,但他并没有觉得林洋洋就是主持人的料。据他所知,项东方做主持人时并不生猛,可她为何喜欢生猛的林洋洋? 林洋洋的红兜兜和红兜兜儿一样的似火激情,真的适合《我玩时尚》的动感和奔放吗?

或者说,项东方怎么会知道林洋洋?

可不管项东方怎么知道的林洋洋,既然项东方知道了,很显然,谁做《我玩时尚》节目主持人的事情就不再是节目公司的事情,不能由着周瑾琪想用谁就用谁。

如此一来，主持人的人选一下就变得复杂了。

夏侯阳好奇，避实就虚、嘻嘻哈哈地问："项总，您说的是哪个姓林的女孩子呀？《我玩时尚》节目有很多主持人去试镜，第一次试镜时，好像有一个姓林的女孩子，但是不是女孩子我并没有注意。公司的周总说后来还有其他的主持人试镜，我不知道后来试镜的主持人中有没有姓林的女孩子。"

"又想绕我了吧？"听了夏侯阳一大堆的废话，项东方仍然有说有笑，"不管还有没有其他的姓林的女孩子，我说的是那个叫林洋洋的女孩子。是不是女孩子也不重要，重要的是她想做《我玩时尚》节目的主持人。"

夏侯阳不以为然："这有什么重要不重要的？来试镜的都想做主持人。当然，如果是您的建议，这建议就很重要，因为您是曾经的大牌主持人，自然是专家和行家的眼光！"

"骂我呢，还是夸我呢？"项东方开心地笑过，然后以商量的口吻说，"频道外包节目的主持人，过几天都要到频道演播室试镜并备案，要求持证上岗。你和你的朋友沟通一下，到频道试镜时，尽量带上林洋洋。可以吗，夏侯大律师？"

他犹豫了片刻，还是明知故问："项总，您的意思是不是说《我玩时尚》节目就用林洋洋做主持人了？那么多待选的主持人，林洋洋已经脱颖而出了？"

项东方迟疑片刻，像是无奈地说："到底是律师，什么事情都要问个明白。哎，我就直说了吧，林洋洋对我们很重要，你知道林洋洋是谁？她是比吴秋林还重要的人的人！这人具体是谁我还不知道，可吴秋林都屁颠屁颠的，这你就懂了吧？她喜欢你朋友的那档节目，并想做那档节目的主持人，这你就明白了吧？"

"这么牛啊！"夏侯阳故作惊讶，"既然这样，她到哪个节目做主持人不可以？还有啊，若她真是喜欢主持《我玩时尚》节目，那么，频道把她空降到《我玩时尚》节目组不就得了，干吗还要让节目组带上她去频道试镜？这不是脱了裤子放屁吗！"

项东方咯咯笑："别的节目人家还不去呢，就看上你朋友的节目啦。再说呀，空降和带上可不一样，空降是派，带上是送。送人家一个顺水人情，你好我好大家都好，有利于今后的合作嘛。"

"这我就更不明白了，一档外包节目怎么会关系到山河卫视频道的商务

合作呢？如果真是这样的话，这么一档小节目，是不是也承受不起啊？"

"你就不用装傻充愣了，她是什么人我已经说得很直白了，你这大律师肯定比我更明白。其实，这可不是什么压力，你想想啊，如果你朋友的节目有这样一个主持人，什么事情搞不定啊？多少节目公司想找都找不到的关系，如今自己找上你朋友的门了，你还不偷着乐？这话本不该说的，你抽空和你的朋友沟通一下吧，有可能的话还是尽量让林洋洋上，就算是一个建议吧。"

"依您项总这么说，这不是天上掉下个林妹妹吗！"

"呵呵……差不多吧。"

"可我的朋友就是做一档破节目，有您和秦总罩着就足够了，找那么牛哄哄的关系干吗呀，还不得天天小心伺候着？"

"和人家相比，我和老秦都不好使，以后你就知道了。"

"既然这样，若用林洋洋，是不是可以给我朋友的节目一些优惠政策啊？比如说少交点儿钱……"

"讨价还价呢？你的朋友若用林洋洋，肯定不是坏事儿，让他们自己想去吧。"

"那我一定转告。"夏侯阳哈哈笑，挂了项东方的电话。

在夏侯阳看来，林洋洋做主持人不如做演员更为合适，不论是电影还是电视剧中的脱是因为剧情的需要，脱一脱也是为了艺术的真实。而作为一个主持人，即便是《我玩时尚》节目很炫很酷，那也不需要主持人脱衣服。

他看过《我玩时尚》的节目方案，基本属于时尚体育类节目。什么热气球啊，滑翔伞啊，滑雪啊，攀岩啊，蹦极啊等等，凡是时尚的、运动的，就是这个节目要推广给观众的。

这样一档时尚的、运动的节目，是无需主持人脱衣服的。比如说热气球吧，主持人乘着热气球缓缓升空，在碧水蓝天之间，美女在热气球上为观众主持节目，神采奕奕，引领时尚，这是多好的一道风景！可要是林洋洋站在上面，一高兴把衣服脱了去，到底是锦上添花呢，还是喧宾夺主呢？观众是看热气球呢，还是看她林洋洋的红兜兜呢？

但项东方的举荐，即便就算是建议，也是不得不听的。

她不仅仅是曾经的主持人，也是山河卫视频道的经营中心总监，而经营中心并不是最适合她的地方，经营中心的总监也不是最适合她的岗位，接下来，很有可能是山河卫视的频道总监。在未来，她应该是值得看好的。

不仅未来值得看好，就是现在的项东方也是举足轻重的。

虽说她现在仅仅是一个经营中心总监，但在目前扎根京城的山河卫视频道工作团队中，唯有她是可以与秦亦讯比肩的。在唐逸风的眼里，她与秦亦讯分不出谁比谁更重要，都是可依靠的中坚力量。据说江南电视台在解决山河卫视频道生存危机的关键时刻，项东方起了至关重要的作用——围绕着山河卫视频道的商务合作，曾经与江南电视台有过一段亲密接触的那家叫"大都融合"的大型国有集团公司的关系，就是她项东方找来的，也是她牵线搭桥的。没有这一步，就没有山河卫视在京城的平稳着陆……

不管怎么说，她项东方也是属于相当重要的人物，起码在山河卫视频道是这样。

项东方和秦亦讯一样，也曾经郁闷过，失落过，但她的运气显然要比秦亦讯好得多。

在前任台长熊台长到任前，她就是一名小主持人。所谓小，并不特指年龄，而是泛指进不了大牌主持人的那一类。在电视台成堆的主持人中，要想脱颖而出，并不是一件简单的事情，那需要天赋和机遇，此外，还需要很多。

俗话说，行行出状元，但在哪一行里出人头地都不容易。状元绚丽的光环是大同小异的，而成功的过程却各有各的不同。

做电视节目主持人也一样，在粉丝无数、众人崇拜的背后，都有自己的故事。掌声响起的同时，每个主持人的心中各有自己的感慨。

项东方在主持人堆里完成了从靓丽少女到熟女的华丽转身，却迟迟难以实现从小主持人到大牌主持人这样一个化蛹为蝶般的蜕变。但项东方的运气还算不错，就在她冥思苦想挣扎着从主持人堆里脱颖而出的时候，江南电视台来了熊台长。熊台长的到来给她带来了和煦的春天，终让她破茧而出，并迅速蹿红，成为江南电视台著名的节目主持人。

在江南，很多人都知道项东方，因为她是常常在电视上出镜的人，也是许多观众心目中的美女。而这一切都缘于她和熊台长的儿媳是知己的缘故，这位知己就是项东方的贵人。

正是有了这样一位贵人，在熊台长在任的日子里，项东方成为江南电视台的大牌主持人，在主持人的位置上持续性的红红火火，却香不销玉不殒。后来，熊台长犯了事儿，自己的贪欲毁了自己的前程。据熊台长被收监后交待，在与其生活作风有关的问题中，其交待出的被他睡过的长长的美女名单中，

独不见项东方的名字。也是，人家熊台长再怎么着，也不会和儿媳的知己搞出一些故事来吧，这是起码的常识，熊台长不会糊涂到这个份上。

在熊台长的关照下，项东方红也红了，火也火了，却能够依旧洁身如玉，除了感激那位知己贵人，她还常常窃窃自喜。

有道是，天有不测风云，说不好哪片云彩就下雨。需要下雨时就下雨，那是及时雨，但不需要下雨时而下雨，那是霉雨。

熊台长的到来，曾经给项东方带来了一场及时雨，让她雨露滋润，生机勃勃。但熊台长终究是人不是神，不可能总是及时雨。

有时候，人不找事但事却找人。

就在江南电视台盖彩电中心大楼的时候，为了有一幢像模像样的电视大楼，耗资一再超出预算。因资金缺口太大，眼看就要停工，一旦停工，岂不又是一个半拉子工程？这要是在江南红火的时候，留下个半拉子工程也没什么，人们是可以熟视无睹的。而现在不是那个时代了，这会儿要是新出现一个半拉子工程，那还不是人见人议论的话柄？如果出现这样的情境，那台长还不被淹死在众人的议论声中？

熊台长当然知道这样的道理，也知道别无选择，只能找到钱救急，救急就是救自己。

于是，熊台长找领导汇报工作，说通了领导再去找财神爷。

这一天，熊台长要请财神爷们吃饭，其中一位大员哼哼哈哈了好一会儿，最后才说："可以啊，您熊台长能不能让项东方做陪啊？"

说完，对方就哈哈哈地笑。

这笑当然很有水平，你可以理解成是一句玩笑，你也可以当真。若是当真了，没什么错，大家高兴呗；若是当成一句玩笑话，也没什么错，人家大员可不就是说了一句玩笑吗！可你千万别为这句话较真儿，真真假假，不过就是图个高兴而已！当真也罢，开玩笑也罢，事后都是玩笑。

熊台长是官场上的人，大员的话当玩笑听，但当真事儿办。电视台有什么？不就是有几个美女吗！美女就是资源啊，要不要得到钱，这美女可是很重要的。

这时的熊台长就很希望项东方是个明白人，懂得投之以桃、报之以李。原因很简单，彩电中心不能成为半拉子工程，不能成为他熊台长的心病，江南电视台需要贷款。

他很认真地安排秘书联系项东方。

项东方办公室里接电话的人说项东方不在，秘书只好拨打项东方的手机，先是通了，没人接，接着打，项东方终于接了，哑着嗓子说病了，正在医院输液呢。

秘书只好把项东方病了的情况告诉熊台长，熊台长就说："你再给她打电话，就说晚上台里有一个很重要的活动需要她参加。"

秘书嗫嚅着说："说过了，她说在输液，如果稍微转好的话她就参加晚上的活动。"

"那还是没有确定到底能不能参加啊？"熊台长听完后，脸阴阴的，好像有些不踏实，只好又让秘书通知了其他两位女主持人待命。

输完液，差不多到了吃饭的点儿，项东方身子轻飘飘的，硬撑着要去。

但先生看着她那难受的样子，实在有些于心不忍，就劝她不要去了，加上大夫也劝她多休息，又加上确实头重脚轻的，并且也没有上个妆，形象不是那么光彩鲜亮，项东方真的不想去了。

她硬着头皮给熊台长发了一个短信，说身体实在不好，无法参加晚上的活动，很抱歉，下次一定补上。

熊台长去请客吃饭的路上，脸色阴沉沉的，很是不高兴。

俗话说，养兵千日用在一时。熊台长想，养是养了，可到用时却不能用……

熊台长越想越生气，越生气就想得越多。平时不用，床上不用，如今有事了，想用却不能用。早也不病，晚也不病，想让你陪着重要的人物吃顿饭了，你却生病。今晚的事情是多么多么的重要，谁知道你是真病还是假病？即便我相信你是真的病了，那人家也不一定信啊，这不是明摆着让我这个台长下不来台吗。

一路上，熊台长阴沉的脸色很难看，直到走进吃饭的饭店才松弛下来，并努力地挤出满脸的笑。见了财神们，尤其是看到那位大员，熊台长一边热乎乎地说着见您老兄如何如何不容易，一边赔着不是，人家大员当然是无所谓的样子。

大员原本说的就是一句玩笑，项东方没有来，人家也没有不高兴。这事儿或许是可以平静地过去的，替代项东方的美女也蛮漂亮，陪着喝喝酒，台里贷了款有了钱，接着盖楼。熊台长不为盖楼缺钱发愁了，脸上也就不会阴云密布

了,说不定这事儿就悄悄过去了。

可偏偏就在喝着吃着的时候,包间墙上的电视里又出现了项东方主持的节目。项东方的那份光彩,那份成熟,那份标识式的手势,让大员看了又看。

借着喝了几杯酒的缘故,那位大员也兴奋了许多,端起酒杯站起来又要和熊台长喝酒:"很想和项主持人喝杯酒,看来你熊台长不给这个机会了,台长大人怜香惜玉,可以理解,可以理解!"

熊台长的心里猛然像被戳了一下,一边赶紧喝酒,一边忙着解释:"她确实是病了,这节目是录播,不是直播的,不是直播的……"

大员只是嘿嘿笑,人家才不管是录播还是直播呢,反正是项大主持人又出来了。

熊台长解释不清楚,干脆示意带来的两个美女主持人轮番敬酒。

这之后,盖楼的钱还是有了,可不久后项东方却靠边站了,没有谁是不可缺少的,红红火火的项东方也一样。再之后,项东方就到了文艺部,和秦亦讯混在了一起,也成了江南电视台郁闷的人。

但项东方没有郁闷太久,熊台长就被双规了,新的台长唐逸风来了。

唐逸风的到来,对她项东方来说,无疑又是一场及时雨,她不再是边缘人,也不再是郁闷的人。当她可以重新选择时,她郑重地想了想,自己毕竟不再是青春少女,应该有一份更适合自己的工作,应该有一个前程似锦的岗位,因此,她就没有再回到主持人的岗位上……

项东方的电话又让夏侯阳因为《我玩时尚》节目主持人的事儿有些神不守舍,但因为开着车,他实在不敢让自己忘乎所以地走神,信马由缰地乱想。

8

夏侯阳在服务区稍作休息后,便继续赶路。

谁知刚出服务区不久,秦亦讯的电话又来了。

夏侯阳只好关了车上的音响接电话。

秦亦讯在电话里与夏侯阳说话总是不急不慢,甚至是慢条斯理。他知道夏侯阳去外地开庭了,就先问一些与开庭有关的情况,庭开了没有,顺利不顺利等,然后说:"有什么事儿也别急,忙不完就多住几天。和他们商谈合作合同实施细则的事儿,也不差这一两天,这又不是火烧眉毛的事儿。这边有事儿我就给你打电话,你踏踏实实的,忙完了事儿也可以玩两天。人生没有多少天,快快乐乐每一天……"

夏侯阳一听,秦亦讯没什么急事儿,也就随着闲聊:"有您秦总这番话,我就踏实了,没准儿就在外面玩几天。"

"就是嘛!哈哈……"秦亦讯开始坏笑,果然就接着说,"省城里不是有你好多同学吗,有时间顺便约会一下旧情人,喜新还要不厌旧……别老想着挣钱,挣钱没个完,多少是多啊?"

秦亦讯的这句玩笑还真有点儿让夏侯阳两难,若是否认吧,有些不懂幽默;若是顺着说吧,又和意淫差不多。夏侯阳只好不语,只是嘿嘿地笑。

"好了,不浪费你的电话费了,长途加漫游呢,想着保重身体,合理分配资源!"秦亦讯说着,在即将挂断电话之前,突然像是想起了什么,有意无意地说:"噢,对了,周总那儿试镜的主持人是不是有一个叫斯丽娅的?她怎么样?我看她还是可以的嘛,哈哈……"

夏侯阳一愣,今天这是怎么了?

也就是两个小时前,项东方给他打来电话,为林洋洋;而两个小时以后,秦亦讯也给他打来电话,是为斯丽娅。

夏侯阳几乎是惊讶——尽管项东方的电话与秦亦讯的电话异曲同工,但却是如此的南辕北辙。林洋洋来历不凡,斯丽娅又是什么来历呢?林洋洋会脱,那个甜姐姐蜜姐姐的斯丽娅,也会甜哥哥蜜哥哥吗?

像接到项东方的电话时一样,夏侯阳这会儿的心里同样有很多的好奇和不解,但他没有像两个小时前与项东方那样臭贫似的也与秦亦讯臭贫,而是和秦亦讯一样的坏笑,爽爽地说:"您秦总说可以,那当然就是可以的啦。主持人的事儿大概还没有定下来,正好我跟周瑾琪转达一下您的指示。"

秦亦讯和项东方不同,没有为自己的建议找个理由,而是一再轻描淡写地重复说:"哦,我就是这么一说,呵……呵,就是这么一说,顶多算是个建议,公司自己决定。"

夏侯阳没有模棱两可,也没有多问为什么,还是爽爽快快地说:"领导的建议就是指示嘛,我让他们照办就是啦!"

秦亦讯满意地挂了电话。

"嘿,瞧这事儿闹的,越来越复杂了。"夏侯阳一边自言自语,一边不由得苦笑:这下好了,周瑾琪的节目不知不觉中竟然成了焦点,而《我玩时尚》节目主持人的人选,也突然间成了烫手的山芋。

电视节目主持人的工作是个香饽饽,想上镜的男孩子一大堆,想上镜的女孩子也一大堆,这本没有什么。可《我玩时尚》是山河卫视的一档外包节目,这样一档还不知道是什么模样的节目不仅引来一大堆想上镜的男女孩子,而且还引起了秦亦讯、项东方,甚至是吴秋林们的兴趣,这香饽饽就变得烫手了。

不论是林洋洋多么奔放,也不论是斯丽娅的功夫用在哪儿,如果秦亦讯与项东方的意见是一致的,这事儿就好办了,反正是用谁也是用。

可项东方偏偏推荐的是林洋洋,而秦亦讯建议的则是斯丽娅。

项东方虽然只是说带上林洋洋去频道试镜,然而,林洋洋分明来势汹汹,不是空降却大有空降之势;而秦亦讯的建议虽然如和风细雨,但斯丽娅想做《我玩时尚》节目主持人的愿望显然不是细雨和风。

当然,这并不是让夏侯阳左右为难的全部。

更让夏侯阳为难的是,用谁不用谁的背后,还涉及到江南电视台的合作方吴秋林。

原本,项东方与秦亦讯是很少意见相左的,大到大是大非,小到工作上的细枝末节,两人尽管也会有不同的看法或想法,但最终还是会趋于一致的。这才是工作中配合默契的项东方与秦亦讯,这才是本来的项东方和秦亦讯。

但这一次却不是这样,他们的配合缺乏默契,或者说根本就没有配合。

并且,以项东方的说法,来势汹汹的林洋洋的关系,是江南电视台的合作方吴秋林,从而可以推断,斯丽娅的关系显然就不是来自于合作方,而应当是来自于秦亦讯。

难就难在,秦亦讯与吴秋林,分别代表的是甲方和乙方。

如此一来,还在筹备中的《我玩时尚》节目便已纠缠到错综复杂的关系中。

一档节目被观众关注着是好事儿,被领导关注着也是好事儿,但被几个领导同时关注着就不一定是好事儿。尤其是领导的意见相左时,有的说西,有的说东,西东东西,可想而知……

《我玩时尚》节目的主持人该用谁,竟然成了一个难题。

若用斯丽娅就等于晾了项东方。

晾了项东方自然不合适,何况,林洋洋背后的那个人能让吴秋林屁颠屁颠的,还能让项东方不敢怠慢,把他们一起晾在一边,不能不心有余悸,谁知道合作就位后会是一个怎样的格局?

同样,若用林洋洋就晾了秦亦讯。

晾了秦亦讯更不合适。秦亦讯毕竟是山河卫视在京城的第一人,舍近求远不如近水楼台。不管合作就位后是怎样的格局,秦亦讯仍然是秦亦讯。何况,不管谁做《我玩时尚》节目的主持人,他夏侯阳不能没有脸面见秦亦讯。

本来,夏侯阳对《我玩时尚》节目主持人的选择是没有什么意见的,这档节目到底需要什么样的主持人他并不懂,不懂的事情最好不要说三道四。虽然那晚试镜的主持人表现得有些乱七八糟,但想想也是可以理解的。每一个想做主持人的人也都是凡人,难免有这样那样的毛病和弱点,也有各自的长处。当主持人毕竟是他们的梦想,有梦想自然就要不遗余力地表现。脱去衣服是一种表现,嗲声嗲气是一种表现,甜甜蜜蜜是一种表现,刻苦练功是一种表现,就是投怀送抱了那也是一种表现,所有所有的表现都是为了梦想。

俗话说,台上一分钟,台下十年功,至于怎么用功,则完全是自己的事情。

所以,关于主持人的事儿,他本不想和周瑾琪多说什么,至于说自己是门外汉,也不是有意的矫揉造作,其用意就是不想因为自己的意见而影响了周瑾琪的选择,他更希望周瑾琪能根据节目的需要找到一个合适的主持人。

但是,接连接到项东方和秦亦讯的电话,夏侯阳忽然明白了,一个节目主持人的选择,并不纯粹是业务的事情那么简单,其实涉及到错综复杂的关系,而一旦涉及到错综复杂的关系,用谁不用谁就不完全取决于业务能力。

同时,他也明白了,周瑾琪为什么请他看主持人试镜。

她是在等他一个意见。

夏侯阳忍不住给周瑾琪拨了电话。

周瑾琪很快接了电话,笑着说:"还想给你打电话呢,可知道你今天开庭,就没骚扰你。"

夏侯阳也心不在焉地开起玩笑:"没有你的电话骚扰,心情还不爽呢!"

"越来越油嘴滑舌了。"周瑾琪开心地笑过,接着认真地说,"主持人的事情该定下来了,要不就会影响做样片了,想问问你什么时候回来,很想听听你

的意见。"

"为什么要听我的意见？"他还是故意问。

"把你当根葱呗。"

"昨晚又有主持人试镜了？"

"十几个呢。有几个不错的，都录下来了，你回来后抽时间过来看看。"

"试过镜的主持人也不少了，你准备用谁呢？"

周瑾琪莞尔一笑："没想好才听听你的意见嘛。"

"我这根葱吧，化肥施多了，长得青是青，白是白的。"

"那也是根葱呀，没你还不行呢。"

"哈……你说……这做节目能青是青、白是白吗？要不……别做这破节目了嘛！"

"为什么？是有什么变化？还是很让你为难？还是……"周瑾琪急忙问。

"都不是，别瞎想！我是说啊，这做节目能挣钱吗？"

"不做怎么知道啊！"

"噢，就是说开弓没有回头箭喽。"

"你怎么了，大律师？好像有点儿不正常？"

"我开车往回走呢，闷得慌，和你瞎聊。"夏侯阳嘿嘿笑，话一转，若无其事地问，"秦总最近去过公司吗？"

"来了，前天傍晚来的。"周瑾琪不假思索地说，"说是晚上去附近的大剧院看演出，没地方停车了，就把车开进了办公室楼下的院里。因离演出的时间还早，就上来坐了一会儿，大概也就是半个多钟头的时间吧。"

"秦总到办公室时，都有谁在啊？"

"我们几个人都没走呀……"周瑾琪想了想，又接着说，"噢，正好斯丽娅也在。"

"秦总有没有和斯丽娅单独在一起？"

"有的，但时间很短。他们几个都在会议室商量修改节目的对外宣传方案，斯丽娅下午一直缠着我说些节目的事情。秦总进来后说院里的保安不让他停车时间久了，我就下楼跟保安说了说。那会儿就秦总和斯丽娅在我的办公室里，不过，时间很短，前后也就是十分钟左右吧。"

"斯丽娅知道秦总是谁吗？"

"知道的，我还给他们互相介绍了呢。看上去，秦总对斯丽娅印象不错。怎么啦？"

"怎么也没怎么。"夏侯阳顺口说，"秦总说希望你能做出一档品牌的节目来。"

"这才哪儿到哪儿呀，做做看吧……"

"那就先这样吧。天要黑了，我该瞪大眼睛开车了。"

"不用瞪大了，就你那小眼睛才聚光呢，呵呵……不开玩笑了，注意安全！哎，对了，你抽空帮着想想，主持人的事儿怎么定呀。"

"行，让我想想吧，想好了就告诉你。不过，昨晚试镜的那些主持人我就先不看了，不然，看多了就看花眼啦……"

一下午，夏侯阳明白了很多。

而关于秦亦讯与斯丽娅，他只明白了一半，秦亦讯和斯丽娅之间没有多么复杂，有的只是偶然巧合；但另一半他不明白，秦亦讯和斯丽娅之间偶然巧合后发生过什么。

在十分钟左右的时间里，能够发生什么？

夏侯阳无心探究秦亦讯与斯丽娅的隐私，更没有多少猎奇的欲望。隐私是仅属于个人的私密，不是公共信息。别人的隐私只属于别人，与他夏侯阳没有任何关系！再说，就是知道别人的隐私又有什么意义？那些别人的隐私对其他人来说不过就是一份好奇，或者是一些臭气哄哄的东西。

但是，他要明白，《我玩时尚》节目的主持人为什么是斯丽娅。

9

夏侯阳匆匆赶回京城，唐逸风也到了京城。

唐逸风进京，是作为吴秋林们最最重要的贵宾之一被隆重邀请进京的。

虽然是很重要的贵宾，但他这次进京却只能算是一位看客，一个坐上贵宾席的尊贵的看客。

说他是一个看客，并不是说即将隆重推出的盛宴和他没有关系，恰恰相反，正因为有他唐逸风，所以才有了这次隆重的新闻发布会。

　　这一盛大的新闻发布会与他唐逸风有密切的关系，与江南电视台有密切的关系，与江南电视台的山河卫视频道有直接的关系，与江南电视台和中影中万公司就山河卫视频道的合作同样有着很重要的关系。

　　换句话说，这次盛大的宴会关乎江南电视台的未来，关乎山河卫视频道的未来，关乎江南电视台与中影中万公司的合作。

　　但是，不管与江南电视台、与山河卫视频道、与他唐逸风有着多么重要的关系，这一次，他却只能是一个看客，是一个端起酒杯祝别人合作成功的看客。

　　因为这一次吴秋林盛情邀请他进京，是为了让他见证吴秋林的中影中万公司出人意料的重组，是为了见证吴秋林的华丽转身。

　　与江南电视台签了合作合同之后，吴秋林一面转身来对江南电视台说着大话，一面背过身去闷声不响、紧锣密鼓地做他的资本运作。憋了两个多月，就在秦亦讯催他商谈合作合同实施细则后没几天，吴秋林终于华丽地转过身来——他把自己的中影中万公司 51% 的股权卖给了国有大公司天荣保润集团公司。

　　而在吴秋林华丽转身之前，他唐逸风对吴秋林的这一次资本运作却一无所知。

　　不仅唐逸风不知道，连在京城的秦亦讯也不知道。

　　或者说，不该知道的都不知道。

　　很显然，不管是被吴秋林当做多么重要的贵宾，唐逸风的这次京城之行，心里必然是五味杂陈。

　　江南电视台新山河卫视传播公司的成立本来是为江南电视台与国有大型集团公司——大都融合公司的合作而搭起的平台。在全力收回山河卫视频道的同时，江南电视台穷则思变，唐逸风打开电视之门力推改革，夏侯阳提供了思路，项东方介绍来了赫赫有名的大都融合公司，经过近两个月十分艰苦的商谈，终于在大都融合公司同意出资三个多亿的条件下签署了增资协议。作为对价，大都融合公司也获取了新山河卫视传播公司 49% 的股份。

　　这一次合作尽管结果是无疾而终，但却是夏侯阳提出的在京城找钱的第一次尝试。

　　而事实上，大都融合公司很看重这项文化产业的重大合作，并有意与江南电视台好好合作一把，因此才有了一系列艰苦的商务谈判。

大都融合公司以高管和法务人员组成的谈判代表既专业，又强势，让江南电视台自成立以来初次见识了关于合作事宜商务谈判的艰难。而江南电视台参与商谈的却只有唐逸风、秦亦讯及夏侯阳；项东方因是合作的牵线人，几乎见证了一系列商谈的整个过程，但她还不能承担起参与商谈的重任。

在江南电视台参与商谈的三人中，唐逸风不可能总是参与具体的商谈，更多的时候是根据大都融合公司谈判代表的身份而象征性地参与商谈，况且，作为江南电视台一方的老大，他也不宜常常坐在谈判桌前。

秦亦讯是每次都要参加的，只是这样的商务合作对他来说也是第一次，参与这样的商务谈判自然不像做节目那样成竹在胸。不过，秦亦讯关键时候还是拿得起、放得下，与夏侯阳配合相得益彰，因此，和夏侯阳一同承担了与大都融合公司商务谈判的重任。

唐逸风认可了夏侯阳关于可经营性资产的剥离，为了山河卫视频道的运营，他安排专人重打锣鼓新开张——成立了新山河卫视传播公司，准备好了与大都融合公司合作的平台。同时，他也给了夏侯阳足够的信任，每一次的商务谈判，夏侯阳必须参与。

见过了夏侯阳在商务谈判中的一丝不苟，认识了夏侯阳在商务谈判中的举重若轻，唐逸风由衷地欣喜。从正式商谈合作的时候起，唐逸风总称呼夏侯阳为"夏侯首席"。

当然，"夏侯首席"并不仅仅是一个称呼，而是包含着唐逸风的信任和重托。

经过了一轮又一轮的谈判，双方敲定了正式签约的时间。签约时间既考虑了双方合约已无重大原则性分歧的进展情况，又考虑了双方大领导出席签约仪式的日程安排。

因为双方的大领导都将出席签约仪式，无庸讳言，江南电视台与京城大都融合公司关于山河卫视频道合作正式签约的那个晚上，对江南电视台而言，一定是个美好的夜晚。

可这个夜晚却来之不易。

那一天的下午，大都融合公司的要员已空降江南，江南的要员也将准时出席晚上的签约仪式，而双方的谈判仍然处在胶着状态。夏侯阳依然对合同的几个条款不肯点头放过，他要保证江南电视台对新山河卫视传播公司的掌控，同时又不能让江南电视台承受过于苛刻的违约责任，为此，他必须据理力

争。但大都融合公司是出资方,掏出了大把大把的钱担心合同不能全部履行,因此,也不愿意退让。

已经是下午4点了,为打破僵局,只好暂停商谈,各自先商议一下。

秦亦讯下午去张罗晚上签约仪式的事情了,夏侯阳是孤军奋战。走出谈判的会议室来到酒店的大堂,他给唐逸风打了电话,汇报了下午谈判的情况。

唐逸风问:"你说的这几个问题很重要吗?"

"我认为很重要,不然,我就不会给您打电话。"

"你是首席,你说不能签,我们就不签,谁来我们也不签。你在大厅里等我,我一会儿就到。"

其实,身为首席很沉重,不能得过且过,不能退一退,也不能松一松;其实,身为首席又很欣慰,重任给了你,信任也给了你。

有了唐逸风的这份镇定和沉稳,夏侯阳松了一口气,不为别的,只因在两个多小时以后,政府要员就要出席签约仪式,而这时的唐逸风想到的并不是什么政绩工程,而是一份严谨的商务合作合同。

唐逸风很快到了酒店,拍了拍夏侯阳的肩,便一起走进谈判的会议室。

时间不停步,这时,所有人的目光都集中在唐逸风的身上。

而唐逸风却轻轻松松地环视了一下在座的各位,不急不躁地说:"各位都辛苦了,本台长很是感谢!但合同的商谈不是一蹴而就的事儿,有争议和分歧就慢慢谈。大家不用着急,今晚签不了还有明天,明天签不了还有后天,什么时候谈妥了,我们就什么时候签……"

唐逸风的睿智推动了合同的商谈,结果是大都融合公司做了最后的让步。至于是不是原则性的让步已经不重要,重要的是他们必须让他们的要员得到一份能够签字的增资合同。

晚上的签约仪式如期举行,双方皆大欢喜,场面喜庆热烈。

就在签约的时候,大都融合公司的首席谈判代表提了一个小小的要求:即将在《增资合同》上盖章的是他们集团公司旗下的上市公司,由于没有经过股东大会,希望合同签署后双方能够暂时保密。

而江南政府要员在与大都融合公司举起酒杯庆贺时,却哈哈笑着一语道破天机:"你们又要拿着我们的山河卫视去圈股民的钱了吧?!"

果不其然。

第二天的早上,大都融合公司旗下上市公司的股票在混沌的股市中抬头上扬……

签完合同后，夏侯阳回到京城。

仅仅十多天以后，江南电视台与大都融合公司的合作就戛然而止。随着出席签字仪式的政府要员奉调进京，一度热情似火的大都融合公司迅速失去了对山河卫视频道的激情，悄然退出了与江南电视台的合作。条件是，已经支付的两千万元人民币作为江南电视台的暂借款，并且是没有固定期限的暂借款供江南电视台使用。

虽说两个多月艰苦的商谈所签署的合同尚未履行就搁浅，但江南电视台得到了宝贵的两千万的周转资金。在江南电视台最最困难的日子里，两千万也是至关重要的。没有这两千万，山河卫视频道怎么活？没有这两千万，江南电视台怎么活？没有这两千万，江南电视台千余人的工资怎么开？要是不能开工资，谁还能安心工作？

最最重要的是，这两千万为江南电视台赢得了喘息的时间。

但是，对于江南电视台，对于江南电视台山河卫视频道，对于江南电视台的千余人的开支而言，仅仅两千万是远远不够的，唐逸风不得不为此东奔西走。

其实，在大都融合公司退出合作后，很快就有数家大公司接二连三地对江南电视台眉来眼去，山河卫视频道毕竟是国内少有的专业频道。从这一点上说，江南电视台不缺少合作者，毕竟中国电视业也是具有浓重的中国特色的，广电的体制决定了它的属性。电视传媒是属于垄断的，有垄断就有垄断利润。大都融合公司的退出，只能说明大都融合公司没有看透电视产业垄断利润的实现渠道。

但也有人说，大都融合公司与江南电视台关于山河卫视频道的合作，仅仅是其在江南投资的战略性布局，出乎其意外的是，江南政府大员的人事变动改变了大都融合公司在江南投资的初衷。

从心里讲，夏侯阳很为大都融合公司的退出而惋惜。因为在国内，若不在广电体制内，就算你再有钱，你也不可能申办一个电视频道，更不可能申办一个电视台，这就像门里门外。而国内电视台很多，电视频道更多，但电视传媒的资本市场却还是一片处女地。要开垦这片肥沃的处女地，就需要门里和门外、资源和资本的融合。夏侯阳原以为大都融合公司会在与江南电视台的合作中，借助山河卫视频道，撬开中国电视传媒的资本市场，可遗憾的是，大都

融合公司却转身而退。

大都融合公司转身而退后，接二连三希望与江南电视台合作的四五家京城大公司却没有一家能让唐逸风感到称心如意，因为虽然这些公司各有各的优势，但始终没有一家公司可以出到大都融合公司所出的价钱，这是无论如何不能让唐逸风接受的。

就在几家公司对江南电视台一边频送秋波，一边又讨价还价的时候，有一家公司却直截了当地投怀送抱，这就是吴秋林的中影中万公司。

中影中万公司虽说是民营的，但这家民营的传媒公司也有它拿得出手的业绩，众多电视剧和电影的推出给千千万万的电视观众留下过或深或浅的印象。

据吴秋林自己介绍，他是国内最大的民营影视公司。

当然，民营公司也没有什么低人一等的，何况，吴秋林也说了，他的中影中万公司也不全是民营，而是和国内一所重点大学合作的。还有更重要的一点是，吴秋林同意接受大都融合公司一样的合作对价，大都融合公司曾经接受的条件他都可以接受。

这些都是令唐逸风心动并最终合作的重要因素。

不过，公开的秘密是，中影中万公司的另一方投资人——京城一所著名的大学，在合资的中影中万公司中并没有实际的投资，或许大学的牌子就是吴秋林所看中的资源。就冲这一点来说，现实中的吴秋林似乎并不像他说的那样，民营公司也是一样的理直气壮，相反，他自己大概也觉得民营公司仍然不够体面，不然，他没有必要和一个只出名而不出钱的投资人合作成立中影中万公司，因为他是一个影视投资人，而不是一个教育慈善家。

但不管吴秋林的中影中万公司是民营公司也罢，与知名大学合资成立的公司也罢，吴秋林终究是个人物，而且还是一个不一般的人物。在与江南电视台签署以增资、合作对价为主要内容的《合作合同》之后，吴秋林没有急于与江南电视台签署相关的系列合同，如合作合同实施细则、山河卫视频道广告经营代理合同等，而是不急不躁，像没事儿似的把江南电视台搁在一边。

签了合同，付了两千万的定金，可吴秋林却似闲庭信步，不急于合作，又不急于张罗，就像占了一个茅坑，只蹲着不使劲儿。

吴秋林让人猜。

只是没有人能猜透。

就在江南电视台等着与吴秋林的中影中万公司商谈上述系列合同时，吴秋林却在争分夺秒，明修栈道、暗度陈仓。经过一阵秘而不宣的运作后，赶在他的中影中万公司增资江南电视台的新山河卫视传播公司之前，首先实现了国有大型集团公司——天荣保润公司对中影中万公司的增资。

这就是吴秋林的本事，不仅敢想，而且敢为天下先，且有老鼠搬大象般的气魄！

在京城，天荣保润公司可不是名不见经传的小公司，而是如雷贯耳、与大都融合公司并驾齐驱的大型国有集团公司。

江南电视台阴差阳错失去了与大都融合公司的合作，退而求其次选择了与吴秋林的中影中万公司合作。而令人惊愕不已的是，吴秋林的中影中万公司却拉来了名声显赫的天荣保润公司。

至此，关于山河卫视频道的合作，实际上成了江南电视台与天荣保润公司的合作，前者拿出来的是山河卫视频道资源，后者拿出来的是大把大把的钱。

商海犹如魔方，亦如浮云，瞬间变化莫测。

这是一阵令人眼花缭乱的公司重组。

在这阵令人眼花缭乱的公司重组中，有一个人如同凤凰涅槃，浴火重生，这个人就是吴秋林。

10

这是吴秋林梦寐以求的一次华丽转身。

天荣保润公司增资中影中万公司后，"中影中万"这个公司名称将成为历史，取而代之的将是"保润万"公司。保润万公司的注册资本金也由中影中万公司的两千万瞬间增资到八千万。天荣保润公司将持有保润万公司51%的股权，并将由天荣保润公司方出任保润万公司的董事长，吴秋林则摇身一变成为保润万公司的副董事长。

理所当然的是，天荣保润公司在获取保润万公司这些利益的同时，作为

对价所要付出的资金将接近五个亿。

商人就是商人，吴秋林把中影中万公司51%的股权卖给了天荣保润公司，自然是要卖一个好价钱。他不仅不需要为与江南电视台的合作及对新山河卫视传播公司的增资从自己兜里掏钱出资，而且，这51%股权的转让还让他挣到了他投资拍摄影视剧所挣不到的钱。更为玄妙的是，吴秋林并不甘心把51%的股权干干净净地转让给天荣保润公司，其中的1%是或然股权，必要时，吴秋林仍然可以把这1%的股权拿回来，以便并账使用。

一切都可以改变，中影中万公司就这样改头换面后成为焕然一新的保润万公司，成为国有资产控股的公司，江南电视台的合作者也由民营公司转变为国有资产控股的公司。

对于吴秋林来说，这是一次化蛹为蝶般的蜕变。

从这一刻起，此前曾是民营影视公司老总的吴秋林，终于脱去了花钱借来穿在身上数年的知名大学的外衣，在与江南电视台谈成合作后的短短时间内，就来了一次优美漂亮的脱胎换骨般的蜕变，借国有大型集团公司"天荣保润"国字号的招牌和令人眩目的背景，吴秋林终于扬眉吐气，春风得意！

他终止了与那所知名大学的合作，因为他有了更加华丽的外衣。

披上华丽的外衣，在即将要转身的那一刻，吴秋林恍恍惚惚，猛然间觉得这个世界是如此的美好，如此的妖娆！在他醉意蒙眬的眼里，这个寒冷刚刚来临的冬季，分明已经是四季颠倒，就如同"忽如一夜春风来，千树万树梨花开"。

吴秋林终于抬起了低垂已久的头，挺直了习惯弯下的腰。

和其他以不同形式与电视传媒合作的业外公司的做法不同，天荣保润公司进军电视产业的举动是大张旗鼓的，他们没有羞羞答答，更没有做贼心虚似的刻意低调，而是把签约仪式暨天荣保润公司进军电视产业的新闻发布会特意选择在了京城最具有标志性意义的宴会厅——这是一个高调的新闻发布会，不仅彰显了天荣保润公司舍我其谁的豪气，也展示了天荣保润公司进军文化产业的勃勃雄心。

鉴于国内电视传媒业的特殊性，许多的业外资本在与电视台或电视台的某个频道合作时，总是犹抱琵琶半遮面，即便是合作了，也是深一脚浅一脚。如雾里看花，又如摸着石头过河，既看不透，也不知到底水有多深。但即使是这样，仍然不能抵挡电视传媒产业资本价值和商业利润的诱惑，就连国际传媒大王也盯着中国电视业看得两眼发直。这位赫赫有名的传媒大亨在掏出不少的资金稍微试探一下后，便浅尝辄止，拔腿而去——天马行空的传媒帝国终究看不懂中国的电视传媒产业，自然也难以撬开中国电视产业的资本市场。

尽管如此，由于中国电视产业的巨大前景和巨大诱惑，许多业外资金在价值取向驱动下，又不断地对电视传媒业眉来眼去、投怀送抱。虽然社会已迈入互联网时代，但就传播和受众而言，还是电视为王。

天荣保润公司在揭去曾经披在身上的面纱后，先后投资于地产业、矿产业，而今又大张旗鼓地涉足文化业，并一步踏进电视传媒业，真可谓不鸣则已，一鸣惊人。

高调的合作有了高调的新闻发布会。

在热烈的掌声中，友情客串主持人的当红影星激动不已地宣布签约仪式暨新闻发布会开始。

在鲜花和掌声中，贵宾们神采奕奕地走进气势恢弘、亮丽喜庆的大厅；在鲜花和掌声中，中影中万公司成为翻过去的一页，天荣保润公司入资中影中万公司后，国有资产控股的"保润万"公司应运而生。

生来就有着高贵血统的保润万公司果然是如此的气势不凡，应邀前来贺喜的贵宾络绎不绝，宣传、电广、文化、影视等各行各业的贵客应有尽有。

共同呕心沥血打造了保润万公司的吴秋林和天荣保润公司的几个大老总们，喜气洋洋地拥簇着贵宾们走上新闻发布会的主席台，唐逸风当然也不例外，被簇拥着坐上贵宾席。

唐逸风西服革履、气宇轩昂地坐在贵宾席上，微笑着面对众多的来宾，微笑着面对蜂拥而至的媒体和不断闪烁的聚光灯。

唐逸风在闪光灯前自始至终微笑着，但他脸上的微笑显然没有吴秋林及天荣保润公司大老总们的笑容那么灿烂！

他的心里有些酸酸的。

他是江南电视台的台长，江南电视台有山河卫视频道，有新山河卫视传播公司。吴秋林的中影中万公司增资入股了新山河卫视传播公司，作为条件之一，山河卫视频道的可经营性资源的经营权将许可给新山河卫视传播公司。

换言之，山河卫视频道的概念在吴秋林的中影中万公司增资新山河卫视

传播公司后，随之成为吴秋林的中影中万公司的最大卖点，或者说是中影中万公司最绚丽的光环，因此，才有了天荣保润公司入资中影中万公司的合作。

可以毫不夸张地说，是江南电视台的山河卫视频道搭起了今晚这个隆重的新闻发布会的舞台，是江南电视台的山河卫视频道代孕代生了保润万公司，而在忍受了阵痛之后，唐逸风却只能是一个看客。

其实，从唐逸风得知吴秋林的中影中万公司与天荣保润公司的合作并将成立保润万公司时起，他的心里就有一种别样的滋味，要说是高兴，却笑不出来，要说是不高兴，也不全是。

增资新山河卫视传播公司的保润万公司换了血统和身份，对江南电视台来说毕竟也不是坏事儿。一个堂堂正正的电视台，和一个民营影视公司合作，其结果终究有些难以预测，也不可能没有这样那样的担忧。而在天荣保润公司入资中影中万公司后，保润万公司毕竟是国有资产控股的公司，无形之中就多了一道防火墙。何况天荣保润公司是国有大型集团公司，不仅有坚实的实力，而且就国有资产的保值增值而言，天荣保润公司与江南电视台毕竟有着相同的责任和义不容辞的义务，这对江南电视台来说，不能不说是一件好事儿。

可当吴秋林洋洋得意而又眉飞色舞地把中影中万公司与天荣保润公司重组的事情告诉他的时候，他的心里却总有一些酸酸的感觉。

他想，这孙子，这么大的动静居然也不事先告诉我们一声，事成了你偷着乐也让我们陪着你乐。我们刚把新山河卫视传播公司 49% 的股权卖给你，你转手就把它又卖给别人，虽然间接卖了我们新山河卫视传播公司 25% 的股份，可你卖了一个更好的价钱。卖个好价钱也就罢了，卖我们的东西总得事先和我们说一声吧？！

唐逸风因为这事儿，免不了要想来想去，其中的道理自然也能明白，可心里总有些不爽，就打电话给夏侯阳，问："我想要知道的是，吴秋林这么干合不合适？我们可不可以说不？对新山河卫视传播公司会有什么样的影响？"

夏侯阳也是在唐逸风到京后才听说吴秋林的这次资本运作。

如果理性地看待吴秋林的这次资本运作，纯粹从商业的角度而言，这不能不说是中国电视产业的一次有益尝试，其影响将是长期的。放眼国内，有很多的电视台，有很多的电视频道，但电视台所拥有的电视频道的经营却仍然处于原始阶段。除了少部分的电视台有钱或很有钱以外，更多的电视台的可经营性资产及可经营资源的经营状况并不乐观。

而现实是，电视台除了首要的不折不扣的宣传功能之外，国有资产的经营也是不可或缺的，但抱残守缺式的经营只能导致广告经营的激烈竞争，却无法改变惨淡的经营现状。因此，对外合作必将是迟早所要面临的选择。

问题是，很多经营状况不好的电视台在对外合作中，却没有足够的商业资本。然而，令人惋惜的是，现成的商业资本又被搁置不用。什么是电视台的商业资本？在电视传媒业还处在垄断的时代，电视传媒的无形资产及可经营资源就是电视传媒的商业资本。江南电视台没有商业资本，但江南电视台却实现了真正的融资，这就是资源变现。

吴秋林是精明人，恰恰认清了这一点。于是，他先把电视传媒这个概念装进自己的公司，然后再不遗余力地卖出去，从而完成了中影中万公司的第一次融资，自己也有了一次美妙的华丽转身。

在夏侯阳看来，这是吴秋林的第一次，很可能还会有第二次、第三次……

吴秋林憋了两个多月，突然华丽地转过身来后，让唐逸风吃了一惊，虽然一惊过后又放下心来，可心中不免是酸酸的，即使酸中有喜，也是谨谨慎慎的。

可夏侯阳则没有唐逸风的那份担忧，吴秋林憋了两个多月后突然改头换面同样让他一惊，但一惊过后是眼前一亮，甚至是多少有些怦然心动。

行家一出手，就知有没有。

吴秋林是孙子，可吴秋林却不是平庸之辈，嘴上叼着烟斗，看似玩世不恭，却敢为天下先，举重若轻般撬动了电视传媒产业的资本市场。

夏侯阳似乎看到了电视传媒业资本市场的冰山一角，他由衷地希望和期待借此推动电视传媒产业资本市场的活跃与繁荣，甚至还希望江南电视台也跟着借势发力再一次融资。

但是，他也明白，对国内电视传媒业来说，显然不能仅仅从纯粹商业的角度来看待吴秋林的这一次资本运作，对于唐逸风的心情，夏侯阳是能够理解的。

因此，当唐逸风问他能不能对中影中万公司的重组说"不"的时候，他不能不考虑唐逸风的复杂心情，他说："从情感上说，是不太容易接受，吴秋林关于电视传媒新概念的资本运作对我台应当是透明的。合作嘛，实现合作目的是合作双方共同的责任，在此基础上，合作各方还有自己的追求，这是可以理

解的。但从法律上说，这涉及到几个不同层面上的事情：在新山河卫视传播公司这个层面上，中影中万公司若要转让其在新山河卫视传播公司所拥有的股权，就必须经过我们的同意，对此，我们是有严格限制的，未经一定的程序，我们可以说不。但是，从另一个层面上说，中影中万公司作为新山河卫视传播公司的股东之一，其公司自身的重组及股权结构的变更，我们是没有办法限制或禁止的。实话实说，我们不必要担心吴秋林借助山河卫视频道的概念而对中影中万公司进行重组，重组后的保润万公司对于我们的合作应当是有利的：一是我台实际上是与一个国有资产控股的传媒公司合作，这大大降低了合作的风险，包括政策的风险和资金的风险等等；二是从某种意义上说，中影中万公司的重组，保润万公司的诞生，提升了新山河卫视传播公司的商业价值，如果我们以后还想在资本市场有更大作为的话，这就是比价。"

听了夏侯阳的话，唐逸风想想也是，着眼于未来，与保润万公司合作和与中影中万公司合作相比，显然要安全得多，这很重要！

可唐逸风还是有些不踏实，就说："那依你这么说，别人拿着我们的山河卫视频道的概念套来套去的，我们又不能说不，这对我们来说，岂不是太被动了吗？"

夏侯阳却不以为然地说："其实不然！什么事情都有两面性，吴秋林拿着我们的山河卫视频道的概念套别人的时候，同时也套了他自己。他越需要山河卫视频道这个概念，他就越需要倚重我们江南电视台。这样，他就必须满足我们的合作条件，不然，我们就会说不。而一旦我们说不，对他来说就是致命的。比如说，接下来关于合作合同实施细则的商谈，如果他不满足于《合作合同》中的相关条件，我们当然可以不玩了，而吴秋林却不敢说不玩了，否则，他无法面对与天荣保润公司的合作。"

唐逸风琢磨琢磨，觉得是这么个理儿。

想通了是想通了，但唐逸风的心里总是隐隐约约的有一些不痛快，吴秋林看上去牛×哄哄的，但到底有没有钱谁也不知道，没准儿就是一个靠云山雾罩移花接木来套现的主，玩了大把大把的资本连个招呼也没有，谁知道他以后还会做出什么样的局来？！

唐逸风终究还是比较谨慎，面对与保润万公司的合作，他不能不多留一个心眼儿，虽说吴秋林怎么折腾怎么套现都是吴秋林的事儿，但无论如何，江南电视台是不能被吴秋林套住的……

不管唐逸风心中是酸是甜,是喜是忧,也不管夏侯阳的心动和期待是发展的必然还是幼稚的幻想,保润万公司已经在聚光灯下闪亮登场。

吴秋林和即将出任保润万公司董事长的天荣保润公司的副总朱野南分别代表双方在合作协议上签字。

唐逸风带着酸酸甜甜、纷乱复杂的心情见证了这一刻。

不管心里有着怎样的滋味,在他们签字后,唐逸风还是发表了热情洋溢的贺词。他的热情洋溢赢得了主角儿一样的掌声,他的祝贺为新生的保润万公司送上了绚丽的光环。

随后是拍照,大厅里到处都是亲密无间的合影。

这时的吴秋林嘴上没有叼着烟斗,因为今晚的他是最上镜的主角,不是一号,可一号又非他莫属。

没有叼着烟斗的吴秋林像是张开绚丽翅膀的蝴蝶一样翩翩起舞,舞到贵宾身边,舞到嘉宾身边,舞到佳丽身边……或被领导赞美,或被嘉宾喝彩,或被众多美女簇拥……他不落下每一位领导,也不冷落云集的美女们。

秦亦讯也被邀参加了这次隆重的发布会。

虽然秦亦讯没能像吴秋林那样荣幸地和每一位领导合影,却依旧满面春风。

忙忙碌碌、窜来窜去的吴秋林,没有被一次又一次的闪光灯搞得晕头转向,他抓住这个华丽的时刻,把唐逸风、朱野南、秦亦讯拉到一起,四个人并排聚齐,照了一张合影。

新闻发布会进入最后一项,所有来宾共进晚餐。

不管有多么尊贵的客人,也不管有多么靓丽的美女,这个晚上的主角注定是被人们尊称为吴总的吴秋林先生。他端着酒杯走来走去,敬领导敬贵客敬朋友,不停地在贵宾区和普通来宾区来往穿梭。

看着他喝下一杯又一杯的酒,时不时的有美女心疼地走到他身边,温柔的一口一个"吴总",关心着,呵护着,甚至不用矫揉造作就接过他手中的酒杯替他喝下去。

吴秋林在这个晚上凤凰涅槃,这一夜是属于吴秋林的。吴秋林没有醉,在领导和尊贵的客人面前不能醉;但这一夜,吴秋林醉了,激情荡漾、美轮美奂的他,已经心里醉了,醉得不知道今晚该睡到哪个美女的床上……

11

　　但在这个绚丽的夜晚,醉眼蒙眬的吴秋林,并没有急于爬上哪位美女的床。

　　这个晚上,他没有睡意;这个晚上,他要让快乐继续。

　　人生能有几次化蛹为蝶? 人生能有几次华丽转身?

　　自古有言,人生得意之时,莫过于"洞房花烛夜,金榜题名时"。但洞房花烛夜人人会有,金榜题名也屡见不鲜,而化蛹为蝶般的华丽转身却不是人人都有。

　　吴秋林是一个例外。

　　在这个夜晚,他破茧而出;在这个夜晚,他迈着优美的舞步华丽转身;在这个夜晚,他不仅凤凰涅槃,而且还有了如蝴蝶翅膀般艳丽的霓裳。

　　在浴火中重生,在鲜花丛中翩翩起舞。

　　这是他多少年的梦想,这是他多少年的期待,就在这个夜晚,终于梦想成真!

　　美女常有,不只在今天这个夜晚;而化蛹为蝶不常有,就在这个夜晚。

　　这个夜晚才是吴秋林朝思暮想的人生得意之时。

　　经过了很久的期待,在梦想成真的这一刻,经过了破茧而出的阵痛,在振翅欲飞的这一刻,荡漾在吴秋林心中的,是难以名状的快感。这快感如大海潮起,汹涌澎湃;这快感如湍湍激流,撞击着他的五脏六腑。

　　这份快感,无法抑制;这份快感,不能不喊。

　　签约仪式完了,新闻发布会结束了,但快乐不能结束,快感还要宣泄。

　　吴秋林的朋友们早已准备好了一个盛大的 party,参加这个盛大 party 的,不是吴秋林的至爱亲朋,也不是新闻发布会坐在贵宾席上的尊贵客人,当然也没有唐逸风、秦亦讯,甚至没有朱野南。因为这是为吴秋林准备的 party,有幸参加这个 party 的,只有吴秋林的莫逆之交,或左膀右臂,或影视圈里的名流,或美丽佳人,仗义如两肋插刀,亲密如红颜知己。

　　当醉眼蒙眬的吴秋林唱完新闻发布会的戏后,便被等待已久的俊男美女们前呼后拥着送上保时捷,随后,六七辆豪华车鱼贯驶出京城,直奔城北的望湖山庄。

人生得意须尽欢,莫使金樽空对月……

因华丽转身而快乐、因破茧而出而快感的吴秋林,在深夜被接出京城,接着快乐,继续快感去了,而唐逸风回到下榻的昆仑饭店后,冲了澡躺在床上却辗转反侧、难以入眠。

他在想,吴秋林到底是个什么样的人?

时到如今,这个问题或许已经没有什么意义,但今晚心里酸酸的唐逸风却又莫名其妙地想起这个问题,而这个问题搞得他了无睡意。

他是江南电视台的台长,这个问题他不能不想,因为,这个人已经与江南电视台休戚相关。

吴秋林是个什么样的人,这看上去好像是一个简单的问题,但这个看似简单的问题却困扰着唐逸风,并且困扰了不是一天两天。

自从秦亦讯受唐逸风之托,因为合作的事情第一次见了吴秋林以后,吴秋林就成了江南电视台所关注的人。而在江南电视台的关注中,吴秋林表现出的是少有的大气和豪爽。关于合作,秦亦讯代表江南电视台所关心的几个问题,如合作的对价、合作方式、合作所要承担的义务等,吴秋林没有斤斤计较,江南电视台的条件几乎全部爽快地接受。

秦亦讯就把初谈的情况告诉唐逸风。

唐逸风想了想,让秦亦讯转达江南电视台对吴秋林的邀请。

吴秋林很爽快,随秦亦讯专程去了江南。

大的框架一谈就妥,没有费多大的劲,相比与大都融合公司的商谈,这一次的商谈要轻松得多。接下来的事情,就是具体的《合作合同书》的商谈。

《合作合同书》的具体内容是由秦亦讯和夏侯阳参与商谈的,进展顺利而迅速,吴秋林答应过的条件都写进了合同中,只是在确定最终合同版本的时候,发生了一个小插曲——

吴秋林的美女律师在已经定稿的合同中,趁打印之机做了个别的修改,这修改当然是悄悄的。或许以美女律师的意见,这个合同对中影中万公司来说有些这样那样的问题。但是,最终的版本出来的时候,夏侯阳还是发现了其中的变化,于是就和美女律师发生了一些争执。从职业的角度而言,美女律师提出修改也是无可厚非的,但这要在商谈中,在商谈中任何的问题都是可以

提出来协商的。可是,既然双方已经商定了,像美女律师一样单方悄悄地修改,这是夏侯阳所不能接受的。

很显然,美女律师是负责的,她也不想淡化作为一个律师在商务合作、尤其是重大商务活动中的作用,因为那不是她的水平,从这一点上说,夏侯阳是完全可以理解的,但理解并不等于接受。夏侯阳不为难美女律师,而是把已经打印好的《合作合同书》文本留给了吴秋林,并说:"吴总,这几份打印出来的合同一起留在您这儿吧,你们再看看,也请您的律师仔细审查一下,所有的条款我们都可以再谈。"

吴秋林很是愕然的样子,说:"不是都谈妥了吗?拿回去让唐台看看,没问题了我就邀请唐台来京签合同了!"

美女律师只好向吴秋林说明情况。

到底是吴秋林大气,断然地说:"定了的就定了,别再翻来覆去地烙烧饼!"并立即让美女律师将合同改回到商定的内容。

《合作合同书》就这样顺利地签署了。

但一个不能不让唐逸风和秦亦讯们感到纳闷儿的事实是,为什么中影中万公司和大都融合公司在同一件事情上的商务谈判却有着如此巨大的区别?一个历尽辛苦,历尽辛苦到能想到的每一个细节;而一个却轻松顺利,轻松顺利得如大开大合。两者相比,就如同从一个极端走到另一个极端。

很显然,任何一个极端都不能不让唐逸风多想一个为什么,历尽辛苦有历尽辛苦的顾虑,斤斤计较会不会有太多的伏笔或陷阱。可轻松顺利也有轻松顺利的担忧,这样一个重大的商务合作,看似漫不经心、轻描淡写,究竟是心不在焉还是另有企图。

但想来想去,比较靠谱的解释是:前面艰苦的谈判为后来者的商谈奠定了良好的基础;再就是民营公司不像国有企业那样层层汇报,领导研究,程序烦琐。

当然,不管有什么样的解释都不能清楚地回答吴秋林是一个什么样的人。

唐逸风及秦亦讯们在与吴秋林接触后的日子里,一直想知道吴秋林是一个什么样的人。也是,是合作也是对手,如果连对手是什么样的人都不清楚,心里自然是要打鼓的。

而越是想知道,吴秋林就像是越神秘。

不能证实的一种说法是，吴秋林曾经是一位大领导的秘书，跟了领导许多年，积累了相当的资源，筹到了足够的资金，终于下海了。他没有做贸易，没有做地产，他做了文化，因为他喜欢做文化。当然，做文化有做文化的道理，什么都是有价的，而文化却是无价的……

还有一种说法是，吴秋林是海归人士，但他从来不以海归自居。相反，他从不提起海归的事情，他就像一个普通的人一样，喜欢影视，梦想着走进电影圈电视圈，因为这个圈子里美女如云机会多多……当然，这种说法也同样没有根据。吴秋林是一个商人，想的肯定不仅是美女机会，还有与美女机会同等重要的商机，这商机他已经等待了很久很久……

还有的说他就是一个小混混，根本就没有什么资历，更没有什么实力，借别人的钱也是经常的事情。

可是，借别人的钱也不是什么大不了的事情，为了确保一定的现金流，生意场上的人借钱周转是难免的事，这也不能说明什么……

这些种种说法最终都无法证实，最确切的应该是他的档案资料。但出乎意料的是，就连他的公司档案里，也看不到他的履历，因为所有需要履历的职位均是他老婆的名字。

吴秋林成了把自己裹得很严实的人。

把自己裹得很严实的人往往是害怕被伤害的人，也可能是伤害别人的人。

他曾经开玩笑地说："商人就是伤害别人和被别人伤害的人。"

这是不是说的他自己就无从考证，但事实是，他是商人，起码是一个文化商人，或者他就是一个伤害别人、同时也被别人伤害的人。

所以，他把自己裹得很严实，大概是为了在他伤害别人的时候不被别人伤害。

在中影中万公司中，吴秋林是公司董事，吴秋林还说："董事就是什么事儿也不懂的人。"

但很显然，这话是不对的，起码对他吴秋林而言，他并不是什么事儿也不懂。相反，该懂的事儿他都懂，而不该懂的事儿他就装不懂，懂也不懂。比如说他的中影中万公司，法定代表人不是他，而掌握公司的则是他，他是公司总经理，中影中万公司就是他的平台，想怎么玩儿就怎么玩儿，什么事儿行与不行就凭他一句话。

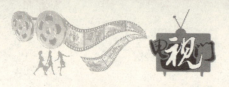

可他不做公司的法定代表人，他说了："法人就是即将被绳之以法的人。"

所以，他就把中影中万公司的法定代表人让给了他老婆。

不过，有些传说却是真实的。

在这之前，他的中影中万公司收购了国内影视圈知名的雄氏影视公司。中影中万公司还投资了不少的电影电视，众多的影视明星都是中影中万公司的座上客等等。

雄氏影视公司在影视业可不是一般的公司，雄氏是影视世家，从老子到儿子还有儿子的儿子个个都是腕儿，雄氏影视剧里的演员们个个都是圈里的红艺人，历经多年，长红不衰。中影中万公司能够把雄氏公司吃下，显然也有些来头，尤其是在影视圈，能吃下别人公司的公司一定不是三流的公司，能把大腕儿收编的人也一定不是平庸之流。

当然，吴秋林之所以能够立足于影视界，并不仅仅是因为投资拍了一些电影、电视剧，也不仅仅是因为收编了雄氏影视公司，而且还有他的独到之处，那就是他的仗义和大佬般的气魄。

曾经有几家投资商联合投资拍了一部电影，这电影是抗战题材的，和以前的同类题材相比，很有些另类，就类似于"1938年哪，八路军就拉了大栓"，就连电影的名字也怪怪的。

但不管怎么另类，投资人希望的是，这样一部另类抗战题材的电影能产生轰动性效应，能够挣钱，所以，就特意请了几位大腕担任主演。可后期制作完成后送到主管部门审查，却被禁映。这样的结果让投资人们倍感失望，失望了就有失风度，很快就发展到投资人和投资人闹翻，投资人与导演闹翻，导演和制片人闹翻，各方打得一塌糊涂。导演、主演都是大腕儿，大腕们也有失态的时候，他们也很快打得不可开交。甭管是哪个大腕儿，说好的报酬是一个也不能少的，电影禁播并不等于他们没有付出。

眼看就要闹出"绯闻"，就在此时，有一个人就像圈里的大佬一样站了出来，这个人就是吴秋林。

吴秋林果然不是等闲之辈，一挥手就让哥们儿都消停了下来。他出资买下了经审查不能播出的电影胶片，投资人拿走了投资，大腕儿们把讲好的价钱一分不少地、心安理得地装进了兜里。就这样，投资人、制片人、导演、明星们之间的一桩纷争就被吴秋林化干戈为玉帛，吴秋林也因此闻名于圈内，成为另类大腕儿。其中的名导和明星成为吴秋林招之即来的哥们儿、姐们儿，而随着哥们儿、姐们儿而来的是各路艺人。

吴秋林俨然就像一面旗帜，并成为影视界响当当的人物。

终究是人无完人，尤其在影视界，只有艺德高低之分，没有完人。

吴秋林也不是一个完人，在圈内也有人说吴秋林的不是，比如借钱不还，比如说大话，言而无信等等。

大导演付天晓说起吴秋林就一脸的不屑。

付导是从业务岗位走到领导岗位的，从电影厂的业务骨干到电影厂的厂长，再到电影行业的领导，可谓是真正的行家。论业务，可以说是前辈；论资历，无疑就是权威。近些年，更是业界内呼风唤雨的人。

从领导岗位上退下来后，付导也成立了一家影视公司，并且干得风风火火。

付导还在领导岗位上的时候，吴秋林就通过关系拜访过他。那时，吴秋林还是影视界的小字辈，在付导的眼里，就是一个跑龙套的。

付导不在领导岗位了，但还是影视界的人，吴秋林还与付导有联系。而这时的吴秋林已不再是一个跑龙套的，很有些暴发户的派头。

因为殊途同归，最终都成为影视界的民营影视公司，而付导本身仍然是影视界的一张名片，吴秋林就有心与付导合作，但付导却婉言拒绝。因为，吴秋林根本就进不了付大导演的法眼。说起吴秋林，已经不在领导岗位上的付大导演话说得也很直爽："像这等无赖，是不配在影视圈里混的"。

或许大导演也有走眼的时候，人家吴秋林不仅在影视圈里混了，而且还混得不错，进出保时捷，就连身边的美女们，也是个个宝马，人人潇洒！

有一次去江南，作为合作方的贵宾，吴秋林走进江南电视台，唐逸风出于礼节，在彩电中心大厦前迎接。吴秋林走下车，煞有介事地看着彩电中心大厦前宽阔的场地，问唐逸风："能不能把广场建成停机坪？哪一天我的私人飞机来了也好有地方停啊！"

吴秋林的私人飞机一时成为江南电视台千余人的谈资……

因为吴秋林有些云山雾罩，唐逸风曾问夏侯阳："和吴秋林合作能成吗？"

夏侯阳哈哈一笑说："这有什么不成的？反正出钱的是他又不是我们！"

可唐逸风不能不多想想。

唐逸风搞不懂吴秋林的来历，道听途说不能打消心中的疑虑，便几次叮嘱秦亦讯想办法多了解了解。

但对秦亦讯来说,他并没有像孙悟空一样,长着一对火眼金睛,面对吴秋林时,他也同样如云里雾里。

吴秋林到了江南,秦亦讯自然要在江南的夜晚带吴秋林去消遣,这就像是晚宴上的一道菜,菜单上没有,但一个皆大欢喜的晚宴又不能没有这道菜。秦亦讯邀请吴秋林品尝这道特色菜,并特意找了一个高档些的地方,又特意给吴秋林找了一个标致的小妹。吴秋林也不谦让,更不对秦亦讯找来的小妹品头论足,甚至连看都不多看一眼,而是二话不说先把钱付了,有几个算几个。然后就打发她们去陪秦亦讯,秦亦讯喜欢几个就带几个。

秦亦讯有些尴尬,还有些莫名其妙,搞不清吴秋林葫芦里卖的是什么药。

吴秋林见秦亦讯纳闷儿,就大大方方地说:"没什么,你们玩你们的,我有专用的,从京城带来的,在宾馆养着呢。"

而在京城,吴秋林也有来有往,带秦亦讯去消遣。吴秋林给秦亦讯、薛明远他们找来小姐,自己却不要,说他不要这儿的,他要让珊儿过来陪他。于是,就当着秦亦讯他们的面打电话给珊儿。没多久的工夫,珊儿就来了,直叫秦亦讯看得目瞪口呆。更让秦亦讯目瞪口呆的是,华丽的珊儿走来,就像见到久未见面的老公,撒娇地伸开双臂让吴秋林抱,吴秋林抱着转着圈儿,还要香一个……

这可不是假的,耳听为虚,眼见是真,这是秦亦讯亲眼看见的。

珊儿是谁?珊儿可是曾经迷倒过无数少男少女的青春偶像级女演员,大江南北,长城内外,谁人不知,谁人不晓?那双忽闪忽闪的眼睛,那份天真的任性,那种大小姐般的娇气和妩媚,曾让无数人神魂颠倒,曾让无数人梦缠魂绕!可不管在银幕上曾让多少人倾倒,而在吴秋林面前,却就像一个撒娇的小女人。

就是这样一位万人迷、迷万人的女演员,吴秋林可以抱着她香一个,足见吴秋林也是了得!如果大陆艺界也有辈分的话,吴秋林怎么着也得是叔字辈的,当然,叔字辈的可是没有几个!

吴秋林就是这样一个让人琢磨不透的人,有夸的,也有骂的;有说好的,也有说狗屁不是的;有时候清晰,有时候又很模糊。除了投资拍过一些电影、电视外,在其他方面的成功则多数都是传说。

唐逸风和秦亦讯他们的困惑一直没有得到一个确切的答案。

但困惑归困惑,合作已经开始。

就在吴秋林销魂在深夜盛大的 party 中时，就在吴秋林醉眼迷离地牵着美女的手旋转在浪漫绚丽的舞池中时，一丝困倦却悄悄挤进唐逸风的脑海。他不再想吴秋林是一个什么样的人，因为他在困惑的同时，能够让他心安的是江南电视台与中影中万公司的《合作合同书》。

　　《合作合同书》是值得信赖的，游戏规则是明明白白的。

　　还有，从某种意义上说，这个夜晚也是令人欣慰的，因为中影中万公司与天荣保润公司的合作和重组诞生了保润万公司。

　　随着保润万公司的出现，一切不清晰的东西都在这一刻变得清晰起来——保润万公司是天荣保润公司控股的公司，天荣保润公司是国有企业，而国有企业是完全可以信任的。更重要的是天荣保润公司是讲政治的公司，不一定是追求利润最大化的公司，在这一点上与中影中万公司不尽相同，却与江南电视台是一致的。在合作的未来，天荣保润公司是第一个要管住吴秋林的人……

　　想到这儿，唐逸风就少了一些担忧，他可以不用提着心续谈甲方乙方的事情了；想到这儿，他就有理由接受这个合作方——保润万公司。

　　如果仅仅是与中影中万公司合作，面对一个云里雾里的吴秋林，唐逸风有这样那样的担忧是完全正常的。作为一个电视台，和一个不清晰底细的公司加上一个不清晰底细的人合作，他这个台长难免心里会打鼓。

　　但在这个晚上，当睡意悄悄而来时，唐逸风的心里却踏实了许多。尽管参加今晚的新闻发布会时，他的心里隐隐约约还有一些不舒服，可今晚他能睡个踏实觉。

<h1 style="text-align:center">12</h1>

　　中影中万公司摇身一变成了保润万公司，在吴秋林狂喜过后，在唐逸风的敦促下，新生的保润万公司与江南电视台有了关于合作合同实施细则的第一次商谈。

　　这次商谈多少有些象征性。

因为，中影中万公司的人还没有从重组后的喜悦中静下心来。虽然新闻发布会开了，虽然吴秋林华丽转身了，但天荣保润公司与中影中万公司真正意义上的重组，如资金的到位、公司的治理结构等，却还在慢条斯理的筹备中，新生的保润万公司实际上还是中影中万公司的躯体。

唐逸风是聪明的，他希望保润万公司还停留在中影中万公司旧的躯体上时，合作合同实施细则的商谈就要紧锣密鼓地进行。不然，一旦天荣保润集团公司的大将朱野南率人进入保润万公司后，实施细则的商谈也许就不会是一帆风顺。

所以，他打电话给无限欢喜的吴秋林，这才有了这一次的商谈。

吴秋林显然没有因华丽的转身而转得晕头转向，他当即接受了唐逸风的提议，一边答应商谈，一边仍然沉浸在这次华丽转身的快乐中。

这时的吴秋林仍然是清醒的，谈归谈，可他并不急着要一个结果。

秦亦讯和夏侯阳仍然是江南电视台一方的商谈代表，在五湖大饭店的咖啡厅与中影中万公司的人谈了一个下午。

虽然中影中万公司已经重组为保润万公司，但参与实施细则商谈的人并没有什么变化，依旧是薛明远和那个美女律师。

美女律师不是每次商谈都参加的，薛明远并不像秦亦讯那样信赖律师。他不带律师的时候就会说"他们的律师是个棒槌"，因为夏侯阳在场，薛明远往往会特意说明一下，他说的是他们公司的律师。

因为签《合作合同书》时，夏侯阳与美女律师有一点儿小芥蒂，这一次的见面和商谈，美女律师就老端着。夏侯阳逗了几句没逗笑，秦亦讯就接着逗，美女律师虽然笑了笑，但依旧矜持。

在这一点上，夏侯阳和秦亦讯都不如薛明远。

薛明远嗓门儿亮，口吃也依旧，照样有很多的笑话，照样有一些让人捧腹的奇闻逸事儿，打开话匣子就如信马由缰，轻而易举就说得在座的人绷不住，想不笑都难。

薛明远或咸或淡的调侃先是让秦亦讯有滋有味地哈哈大笑，但薛明远的笑料太多了，笑过一阵以后，秦亦讯脸上原本灿烂的笑就多少有些僵硬，并且渐渐地变得似笑非笑。

趁薛明远打磕巴的时候，他忍不住说："薛总，我们还是谈谈咱们的正事儿吧。"

薛明远意犹未尽，端起咖啡喝一口，很是扫兴的样子说："着哪门子急啊，不、不就是这么点儿事么！"

秦亦讯坚持道："虽然就这么点儿事，可还是要谈的，我们就大差不差地先谈谈，趁唐台在京，也好把这事儿定下来。"

薛明远不解地问："合同都、都签了，这么点儿事还用唐台操、操心吗？"

秦亦讯说："电视台的事儿没小事，比不得你们公司。"

薛明远立马说："我们保润万公司也姓、姓公了，国有资产控股呢，可我们的公司就不像你们那样谨、谨小慎微的。"

虽然保润万公司还是中影中万公司的躯体，但薛明远说到"我们的公司"时，就一脸的得意和自豪，前些日子开口闭口的还是我们中影中万公司如何如何，而今天就把中影中万公司忘了。仿佛中影中万公司摇身一变成为保润万公司以后，连他薛明远的脸上也擦了粉儿一样光彩和鲜亮。

"不管是姓公还是姓私，我们的合作合同实施细则总是需要商签的。"秦亦讯嘿嘿地笑着说，"夏侯律师把实施细则草稿带来了，我们是不是先理一遍？"

秦亦讯话音刚落，夏侯阳就把实施细则的文本拿了出来，给薛明远和美女律师一份，自己和秦亦讯看一份。

薛明远不再说话，接过合作合同实施细则，一页一页地翻了翻。

忽然，薛明远抬起头看着秦亦讯，神秘兮兮地问："嗨，秦总，您、您猜猜，我看到实施细则想、想到了什么？"

秦亦讯知道薛明远又要打岔儿，便说："一份合作合同实施细则，能让您想到什么？"

薛明远立马又精神起来，眉飞色舞地说："哎，您、您想啊，我们商谈合作是不是像谈、谈恋爱？我们签订《合作合同书》是不是像领、领结婚证？这合作合同实施细则像什么？是不是像婚、婚姻指南？"

这个比喻让秦亦讯有了些兴趣，"嘿、嘿"地笑了几声，随口和薛明远调侃起来："薛总啊，结婚可是人生大事儿，虽然是婚姻自由，但也不能结了离、离了再结！既然我们谈的合作合同实施细则像婚姻指南，那我们就更需要好好商量商量了。"

"那也不一定！婚姻还要随缘。"薛明远兴致勃勃，像是炫耀似的说，"我、我就结了三次离、离了两次。我看、看了咱们的合作合同实施细则吧，立马就、

065

就想到了结婚和离婚。"

"您薛总是又想结了？还是又想离了？"秦亦讯嘻嘻笑着端起咖啡，忍不住又和薛明远开起玩笑。

"都不、不对！虽说'兄弟如手、手足，妻子如衣服'，但人是有感情的，有时候这衣服穿、穿上了还就舍、舍不得脱下来。就说我吧，像扔一件衣服一样，和前两位太太掰了，可这第三位太太就舍、舍不得掰了。舍不得掰就不可能再结、结一次婚，对不对？法、法律不允许啊！"薛明远话锋一转，神气活现地说，"还是爱尔兰的婚姻制度好。北爱尔兰知道吗？大不列颠及北爱、爱、爱尔兰。它的婚姻制度就特特好，我特欣赏。有一对中国留学生留在了北爱、爱尔兰，两人到了谈婚论嫁的时候就、就去办理结婚手续。人家问：'几、几年？'两人被问得目瞪口呆。人家的婚姻制度是契约、约制，两个人愿意几、几年就签几年，可他们俩不懂啊，等弄明白了，两个人就嘀嘀咕咕商量，最后说：'先一、一年吧。'结果呢，俩人交了几千英镑费用，换回了一大本的合同。这合同类似于婚、婚姻指南，男的女的在这一年、年内能做什么，不能、能做什么，该怎么做、不该怎么做，都写得清清楚楚。一句话，照方抓药就、就行。这俩位同、同胞哪儿见过这样结婚的，走出门口，挤眉弄眼，你看看我，我看看你，得意地说：'天哪，幸亏我们只签了一年，要是签个十年、八年的，那、那该花多少钱？那该是多么厚的一叠合同？'"

秦亦讯听得哈哈笑。

薛明远还没完，秦亦讯的笑更让他得意，喝口咖啡接着说："说话间这一年就过、过去了，那还不是一眨眼的工夫！可一年下来，小两口过得还不、不错，有感情呀！两人就商量，这婚姻还得继续，并且你离不开我、我离不开你的，最、最好是一辈子。这么想着，小两口就豁出去了，不管花多少钱，都要过一辈子。于是，带着几乎所、所有的钱就去续、续约。结果呢，却只花了一便士。这小两口目瞪口呆了：'怎么花这么少的钱呢？'人家说了：'恭喜、恭喜你们了，一辈子的姻缘是多、多少钱都买不来的。'可小两口喜滋滋地站着不走，轮到人家纳闷儿了，就问：'你们怎么还不走啊？'他们赶紧说：'还没给我们契、契约书呢。'人家听了，就哈哈大笑：'年轻人，你们都想过、过一辈子了，已经不需要什么契、契约了，你们的爱就是最、最、最好的契约！'"

薛明远说到这儿，"啪"的一声，巴掌拍得特响，夸张地问："这婚姻制度怎、怎么样？"

大概是得意于自己的见多识广、或者是学识渊博,薛明远镜片后的眼睛里闪烁着兴奋的目光,一眨不眨地瞄着秦亦讯。

秦亦讯笑眯眯地说:"这婚姻制度好嘛,想几年就几年,常换常新。找一个最多三两年,到期了就拜拜,也没有什么'七年之痒'!您薛总是不是就想这样? 要不怎么结了离,离了再结呢?"

"前两个是这样,但第三位太太就、就改变主意了,本想结了婚也就是两三年的事儿,可后来有、有感情了,舍不得离了,就想过、过一辈子,起码到目前还没、没想离。"

秦亦讯笑过以后,看看表,他又想到了要谈的正事儿,毕竟他有唐逸风要尽快商谈并搞定的指示,就说:"既然不想离了,我们就不谈结婚、离婚的事儿了,还是谈谈我们的合作合同实施细则吧。就算是婚姻指南,我们也要商量商量嘛,毕竟是恋爱自由、结婚自愿。再说了,就我们双方的合作而言,谈恋爱的是我们,但结婚的是电视台与保润万公司。今天您薛总在,我老秦在,明年的今天,后年的今天,我们在不在还难说。如果我们现在不把婚姻指南整得清清楚楚、明明白白,那以后还不是吵嘴打架闹离婚啊……"

而薛明远不愧是一位高手,吴秋林不想急于商谈合作合同实施细则,他薛明远就在东拉西扯中给吴秋林争取时间。

这会儿,他就像没有听懂秦亦讯的话一样,仍然沉浸在北爱尔兰的契约婚姻中,意犹未尽地说:"老秦、秦总,这合作合同实施细则您也看、看了吧? 您说,像不像北爱、爱尔兰的结婚契约?"

秦亦讯没有接薛明远的话茬儿,冲夏侯阳无奈地笑笑。

夏侯阳正在心中暗叹薛明远的这等本事,也冲秦亦讯会意的一笑,随即笑着对薛明远说:"薛总,我倒觉得吧,您比喻得挺形象、也挺恰当的。这合作合同实施细则确实有点儿像婚内契约,虽然我们合作的年限比较长,但毕竟没有想过一辈子,所以,我们就要有这么一份契约,你们该做什么、不该做什么,我们该做什么、不该做什么,都应该有个约定,有个指南。您是当之无愧的高手,您看看这份实施细则,是不是可以作为我们双方数十年婚姻的指南? 这份婚姻指南能不能有效地保障我们双方之间的婚姻幸福?"

薛明远又慢悠悠地喝了一口咖啡,终于回到正题上:"我看差、差不多了,已经够详细的啦。"

说着,薛明远顺手把合作合同实施细则递给美女律师。

美女律师一声不响、仔仔细细地翻着看。

薛明远则接着优雅地品尝着咖啡的滋味，像是心不在焉，边喝边看一眼秦亦讯。秦亦讯也恰好看着薛明远，两人四目相对，脸上都有些似笑非笑。

薛明远说："说、说句实、实在话，这实、实施细则我们谈得再好也没有用，最后还、还得老板定，老板说行了，那、那才算行。"

"就是，就是，我们就是大概齐地谈谈，最后还是让领导们去定。"秦亦讯点点头，接着提议道，"薛总，接下来我们是不是一条一条地捋一遍？"

"捋、捋什么呀？这不是都有了嘛，拿回去看看就行了，老板有什么意见我们再、再谈。"

"既然我们都坐在这儿了，您代表的就是老板，我代表的就是江南电视台，我们还是走一遍比较好。同意的就过了，有分歧的、我们又定不了的，就带回去让领导定。这样，下次再谈时，我们就谈存在分歧的地方。"秦亦讯坚持道。

薛明远很是不以为然："别、别这么麻烦了，今儿个下午效、效率够高的啦，我们把实施细、细则草稿都整出来了，还是拿回去给老板看、看了再说吧。"

对于下午的商谈，薛明远显然已经心满意足。

秦亦讯知道薛明远是在敷衍，再坚持也没有意义，便又闲聊起来……

13

既然下午的商谈已经结束，夏侯阳聊了一会儿便提前告辞。因周瑾琪找，他从五湖大饭店出来后，就开车直接去了周瑾琪的兄弟传媒公司。

兄弟传媒公司也在为节目忙碌着。

因为山河卫视频道，江南电视台在忙碌着；因为山河卫视频道，重组后新生的保润万公司在忙碌着；与此同时，为山河卫视频道提供一档《我玩时尚》节目的兄弟传媒公司自然也不敢闲着。

夏侯阳不用问也不用猜，知道周瑾琪找他肯定是为节目的事情，当然包括主持人的人选。

他回京城后，唐逸风也到了京城，唐逸风心里装着事儿想见他，夏侯阳自然顾不上与周瑾琪仔细聊聊节目的事情和主持人的人选。同时，他也知道，唐逸风的到来一定会推动双方合作的新一轮商谈，对他而言，这些事情比《我玩时尚》节目的主持人人选更重要。

果不其然，很快就有了合作合同实施细则的商谈。

而这个晚上，高歌猛进、高调进军电视产业的天荣保润公司，在大张旗鼓的新闻发布会以后，特意宴请唐逸风。

既然已经合作了，保润万公司控股方的大领导尽尽地主之谊，宴请唐逸风也是常理，不管是庆功宴还是鸿门宴，唐逸风都无法拒绝，更何况这是名声显赫的国有大公司的老总宴请，唐逸风不能不去。

借着唐逸风去赴宴的机会，夏侯阳就可以有时间和周瑾琪见面聊聊了。

事实上，他一直惦记着兄弟传媒公司《我玩时尚》节目的准备情况及节目主持人的事情，他也知道周瑾琪不可能不为主持人的事儿着急。

只是，关于主持人的人选，他仍然没有想好，也没有想好怎么与周瑾琪说。

到了兄弟传媒公司的办公室，周瑾琪和好几个人在会议室里热热闹闹地谈论着，满屋子的烟味和南腔北调。

在座的几个人中，夏侯阳多数是认识或熟悉的，如张友德。

从周瑾琪决定做节目时起，他就是节目的策划者之一，就节目的创意，曾与周瑾琪一起和夏侯阳聊过几次，算是比较熟悉了。周瑾琪的兄弟传媒公司在山河卫视频道拿下节目时段后，张友德是最早要与周瑾琪一起做节目的人。合作嘛，当然是好事，虽然提前从岗位上退下来了，可仍然身强体壮的，一起做档节目，没什么不好，况且他又是从体委口退下来的，周瑾琪的运动而又时尚的节目自然离不开体育界的支持，像张友德这样的人就是非常需要的。

但夏侯阳和他有过接触以后，发现他自我感觉太好，好像什么事儿都懂，又总是那种见多识广的样子，并且常常说的口头禅是"你知道吗"、"你懂吗"，有时让人觉得不舒服。尤其是那晚一起去了那家夜总会，看见张友德让小姐坐在腿上，那喜形于色的神态仿佛也在说"你知道吗"、"你懂吗"，这之后，夏侯阳再听他那些口头禅时，就愈发地觉得不舒服，如同自己也和坐在他腿上

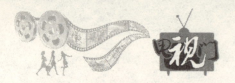

的小姐一样,都是他张友德找感觉的道具而已,因此,就没有了与他多聊的兴趣。

主持人试镜时的大导演蓝可也在,和蓝可形影不离的是郁小朋。

郁小朋是王广明推荐来的人才,而蓝可是郁小朋带来的人才。

此外,还有一位熟人叫宁超英,宁超英的身边仍然坐着一位很瘦的美女。

夏侯阳虽然和宁超英很熟,周瑾琪和宁超英也很熟,但见宁超英居然自以为是、人模狗样地坐在这儿,他还是有些意想不到。

这个宁超英是他早就认识的,在这之前,夏侯阳还为宁超英做过一些法律方面的事情,至今还欠夏侯阳一辆车,一辆红旗牌的小轿车。

除了这几位认识的人之外,另外一位瘦瘦的、黑黑的、扎着长辫儿的人也正襟危坐在会议桌前。

夏侯阳不认识这人是谁,但知道是个男士,因为稀稀拉拉的胡子留得很长。

一般而言,留长发的多是女士,但社会发展的过程也伴着返祖现象的回潮,也有男士留长发,不过,长发的男士与长发的女士还是不难区别的,既留长头发、又蓄长胡子的,大差不差肯定是位男士。

这位扎长辫子的男士也不认识夏侯阳,从夏侯阳进来时起,这位男士的一双细长眼就一直盯着夏侯阳。

周瑾琪赶紧给介绍。

原来,这个扎着长辫子的男士叫十三每,是一个大摄影师,现在是影视自由职业者,拍过好多片子,最具影响、也是其本人最为得意的作品,是为当今最红的、也是国内少有的可以称之为国际化的大导演拍的专辑,那个大导演本也是从摄影起家的,可看了十三每拍的片子却高兴得不得了。可见,十三每的摄影水平是相当不错的,因为只有高水平的摄影师才配得上给这样的大导演拍专辑。

夏侯阳又看了看十三每,虽然是位大摄影师,可人却长得很一般很一般。黑黑的、尖尖的脸,下颌最尖;头发很黑,也很硬,看上去像马鬃似的,扎成马尾样的辫子;与头发一样当宝贝似的养着的是那稀稀拉拉、黑长黑长的胡子,看上去有点脏兮兮的。

仔细地端详了十三每的这张脸,夏侯阳立马就明白了什么是尖嘴猴腮。

有道是,人不可貌相,十三每人虽长得不怎么样,但到底是位大摄影师,况且也是周瑾琪找来的人,夏侯阳还是很客气地和大摄影师握了手,算是认识了。

周瑾琪向十三每介绍夏侯阳时,只是三言两语,但十三每显然对夏侯阳已有所了解,很谦逊的样子,称夏侯阳为"夏老师"。

夏侯阳听十三每称他为"夏老师",就嘿嘿笑,边笑边说:"你可别叫夏老师,老师不敢当,还是叫我夏侯吧,如果一定要把夏侯分开,那我就是夏不夏、侯不侯啦。"

夏侯阳说着,转脸冲着宁超英坏笑,阴阳怪气地说:"我不是当老师的料,更不会带学生,您说呢,宁总?"

宁超英尴尬地笑,夹着烟的手指了指夏侯阳,有话说不出,使劲儿干咳了几声。

等夏侯阳坐下,宁超英终于忍耐不住,放开大嗓门说:"夏侯大律师啊,您老人家挺好的?忙得见您一面都难呀,我可是约了您好多次都约不上啊!要不是周老板有面儿,我大概再等上个一年半载也见不到您。"

夏侯阳打着哈哈,笑嘻嘻地看着宁超英长长的、近似于弧形的脸,心里却没有兴致与他虚情假意地问长道短,倒是有些惋惜坐在宁超英身边的美女。这美女看上去文文静静的,人长得不算难看,瓜子形的脸蛋儿算是标致,头发长长的,眼睛大大的,只是张开嘴笑时,牙齿有些黑黑的。可惜的是,千不该万不该,不该和宁超英混在一起,更不能做宁超英的学生。

当然,如果是臭味相投,那就另当别论了。

夏侯阳不怀好意地笑,问宁超英:"这位美女是您的新学生?"

宁超英长长的脸上立刻有些猴屁股的颜色,如坐针毡一样,吧叽一下嘴,抽了一口烟,咧嘴笑着,用手比画了一个"停"的手势。

夏侯阳装作不懂,接着说:"宁总啊,您带了不少女学生了吧?是不是遍地开花、桃花满天下了?"

宁超英这时的脸上就紫一阵白一阵的,瞄了一眼坐在旁边的美女,皮笑肉不笑地说:"大律师,您可是有点儿损了,能不能积点儿口德啊?"

周瑾琪抿嘴笑着,打一个圆场道:"夏侯律师,人家宁总是有正事来的,听说你也过来,宁总可高兴了,都等了一下午了,就是要见您大律师呢。"

"就是嘛,这就是您的不对了,大律师。"有周瑾琪帮着解了围,宁超英又恢复了他那德性,"我约了您好多回这不假吧?您都拒绝了这也不假吧,就冲

这，您是不是有点不够意思？"

"宁总呀，不是我不见您，而是我不敢去见您啊！您想啊，我一见您您就会想起车的事儿，欠我一辆车您没忘吧？您不是说了不算、有意赖账的人，我是怕您为这事儿着急上火。我知道，您欠着我一辆车，您心里一定放不下。"

宁超英尴尬地抽烟。

但宁超英是谁啊，别人脸上挂不住的，他能挂得住，因为他的脸长嘛，脸长也是优势。他还是皮笑肉不笑的样子，见招拆招是他宁超英看家的本事，这一招早就练得炉火纯青了。

"大律师啊，您都开上'X5'了，还惦记着一辆国产车呢？我现在惨得开'2000'……哪儿呀，'2000'也开不上了，只好找辆快散架的破皇冠开着。"

夏侯阳不屑的表情看着宁超英，心里骂道："操，恬不知耻！开不上就开不上吧，桑塔纳2000也不是你的，你什么时候开过自己的车？"

夏侯阳和宁超英的话，别人听上去有些不懂，能听懂的也就是周瑾琪，周瑾琪似乎没有兴趣听，而是和大摄影师说着节目的事情。

夏侯阳最初是很尊重宁超英的，宁超英的媳妇齐臻臻是他的同学，确切地说，是中学的同学。后来一起在南方读大学，虽然不是一个学校，但见面总是经常的。因为这位女同学很漂亮，要身材有身材，要脸蛋儿有脸蛋儿，而且还很有些才气，曾经让夏侯阳很是喜爱，加上一起上学来来回回的，身边有这样一位女同学心里也美美的，难免会有些这样那样的想法。但那时的夏侯阳瘦瘦的，看上去不像北方人，自觉没有多少英气，也就一直不敢把心里的话说出来。毕业后，他到了京城，而齐臻臻却孤独地去了西北，当了一名大学教师。巧的是，宁超英的老爸是这所大学的教授，还兼着齐臻臻所在的那个系的系主任，算是近水楼台吧，孤独的她嫁给了主任的儿子，也就是今天的宁超英。

每当路过京城，齐臻臻总会告诉夏侯阳一声，那时候夏侯阳还在机关。齐臻臻来了，他总会陪着她转转走走看看，那感觉还像上大学时一样。

可有一次，齐臻臻没有来，而是宁超英从西北到了京城，打电话给夏侯阳，说是特意请夏侯阳吃饭。

女同学的老公请吃饭，夏侯阳自然是要去的。

那次吃饭是在明月大饭店，那次也是夏侯阳第一次见宁超英。

那会儿的宁超英西服革履，脸是长了点，但还是很有风度。

说是特意请夏侯阳吃饭，但吃饭的时候却来了七八个人，其中有一个漂漂亮亮的女孩子,高高的个儿白白净净的脸儿,像小鸟依人似的不离宁超英左右。

那时候,宁超英看上去很绅士。见面时,也绅士般地向夏侯阳介绍了带来的漂亮的女孩子,说这女孩子是他的学生。

那时候的夏侯阳是单纯的,宁超英的话他就信以为真了。他想,或许宁超英是有学生的,有其父必有其子嘛,教授可以带研究生,教授的儿子带个学生也是合情合理的,不管哪个方面有所长,有所长就总是可以当老师的。

那顿饭有些还人情债的意思,一桌饭请了四面八方的人:有文工团的,有气功大师,还有像夏侯阳这样的。虽然坐了一桌子的人,但宁超英却能八面玲珑、有序不乱,面上的事儿做得很圆滑,把请来的每一位客人都照顾得很周到。

不用说,宁超英一定是在场面上混的人,夏侯阳从心里敬重。

宁超英特意让夏侯阳坐在他的身边,当宁超英说着八面玲珑的话敬了一圈的酒轮到夏侯阳时,便以发自肺腑的热情说:"夏侯,我们是第一次见面,这杯酒是敬你的! 臻臻常说你,你们是老同学,她每次来京总是给你添麻烦。我这次来,怎么着也要见见你,当面谢谢你对臻臻的关照!"

宁超英的话里是有话的,夏侯阳单纯就单纯在他没有那些花花肠子,弦外之音听不出来,不仅让宁超英几句话说得心里热乎乎的,还傻呵呵地说:"应该的,应该的,用不着这么客气嘛。"

直到吃完饭以后,夏侯阳才醒过闷儿来。

被请吃饭的人中,据说有一位大师,这大师是练气功的,但推广的却是大师的所谓的原生态音乐。大师很愿意介绍他的原生态音乐,三番五次喋喋不休地推广,并且说着说着就唱一段,听起来就像是在吼。大师还说要准备出音带,以便大力推广和扩大影响,因为他是原生态音乐的第一人。

来吃饭的人对大师所谓的原生态歌曲好像都不怎么感兴趣,而是再三要求大师表演一两个绝活开开眼,既然称得上大师,总会有一些绝活的。

但这大师却是轻易不肯出手,只说了很多辉煌的壮举,算是给大家助酒兴。

不能亲眼见见大师的绝活当然是一件憾事,大家七嘴八舌地求大师露一小手,也好让诸位凡夫俗子长长见识。

大师先是推三托四,但怎奈在座的凡夫俗子们好奇心强,不看看大师的

绝活就没完没了地恳求。大师无奈，想了想说，要表演也可以，但要有谁和他打个赌，赌注不算大，也就是一套三居室的房子。大师说的在常人听来全是异想天开的事儿，大师要是做到了，要输给大师一套三居室的房子，大师要是做不到，大师倒输一套三居室的房子。

凡夫俗子们一听，顿时消停了。那时候，三居室的房子对好多人来说还是一个久远的梦想，只有那些一定级别的领导才会分到一套这样的房子，就连那位文工团的领导也是伸伸舌头退避三舍。

既然没有人敢赌，大师便依旧自说自话，除了他的原生态音乐，间或说一些凡夫俗子们听所未听、闻所未闻的稀奇事儿。

大师的边上坐着一位其貌不扬的女子，据说是大师为数不多的弟子之一。比起宁超英的女学生，那女子完全可以说是一个丑女人。这丑女人从进来到酒足饭饱，几乎没说话，一直不动声色，连大师夸她悟性好，她也不吭声。可就在众人为看不到大师表演的绝活而不免有些遗憾时，她却突然发飙，冷不丁就让凡夫俗子们瞠目结舌。

大师虽然没有展露他的绝技，但却绘声绘色地讲述着他那不同寻常的经历，这让凡夫俗子们很是入迷，一个个伸长了脖子听着。而就在这时，谁也没有注意，谁也意料不到，猛然间就是一阵叮叮当当的响声，随着响声，有接二连三的异物从空中落下——大家不看则罢，一看则个个惊得张口结舌，竟然是五六把菜刀横七竖八地砸到了饭桌上。

菜刀落在饭桌上的时候，就像事先经过了精心的计算一样，均是落在碗碗盘盘的缝隙间，既没有砸碎盘碗，也没有刮蹭到任何一位在座的客人。

菜刀从天而降，让凡夫俗子们惊讶不已，不约而同地脱口问道："这是怎么了？"

唯有大师和他的女弟子若无其事，大师指着女弟子向大家解释说："这是她施展搬运功搬运过来的，我刚才就看见她入定了，知道她在发功，所以我不敢惊动她，不然会出乱子……"

大师接着便有点不高兴，冲他的女弟子说："告诉过你多少次了，要内收外敛，别争强好胜，要是伤了人怎么办？你功夫到那火候了吗？"

女弟子低头不语，脸上没有任何表情。

见识了这般功夫，大家无不惊讶地议论着女弟子及大师的功夫。

在众人的惊叹声中，大师终于也露了一手，将饭桌上的七八只不锈钢汤勺在运气的表情中拧成了麻花状。

一人手里拿着一把被大师拧成麻花状的汤勺,有的跃跃欲试,有的赞叹不已。

这时,借着大师及大师的女弟子的气功绝技的余威,刚开始曾经绅士的宁超英这会儿也不再绅士,转过脸冲着夏侯阳,扯起袖子伸出又粗又硬的手,一直伸到夏侯阳的面前,咬着牙说:"你信不信,夏侯? 我要是急了眼,我这只手就能把树上的树皮活生生地撕下来! "

说着,宁超英还抬起屁股把那长长的有点狰狞的脸凑到夏侯阳的面前,随这张狰狞的脸一同扑面而来的,是一股如吃了萝卜放的屁一样的臭味。

夏侯阳诧异地看着面目狰狞的宁超英,顺势往后靠在椅背上,但那股臭气哄哄的味道却迟迟不散。今晚的饭菜中没有大萝卜,可从宁超英嘴里喷出的臭气中,却分明有一股大萝卜变臭屁的怪味儿!

夏侯阳的心中不由得感叹:"我的天! 我的美丽的女同学啊,你就天长日久生活在这种味道中吗? "

就这样,夏侯阳认识了宁超英,认识了他美丽的女同学的老公。

可是,仅仅是一顿饭的工夫,夏侯阳对宁超英的印象就发生了巨大的变化,从饭前的绅士和敬重,到饭后又粗又硬的展示力量的大手以及如大萝卜变臭屁一样的臭气哄哄。

奇怪的是,回家的路上,夏侯阳总想起那只手,那只青筋绷紧的手。想着想着,就想明白了,原来自己太傻,宁超英请他吃饭是假,吓唬他是真,感谢是假,让他离齐臻臻远点儿是真。但他夏侯阳听不出宁超英的弦外之音,宁超英不得已只好伸出又粗又硬的手来示威……想想吧,宁超英若是急了眼,是可以用手把树皮活生生撕下来的。

什么时候他会急眼? 看看那副狰狞的面目就知道,老婆和别人谈情说爱的时候,老婆和别人上床的时候,都是他宁超英怒不可遏要急眼的时候。

很显然,他可以带女学生,但他一定不会让别的男人带他老婆……

夏侯阳想明白了,却没有被吓破胆子,反而觉得很好笑。宁超英的老婆是他的同学,他的同学很漂亮。在那青春冲动心潮乱动容易激动的岁月里,他也曾想入非非,比如想抱她甚至想娶她。但那是心动,是意动,而不是行动。那时没有行动,现在没有行动,将来也不会有行动。他的同学成了宁超英的老婆,那她就永远是他的同学。

毕竟，女人不是公共汽车。

但宁超英显然没有这样想，除了自己的老婆以外，别的女人都是公共汽车才好，想上就上呗。

还是在那次饭后，夏侯阳还没有回到家，宁超英的电话就打来了。

在电话里，宁超英没有了吃饭时的逞强斗狠，就像是早泄了一样，既疲软又委屈地说："夏侯，我老婆又在家里闹，快闹翻天了，怎么说她都不信。刚才我让一起吃饭的洪总和她通了话，她还是不信。要是给你打电话，你就说我是一个人请朋友吃饭的，千万别说那个女学生的事情……"

夏侯阳愕然。

挂断电话后没多大一会儿工夫，宁超英又给夏侯阳打来电话，这一次是带着哭腔，好像是一把鼻涕一把泪地说："夏侯，你也看到了，你说我容易吗？我在外面忙来忙去为了谁呀？还不是为了她！可你这位女同学醋劲儿太大了，非说我外面有女人，她怎么就不能理解理解我呢？"

说实话，这时的夏侯阳一点儿也不同情宁超英，相反，倒是同情他的女同学，他的女同学在这个晚上一定不快乐。

夏侯阳在电话里敷衍了几句之后，就挂了电话嘿嘿乐。

夏侯阳在同情女同学的同时，也可怜自己。宁超英说那个女孩子是他的学生时，自己竟然信以为真，以为宁超英是可以为人师表的，可事实上，自己却是那样的孤陋寡闻，并且那样的愚钝。

回到家，夏侯阳想把宁超英忘了，就赶紧到书柜里翻找司马先生的《大气功师揭密》一书，他想知道今晚遇见的大师是不是一个骗子。还别说，司马先生就是厉害，在书中把那位推广原生态音乐的气功大师的绝活儿说得狗屁不是，他照着司马大师说的试了几次，也可以不用费力就把不锈钢汤勺拧成麻花样。

"这个屁大师，又是一个骗子！"夏侯阳有一种上当受骗的感觉，气哼哼地骂着那个大师，忽然又纳闷儿起来，宁超英莫非也是个骗子？

14

宁超英今天又带了一个美女，不知道是不是他的女学生？不知道他老婆会不会在这一刻也不快乐？

说实话，宁超英带的这位美女没有与夏侯阳第一次见面时带的那个女学生漂亮，今天的美女乍一看还可以，但就是不能张嘴，开口一笑一说话就比较糟，牙齿比较黑，像是粘满了黑巧克力。而开口说话时，更是让夏侯阳一愣，既不是普通话，也不是鸟语，而是像外国人学说中国话，字不正、腔不圆，太不地道。

"大个个（哥哥），您好棒呀！您是电视台的法律顾问的，了不起的！"

夏侯阳纳闷儿，就疑惑地看着宁超英。

宁超英嘿嘿地笑，自豪地介绍："小林惠子，日本人。"

夏侯阳忍俊不禁："士别三日，当刮目相看。现在带的是日本女学生！"

"我操，别哪壶不开提哪壶啊！"宁超英像是苦笑，却美得浑身哆嗦。

小林惠子像是似懂非懂，眼睛睁得挺大，好奇地看看夏侯阳，又转过脑袋看看宁超英⋯⋯

周瑾琪见大家也都闲聊过了，就说起正事儿。

这正事儿自然是关于节目的，大概有这么几个方面的事情：一是主持人的人选怎么定；二是就节目的筹备情况沟通一下；三是关于合作的事情等等。

特意请夏侯阳过来，也是希望夏侯阳给出出主意。尤其是主持人的人选，周瑾琪还等着夏侯阳的意见。因为时间紧，头绪多，只好几个事儿一块儿说。

关于主持人的人选，大导演蓝可当仁不让地表达了自己的意见，他主张用彭丹丹。用彭丹丹当然有用彭丹丹的理由：比如说彭丹丹青春活泼；彭丹丹曾在专业院校进修过，来京城之前曾在原籍的当地电视台做过一段时间的节目主持人，有一定的经验；彭丹丹笑起来有人气，对于一个节目而言，有人气很重要⋯⋯总之，蓝大导演的眼里，彭丹丹是《我玩时尚》节目主持人的不二人选。

蓝可的话音刚落，郁小朋就接着说："要说用彭丹丹做这档节目的主持

人，我看也可以。彭丹丹小巧玲珑又胖嘟嘟的，不仅青春活泼，而且还挺喜兴的，主持咱们这样一档节目倒也合适……"

据说这郁小朋与蓝可曾经是同事，都是北方电影制片厂的，所不同的是，两个人从事的行当不一样。

蓝可搞过编剧当过导演，是电影制片厂里的阳春白雪，而郁小朋做过杂活搞过经营跑过龙套，是电影制片厂里的下里巴人。有了这贵贱高低之分，平日里两个人在一起时，郁小朋看上去是很尊重蓝可的，这会儿也不例外，蓝可说彭丹丹好，他也就附和了一下蓝可的意见，以示蓝可言之不谬。

但实际上，他心里真实的想法是希望这档节目的主持人用林洋洋，因为林洋洋是他找来的，况且他也确实认为林洋洋火红的兜兜儿充满激情和时尚。

于是，他话锋一转接着说："其实，林洋洋也不错。节目主持人就是节目的脸面和招牌，有影响力的主持人自然会提升节目的影响力。林洋洋既是模特儿，又演过电影电视，而且还是经纪公司的签约艺人，这样的花环其他人是不具备的。况且，既然是经纪公司的签约艺人，自然还会有更大的发展空间，再加上经纪公司也会对她进行包装，她来主持咱们的节目，必然是双赢的。我们是一档时尚的节目，林洋洋也愿意来做主持人，我们何乐而不为呢？"

夏侯阳听罢嘿嘿乐，心想："这郁小朋一定还惦记着林洋洋的红兜兜儿！"

蓝可听完郁小朋的话，脸上就明显有些不高兴，心里想："这郁小朋也会阳奉阴违了，表面上肯定了彭丹丹，但实际上推崇的却是林洋洋。"

可郁小朋毕竟又给了他一定的尊重，他就不能没涵养，所以，他没有再说什么。

但他心里到底有些别扭，如果不是郁小朋而是其他人说出这样的话来，或许他还觉得很舒服，可从郁小朋嘴里说出来，他就觉得不受用。在影视业务上，蓝可是看不起郁小朋的，郁小朋从电影制片厂出来自己混以后，每每以影视人自居，蓝可就很有些不屑，虽然人前也会替郁小朋帮帮腔，可在他的内心深处，郁小朋永远是打杂的。

这份固有的心理优势这会儿又像是一颗定心丸，让蓝可心里踏实了不少。他想用的主持人是彭丹丹，郁小朋是打杂的，节目业务上的事情他郁小朋不懂，既然不懂，那么，郁小朋的意见也就无足轻重。

张友德是那晚主持人试镜的主考官之一，他还对那天晚上在他面前发嗲的斯丽娅有好感。蓝可倾向于彭丹丹,郁小朋倾向于林洋洋,而他却倾向于斯丽娅。蓝可和郁小朋说完后,张友德就双手捋了捋齐肩的头发,看样子是要发言。

其实,按照张友德的习惯,他是不会急于发言的,无论什么事儿他都很沉得住气,总是差不多要等到最后再发言,而且,张友德绝不会匆忙发言,而一旦发言就很有条理,头头是道,娓娓道来,因为啊,所以啊,思路清晰,有根有据,既综合了别人好的见解,又有自己的主见和观点,确实透着有水平,这样的发言每每让他拥有良好的感觉。

这一次,他却没有等到最后发言,捋了捋洒脱的长发后,果然就有板有眼地说:"在试过镜的候选人中,不管是前面试镜的,还是后来试镜的,应该说各有各的特长,也各有各的特点。但要说为《我玩时尚》这样一档节目挑选一位主持人,我们就必须考虑到节目的内容和风格。先后试镜的主持人有不少,若根据各个方面的综合因素来考量,能够进入我们的选择范围的,也就有那么几位而已,包括蓝导说的彭丹丹,郁总说的林洋洋。林洋洋有一定的知名度,彭丹丹有过专业进修,等等,各有各的优势。但是呢,我觉得我们考虑主持人的人选还应该结合我们自己的实际情况,因为我们是公司,选择主持人既要考虑到节目的需要,也要考虑到公司的成本,需要综合多方面的因素来决定。本着这样的原则,我倒觉得斯丽娅更为合适。知道为什么吗?因为斯丽娅的性价比好过林洋洋,又比彭丹丹成熟。如果偏重一下性价比,斯丽娅略胜;如果偏重一下知名度,则林洋洋略胜。"

从张友德的性价比而言,等于是说彭丹丹不行,这让蓝可很着急:"不论是从性价比考虑,还是从节目的需要考虑,彭丹丹都不次于斯丽娅!"

夏侯阳听了张友德的这番话则是不由得一愣,暗叹张友德能掐会算的功夫了得,排除了一个彭丹丹,留下了斯丽娅和林洋洋,而后来试镜的那些主持人他一个也没提到,这竟然与即将浮出水面的主持人完全吻合。都说姜是老的辣,可张友德这块老姜却比蓝可辣得多。

周瑾琪听完张友德的话,也多多少少有些惊讶。夏侯阳在电话里说"后来试镜的主持人就不用看了……",她明白,关于《我玩时尚》节目的主持人,基本上就在前面试镜的几个主持人中锁定了,可她只是揣测到夏侯阳的意思,并没有将这个意思告诉其他人,而张友德拿捏得这么准,不能不让她有些意外,毕竟试过镜的主持人有一大堆。

周瑾琪看着夏侯阳笑笑，她想让夏侯阳揭开这个谜底，便煞有介事地说："大家说到的三位主持人的人选，我觉得都可以，到底选择谁，很想听听夏侯律师的意见。今天请夏侯律师过来，就是想听听频道那边对外包节目的主持人有什么要求。"

"嗨，嗨，我先插一句行吗？"宁超英憋不住了，刚才说到的主持人他都没有见过，就嬉皮笑脸地说，"你们说的这三个人里面哪个最漂亮？我的意见是谁最漂亮就用谁。"

宁超英的话，如同宁超英放的一个屁，谁都装作没听见。

夏侯阳明白，对于主持人的人选，周瑾琪在这样的场合把他推到前面来，这正是她的聪明之处。因为蓝可依然喜欢养眼的彭丹丹，郁小朋依然喜欢半裸着两只奶蹦蹦跳跳的林洋洋，张友德仍然犹抱琵琶半遮面地喜欢在他面前发嗲的斯丽娅，而他们又都把自己当根葱，周瑾琪这时让夏侯阳说出用谁不用谁，就是让他们无话可说，免得争个面红耳赤、互不服气。

当然，关于主持人人选，她也想知道夏侯阳考虑的结果。

夏侯阳看了看吧叽吧叽抽着烟还咧着嘴笑的宁超英，却和宁超英一样，嬉皮笑脸地说："其实，依我的想法，我想这三个人都用。为什么呀？因为你们想一想，我们是一档什么样的节目？我们是一档运动的、时尚的节目，我们是一档玩的节目。不仅可以在地上玩，而且还可以玩到天上，可以玩到水下，可以玩遍海陆空。所以，就是有三位主持人也不一定就能把我们所期待的精彩纷呈淋漓尽致地呈献给观众。"

宁超英听了这话心花怒放，激动得直跺脚，急忙接话道："就是嘛，漂亮的女主持人是越多越好啊！"

"可这样做我们就不是在做公司，我们也玩不起！"夏侯阳话锋一转，一本正经地说，"虽然周总抬举我，但我实话实说，我仅仅是兄弟传媒公司的朋友，对主持人的人选我没有什么意见，更不代表任何人。在这儿我只能透露一点消息给大家——据我所知，频道的领导和新山河卫视传播公司的领导对我们这档节目是很重视的，可以说，对我们这档节目的关注是出乎我们所能想到的，因此，是骡子是马就看我们自己了。关于主持人，频道外包节目的主持人是由频道统一试镜考核、持证上岗的。如果说我能帮着做点儿什么的话，那就是，回头周总把这三位人选的视频资料给我，我先让频道那边帮着看一看，以便及早把主持人人选定下来。"

关于主持人的事儿，大家七嘴八舌地商量出这么一个结果。

这个结果几乎是皆大欢喜，张友德、蓝可、郁小朋都喜不自禁没有异议。周瑾琪虽略感意外，但一想也不无道理。

事实上，除夏侯阳之外，周瑾琪今天下午早早地就把这些人召集在一起，并不是为了商量主持人的人选事宜，甚至也不是接下来的节目筹备事宜，而她真正的目的只有一个，那就是合作与出资。

她很期待并希望夏侯阳能够出现在兄弟传媒公司的这种场合，在这种时候她让夏侯阳过来，自然有她的想法和用意：

一是，夏侯阳是她信得过的朋友，她希望夏侯阳能够帮她出一些主意。

二是，她不想关起门来做节目，她需要合作，需要有人投资。而夏侯阳是江南电视台的法律顾问，和江南电视台有着比较密切的关系，这种关系对于制作电视节目的兄弟传媒公司来说，是相当需要的。夏侯阳进进出出兄弟传媒公司，就等于是说兄弟传媒公司与频道有着良好的关系，必要时，夏侯阳甚至还可以把秦亦讯带过来露露面，这对合作者或投资者来说，无疑会增加对《我玩时尚》节目的信心。因为，不论是合作者还是投资者，必须考虑的因素不仅仅是节目未来的收视率、投资回报，同时还有节目的稳定性和持续性。

比如说大摄影师十三每，他就很关心兄弟传媒公司在江南电视台有什么样的背景，在山河卫视频道有什么样的关系。

周瑾琪自信地笑笑，就进入了第二个话题，即近一段时间的筹备工作。

郁小朋在关于主持人人选的问题上，充分地表达了自己的观点，说了林洋洋的一些好话，并且基本上被认可，这让郁小朋的心情十分愉悦。因此，当周瑾琪把议题转到近一段时间的筹备工作上时，他就抢在蓝可之前第一个发了言。他有点儿激动地描绘了节目经营的美好前景，说已经谈了好几家有实力的公司，这些公司都很有兴趣，或上硬板广告，或商量一种合作模式，就等着看我们的样片。

郁小朋的经营等着节目的样片，蓝可就接着说，现在已经开始准备脚本，主持人定了就可以开始出样片、做节目，赶在开播前做出十期、八期的节目不成问题。

这样看来，郁小朋的经营要等节目，而节目的生产和制作要等主持人。既然如此，周瑾琪就不好再提什么更明确的要求，因为，主持人的人选还要等频道最后确认。

　　倒是十三每不给自己找理由,他说,从今天起,关于节目素材拍摄的事情就由他负责,拍不出好片子没什么好说的,打板子就打他的屁股。

　　这话听着提气,夏侯阳不由得多看了一眼十三每,尽管瘦瘦的,屁股一定是尖尖的,但这话说得像男人。

　　七嘴八舌地这么一说,大家还是热血沸腾。

　　等大家热血沸腾了一阵子,一直很认真地把每个人的发言要点都记在本本上的张友德才清了清嗓子,作了这个议题的总结性发言,有成就,有不足,还有要求;有宏观也有微观,头头是道。

　　这倒省了周瑾琪的事儿,于是就直奔她最关心的主题。

　　她作了一个简短的开场白:"节目的制作与经营,是兄弟传媒公司的主业。在座的各位也都是基于对电视节目业务的喜爱而走到了一起,那么,我们怎么合作? 我想,兄弟传媒公司这个平台是我的,也是我们大家的,我们应该怎么做? 或者说我们应该是一种什么样的合作关系? 我希望有一个明确的说法,不知道各位怎么想? "

　　前面的事儿,宁超英插不上嘴,这会儿就数他最激情澎湃:"我先说说吧。我宁超英别的本事没有,要说拉赞助找钱,那可是我的长项。这些年我最想做的事儿就是电视,为了掺和一把电视,我求夏侯大律师好多次,希望给我介绍一下电视台的领导,可夏侯大律师却不给面儿。现在终于有机会玩电视了,我这回是憋足了劲要大干一把。我们的节目不仅可以在山河卫视播出,而且我们也可以和移动电视合作啊。这么说吧,做节目需要多少钱,我就能找来多少钱,我们下半辈子就吃电视了……"

　　一听宁超英白话,夏侯阳心里就憋不住骂:"这个狗日的,还是改不了吹牛说大话! "

　　蓝可有板有眼地介绍了他联系的投资人的情况,十三每说他会考虑投资,并问周瑾琪兄弟传媒公司是不是可以出让一定的股份……

　　除了夏侯阳,大家谈得都很兴奋。大家兴奋了,周瑾琪自然也兴奋,有这么多人喜欢这档节目,有这么多人参与这档节目,自然是一件好事。

　　她的手指中优雅地夹着一只笔,有板有眼地说:"我说的合作,有两个层面上的意思。关于广告、赞助方面的合作,是一个方面,怎么着也要把我们节目的广告资源经营好,这是最基本的。今天主要是说合作的另一层意思,关于我们之间的合作,也就是各位想不想进入公司,就像刚才十三每摄影师说的那样,对公司投资。在座的各位都曾有这个意愿,如果大家真这么想的话,我希望兄弟传媒公司增资扩股,注册资本金由 100 万增到 200 万、300 万都可以。一句话,我欢迎大家都来做股东……"

周瑾琪的话让夏侯阳意外。

这会儿他反应很快,没等周瑾琪说完,就打断了周瑾琪的话,饶有兴趣地问:"周总,您说的在座的各位里面包括我吗?"

周瑾琪咯咯笑道:"如果您愿意,当然是求之不得了!"

夏侯阳咧着嘴乐,想了想,却说:"不好意思,我饿了,肚子里没食没底气。"

说完,装模作样地用手摸了摸肚子。

周瑾琪稍一愣神,低头看了看表,随即笑嘻嘻地说:"咦,都七点多了?抱歉,抱歉!走,我们吃饭去,可不能饿坏了大律师!"

15

夏侯阳打断了周瑾琪的话,大家便一起去吃饭。

而与此同时,与兄弟传媒公司相距不远的天荣大酒店,天荣保润公司宴请唐逸风的宴会已经酒过三巡。

唐逸风彬彬有礼地和叱咤风云的大老板碰杯,恭敬地听着大老板的每一句话,从见面的那一刻起,就表现出了对天荣保润集团公司大老板足够的敬重。

当然,他也不忘记对在座的其他人的留意和关注。

出席这次宴会的人并不多,除了天荣保润集团公司的大老板以外,还有天荣保润集团公司的副总朱野南,以及一个叫葛云的人。

朱野南参加这次宴会理所当然,因为朱野南已经笃定是保润万公司的董事长,也一定是天荣保润公司进入新山河卫视传播公司的第一人,还是吴秋林的贵人。虽然从此以后就要在同一战壕里并肩作战,但却有可能是战友,也有可能是对手,他唐逸风不能不给予关注。

举杯寒暄之际，客客气气之中，唐逸风总会观察一下朱野南，他很想知道朱野南会是一位怎样的战友？或者是一位怎样的对手？

同时，唐逸风也不会对葛云视而不见。

虽然葛云看上去也就是四十岁左右，圆圆的脸胖乎乎的，不像朱野南那样气势咄咄逼人，甚至眉宇间还透着些忠厚，但今晚能够坐在这儿，显然也不是等闲之辈，定是受到器重之人。从朱野南的话里话外，唐逸风听得出，这葛云也是将要被天荣保润公司派到保润万公司的人，无疑会是朱野南的左膀右臂。

既然葛云是朱野南的左膀右臂，朱野南就很可能携葛云从保润万公司一同进入新山河卫视传播公司，那么，葛云就会是秦亦讯的搭档，也可能是秦亦讯的对手。

吴秋林没有参加今晚的宴会，这让唐逸风多少有些意外。

吴秋林是江南电视台与天荣保润公司之间的桥梁，江南电视台在京城寻找合作方，天荣保润公司却对江南电视台伸出的橄榄枝视而不见。而江南电视台与中影中万公司合作了，天荣保润公司却与中影中万公司重组成立了保润万公司，实现了其进军电视产业的计划。

应该说，在江南电视台与天荣保润公司间接的合作中，吴秋林起了至关重要的作用，这是吴秋林的本事。

但这个晚上，吴秋林却没有来。

天荣保润公司大老板对此轻描淡写，他谆谆教导般地对唐逸风说："我们合作了，今天请你唐台长吃个饭，也算是我们之间彼此熟悉熟悉。我们都是国有资产，和那个吴秋林不一样，民营企业就是为了挣钱，而我们却不然，讲政治是第一位的，除此之外才是挣钱。"

唐逸风听了大领导说的话，甚以为然，频频点头。

这话说到了唐逸风的心里。

虽然江南电视台为了钱才将山河卫视频道拿出来合作，但对江南电视台的台长唐逸风来说，在未来的合作中如果合作双方真的讲政治，把政治放在第一位，那是他唐逸风求之不得的。

大领导还说："天荣保润集团公司进入文化产业，这是符合国家政策的。有违国家政策的事情，无论挣多少钱，我们都不会去做。保证我们所做的事情符合国家政策，这是江南电视台和我们天荣保润公司义不容辞的责任和义务，在这一点上，我们要毫不含糊，该坚持的原则一定要坚持，不能由着民营企业追逐金钱利益。天荣保润公司有足够的资金保障和诚信，我们控股的保润万公司会按与江南电视台签订的合同办事。你们都是合作后的新山河卫视传播公司的领导层，希望你们把合作的事情做好。我在这儿说一句话：合作以后，天荣保润集团公司是重视和支持山河卫视频道发展的！"

唐逸风听完领导的这番话，心里又不由得热乎乎的，如同感觉到了合作的那份甜蜜。

大领导平易近人，又和唐逸风说了一会儿话。

但由于大领导身体欠安，细嚼慢咽地用完餐厅特意为他送上的一份晚餐后，便先行告辞，由秘书伺候着回去休息。

临走时，大领导还不忘吩咐朱野南和葛云陪着唐逸风吃好。

唐逸风把大领导送到电梯间，直到看着领导上了电梯。

大领导走后，朱野南和葛云不由分说地把唐逸风又请回天荣大酒店的贵宾宴会厅。

大领导走了，朱野南就是主人。他不再像刚才那样毕恭毕敬、安分守己，而是立马兴奋了不少，活跃了不少，尽显地主之谊，热情地张罗着让唐逸风喝酒。

唐逸风是能喝些酒的，但知识分子的矜持却使他不会因为美酒而狂放，更何况是在这样的场合和这样的晚宴上，推杯把盏都是为了应酬。

他心中有数，在与朱野南和葛云各喝了一杯酒之后，便说不胜酒力。

朱野南只好主随客便，不喝酒那就直截了当地说事吧。

什么事儿？当然还是合作的事儿。

朱野南自信地笑笑，说："唐台啊，今晚主要是集团领导请您吃个饭见个面加深一下认识，合作嘛，就是一家人啦。本没有想谈事儿，可机会难得啊，正好顺便跟您聊几句。"

"好啊，该谈的事儿在哪儿谈都是一样的。"唐逸风也从从容容。

红光满面的朱野南拿起湿巾擦了一把脸，又擦了一把手，然后说："刚才大老板也说了，天荣保润公司进军文化产业是集团公司的战略性投资，而投资电视产业是我们进军文化产业的第一步。作为集团决策的执行者，既有压力，也有动力，我希望我们的合作是成功的！同时，您是新山河卫视传播公司的董事长，能够与您一起共事，我朱野南感到很荣幸！"

"彼此彼此！和您朱总合作也是一件幸事！"唐逸风笑笑，恭维道，"天荣保润公司是商界的旗帜，您朱总是天荣保润集团公司的风云人物，早就有所耳闻。有你们这样的商界精英，我们的合作一定会成功！"

"精英谈不上，但说实话，很少有让我佩服的人，但您唐台长是个例外！"朱野南说着这话，两眼咄咄逼人地看着唐逸风。

"朱总此言差矣！本人来自穷乡僻壤，向来孤陋寡闻。"

唐逸风对朱野南的这句话有些莫名其妙，但却不避让朱野南的目光。

"不是恭维您，我说的是真心话，我朱野南有啥说啥，从不拐弯抹角。您能让吴秋林签下这样一份合同，显然就不是泛泛之辈。"朱野南说话很干脆，接着道，"电视台与中影中万公司的合作合同我们让集团的律师和法务部都看过了，他们认为是一份不折不扣的'二十一条'，我们也搞不懂吴秋林怎么会签下这样一份合同！"

唐逸风爽朗地笑笑，此时，他已经恍然大悟，今晚吴秋林不来，原来是有玄机的。吴秋林派出的商谈代表薛明远不谈细则却胡拉八侃，原来也是有玄机的。

他往椅背上一靠，诙谐地说："有道是，行家一出手，就知有没有。朱总到底是商界高手，一个'二十一条'，就让本台长无地自容。"

朱野南诡秘地一笑，乘机道："唐台啊，刚才大老板也说了，天荣保润集团是十分重视与贵台的合作的，这对山河卫视频道来说，是一个难得的发展的契机。但是，我也跟您交个底儿，天荣保润公司是从不会签订这样不平等的合同的，吴秋林签什么样的合同都可以理解，他是民营企业嘛，总有他的苦衷。可现在不一样了，天荣保润公司重组了吴秋林的中影中万公司，成立了保润万公司，天荣保润公司就成了保润万公司的控股方，这合同就与天荣保润公司有了直接的关系。"

朱野南顿了顿，犀利的目光看了看唐逸风的反应，接着说："天荣保润公司向来不斤斤计较，投资也罢，出钱也罢，从不抠抠索索。但是有一个前提，那就是好说好商量，这钱要出得痛快。如果天荣保润公司签的是一份'二十一条'的合同，看着就不舒服，您想啊，这合同履行起来能顺利吗？天荣保润集团什么时候签过这样的合同啊？律师和法务部对合同的法律意见集团领导层都传阅了，谁看了谁皱眉头。有的集团领导甚至说了，如果合同不能修改，宁愿不做。天荣保润集团做什么不行啊，非要委曲求全做一个山河卫视频道吗？唐台长,想必您也明白,如果江南电视台与天荣保润集团控股的保润万公司合作,您多踏实啊。如果我们天荣保润公司不玩了,江南电视台和吴秋林的中影中万公司合作,您能省心吗?您踏实得了吗?"

唐逸风听着,刚才大领导在时,心里的那股热乎劲儿很快就凉了下来。他之所以打电话给吴秋林,要求尽快商签合作合同实施细则,就是担心天荣保润公司真正地入主保润万公司后,会节外生枝。

但有时候就是这样,越是怕什么就越是来什么。

既然该来的已经来了,唐逸风反倒踏实了,不怕了。他知道,朱野南的话像是在哄孩子,天荣保润公司高调召开了新闻发布会,两只脚已经迈进了电视产业,像大都融合公司那样悄悄地进来,再悄悄地出去已无可能,他还知道,如果他信了朱野南的话,那合同就成了一张废纸。

他微微笑着,不动声色地听朱野南把话说完。

当然,朱野南是不会含含糊糊的,就像他气势夺人的光脑袋一样,他想说的话一定会说完。

"所以啊,唐台长,合同是死的,人是活的呀,没有必要把合同订得那么生硬,那样从感觉上就不舒服。合作了我们就是一家人,而这样一份合同不仅没有热乎劲儿,反倒显得生分。不如把合同调整一下,和和气气地把事儿做好比什么都好!不然的话,这样的一份合同很难让天荣保润集团公司接受,这事儿就别扭了。"

朱野南刚说完,葛云便不失时机地从精制的文件包里拿出一张纸,递到唐逸风面前,解释说:"唐台,我们的律师提出了几条修改意见,您看看。其实,合同本意并没有太大的改变,只不过是从文字表述上做了一些修正,这样会让集团的领导们看着舒服些。"

唐逸风接过那张纸,粗略地看了一遍,脸上的笑依然挂在脸上,一边把那张纸还给葛云,一边说:"要修改的也不多,就八九条而已。不过,并不像您葛云先生说的那样,仅仅是文字上的修正,而是颠覆性的修改啊。"

唐逸风顺手拿过酒杯,又豪爽地说:"看来我们还得喝一杯,这一杯是我敬二位的!"

说到做到,唐逸风果然就敬了朱野南和葛云一杯酒。

"不一样就是不一样,什么是高手?我今晚算是见识过了!"喝完一杯酒,唐逸风笑嘻嘻地说,"其实呢,吴秋林与江南电视台签下的合同,天荣保润集

团的老总们一定是乐于接受的。正是因为吴秋林有了这样一份合同，天荣保润集团才有了重组吴秋林的中影中万公司的战略决策，并且高歌猛进中国的电视产业。显然，吴秋林与江南电视台的合作合同不是天荣保润公司出资的障碍。但您朱总是来者不善啊，上来就给我一个下马威！几句话让我出了一身冷汗，'二十一条'更让我找不着北……"

说到这儿，唐逸风也顿了顿，观察了一下朱野南的反应，接着说："不过，有一点倒是英雄所见略同，那就是，从心里说，我和您朱总一样，也有心修改合同。签署这份合同，对江南电视台来说是一件大事儿，我唐逸风一个人是定不了的，最后的定稿台里的其他领导也都看了，并且还呈报上级领导阅了，意见提了一大堆，虽没有人直说是'二十一条'，但电视台是做了一些让步的。我们当时想的是，合作嘛，就是求大同存小异，不能只考虑自己一方的利益。如果像朱总您说的那样，天荣保润集团公司向来不斤斤计较，那我们就把合同修改一下，以便能够进一步完善，既让天荣保润集团的领导看着舒服，也让江南电视台的上千号人看着顺眼，心里舒坦，我当然是求之不得的。"

听了这话，朱野南心里不舒服，但却爽朗地笑了，说："唐台长，您是以其人之道，还治其人之身啊！我们提出来修改的，也不是什么核心问题，只不过就是一些文字上的表述而已，说白了就是想要个面儿，绝不是讨价还价！"

面子问题不是核心问题，它看不见摸不着。

但面子问题又不是一个简单的问题，既不能打折，又不能吝啬。

这个时候，纵横商海的朱野南提出面子问题，本是一个棘手的问题，而唐逸风却不失时机地说："合作了，我们就是一家人。在这件事情上，您朱总的面子也就是我唐逸风的面子，把事情做好了，一好百好，您朱总有面子，我唐逸风也有面子。我很欣赏您刚才说过的一句话，合同是死的，人是活的，这就是游戏规则；假若合同是活的，人也是活的，那就没有游戏规则了。有游戏规则不可怕，没有游戏规则就可怕了。至于合同嘛，我看就这么着吧！您朱总作为保润万公司的董事长，又有天荣保润集团这样坚强的后盾，自然不会不履行合同，更不会因此丢面子。相反，如果天荣保润公司把合同改改，江南电视台也把合同改改，让所有的人都看着顺眼，到那时，恐怕黄花菜也凉了，事情也甭做了。结果是，您朱总对天荣保润集团交代不了，我唐逸风对江南电视台交代不了。所以，要我说呀，今晚到此为止，我们一起再喝一杯酒，预祝我们合作成功！"

朱野南和葛云面面相觑之后，仍不罢休，就嘿嘿笑道："唐台长啊，如果是'二十一条'的合同，那还真没准儿就不履行！这么说吧，我们签的合同，概括起来可分为两种：一是商量着来，按合同办；二是什么合同也敢签，履行不履行再说……"

唐逸风也嘿嘿笑，一语双关地说："合同是死的，人是活的嘛，履行不履行在人而不在合同！"

唐逸风明白，江南电视台不远千里进京寻求合作，不管怎么说，不能输在合同上。输在合同上就是输在了起点，输在起点他输不起。

他宁愿多喝一杯酒，也不能在合同上让步。

于是，他端起酒杯，在嘻嘻哈哈的笑声中，和朱野南及葛云喝了晚宴的最后一杯酒，预祝合作成功的酒……

16

夏侯阳没有让周瑾琪把话说完，他明白周瑾琪的用意，周瑾琪想通过增资扩股，以解决《我玩时尚》节目所需的资金问题、团队问题及公司改造等一系列问题。

她想融一把资，以减少投资的风险，减轻投资的压力。

这想法没有错，他甚至没有想到周瑾琪会有这么多的想法。

但夏侯阳却替周瑾琪担心——这都是些什么样的人？能不能出资？出了资以后会不会南辕北辙、一个人一个想法？公司可以做成开放型的，但股东是不可以鱼龙混杂的。如果像宁超英这样的人也成了兄弟传媒公司的股东，那么，在未来，股东之间会不会沟通成本太大？会不会得不偿失？

夏侯阳如此贸然地打断了周瑾琪的话，却丝毫没有影响其他人的热情，一同从会议室挪到北中街的一家川味餐厅里，大家依旧热情不减，激情不退。

甚至可以说，比在会议室里还多了一些亢奋。

比如说郁小朋，就有点儿情绪高亢、精神矍铄。

当然，郁小朋的亢奋不是缘于周瑾琪的增资扩股计划，也不是基于对《我

玩时尚》节目经营前景的分析和期待,而是因为主持人的人选。

郁小朋拐弯抹角找来签约艺人林洋洋,林洋洋试镜他叫好,林洋洋一脱他鼓掌,也不全是个人爱好,而是确实希望林洋洋来做《我玩时尚》节目的主持人。

在兄弟传媒公司,他只有鼓鼓掌、叫叫好,帮着林洋洋做些铺垫;而在经纪公司那边,郁小朋可没有这么谦逊,他说:"他们虽然要做节目,可电视的事儿他们不懂,所以才请我去,基本上是我说了算……"

郁小朋在经纪公司的职员那儿说这样的大话,也不是吃饱了撑的,或者换句话说,郁小朋找来林洋洋,实际上有些还债的味道儿。

当初,郁小朋在拍摄电视剧《月牙儿岛的传说》时,曾经从那家经纪公司用过一位女演员,由于电视剧无法播出,郁小朋也与拍完的电视剧一样,在投资人那儿成了垃圾。投资人一跺脚将郁小朋扫地出门,却没有让他净身出户,而是把一堆需要擦屁股的事儿一并让郁小朋带走了,就连与经纪公司未能善始善终的合同,投资人也置之不理了。

虽然没有多少钱,但经纪公司却追着郁小朋不放。

不过,看着郁小朋那副有心无力的样子,那家经纪公司多少有些无奈,无奈之下,便时不时地给郁小朋打电话数落几句。

郁小朋说:"都是在圈里混的,用不着说话那么难听,没准儿还会合作呢。"

王广明把他介绍到了兄弟传媒公司,《我玩时尚》节目需要主持人,郁小朋当即就想到了这家经纪公司,经纪公司推出了前景看好的林洋洋。

只是他没想到,林洋洋的来头远比他的铺垫要好使得多。

可他并不知道林洋洋的来头。

本来,郁小朋还想再为林洋洋铺垫铺垫的,比如说,他把蓝可带到了兄弟传媒公司,蓝可是大导演,在主持人的人选上,蓝可的话应该是有些分量的,他有心让蓝可为林洋洋说几句话。可没想到,不知从哪儿来了个彭丹丹,嗲嗲地缠着蓝可,竟搞得蓝可眼里只有彭丹丹,郁小朋只好作罢。

眼见蓝可是指望不上了,可在会议室里讨论主持人的人选时,郁小朋却不能由着蓝可夸彭丹丹,只好明地里言不由衷地附和一下蓝可的观点,而实际上却是为林洋洋说了几句话。

张友德说性价比时,并没有完全排除林洋洋,郁小朋很高兴。

周瑾琪说三个候选人都可以时，郁小朋也很高兴。

而周瑾琪想听听夏侯阳的意见时，郁小朋心里一紧。

当夏侯阳说三位候选人都用时，郁小朋像是一块石头落地，终于欣喜不已。

可欣喜归欣喜，在会议里还得绷着点儿。

这会儿，郁小朋就绷不住了，到餐厅里屁股还没有坐稳，他就起身说去洗手间，结果躲到大街上，给经纪公司林洋洋的经纪人打了电话："洋洋没得说，做我们节目的主持人绰绰有余！这事儿我说成就成，基本上定下来了。接下来就是准备一下洋洋的个人资料，报频道通过就成了……"

给林洋洋的经纪人打完电话，郁小朋原地转了两圈，接着又热热乎乎地给林洋洋打了一个电话，这好事儿他不能不告诉洋洋。

回到餐桌旁，郁小朋红扑扑的脸上喜笑颜开……

而蓝可也不例外。

蓝可出去给彭丹丹打电话，差一点儿与郁小朋撞个满怀。

郁小朋明褒实贬彭丹丹，让蓝可心里很不爽，可彭丹丹没有被刷下，蓝可心里又非常高兴，刚才的不爽早就忘了，出去打电话碰见郁小朋，还亲亲热热地拍了拍郁小朋的肩。

其实，蓝可看好彭丹丹，倒没有郁小朋那么复杂，只是因为彭丹丹得知《我玩时尚》节目需要主持人时，不仅把个人资料早早地就发了过来，而且还不知怎么知道了蓝大编导的电话，在试镜前给蓝导多打了几个电话，介绍介绍自己，请教请教专业，先作受益匪浅状，再表达一番谢意。

就是事先多沟通了几次，蓝可对彭丹丹便看着养眼，听着顺耳，其他的那些试镜的主持人在他的眼里便无人能比得过彭丹丹。

彭丹丹过了，蓝可也是由衷地高兴，与郁小朋一样，留不住隔夜的屁，趁吃饭的工夫就喜笑颜开地给彭丹丹打电话报喜。

郁小朋为林洋洋有望做《我玩时尚》节目的主持人高兴，蓝可为彭丹丹有望做《我玩时尚》节目的主持人高兴，而与谁做主持人似乎没有关系的张友德、宁超英、还有那个十三每，这会儿也个个高兴，脸上无一不是眉开眼笑。

眉开了，眼笑了，每个人的笑都是灿烂的，也是大同小异的。

当然，笑与笑又是不同的。

乞丐坐在垃圾箱盖上笑是傻笑，明星搂着狗笑是幸福。

《凿壁伸脚》里说，里中有病脚疮者，痛不可忍，谓家人曰："尔为我凿壁为穴。"穴成，伸脚穴中，入邻家尺许。家人曰："此何意？"答曰："凭他去邻家痛，无与我事。"

看了这则笑话，许多人会笑，但既不能说是傻笑，也不能说是幸福。

只能说，大凡笑，差不多都是因为出乎意料之外的放松。

人在放松的时候才发笑，脸上三十三块肌肉松弛协调，膈与不随意呼吸肌自主运动，内心喜悦，才哈哈大笑。

这时候，不论是张友德的笑傲风月，还是宁超英的语笑喧哗，抑或是十三每的掩口而笑，都有出乎意外的放松。

张友德的放松不是来自于主持人的人选如何敲定，而是来自于这么多人对节目的追捧。虽然一直说与周瑾琪一起做这样一档节目，但要说到投资，这是他不愿意与周瑾琪面对面谈起的一个问题。这下好了，人多了，周瑾琪把股东的事宜当做会议的一个议题，让他有了回旋的余地，凭着自己的老于世故，可以稳稳当当地"傻子过年看街坊"。

宁超英的放松，不像张友德那么复杂，什么股东不股东，什么投资不投资，那都是以后的事情，只要周瑾琪现在不把他拒之于门外，他就三十三块肌肉松弛协调。

看着宁超英的三十三块肌肉松弛协调了，坐在他身边的小林惠子也笑逐颜开。

而十三每则放松着别人的放松……

不管因为什么样的意外而放松，看上去都是对《我玩时尚》节目充满热血沸腾般的憧憬，充满心潮澎湃的期待。

周瑾琪也喜笑颜开，并与他们左右逢源。

可她明白，夏侯阳并没有放松地笑出来。

吃过晚饭以后，大家各自散了，周瑾琪约夏侯阳进了茶楼。

周瑾琪莞尔一笑，开门见山："拾你牙慧，是不是让你见笑了？"

"没有啊，只是意想不到。"

"口是心非，言不由衷。"

"何以见得？"

"没有让我把话说完，自然是觉得我说的不妥，你有什么高见？我哪儿说错了？"

"我不知道啊。只是……都是些什么人啊，能与宁超英这样的人一起做事儿？他可是个败家子。增资扩股可以，但资金要优良，不然，着不了那急。"

"这样的顾虑我也有，但兄弟传媒公司不是西北公司的京城办事处，不管怎么说，前面有过合作，毕竟还算熟悉，真要有什么事儿，他宁超英还能胳膊肘往外拐？"

"先前不是有位毕先生想投资吗？那应该是优良资金，也是不错的合作伙伴。"

"热情没有了，不投了。"

"为什么？不是喜欢文化吗？"

周瑾琪笑，呷了一口茶才说："那天下午，毕先生是带着钱过来的，手里提着的那只破袋子里装了几十万，说是启动费用……但后来撤了，就因为去了那家夜总会。"

"去夜总会怎么了？不是他提出来要去的吗？"

"没错啊，他觉得你们都是将来用得着的人，所以有心请大家唱唱歌。可你猜怎么着？去夜总会把他吓着了。第二天给我打电话说：'那都是些什么人呀？找个小姐唱唱歌，大家乐哈乐哈，但也不能太出格啊！是，找个小姐睡一觉也没什么大惊小怪的，可总得有时有晌吧？还都是些文化人呢，怎么就不知道含蓄点儿？和他们一起做事儿靠谱吗？'"

"就为这？"

"或许是，或许不是，他也不是不去那些地方的人。"

"那晚上幸亏没有宁超英，不然，就更惨不忍睹了。"

"哎，撤了就撤了呗。人家又不参与公司的事情，要是一旦做不好，没法向人家交代。"

"也有道理。可像宁超英这样的人吧，就怕成事不足、败事有余。"

周瑾琪颦眉一笑，坚持道："我想试试。"

夏侯阳想了想说："试试就试试吧，也不能谨小慎微，像我似的，都快成职业病了。只要你想好了，该出手时就出手吧！"

周瑾琪嘻嘻笑："我敢这样想，还不是因为有你？有你我怕啥？大不了就由你来收拾这个摊子。"

夏侯阳看着自信的周瑾琪，也有心情开起了玩笑："赶紧'呸'一下，不说这样不吉利的话。"

周瑾琪咯咯笑。

夏侯阳也抿着嘴笑,顺手把茶端在手里。

周瑾琪看一眼夏侯阳,似笑非笑地说:"还有一事不明白。"

"你说吧,也许我明白,也许我也不明白。"

"主持人的人选,为什么是仨?"

"三个都不错,就像手心手背都是肉,刷下谁也不舍得。"

"你不是门外汉吗?这会儿又懂了?接着装。"

"我装什么呀,你不是说我看着喜欢就行吗!"

"呵,那也不能贪得无厌啊。"

"哈哈……"

"说给他们听的?"

"其实是我自说自话。"

"说的跟真的似的,连我也差一点儿信以为真了。"

"当然也算大差不差,也就是从她们中三选其一啦。"

"你想用斯丽娅?"

"你怎么知道?"

"傻子也该明白了。"

"即便明白了想用斯丽娅,那也还是半个傻子。"

"呵呵……怎么讲?"

"林洋洋也很有来头。"

"明白了。比秦总呢?"

"差不多,但不能这么比较。"

"噢,怪不得那天你说再想想。"

"那天接到两个电话。"

"所以你左右为难了。"

"难就难在不是一头的,难就难在出面的人又是与秦总一头的。林洋洋的关系,很显然是吴秋林那边的,据说那人比吴秋林还牛,不用说,我们惹不起,但又不宜和他套近乎,可偏偏又是项东方出面,我们还不能装傻充愣。一档节目的主持人人选,却事关合作双方,秦总和项东方又意见相左,事情就这么别扭……怎么办?"

"你看着办呗。"

"唉，走一步看一步吧。"

"你也有拿不定主意的时候？"周瑾琪嘻嘻笑。

"你还笑？人家是为找不到一个关系着急，咱们是为关系多了发愁……"

17

关于主持人的人选，因为有了幸福的烦恼，只好走一步看一步，而关于兄弟传媒公司的运转，周瑾琪则在看一步走一步。

周瑾琪经过与合作者们进一步商谈，兄弟传媒公司也谈妥了重组事宜。

在不久的未来，公司的股权及公司的治理结构将调整为：兄弟传媒公司新增注册资本100万元人民币，分别由张友德、郁小朋、蓝可、宁超英及十三每认购。由于认购者在出资的具体期限上差不多都是吞吞吐吐、莫衷一是，周瑾琪也只好后退一步，等出资到位时办理股权变更登记手续。

据此，公司管理层也相应调整为：周瑾琪仍然是董事长，张友德仍然是总经理，宁超英及郁小朋为副总经理，蓝可为总编导，十三每为摄影总监。

节目名称正式定名为：《我玩时尚体育》。

节目主持人为：斯丽娅（暂定）、林洋洋（暂定）、彭丹丹（暂定）。

相对于保润万公司和新山河卫视传播公司而言，兄弟传媒公司的重组要简单得多，实际上是内部认购。因为这是一个节目制作与经营的公司，规模小得多，关于公司的调整也要容易得多。

对于一档30分钟节目的制作公司而言，这就可以了。不夸张地说，这是一个足够豪华的阵容。在周瑾琪旗下，不论是管理和经营团队的张友德、宁超英、郁小朋，还是业务团队的蓝可、十三每，哪一个都是人物，拉出哪一个来介绍一番都会吓人一跳。

周瑾琪这么做，自然有她的考虑。人多总归是件好事，做节目不仅要有专业的节目制作团队，还要有一个经营团队，这是必不可少的。公司做节目不同于电视台做节目，没有人给你拨款，只能投资或经营。这就不仅需要把节目做好，而且重要的是要经营好。而有了更多人的参与，风险是可以分担的，她的

压力也就可以小一些。公司的发展也不应该拒绝合作者的进入，不管是个人还是法人，源源不断的投资人进入公司做股东，才是公司的未来，这就是公司。

虽然在做节目之初，周瑾琪不想同时做两档节目，可在她的预期中，一档节目只是起点，未来还会有第二档、第三档……一只羊是放，一群羊也是放。

当然，新的投资者的进入还有眼前的好处，那就是，既然大家都是投资人，那么，大家共同做自己的事情，是为自己在工作。既然是在为自己工作，锅里的、碗里的，都是自己的。大家在创业初期是可以不拿报酬的，公司可以不用支付薪水，这是一笔不小的费用。

由于张友德、宁超英他们人人都说要做投资人，因此，对于周瑾琪提出的暂时不拿报酬的提议，在新的合作者中就没有人反对。

相反，大家看上去很高兴……

与此同时，新山河卫视传播公司的重组也加快了步伐。

由于唐逸风在朱野南提出修改合同的问题上说了不，双方商谈合作合同实施细则的事儿就有了意想不到的进展。

这一次要求商谈的不是唐逸风，而是吴秋林。显然，朱野南不再对修改合同抱有幻想，吴秋林祭出天荣保润集团也不能改变既成事实。

一切都回归现实，合作还要继续。

而江南电视台也就顺水推舟，秦亦讯和夏侯阳依旧是商谈代表。

但同样意想不到的是，保润万公司的商谈代表仍然是薛明远，天荣保润公司的高手们并没有参加，甚至连吴秋林的美女律师也没有出面。

这是一个刚刚进入冬季的阳光灿烂的日子。

商谈的地点是薛明远定的，说是去京东郊区的一个地方，换一下环境。

见了秦亦讯和夏侯阳，薛明远一挥手，大大咧咧地说："走，咱们找个清、清静的地方，乐哈乐哈就、就谈了。"

秦亦讯没意见，就让薛明远前面带路。

薛明远这一次麻麻利利，开着车前面走，秦亦讯开着"大切"跟在后面。

夏侯阳把车放在停车场，上了秦亦讯的"大切"。

坐上秦亦讯的"大切"，夏侯阳正好可以和秦亦讯聊聊，兄弟传媒公司《我玩时尚》节目主持人的事儿，实际上定犹未定，周瑾琪还等着一个确切的事儿。

夏侯阳坐在副驾驶座上，侧脸看看秦亦讯，秦亦讯一边开着车，一边喜滋滋的样子，也侧过脸看了夏侯阳一眼，就嘿嘿笑道："操！也不知道薛明远要带我们去哪儿？这帮京城的孙子，一个个都神神秘秘的，动不动就往郊外跑，都有自己的一亩三分地。"

"嗨，跟着他的车走呗，我们也顺便开开眼。"夏侯阳随口说了一句，脑子里却在想着怎么问主持人的事儿。

"上一次商谈时，薛明远和我们装傻充愣，装了装样子却不谈正事儿，你知道为什么吗？"

"不知道。"

"他们想修改合同。"

"您怎么知道？"

"嗨，撅什么屁股拉什么屎！"秦亦讯像是早有预见，不以为然地笑笑，接着说，"天荣保润公司请唐台吃饭时，对合同提出了 N 多条修改意见。"

夏侯阳赶忙问："那唐台是怎么答复的？"

"唐台当然是不同意了，要不然，他们怎么会主动提出来商谈实施细则呢？这些人，什么事情不敢想？什么事情不敢做？"

夏侯阳叹道："看来是来者不善啊，还不能掉以轻心呢！"

"就是，也算是给我们提了一个醒，和天荣保润公司这样的大公司合作，有利也有弊，在朱野南他们的眼里，我们就是村里来的。"

"那么牛×？"

"挤什么呀挤？越挤越不让你个傻 B 插进来！"午后的京顺路上车来车往，秦亦讯骂骂咧咧地把一辆要强行并道的出租车挤出去，然后才接着说："牛×大了！哪一个不牛×哄哄的？吴秋林够牛了吧？朱野南比他还牛！可吴秋林不管怎么牛，心里总是怵我们，怕我们不和他玩了。可朱野南就不一样了，他怕什么呀？江南电视台拿什么和人家天荣保润集团叫板？"

"那要这么说的话，周瑾琪的《我玩时尚体育》节目是不是就不能让斯丽娅做主持人了？"接着秦亦讯的话茬，夏侯阳说起了主持人的事儿。

"为什么？这哪儿跟哪儿呀？"

"因为想做这档节目主持人的还有一个叫林洋洋的人，您知道这个林洋洋是谁吗？"

"是谁？"

"说是一个很重要的人物的那个呀！项总为这事儿还给我打过电话呢。项

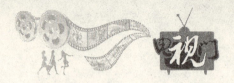

总给我打电话时,说那个人物比吴秋林还重要,林洋洋是那个重要人物的那个,让我转告兄弟传媒公司是不是考虑让林洋洋做主持人。"

"嘁!"秦亦讯一脸不屑,却若无其事地接着问:"你转告了?"

夏侯阳笑道:"还没有啊,我还没跟您说呢。事情变得这么复杂,也不知道那个重要人物是谁,还没听听您的意见,我怎么可能转告周瑾琪呢?"

秦亦讯就嘻嘻笑,饶有兴趣地问:"那个叫林洋洋的女的,长得怎么样?漂亮不漂亮?"

"主持人试镜的时候我见过。漂亮说不上,挺嗲的,挺露的!说是签约艺人,演过电影电视,还是模特儿呢。"

夏侯阳这么一说,秦亦讯倒想起了那个傍晚走进吴秋林办公室的光头男人朱野南,和跟着光头男人朱野南一起进去的那个看上去蛮骚的女人。

"是不是头发长长的,穿一件貂皮大衣的女孩子?大概有一米七五的样子?"

"对!具体身高嘛……一米七五差不多吧。"

"哈哈……哈哈……一个骚×,会上床就行了,当什么主持人啊?"

那个傍晚,朱野南带着林洋洋走进吴秋林办公室的时候,秦亦讯并不知道他是何人,当秦亦讯应邀走进天荣保润公司进军电视产业的新闻发布会会场出席天荣保润公司和中影中万公司合作的签字仪式时,才知道光头男人就是朱野南。

当他开始关注这个光头男人时,听说叫朱野南的光头男人挺狂的,显然,秦亦讯不太喜欢朱野南的狂。

"不知道那个很重要的人物是谁,项总也没有明说。"夏侯阳有些漫不经心地说,实际上,他也想知道。

"还有谁?不就是那个朱野南嘛!"

"啊?林洋洋是朱野南的那个?"夏侯阳有些惊讶,"项总只说是一个很重要的人物的那个,没想到会是他!"

"要说重要也重要。这世界变化快,吴秋林的中影中万公司眨眼间就变成了保润万公司,朱野南成了保润万公司的董事长,也一定是保润万公司进入新山河卫视传播公司的一号人物,吴秋林当然在他之下。"秦亦讯若有所思地说,"不过,那会儿,项东方确实不知道那个所谓的重要人物就是朱野南。吴秋林这个孙子,与天荣保润公司的重组在没有开新闻发布会之前,一直把我们蒙在鼓里,项东方哪儿会知道朱野南是谁呀!"

"那我们惹不起吧?"夏侯阳像是提醒,也像是试探。

"有什么惹得起、惹不起的?"秦亦讯脸上的表情也变化快,这会儿,他又不怎么在乎朱野南的牛×和狂,自信满满地说,"项东方也和我说过这事儿,我当时就说她有点儿小题大做了。有一点我不同意项东方的观点,他们不是每个人都多么多么重要,朱野南再牛×,频道也是我们的,他有什么好牛的?反过来说,不管与谁合作,我们又有什么好怕的?!"

秦亦讯左手握着方向盘,抬起右手用小拇指挖了挖鼻孔,然后话题一转,继续说:"当然,我不是说周瑾琪用谁做主持人的这件事儿,主持人用谁不用谁节目组定,然后报频道过一下,没大问题备个案就可以了。我想说的是,不管和谁合作,不能他们放个屁我们也赶紧听着。合作是双方的事情,朱野南是保润万公司的董事长,但不是新山河卫视传播公司的董事长,新山河卫视传播公司的董事长一定是江南电视台派人担任,这一点一定要清楚。可以肯定地说,新山河卫视传播公司第一任董事长一定是唐逸风,不是他朱野南,更不是吴秋林!夏侯,你说我说得对不对?"

夏侯阳想想也是,这秦亦讯并不是只会小姐呀小妹呀的,这话说得有些道理,毕竟是比项东方见识多了些。

"有道理!"夏侯阳附和着秦亦讯的见解,心满意足地笑笑。

他笑是因为他心中有数了,《我玩时尚体育》节目主持人的事儿基本上有了一个明确的答案——项东方的意见否定了,林洋洋就否定了,林洋洋否定了,那不就是用斯丽娅了吗!

但他还是故意说了一句:"那,《我玩时尚体育》节目的主持人就用斯丽娅了?"

秦亦讯笑不做声。

可秦亦讯曾经电话里说过,是不是可以考虑用斯丽娅。秦亦讯让考虑,兄弟传媒公司自然是要考虑的。秦亦讯这会儿不说话,便是默认,就如同是在说:"就用那个甜呀蜜呀的斯丽娅呗。"

在秦亦讯的默不作声中,夏侯阳得到了一个答案,却又有了一个疑问:斯丽娅是怎样征服秦亦讯的呢?是投怀送抱?还是云雨?抑或是叫床?

过了片刻,秦亦讯漫不经心地问:"节目名称又加了两个字?"

"对,加了体育两个字。周瑾琪说时尚范围太宽,加上体育有个界定。"

"也好……松了就紧紧，紧了就松松……"秦亦讯嘴上嘟囔着，自己也不知道说了些什么，因为这时的他脑子里都是斯丽娅。

夏侯阳只好笑而不语。

想着斯丽娅，让秦亦讯咧着嘴乐，多此一举地问："周瑾琪的公司是怎么定的呢？是想用很骚的林洋洋还是想用斯丽娅？"

"这还用问吗？您是行家的眼光啊，您说可以考虑斯丽娅，周瑾琪当然希望用斯丽娅了。可接到项总的电话后，我就没有让周瑾琪急于决定主持人用谁不用谁，看看频道有什么要求再说。我想啊，既然项总说以大局为重，不能因为一个主持人的事情影响江南电视台与保润万公司的合作，话都说到这份上了，那主持人的事儿怎敢轻易决定呢？当然要听听你们领导的指示了！"

夏侯阳接着又有心无意地说："其实，就是频道让用林洋洋，周瑾琪也不情愿。您想啊，林洋洋既然是签约艺人，关于报酬的事情就要和经纪公司谈，经纪公司也要挣钱啊，费用高是必然的。再说了，林洋洋有朱野南，一个小小的节目公司惹不起，她好好干还可以，若是不好好干，到时候还不是拿她没脾气？一旦出现这种情况，那还不是请神容易送神难啊！"

"就是！要是有点儿腕儿的脾气，还真是个麻烦事儿。"

"那我就告诉周瑾琪，主持人就用斯丽娅了。"夏侯阳又重复了一遍。

秦亦讯这次没有默不作声，嘿嘿地笑了几声，说："让周瑾琪她们自己商量决定呗。"

"那还商量什么呀？就斯丽娅了！"夏侯阳也嘿嘿地笑，和秦亦讯开起了玩笑，"不过，您告诉我，依您行家的眼光，斯丽娅好在什么地方？"

秦亦讯嘻嘻哈哈的，吭吭哧哧说："斯丽娅嘛，还是蛮好、蛮有味道的……"

斯丽娅蛮好，究竟是业务好？身材好？还是综合素质好？斯丽娅蛮有味道，究竟是主持人的味道？还是女人的味道？

秦亦讯没有说下去，夏侯阳也不刨根问底。

但秦亦讯却意犹未尽，虽然没有说出来，他却在想，想在兄弟传媒公司周瑾琪办公室的那个傍晚——

周瑾琪下楼去了，周瑾琪的办公室里就剩下了他和斯丽娅。

他看着斯丽娅，心里话：这个女孩子蛮好看，虽不是娇艳欲滴，但很白嫩别致……

斯丽娅又惊又喜地看着秦亦讯，心里想得更多：他就是山河卫视的老总？这真是踏破铁鞋无觅处，与其在周瑾琪面前亲呀蜜呀的迟迟没有一个结果，还不如在他面前嗲一嗲、腻一腻，也许就会有收获……

就这样，一个有情，一个有意，在短短的时间里，他栽花花开、插柳柳绿，斯丽娅半推半就、蹭来蹭去就蹭进了他的怀。

完全出乎意外，突然间，天上掉下个俏妹妹，甜甜的，嗲嗲的，他有些喜出望外，顾不了那么多，就把她搂进了自己的怀。

把这样的一个俏妹妹搂在怀里，自然是浑身骚动、急不可耐，顺手就在斯丽娅的身上摸来摸去，并轻车熟路地摸到了她的两个奶。青春少女的奶是鼓鼓的、富有弹性的；青春少女的唇是红红的、性感的……

只可惜，这一次桃花盛开的时间太短了，太短了，他不得不挣扎着把斯丽娅推出他的怀，因为周瑾琪的高跟鞋落在地板上的声音已经从办公室的门外传进来。

那个晚上的演出他几乎没有看进去，他的脑子里是挥之不去的斯丽娅……

秦亦讯的"大切"紧紧地跟在薛明远的车后，离京城渐渐远了，京顺路上的车也越来越少，薛明远的奥迪和秦亦讯的"大切"不约而同地越开越快。

车速快了，秦亦讯的心里愈发地敞亮，就美美地接着想。

他想的是下一次。

下一次把斯丽娅抱在怀里的时候，他要打出一套组合拳。这是一套久经历练后练就的组合拳，不仅可以让自己销魂，还足可以让女人销魂，让斯丽娅销魂……人生渐老，这套组合拳却打得依旧漂亮。

只是，心急吃不了热豆腐，打出这套组合拳需要机会，需要时间。

但无意中说起了斯丽娅，软玉温香的斯丽娅这会儿便在他的脑海中活灵活现，她那山峦起伏般的胸和红红艳艳的唇如鬼魅般地纠缠不清，搞得他心里痒痒的不行……

秦亦讯笑不出声，又忽然笑出声来，问："夏侯，你说，《我玩时尚体育》节目该用什么样的主持人？"

"我哪儿懂这个呀！"夏侯阳嘿嘿笑。

"那周瑾琪呢？"

"她也觉得斯丽娅好用。"

"是吧？"秦亦讯慢条斯理地说，"别人说什么，甭管那么多，毕竟出钱的是公司，《我玩时尚体育》节目的主持人还得周瑾琪的公司自己定。"

"就这么定了，我现在就告诉她。"夏侯阳说着，掏出手机。

"哎，要不就这样——"秦亦讯伸手示意夏侯阳少安毋躁，迟疑了一下，接着说，"外包节目的主持人也要有上岗证，另外呢，频道也快要安排外包节目的主持人到频道统一试镜了，为了有备无患，不如让林洋洋和斯丽娅一起去试镜。都过了呢，用一个，备一个；不能都过呢，谁过了用谁。"

"这倒是个好主意。"

夏侯阳给周瑾琪打电话。

而秦亦讯则是一脸的惬意。

18

秦亦讯的"大切"跟在薛明远的车后又走了一段京密路后，沿着乡间的柏油路朝乡村驶去。

在一段起起伏伏的路上，薛明远的奥迪就没有秦亦讯的"大切"更牛×。

一个半小时的时间，终于到了薛明远要去的地方——乡间的柏油路边，一座漂亮的私人养马场。

养马场的会馆全是用现仿的秦砖汉瓦建成，在满是田野的乡间显得古朴而典雅；会馆前宽敞的停车场和马场边杨树下一排排的茶座都显示着这儿曾经有过的繁荣，虽然初冬的田野和不断从树上飘落下来的发黄的树叶看上去似乎已经萧条，但这时的萧条也仅仅是因为时下的这个季节。

从养马场往北，是一座缓缓起伏的山，山不高，却延延绵绵，养马场就如同坐落在山的怀里。而被延绵起伏的小山抱得更紧的，是一座城堡似的独栋洋房，在初冬暖暖的阳光下格外醒目。

薛明远的车并没有在会馆前停下，而是直奔那栋洋房而去。

这是一座仿法国古典府邸式建筑，远看似乎已经经历了很多岁月，走近细细一看才知道，这是一种特意追求的色调，似梦似幻，如同到了显赫时期的欧洲。

秦亦讯和夏侯阳跟着薛明远来到他的贵族山庄。

这是一座主体为二层的经典建筑,下设地下室,屋顶设阁楼层,中央部分为通高到顶的凸出体,匠心独运地辅以通高的科林斯巨型壁柱,上部采用孟莎式屋顶,阁楼老虎窗突破檐口山花,并与檐上充满文艺复兴特色的花栏杆相连围成女儿墙。整座建筑风格独特,造型美观,装修华丽,曾经流行于欧洲的"折衷主义"思潮若隐若现,既有巴洛克风格,而檐部和卷形门窗又具有文艺复兴时期的韵味。更为独特和别致的是,门廊外的两柱为八角型断面,柱头部模仿科林斯柱式,外面门楼由巴洛克式的弧形和简化了的罗马卷柱式构成。二层阳台的装饰,运用了法国路易时期的铁花栏杆,其中的浮雕图案综合了欧式忍冬草叶和中国的葡萄叶、牡丹花,散发着悠远的气息和醇香的浪漫。

室内的豪华与设计格局,也是别有一番天地。欧派风格的装修典雅、精致,全套欧式的家具摆放整齐。颇具西欧色彩的舞厅兼会客厅设在里面,宽阔而又明亮,两边置有取暖壁炉,后面设有休息室,地上铺设法国地砖,特别是厅内的两根科林斯柱子,就是在时下的西欧也已经不多见了。

薛明远炫耀般地介绍一番后,带着秦亦讯和夏侯阳来到这座建筑中不可或缺的书房。

贵族山庄的书房同样不同一般。深色调的原木茶几古朴而厚实,黑色的书桌宽大而庄重,硕大的窗帘像幕布一样垂落到地。最具贵族气质的,是那依墙而做的超大而又简约的书架,书架上摆满了英国绅士们常有的、装潢各异的大部头的典籍,自上而下,一排排一部部,宛如书海,如同是古老的图书收藏馆,气派非凡,简约而不简单。

薛明远热情地招呼着,三人先后落坐,会馆的服务生也将茶水送来。

这个马场,薛明远说是他们哥儿几个一块儿建的,主要是供自己玩的,不求经营,也不求赢利,谁也没有指着这个吃饭,想玩了,就过来玩玩。这儿的马多数是从国外买来的良种马,有来自澳洲的,也有来自欧洲的,其中不乏纯血统的,有自己的,也有会员的,时不时地凑到一起热闹热闹,就是图个乐哈。

非典的时候,大家都躲到这儿来了,比起在城里忧心忡忡,住在这儿就惬意了很多。

夏侯阳和秦亦讯不由得面面相觑,也不由得感叹不已,这薛明远果然还有些拿得出手的东西,京城这帮人是在怎么混呢?

对眼前的薛明远,秦亦讯和夏侯阳都不觉得陌生。

早在江南电视台与中影中万公司合作之前,他就是老对手了。还是江南电视台想从老山河卫视传媒广告公司手里要回山河卫视频道广告经营权和大部分节目的制作与经营权的时候,他们就有过针尖对麦芒的交锋。

那时,薛明远等人的红八方影视公司的全资子公司是老山河卫视传媒广告公司的股东之一,不仅直接投资近千万,而且在老山河卫视传媒广告公司经营困难的时期,红八方影视公司还慷慨地借款近一千万给老山河卫视传媒广告公司。听说江南电视台要收回山河卫视频道的广告经营权及大部分节目的制作与经营权,薛明远他们的反应比老山河卫视传媒广告公司 CEO 的反应还要强烈得多。其中,薛明远就是高喊着要把官司打到底的人,也是放言一切全在掌握、不讨一个说法决不罢休的人。

当然,薛明远还有其他一些杀手锏,如在京城告御状、准备召开新闻发布会等。

江南电视台提起诉讼后,江南领导曾指示,在保持高压的前提下,还要努力争取和平解决,最好不要闹得沸沸扬扬。遵照这样的指示,江南电视台给了薛明远他们商谈的机会,让他们到江南协商和谈。

接到江南电视台的专函,薛明远他们到了江南。

但薛明远一坐到谈判桌前就愤愤然,愤愤然又让他口吃加重,话说得更不顺畅:"刀、刀、刀都已经架在我们脖、脖子上了,还要和我们协、协商解决,怎、怎么谈? 你们的诚、诚意呢? 有、有一点点儿吗? 要、要谈就必须有一个前、前提条件,那、那就是江南电视台先撤、撤诉! 不然,我们马上就、就回去。"

秦亦讯不同意薛明远的要求:"这恐怕做不到,除非我们和谈成功了。"

夏侯阳也说:"和谈并没有一个特定的前提条件,只要双方有和谈的愿望,在什么情况下都可以谈。不仅现在可以谈,就是法庭上也可以谈。商谈也好,对簿公堂也好,都是为了解决问题。既然商谈也可以解决问题,我们为什么不努力试一试呢? "

薛明远毫不退步:"要、要是这样,我们拒绝协商,我们有、有我们的办法,新闻发布会的工作早、早就准备好了,就等着事、事态的进、进展。在这儿,我还、还奉劝江南电视台一句:要慎重处理这、这事儿! 不、不然,起码会、会两败俱伤。"

秦亦讯不屑于两败俱伤的威胁,不紧不慢地说:"如果你们想开新闻发布会,我们不反对! 相反,我们倒很希望和你们一起参加这样的新闻发布会。"

夏侯阳也一唱一和地说:"就是,我们也有这方面的想法。随着诉讼的进展,我们也会把真相公布于众。不管是新闻发布会还是什么会,我们有足够的真凭实据,江南电视台最终是会双赢的,即无论从法律上还是从道义上,江南电视台都将是赢家! 没有这个把握,这个事儿我们连想都不会想。但现在不仅想了,而且还做了。从这一点上说,我们和您薛总一样理直气壮。"

商谈最终没有结果,但商谈没有结果不等于事情不能解决,江南电视台的胜诉判决还是如期而至,而薛明远他们却还在忙着找这个领导那个首长。不过,薛明远喊了老半天的新闻发布会直到案件执行完结也没有召开,终究是一些气话而已。

然而,有些事情总是难以预料,说来也很奇怪。京城这么大,人海茫茫,可有时候,京城又很小,抬头不见低头见。薛明远这样一个一蹦老高的对手,从诉讼完结的那天起,本可以与江南电视台、与山河卫视频道说拜拜了,但让秦亦讯和夏侯阳惊讶的是,当江南电视台与中影中万公司坐在谈判桌前正式商谈合作合同时,薛明远竟然摇身一变成了中影中万公司的商谈代表,就像什么事情也没有发生过一样,乐哈哈地为江南电视台与中影中万公司的合作而不遗余力。只不过他代表的不再是红八方影视公司,也不是红八方影视公司的全资子公司,而是吴秋林的中影中万公司。

秦亦讯惊讶不已地问:"薛总啊? 怎么在这儿见到您了? "

而夏侯阳也惊讶不已,他脑子里想的是,红八方影视公司与中影中万公司联手了? 还是薛明远来卧底了? 这是一个怎样的布局? 在这个布局里面又藏着怎样的玄机?

薛明远却笑哈哈地说,他已经不在红八方公司了,红八方公司刚刚重组,他退出了。退出红八方公司,吴秋林便邀请他加入了中影中万公司,是中影中万公司的副总,也是与江南电视台合作的首席谈判代表。

秦亦讯和夏侯阳对这样一个巧合有些放心不下,一时也猜不透吴秋林意欲何为,心里不免有些嘀咕。可随着谈判的进展,并没有看出有什么别有用心之处,也就渐渐地不再觉得异常,只不过处处小心还是很有必要的。

但薛明远很洒脱,看上去完全没有因为以前的事儿而心存芥蒂。在秦亦讯面前,他从没有说起过对江南电视台有什么不满,就像那些过去的事儿与他没有什么关系一样。

薛明远也很直率,有着北方人的豪爽。虽然据说曾经在英国生活了一些日子,但并没有把自己装扮成绅士,一点儿也看不到英国男人所有的那份绅士的影子,要不是年龄大了点儿,倒很容易让人想起影视故事里的京城少爷。即便是有些口吃,可总是快人快语,加上朗朗的笑声和京味大嗓门儿,依然让人觉得他是地道的京城爷们儿。

这个下午,在薛明远的贵族山庄里,他们又坐在了一起,像是老朋友一样。

三个人坐在古朴、典雅的山庄大厅里喝着茶,饶有兴致地说着一些山南海北的趣事儿,这会儿不着急的是秦亦讯和夏侯阳。

而当薛明远看着窗外冬日的阳光越来越斜时,他似乎没有了谈兴,提议道:"哎,时间不早、早了,我们该、该谈谈正事儿了吧?"

这一次,薛明远没有像上一次一样聊个没完。

当然,这一次到他的山庄来,为的就是谈正事儿。

虽然这儿是养马场,但并不影响谈正事儿。有多少正事儿是正襟危坐、西服革履地在谈判桌上谈成的?大单大单的生意、合同不都是在球场上、歌厅里、饭桌上、茶室里、温泉会馆里谈成的?

所以,薛明远决定来山庄,不仅想谈谈正事儿,而且还想把正事儿谈成。

秦亦讯说:"《合作合同书》的约定是原则性的,实施细则也是进一步细化这些内容。薛总,上一次的商谈,您也把合作合同实施细则草稿带回去了,不知你们那一方还有什么问题需要咱们一起协商?"

薛明远显然已成竹在胸,便单刀直入:"我们还需、需要1%的股权,就1%!江南电视台要拿、拿出1%的股权给我们……或然股权也可以。其实吧,这1%的股、股权也没多少实际性的利益,但、但我们需要,保润万公司需要的是能、能并账。这对我们来说很、很重要,不然,这事儿就不好玩了。"

又是1%的或然股权!

薛明远很直爽。

但这1%股权的问题,却不像薛明远轻描淡写的那样。江南电视台控股51%,这是政策的要求,保润万公司获取49%的股份,是其能够获得股份的最高线。

然而,50%和49%的差别却不像1%这个数字那么抽象和简单。

保润万公司想通过1%的或然股权拥有50%的股份,或者更确切地说,是吴秋林想借1%的或然股权以便能够并账。因为在商谈合同的时候,吴秋林就曾提出过1%的或然股权。

保润万公司无奈之下可以丢掉修改合同的幻想,但吴秋林却不肯丢掉1%的或然股权。

为卖一个大价钱,吴秋林把自己中影中万公司的股权卖了51%,从而有了崭新的保润万公司,可多卖了1%他就不能并账,所以就用或然股权把多卖的1%收回来。而保润万公司只能拥有新山河卫视传播公司49%的股权,离50%还差1%,可差了1%的股权同样不能满足他吴秋林的并账需求,所以就想再要1%的或然股权。

把多卖了的收回来,把不够的要过来,吴秋林既卖又要,只赚不出还想两头都能并账。

若想两头都能并账,1%的或然股权便是吴秋林手中的魔方!

夏侯阳想,吴秋林想并账自然就有想法。

秦亦讯做沉思状,想了一会儿才说:"这恐怕很难! 薛总啊,别的条款可以商量,但这一条吧……1%倒不是太大的事儿,可这一改吧,那就是政策性的风险了。况且,以前只是口头一说,并没有写在《合作合同书》中……"

"可我们保润万公司想、想要,有用没用的不说,瞅着好看。"

"不是好看,而是好用。"夏侯阳笑着更正,他当然明白这意味着什么。

薛明远不语。

夏侯阳问:"还有其他问题吗? 薛总您是不是一块儿说完了,我们一并商量?"

"只、只要这一条可以商量,别、别的就那样了,就这么点事儿!"

秦亦讯与夏侯阳会意地一笑,合作合同实施细则的商谈没有出乎他们的预料。

夏侯阳以商量的口吻对秦亦讯说:"秦总,您看这样行吗? 在1%股权的问题上,我们就答应薛总的要求,在技术上做一个处理,把这1%做成一个或然股权,一旦国家政策许可了,双方又能就转让价格达成一致,转给保润万公司也不是不可以。因为啊,保润万公司还有可能资源整合,或资本运作,对这一点,我以为还是可以支持的,毕竟是合作嘛。"

"就、就是嘛! 其实,这就是一个形式,政策什么时候许、许可,大概我们是赶不上了。"薛明远看到了希望,就激动起来。

秦亦讯抓耳挠腮,有些为难的样子,冲夏侯阳说:"夏侯,这可是找骂呀,若我们自作主张这么定了,回去唐台还不骂我们个狗血喷头?"

接着,他又扭头对薛明远说:"要不这样,先这么定个初步意见,最后是否可以,由台领导定。行就是正式条文,不行就把这一条删除。或然条款嘛,或者行,或者不行。"

"也不为难你们,那、那就这么吧。"薛明远满意地点点头。

夏侯阳一唱,秦亦讯一和,也是想要这样一个结果。

可夏侯阳却正儿八经地接着说:"但是,还得有个条件!1%的或然股权你们拿去并账,怎么着也得是有偿的吧?"

"这……有、有必要这么斤斤计较吗?"薛明远始料不及,显然有些不情愿。

夏侯阳却振振有词:"薛总啊,1%虽然是或然股权,但却可以满足你们并账,并不影响你们做资本。为了你们资本运作方便,我们已经是全力支持了,为此,我们开个价算不上是斤斤计较吧?"

"秦、秦总啊,这、这可有点儿不仗、仗义啊!"薛明远忍不住有些急了。

见薛明远当了真,秦亦讯便哈哈笑。

薛明远顿时面红耳赤。

夏侯阳随即在合作合同实施细则中加了一条或然条款。

至此,薛明远如释重负,秦亦讯也心满意足。

所有的商谈宣告结束。

三人再一次从头捋了一遍,均表示"OK!"

19

合作合同实施细则 OK 了,合作双方如释重负,皆大欢喜。而兄弟传媒公司《我玩时尚体育》节目的主持人人选 OK 了,却引起了一阵小波澜。

小波澜来自于大导演蓝可。

周瑾琪接到夏侯阳的电话时,知道这次是真的,一直悬而未决的主持人人选终于浮出水面,她的心里也如一块石头落地。

虽然说两个主持人谁能通过频道的试镜就用谁,但周瑾琪明白,斯丽娅和林洋洋都能过,既然都能过,自然是用斯丽娅。因为一档外包节目用两个主持人不现实,备用也是用,若将林洋洋备用,那合同怎么签?费用怎么付?多付一份主持人的费用只是为了备用,这对公司而言没必要,也没意义。

所以,用一个备一个不过就是秦亦讯那么一说、夏侯阳那么一传话而已,节目主持人的人选自然而然是斯丽娅。

主持人的挑选终于尘埃落定,她当然稍稍松了一口气。

可心里明白归心里明白,周瑾琪宣布主持人人选时,还是原汁原味。放下夏侯阳的电话,她就把千呼万唤始出来的主持人最终人选告诉了张友德:"《我玩时尚体育》节目的主持人定了斯丽娅和林洋洋。谁能通过频道的试镜就用谁,若是都能通过,那就用一个备一个。"

张友德听了,很喜,也很得意:"我就说嘛,从性价比而言,我们该用斯丽娅;而从知名度而言,我们该用林洋洋。别看有那么多的主持人试镜,但能提得起来的也就是斯丽娅与林洋洋。"

当然,喜的不止是张友德。

与老于世故的张友德相比,早就眉开眼笑过的郁小朋显得更高兴。备用也是用,林洋洋最终成为节目的主持人,如同他自己过五关、斩六将最终站在优胜者的领奖台上一样,再矜持也想说几句,并且激动不已的话说出来不是获胜感言却胜似获胜感言:"好的开头是成功的一半,瞧好吧,洋洋没得说,我们节目的主持人选林洋洋绝对没错⋯⋯"

脱颖而出的斯丽娅和林洋洋自然也很喜。

但她们却没有喜出望外,也没有又惊又喜,仿佛这个结果已在她们的预料之中。

周瑾琪打电话给斯丽娅,说:"娅娅,好好准备一下吧,咱们要开始做样片了。做样片的主持人先用你,如果频道试镜也没问题,你就可以到公司上班了。"

斯丽娅赶忙说:"谢谢周姐,谢谢周姐,我明天就去公司上班吧,频道试镜肯定没问题的,您放心,我能过。"

斯丽娅的欣喜,更多的是来自于自信。

当然,自信自然有自信的理由。

周瑾琪接着给林洋洋打电话,说:"洋洋,最近准备一下,随时可能通知你去频道试镜,试镜通过了,我们再具体商量你的工作合同。"

"知道了,周姐。频道那边的试镜倒是好过,你们还是先与我的经纪人谈谈我的工作合同吧,不然,我的档期不好安排……"

周瑾琪笑笑,迟疑了一下说:"如果你的档期不好安排,那就先放放再说,不能因为一档小节目影响了你的发展……"

"没事的,周姐!签了合同我就去频道试镜。"林洋洋立即说。

周瑾琪一听暗自欣喜,忍不住笑笑说:"先签合同再去频道试镜是不是有点儿操之过急啊,洋洋?"

"可我也没办法呀,周姐,这是经纪公司的规定啊。"

"噢,是这样啊。既然是经纪公司的规定,我抽个时间和你的经纪人联系联系吧。"

"好的,那就这么定了,周姐。"

周瑾琪听得出,林洋洋更是自信。

不管斯丽娅和林洋洋各自有怎样的自信,最自信的还是周瑾琪。她不着急林洋洋的工作合同,她知道当务之急的事情是节目的筹备要进入一个实质性阶段——做样片。

下班前,周瑾琪找了蓝可。

她说:"蓝导,咱们该做样片了。"

蓝可收拾着桌上乱七八糟的节目脚本草稿,头也不抬:"主持人定了?"

"算是定了吧,就用斯丽娅。另外,还有林洋洋备用……"

"我怎么不知道?"蓝可没好气地说,"什么破主持人呀?能用吗?"

原来,蓝可正在闹情绪。

蓝可还没老,可已经像个老小孩,喜怒哀乐都表现在脸上。

蓝可和郁小朋一间办公室。相比郁小朋,蓝可在办公室里就消停得多,不喜欢窜来窜去的。关于主持人已定的消息,郁小朋就比蓝可早知道了那么屁大的一点儿工夫。

或许是郁小朋忘乎所以、一时高兴忘了蓝可看好的主持人是彭丹丹,也或许是郁小朋就是为了证明自己力推林洋洋眼之不拙、言之不谬,他兴冲冲回到自己的办公室,还没有来得及坐下,就载言载笑地对蓝可说:"我说什么来着?林洋洋还是不错的嘛,她做这档节目的主持人最合适啦!到底是腕儿……"

这些天一直在鼓捣节目脚本的蓝可，满脑子都是彭丹丹做主持人的镜头，连主持人串场时所需要的道具都是为彭丹丹量体裁衣的，而郁小朋的嘴里却偏偏冷不丁地冒出个林洋洋，他就十分地不耐又不屑："你懂什么呀？好演员也不一定是好主持人，何况她还是不入流的演员？不懂的就不要瞎说。"

"你这是老观念了，《我玩时尚体育》的节目主持人已经定了。"郁小朋很是得意地说，"我就觉得彭丹丹比不过林洋洋。"

"谁定的？"蓝可仍然半信半疑。

"频道定的。"

"怎么定的？"

"一个是林洋洋，一个是斯丽娅。"

蓝可非常失望，可看到郁小朋得意洋洋的样子，顿时气不打一处来，斜火也劈头盖脸地发泄到郁小朋身上。

"什么破主持人？简直是莫名其妙！都是你们瞎起哄，不懂就不懂吧，还跟着瞎掺和，要是什么人都懂，那还要编导干什么……"

郁小朋讨了个没趣，可看看蓝可阴沉沉的脸，便不与蓝可一般见识，只是不屈不挠地笑笑，心里高兴着自己的高兴。

周瑾琪听蓝可的话不是顺着出来的，再一看蓝可脸上的表情又十分僵硬，知道蓝可气不顺，可不知道蓝可哪儿气不顺，便问："蓝导，您怎么了？主持人的人选刚定下来，我也是刚得到的消息……"

"频道定的？什么破频道！"蓝可拧着脖子，还是口无遮拦。

"这么说不对。首先，主持人是我们挑选的，也是我们经过比较和筛选然后上报的；其次，客观地说，几个备选的主持人都差不多，谁也不比谁出类拔萃，都算不上是专业成熟的主持人。既然这样，用谁都一样，试试看再说……"

"怎么能一样呢？"蓝可还是较真儿，"我准备的这些脚本，主持人在哪儿串场，每次串场多少秒多少帧，需要什么样的道具，穿什么样的服装等等，我都是以彭丹丹为主持人考虑和设计的，如今说换就换，这些脚本还有什么用呢！"

说着，蓝可划拉起桌子上那些冥思苦想琢磨出来的脚本，顺手就扔进了垃圾桶。

周瑾琪一愣，没想到蓝可还有这等小脾气儿。

她笑了笑,说:"这是何必呢?您准备节目脚本挺认真的,可抬手就扔进垃圾桶里也太轻率了。不管用谁做主持人,我们都要做节目的。"

"就是嘛,我看也是。"刚才被蓝可抢白得不言语的郁小朋,这会儿也实在看不下去,既觉得蓝可闹情绪不合适,又借机把刚才咽下去的话说出来,"新节目,用谁做主持人都得有个适应过程,蓝导您真是犯不着较真儿。其实,和林洋洋及斯丽娅相比,也不见得彭丹丹强在哪儿,有什么更胜一筹的地方吗?没看出来啊!"

蓝可虽然脾气不小,可被郁小朋这句实话说得哑口无言。

是啊,彭丹丹比别人好在哪儿呢?在小地方台做过小主持人?这可算不了什么,跑到京城想做主持人,那点儿经历不值一提。笑起来有人气?这东西更是虚无缥缈⋯⋯

这么一想,蓝可才意识到发脾气、闹情绪只是因为冲动,实则并没有什么理由。

可凡是闹情绪,终归是高兴不起来,何况蓝可是有了情绪就不拐弯的人,这会儿就一根筋,于是他依旧耿耿于怀地说:"主持人爱用谁用谁,反正我说了也不算。可是有一点,巧妇难为无米之炊,有什么料做什么菜,节目做成啥样是啥样,我老蓝不敢保证节目都能出彩儿。"

这话周瑾琪当然不愿意听,当即就说:"蓝导,这话您可要说明白,我们的节目还没有做呢,你先把这话搁这儿了,是什么意思嘛?您是大编导,您都说这话了,节目还怎么往下做?即便做,还不是烧着钱玩吗?您玩得起还是我玩得起?"

"说明白是这么回事儿,不说明白也是这么回事儿。这不是明摆着嘛,用破主持人,还不是做破节目!"

"要是这么说,那就得换人了!"周瑾琪认真了。

"换人不换人,你们看着办吧。"蓝可脱口而出。

"如果一定要换人,也不是不可以。"话赶话,周瑾琪也脱口说道,"要么换主持人,要么就换编导。"

蓝可无地自容。

可他还是鸭子嘴,肉烂嘴不烂,又不肯丢了面子,撂下一句"爱换谁换谁",便抬起腿来转身而去。

周瑾琪莫名其妙,郁小朋也似手足无措。

郁小朋语无伦次地说："他就是这样……没想到他这样。真是的,小孩子脾气……"

"小孩子脾气没关系,在家里什么脾气儿都行,但我们是做节目,就不能由着每个人的脾气。"周瑾琪没有生气,可也笑不出来。

"就是,就是……"郁小朋不免尴尬。

周瑾琪略一沉思,说："您与蓝导熟悉,彼此又互相了解,回头您问问蓝导,他这样走了是什么意思,不做了也说个痛快话儿。"

"放心吧,我说说他,没事的。"郁小朋忙不迭地说,"他就是一时糊涂,晚上我就打电话说他……他就是这样,睡一觉就好了……"

第二天早上,蓝可果然又按时上班。

并且,和郁小朋说的差不多,睡了一晚上,蓝可的脸上便不再那样僵硬。

他还主动找了周瑾琪,笑嘻嘻地说："今天去看演播室和机房吧。"

周瑾琪一如什么也没有发生过一样,说："是该看了。今天斯丽娅也过来,正好一起去熟悉一下。"

可当蓝可看到斯丽娅时,他眼中的斯丽娅依旧是"破主持人",并且心里又是怪怪的不舒服,情绪也跟着顿时变得怪怪的。

尽管斯丽娅是一脸的阳光灿烂,可他就是不觉得养眼。

实际上,他并没有想这样。

昨天下午抬起腿来就走了,回到住处后,他想抽自己脸的心都有。装出一副宁折不弯的样子来,其实他明白并不代表什么高风亮节,何况,他极力想用彭丹丹,也算不得什么光明磊落。为了彭丹丹,着实没有什么理由这般较劲儿,虽说自己来到京城不全是为了挣钱,可为了一个原本并不相识的彭丹丹而放弃这份工作也不值得。

自己反思着,郁小朋又打来电话,毕竟是老乡加老同事,话说得语重心长："这就是您的不对啦,用谁不用谁,犯得上这么较真儿吗? 再说彭丹丹与您又没有什么关系,干吗一定要用彭丹丹呢? 若是彭丹丹真的不行,到时候反而不好说了……"

蓝可确实像小孩子脾气,这时的郁小朋像是哄孩子似的哄上几句,他倒心服口服了。

可他管不住自己的情绪。

斯丽娅乖巧地听周瑾琪说了几句后,就喜不自禁地去找蓝可。

"蓝导,咱们什么时候去看演播室呀?"

"演播室什么时候有空儿,我们什么时候去看呗。"蓝可一点儿也不和蔼,硬生生地说,"又不是我们自己的演播室,哪能想去就去?"

斯丽娅被蓝大编导一句话噎得够呛,小心翼翼地说:"周总让我也去,好顺便熟悉一下。"

"去就去呗,我也没说不让你去啊。"

"您把样片的节目脚本给我看看吧,我先挑几段串场词准备准备,到演播室后试一试,您看看行不行,也好指导指导……"

"我看有什么用?我看你不行,你不是照样来了吗!"蓝可嘟囔着,就把从垃圾桶里捡回来的节目脚本扔到桌子上,又说:"主持人要自己准备串场词,不然,那不成了播音员了吗?"

"知道了,以后我会努力的。"斯丽娅伸伸舌头,拿着样片节目的脚本,识趣地躲到会议室里自己找感觉去了。

"什么破主持人啊!"看着斯丽娅去了会议室,蓝可仍然忍不住又嘟囔了一句。

显然,大编导还是不高兴。

看着蓝可又犯病,郁小朋有些恨铁不成钢,心里怪蓝可说犯病就犯病。

可看到浓妆艳抹的斯丽娅,他又有点儿替林洋洋惋惜,这会儿要跟着蓝可去演播室的咋不是林洋洋呢?就因为斯丽娅不是林洋洋,看着蓝可对斯丽娅爱搭不理,他不仅没有吭声,甚至还有点儿幸灾乐祸。

20

傍晚,唐逸风找夏侯阳。

唐逸风通常是不直接给夏侯阳打电话的,有什么事情需要时,大多情况下都是通过秦亦讯与夏侯阳联系,有时候也会让他的司机打电话。

但这只是一般而言,必要时自己就与夏侯阳直接联系。

这一次就是他自己给夏侯阳打的电话。

唐逸风住在职工之家,夏侯阳在东三环,从长安街过去,直线距离并不远。

可在这个点儿赶过去,却说不准需要多长时间才能到。这个时候正是京城交通堵塞的时候,从东三环过去,没有不堵车的路。除了"非典"时期有过一段时间的畅通以外,京城的路况几乎是每况愈下,随着机动车的不断增加,拥堵的现象一日甚过一日。

夏侯阳不能让唐逸风等的时间太久,因为他习惯了等别人,让别人等,他不好意思,不管什么时候,也不管是什么人。

在京城,堵车几乎是每天都会发生的事情,也是很多人不守约的理由和借口,但夏侯阳尽量不把这个理由当借口。

俗话说,办法总比困难多,就看自己会不会想办法。

为了能早点儿赶到职工大厦,夏侯阳把车停在国贸大饭店停车场,转身进了地铁。

唐逸风这一次进京是吴秋林盛情邀请来的,吴秋林及吴秋林的合作者天荣保润公司的高管们热情地接待了他,并为他准备了高规格的礼遇,安排他下榻在昆仑饭店的豪华客房。但标志着保润万公司闪亮登场的新闻发布会开过之后,唐逸风却退房而去,悄然搬到职工之家。

吴秋林在华丽转身的如痴如醉中送走了一个不眠之夜,第二天中午在睡梦中接到唐逸风要求尽快商谈合作合同实施细则的电话时,才知道唐逸风已经不在昆仑饭店。吴秋林一番废话之后,还眷恋着自己的美梦和身边的美女,也就顾不上唐逸风住到哪儿。

京东和京西犹如京城的两翼,京东朝阳和京西海淀的比翼双飞带动了京城的蓬勃发展,可在许多人的印象中,京东和京西还是有一些区别的。东三环更为富贵,是达官贵人们聚集的地方,因此,南来北往的贵人们更喜欢落脚于这一带,就连曼联、皇马的那些巨星们空降京城,也往往是在这一带驻足。正因为如此,这儿浓郁的富贵气息成为贵人区的象征。

吴秋林他们给唐逸风选择了这样的地方,无疑是为了彰显唐逸风的贵客身份及他们自身的与众不同。

然而,唐逸风在送上对保润万公司的祝贺之后,却毫不犹豫地住进了职工之家,一个商业并非十分发达的地方。

不管商业是否发达,不管这个地方是否繁华,这儿有职工之家,离职工之

家不远的地方,就是广电人的大本营,是电视人的家。

唐逸风选择下榻这儿,就像选择自己的家。

这里有全国电视人的家,电视人的家不需要有多么浓郁的商业气息,不需要有多么繁华!不管我们的电视节目是千篇一律还是百花齐放,也不管我们这样一个电视大国是不是一个电视产业大国,这儿终究是电视人的家。

夏侯阳想,江南电视台与保润万公司相距遥远,却因为电视频道可经营性资源的公司化经营而走到了一起,因为江南电视台山河卫视频道的商务合作走到了一起,这无疑是对国内电视频道可经营性资源的经营模式的探索。但当吴秋林邀请唐逸风进京见证了保润万公司的重组后,唐逸风在吴秋林的无限喜悦中却坚持入住职工之家,这显然不是唐逸风在作秀,而是唐逸风潜意识里的一种反应,即有所为有所不为。就像天荣保润公司大老板说的那样,政策是不能违背的,原则是必须坚持的,政治是第一位的,然后才是挣钱。

唐逸风这样做,或许是他想让吴秋林他们明白,他唐逸风希望的合作是平平稳稳的。

夏侯阳顺利赶到职工之家,唐逸风一个人在等他。

据说,唐逸风是江南广电文化系统有名的美男子。高高的个子,清秀的面庞,再戴上一副眼镜,文质彬彬,貌若潘安。常听人说,凡是江南广电、文化系统的文娱活动,唐逸风必定都是主角儿,舞台上才华横溢,舞场上潇洒飘逸。

当然,不仅仅是据说,事实是,唐逸风的确仪表非凡。

见到夏侯阳,唐逸风喜气洋洋,乐哈哈地说:"夏侯大律师,你可以啊,本台长来京快十天了,你一直躲着不见,今晚你可得请我吃饭!"

"请您吃饭有什么难的?但今天晚上让我请您吃饭是为什么,总得有个理由吧?"

"你这个家伙,不够意思!"唐逸风开玩笑道,"不算这一次,本台长来京城也无数趟了,你从没有请我吃过饭呢。"

"您来的次数是不少了,可是,唐台您说说,哪一次不是请您吃饭的人排成队?什么时候能轮到我呀?我不是躲,是不会往前挤。"

从第一次见唐逸风到现在,夏侯阳看到唐逸风最多的表情就是皱眉头,因为山河卫视频道的事情皱眉头,因为江南电视台这样那样的事情皱眉头。今天见唐逸风难得有这样一份好心情,也就跟着调侃起来:"再说了,您大领导来了,若不是事先安排,我又怎么可能有机会单独见您?"

"你这个家伙！你这个夏侯！"唐逸风忽然收起笑，很认真的样子说，"哎，今晚你请我吃饭，怎么样？"

不等夏侯阳说话，唐逸风拿出一份文件递给夏侯阳。

夏侯阳翻开看，是关于深化广播电视体制改革的政策性文件。

"你要告诉我，江南电视台与保润万公司的合作，你是怎么琢磨的？我们的做法和这份文件的精神完全是一样的！你老实说，是不是在咱们和中影中万公司合作之前，你就听到过这方面的消息了？要不，我们的实际操作为什么会与文件的要求是一模一样的？你不会有先见之明吧？"唐逸风说着，还冲夏侯阳伸出了大拇指，又开起了玩笑，"夏侯大律师啊，套用一句电影台词的话说就是——高，实在是高！"

唐逸风的心情特别地好，夏侯阳翻了翻文件，没来得及细看，说："那应该是您请我吃饭啊，为啥还要我请您吃饭呢？"

"今晚就叫你请我吃饭，吃什么都可以！"

"唐台，那就这样吧，如果您想吃大餐，就您请；如果吃家常便饭，就我请您。您指示吧！"

"那还用问？吃家常便饭！"

"那我就当真了，咱们吃饺子去吧？"

"好哇！本台长就想吃饺子！"

二人哈哈笑着，走出职工之家。

穿过大街，走了没多远，夏侯阳就带唐逸风来到北方饺子城。

说是饺子城，其实并不大，不过看上去很干净，并且也不愧是饺子城，不同馅儿的饺子，品种多得如同饺子宴。

他们在里边找了一个清静点儿的地方坐下，点了饺子及凉菜还有啤酒。

唐逸风大概好长时间没有吃这么简单的饭了，这简单的饭更让他期待。他说过，他是农民的儿子，什么饭都可以吃饱。现在看来，这话是真的，热腾腾的饺子还没端上来，唐逸风就乐哈哈地说："还是吃饺子好，饺子好吃啊！"

只一会儿的工夫，凉菜就开始上，饺子也陆续上。

喝着啤酒，吃着饺子，唐逸风很开心。

开开心心地边吃边说了些闲话，唐逸风便开始说事儿。

"关于合作合同实施细则，你与秦总已经和他们谈妥了，你大律师又辛苦了，我得敬你一杯！"

唐逸风说着,郑重其事地和夏侯阳碰杯喝酒。

喝了酒,唐逸风接着说:"若目前谈妥的实施细则不再发生变化的话,我们可以签了吗?"

"可以签,没问题!"

唐逸风用筷子夹起一个饺子送到嘴边,却又停下来,两眼看着夏侯阳,故意问:"你就这么有信心?"

夏侯阳嘿嘿一笑,煞有介事地说:"当然有信心了!我要没信心,今后您就甭想睡踏实觉了。"

"你凭什么这么有信心?"唐逸风马上追问道。

"就凭我是律师!如果我也含含糊糊,这个事情您还敢做下去吗?我对自己做的事情都没有信心,我还怎么做您的法律顾问?"

"喊……还挺自信的!"

"嘿嘿……"

夏侯阳端起酒杯,回敬唐逸风一杯,不再开玩笑,认真地说:"首先,《合作合同书》是值得信赖的,这个结论不是我说的,您也请江南的法律专家看过;其次,即便是存在有可能导致扯皮的个别地方,在合作合同实施细则中也都作了修正,并且如果《合作合同书》的约定与合作合同实施细则的约定有不一致时,以合作合同实施细则的约定为准;第三,在我们与保润万公司的合作中,包含多个层面的合作,如合资公司层面的合作、合资公司与我台关于山河卫视频道广告经营及节目经营层面的合作等。我们控股的新山河卫视传播公司经营山河卫视频道的广告及可经营性节目的制作与经营也是有条件的,在满足约定的条件下,江南电视台许可新山河卫视传播公司经营,而不是保润万公司增资新山河卫视传播公司后,就自然获得了山河卫视频道的广告经营权及可经营性节目的制作与经营权。我觉得这一点很重要。在整套的法律文件中,每一个层面的合作,我们至少都有防火墙,即便某个方面失守了,我们还会有新的防线。可以说,我们是层层设防,步步为营。"

"如果某道防线失守,对我们有多大的影响?"

"影响肯定是有的,有因就有果,合同不是儿戏。第一,合同不是写出来看的,是双方来履行的,是游戏规则;第二,在双方认可的游戏规则的前提下,重要的不是对方的义务履行得好不好,全面不全面,及时不及时,而是我们自己的义务履行得好不好,全面不全面,及时不及时。对任何一方来说,只能自己为自己的行为负责。我们不应该想我们的防线失守了会怎么样,我们为什么要失守?"

夏侯阳谈起事儿时,烟瘾大于食欲,他放下筷子,点上一支烟,接着说:"但话反过来说,失守也不一定就是失败。假若有一天,有人愿意为我们的违约买单,且我们又会因为违约反而会获取更大的利益时,我们为什么不可以违约?"

唐逸风疑惑不解:"什么意思?"

夏侯阳哈哈笑,然后才说:"比如说,某年某月的某一天,有人忽然喜欢上了山河卫视频道,会出更大的价钱……为什么大都融合公司一定要坚持主张高额的违约金?这就是违约的成本问题。当然,我说这话的意思是,一切都在我们自己掌握,打铁还得自身硬!"

唐逸风接连抿了几口啤酒,笑了笑,看着夏侯阳说:"你这个家伙!总让人意想不到!"

"其实,也没有什么意想不到,这就是合同的履行或不履行。也许我们永远都不会那样做,但也有万不得已的时候,比如说我们与老公司终止合作,从某种意义上说也是不得已而为之。"

唐逸风仰起头,眨着眼睛想了想,接着说:"你怎么看我们与保润万公司的合作?"

夏侯阳又和唐逸风碰了一下杯,坦率地说:"我认为,对我们江南电视台来说,不应该怀疑,这是一件好事;对电视事业来说,也是一件好事。我甚至认为,这是中国电视产业的未来!电视传媒在我国一直是一个垄断行业,每个电视台都有很多个频道,电视台申请一个频道是没有任何成本的,是国家资源的无偿划拨,这比无偿划拨给您一块土地更有商业价值。但这块资源依然是计划经济体制下的产物,业外资本市场再活跃,目前进入电视产业也有种种限制和禁止。也就是说,体制外的人再有钱也拿不到电视频道资源。资本的特性是逐利的,业外资本对电视资源是望眼欲穿的,总有一天会实现资本和资源的联姻,这一点我深信不疑!我们领先一步,我们就占有先机。一招先,吃遍天!"

唐逸风却皱了皱眉头,想了想,问:"虽然说主管部门有了明确要求深化改革的文件,但我们做了别人没做过的事情,是不是会有风险?"

"有,政策不同于法律!"

119

"你刚才说的是一个大的方向，眼下的事情是，既然合同对我们是有利的，为什么江南电视台内还有一些不同意见，我说的是台领导层的？"

"我不认为这是商务方面的事情。在这次的商务合作中，我们获得了我们的利益，这是显而易见的。江南电视台何时有过这么多钱？台领导层应该对台里这些年的经济状况十分了解。既然是一件对江南电视台有利的事情，那么，为什么还会有不同的意见？还会有不同的声音？其实，我觉得这很正常！原因很简单：一，站在不同的角度，可能会对合作有不同的看法，对合同的内容也未必能够全面地理解；二，关起门来想自己的事情，不可能大家只有一个想法；三，即便是我们在这次合作中获得了更大的利益，但意见依然会有。这是体制内的意见，这就是改革可能会有的代价！"

"怎么讲？"

夏侯阳笑而不语。

唐逸风等待片刻，忽然哈哈笑道："好你个夏侯！是等着本台长敬你酒呢，那就敬一杯！"

夏侯阳赶忙摆手道："不敢，不敢！说也可以，只是有一个条件！"

"哼，居然敢跟本台长提条件！"

"我说了，您听了，然后就忘了！"夏侯阳直白地说，"这恰恰就是您所要面临的风险，这个风险从某种意义上说，要大于政策的风险！"

唐逸风不语，沉默，慢慢地喝完他杯中的酒。

接着吃饭，唐逸风真的就像把夏侯阳的话忘了一样。

过了一会儿，他才若无其事地说："天荣保润公司请我吃饭了，他们的律师对合同提了一大堆意见，结论是合同像'二十一条'，并提出修改合同的要求。"

"您没有同意？"

"是的。'二十一条'就'二十一条'吧。"

夏侯阳笑笑，也慢慢喝完杯中的酒，有些得意地说："他们提出的修改内容越多，就越是说明这份合同有利于我们，谈下这样一份合同不容易，我们要守住！"

"那是肯定的！"

唐逸风在合作的事情上是很谨慎的，《合作合同书》在签订之前，他请了有关经济界和法律界的朋友为合同把关，有这样一份值得信赖的合同他心中窃喜。

　　但这会儿，他关心的却是另一个问题："既然合同没有大的问题，实施细则也可以签了，并且与新的政策又非常吻合，那么，依你的见解，像这样的合作，今后可能会在哪些方面容易出现问题呢？"

　　夏侯阳想了想，看了看唐逸风，问："我可以直说吗？"

　　"当然！你夏侯大律师要是绕弯子，那我们还不得犯迷糊？！"

　　"那我就直说了，但愿我说的这些话都是胡说八道。未来合作中会有这样那样的问题，我以为是正常的。合作的蜜月期很短，合作的磨合期则可能很长。车磨合不好，不好开；夫妻磨合不好，会吵架；合作磨合不好，会有利益之争；等等。因此，合作也不会是一帆风顺。那么，具体到我们与保润万公司的合作上，哪些方面容易出问题呢？我想，最容易出问题的可能是保润万公司在履行出资义务上不及时。要知道，在合作的前几年，保润万公司需要不断地履行出资义务，包括代新山河卫视传播公司支付我台山河卫视频道的广告代理费，或者说是频道资源费，以及合理清偿老公司债务的出资义务等，都是要保润万公司出资的。尤其是后一项出资，搁到谁身上，谁都会心不甘，情不愿，保润万公司会乖乖地按约出资吗？我想，这很难！"

　　唐逸风想了想，释然一笑道："不履行出资义务，那就违约呗。他们违约了，我们就不和他们玩了呗。"

　　夏侯阳哈哈一笑："问题是，这玩与不玩可能不是那么简单！天荣保润公司是什么背景啊？到了那时候，说不定想不玩都难。比如说，老公司的债务却要我们去清偿，您能想象得到吗？公司嘛，就是自生自灭！但大领导说了，要合理清偿，您有脾气吗？"

　　唐逸风多少有些尴尬，保润万公司溢价增资新山河卫视传播公司，使江南电视台的无形资产变现，获得大把的钱。但江南的领导说了，江南电视台不能喜新厌旧，不能把老公司一棍子打死，老公司的债务要适当清偿，老公司股东的投资要合理补偿。拿出一大把的钱替别人还账，唐逸风也舍不得。但不管舍得还是舍不得，领导的指示精神还是要贯彻落实的。

　　但很快，唐逸风脸上的尴尬一闪而去，脱口道："不管什么时候，都是要讲政治的嘛！"

　　"领导就是领导，站得高，看得远，不会一叶障目，这就是领导的水平！"夏侯阳赞叹道，"关于我们与保润万公司的合作，关于我们与保润万公司签署的

121

合同的履行,也要站在这样的高度去对待。合同条款不能不看,但眼睛又不要只看着合同,还要讲政治。"

"哼,想不到你这个家伙也会云山雾罩!"唐逸风开了个玩笑,然后认真地说,"夏侯,你的想法往往和别人的想法不一样,有些事情,本台长愿意听听你的想法。比如说,在合作中,我们要注意哪些问题?"

夏侯阳直言不讳地说:"人!"

"人?"唐逸风一愣。

"是的,人的问题!为什么这么说?首先,先不说我们的实际操作与新的文件精神相吻合,就算有些偏差,政策的风险我们已有防范,而违约的风险我们可以预见。就我们与保润万公司的合作而言,如果政策的变化导致不能合作,救济条款的约定对我们是有利的,如果对方违约,则有违约赔偿,而我们在依合同把广告经营权和可经营节目的制作与经营权按时移交合资公司经营后,就不再有根本违约的可能,除非我们故意;

第二,相反,保润万公司却不同,在我台与保润万公司的合作中,及新山河卫视传播公司代理我台山河卫视频道广告和可经营性节目的经营业务过程中,保润万公司和新山河卫视传播公司所要履行的付款义务,都是刚性的约定,一旦不能履行都有可能构成根本违约,其风险是远远大于我们的;

第三,我们没有了政策的风险及违约的风险之后,那么,可能会在哪些方面出问题呢?我以为是在人的方面!只要我们的人不出问题,在合作中我们就不会有大的问题!"

夏侯阳绕了一大圈,是想把人的问题说得委婉点儿,因为事关秦亦讯和项东方。

唐逸风很明白夏侯阳到底想说什么,但他凝思一会儿,却不以为然地问:"我们的人会出现什么问题?"

"不是会,是怕!比如说,我们在新山河卫视传播公司的人自己内部不团结,或者每个人有每个人的想法,或者屁股坐歪了、排队站错了等等,都是我们的隐患!俗话说,堡垒往往是从内部攻破的,没有内乱,也就不会有外患!"

唐逸风不置可否,就像有意回避这个问题似的,站起来去了卫生间。

从卫生间回来,唐逸风果然把刚才的话题忘了,冲夏侯阳笑,边笑边说:"夏侯呀夏侯,本台长就愿意像今晚一样,和你一边吃饺子一边聊天。要是大冬天坐在炕头上边吃边聊,那就更惬意了!"

忽然,唐逸风收住笑,像想起什么,又郑重其事地说:"对了,还有最后一个问题——在合同中我们向中影中万公司要了好几千万的钱,这钱是还账用的,老公司的欠债怎么个还法啊?"

"您真想还?"

"当然要还!刚才说过的嘛,要讲政治。"

夏侯阳摆摆手,说:"这个问题现在能不能不说啊?今天喝多了,改天再说行吗?"

"怎么?喝了酒反而倒不痛快了?"

夏侯阳再倒上一杯啤酒,一口气喝下,抹了抹嘴说:"唐台,不是我不痛快,这笔钱若是到了江南电视台的账上,那就是国有资产!既然是国有资产,怎么能用于清偿一个公司的债务,这我们要考虑明白……"

唐逸风若有所思地愣了一会儿,又顺口说出那句习惯了的话:"你这个家伙!"

唐逸风端起杯中的酒,哈哈笑着,还要和夏侯阳碰杯。

二人一饮而尽……

夜色中的东西大街依然车水马龙。

21

一同走过天桥,夏侯阳与唐逸风道别后,转身进了地铁。

而与此同时,周瑾琪也正好开车行驶在地铁上面宽阔的大街上,同一个方向,也差不多同样的速度。

车上还坐着张友德,晚上一块儿去看蓝可朋友的演播室与机房。

这时的路上,交通已是基本畅通,可周瑾琪此时的心情并不轻松。

昨天,她脱口而出的一句话——"要么换主持人,要么就换编导",吓了蓝可一跳。

但一报还一报,仅隔了一天,她就被蓝可吓了一跳。

吓一跳是因为机房和演播室。

早上的时候,蓝可说去看看他朋友的机房和演播室。

可不知是因为斯丽娅不养眼,还是因为他朋友那儿忙不开,直到中午了,依然没有动静。

中午吃饭的时候,周瑾琪就问:"蓝导,不是说去看看演播室和机房吗,咱们什么时候过去?该看看定下来了。"

蓝可倒是没有像对斯丽娅那样爱搭不理的,不急不躁地说:"演播室和机房都忙着呢,等忙完了,我们去看。"

周瑾琪说:"您朋友的演播室和机房要是那么忙,能不能保证我们用?"

蓝可胸有成竹地说:"这不是没签合同嘛。若是签了合同,当然能保证咱们用了。"

"不行咱们多看几家……"

"用不着,机房和演播室在一起多省事啊,从演播室出来就进机房了。"

周瑾琪没有再说什么。

一直等到晚上七点,蓝可才说可以去看了。

周瑾琪带上张友德和斯丽娅,一起与蓝可去考察、商定演播室与机房的租用。

其实,这演播室也好,机房也好,早就该去看看了,但蓝可一直说主持人还没有定下来,看也是白看,所以,就没有急着去。

也是,京城的演播室和机房不少,用不着像选主持人那样挑来选去。

虽然社会节目公司做节目在频道那儿像孙子,拉广告如同求爷爷、告奶奶,但也有像爷一样的时候,坐在办公室里,就有人点头哈腰地找上门来。

比如那些自己有机房或演播室的人。

自从周瑾琪的兄弟传媒公司要做节目,就有好几个这样的人像孙子似的找上门来。其中,有个人来的次数最多,脸上的笑也最多,没用个把月的工夫,便从不认识到很熟悉

这个人叫钟大华。

钟大华是先打电话后找上门来的。

第一次给周瑾琪打电话时,很客气地说:"您好,是周总吧?很冒昧给您打电话,我叫钟大华,也是做节目的,听说您要做节目,能不能找个时间见面聊聊,看看能不能合作。"

这年头,不认识打个电话好像也不能算冒昧了,经济时代了嘛,最见怪不

怪的就是那些乱七八糟的人打来的电话。不分白天还是晚上,不管你是忙还是闲,总有五花八门的人惦记着你的电话,想打就打,想说就说。能够意识到给别人乱打电话属于冒昧并心有歉意的,还算是好的,更有人打了你的电话,明明是骚扰了你,却比你还理直气壮。

钟大华显然和这些人不一样,冒昧打个电话还知道客气客气,况且说的又是节目合作的事情,周瑾琪没有马上挂断电话,问:"可我好像不认识你……"

"我早就听说您周总的大名了,您想做的节目都很有创意,特想拜访拜访您!"

"你消息倒挺灵通的。不过,做不做还没有定呢。"

"干吗不做呀?做节目挺好的,如能拿到时段,肯定要做啊!我做节目好多年了,星光卫视的许多节目都在我这儿做,有时间请您过来看看。"

"行啊,定下来后就去你那儿看看。噢,对了,能不能问一句,星光卫视的哪些节目在你那儿做?"

"好几档呢,您干脆过来看看吧。"

"等定下来再说吧。我记下你的电话,回头给你打电话就是了……"

隔了一天,钟大华又打来电话,盛情邀请周瑾琪去他那儿看看。

周瑾琪确实有事儿,就说改天再说。

"那我去登门拜访吧。"

钟大华磨来磨去,跟周瑾琪要了公司地址,果然在下午下班前就到了兄弟传媒公司。

这倒让周瑾琪觉得不好意思,赶紧和钟大华聊聊。

四十多岁的钟大华不夸夸其谈,看上去是很朴实的那种人。身上穿的普普通通,一条墨绿色的料子军裤、一件T恤,外套一件夹克,不像许多做节目的人穿戴那样有个性;长着一张长方形的脸,胡子刮得很干净,眼睛不大,嘴唇厚厚的,看上去规规矩矩;从谈吐到作派,既不夸张,也不张扬,怎么看都像个实在人。

一聊才知道,钟大华曾是宣传干事,现在还是不是宣传干事他没有说,摄像搞了好多年,后期制作也是行家里手。

这些年,关于演播室、机房、做节目等,钟大华不仅自己搞得头头是道,而且把老婆也带得近乎样样精通。

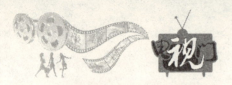

什么熟做什么,钟大华与老婆一起,很早就在公主坟附近租下一层楼,投资搞了演播室和机房,专门做电视节目。

和钟大华一比,周瑾琪自叹弗如。

可钟大华并没有趾高气扬,反而很想与周瑾琪合作。

那时,周瑾琪还在双管齐下准备《我玩时尚》与《探险》,究竟如何取舍尚未有定论,只能给钟大华看看两个节目的策划草案。

钟大华翻了翻,就迫不及待地说:"这节目好哇!"

周瑾琪顺口问:"好在哪儿?"

"当然比那些坐在演播室里做出来的节目要好多了。"钟大华一脸欣喜地说,"这样的节目有人愿意看,拉广告也容易啊。"

"这样的节目做起来费用高。"

"有投入就有产出。坐在演播室里瞎聊的节目谁愿意看呀?没人愿意看就没人投广告,里外是不一样的。"

周瑾琪笑:"说是这样说啊,可做节目投钱是不折不扣的,而挣钱却是不确定的。"

"那也不一定。"钟大华充满期待地说,"周总,咱们合作吧,两档节目一起做,怎么样?"

周瑾琪不点头也不摇头,只是笑笑说:"不能和你比,我可没你那实力。"

"怎么可能呢?周总,这您就是开玩笑了。"钟大华认真地说,"您考虑考虑,我真的想跟您合作。"

"怎么合作?"

"怎么合作都行,听您周总的。"

"能合作当然好了,抽时间去你那儿看看再说吧。"

过了没两天,钟大华又来了,这次还带着老婆,不仅再一次表达了合作的诚意,而且还要盛情地请周瑾琪吃饭。

有人这么上赶着要合作,却之不恭,周瑾琪就叫上张友德一起去吃饭,也好顺便聊聊。

钟大华一定要请这顿饭。

虽然不是大餐,可毕恭毕敬的钟大华让张友德感觉很受用。饭后没几天,他就催着周瑾琪去钟大华那儿考察一番。

恰好,钟大华又打电话盛情邀请,周瑾琪和张友德便一起去了钟大华那儿。

钟大华热情地带着周瑾琪和张友德看了演播室和机房。

演播室是实景的，很大，各种所需设备齐全，可以多机位同时拍摄；三个独立制作机房均有非线性编辑系统设备和松下、索尼等多台（套）节目制作设备；机房与演播室只有几步之遥，前期录制方便，后期制作也方便，条件确实不错。

除了演播室和机房，钟大华那儿还有好几个编导和摄像。

原来，这钟大华就是专门做节目的。不管节目在哪儿播，也不管是哪方面内容的节目，他这儿都能做。说白了，钟大华就是那揽活儿的，揽了活儿交给编导，需要拍的就拍，需要扒扒的就扒，没几天工夫节目就出来了。

看起来，钟大华揽的活儿还不少，尤其是访谈类的节目居多，这类节目基本不用走出这层楼，主持人进了演播室，嘉宾换了一拨又一拨，一天下来就是好几期节目的内容。星光卫视的几档访谈节目，的确是在钟大华这儿做出来的。

钟大华还正儿八经地为周瑾琪和张友德介绍了一位好编导——一位很年轻，头发很长，也很时尚的小伙子。

钟大华说："这是我找来的很前卫的编导阿元，以前是为孔雀卫视做节目的，属于前卫型的编导，操机也没问题，还兼做摄像，样样精通，做我们的节目最合适。"

说完，钟大华就让阿元说说对《我玩时尚》节目的看法。

阿元显然琢磨过，一边简简单单地说了一下自己的想法，一边打开显示器让周瑾琪和张友德看一段视频。

这段视频是一段国外的时尚体育，虽然不知是从哪儿找来的，但看上去还是很精彩。

"是不是类似这样的节目？"

"差不多。"周瑾琪还是蛮喜欢。

"这节目做出来应该挺好看的。"阿元说，"还是蛮新颖的。"

张友德又有模有样地考察了一番。

趁着周瑾琪高兴，钟大华便不失时机地谈起合作。

"周总，我这儿机房、演播室、编导、摄像等等全有，咱们合作吧，您也不用租机房、找演播室、雇编导、养闲人了，只负责经营就行，我负责做节目。您看怎么样？"

周瑾琪这会儿明白了钟大华提出的合作,却不动声色地问:"条件呢?"

"您把节目制作费给我就行了。"

"什么价钱?"

"那就看大包还是小包了。"

"大包怎么讲?小包怎么讲?"

"大包就是除了主持人之外,您什么也不用管;小包呢,就是您负责提供素材、包括外景拍摄……"

"这合作不错,你是只赚不赔啊!"周瑾琪呵呵笑……

回到办公室说起这事儿,蓝可一听,一脸的不屑,像是很内行地说:"这事儿不靠谱。别看他现在像孙子,可节目一旦包给他做了,他就是爷;节目要播了,他还没有做出来,你急得想跳楼,他却跟没事儿似的。咱们不能图省事儿,节目还得自己做。我朋友那儿有机房也有演播室……"

不管周瑾琪懂不懂行内的事情,但她懂一个简单的道理——没有人愿意当孙子,当孙子自然有当孙子的企图。钟大华笑嘻嘻地找上门来,说不尽的甜言蜜语,无非就是为了挣钱。

何况,她压根儿就没有想把节目包给别人做,因此,这事儿就搁下了。

如今主持人定下来了,机房和演播室也该定了,没想到,去西三环蓝可的朋友处看机房和演播室却碰了一鼻子灰,人家不仅不热情,甚至比蓝可还不高兴。

到了后一直等到晚上九点多,蓝可的朋友才姗姗来迟。

迟来就迟来吧,可脾气又不太好,像吃了枪药似的。

张友德装模作样地看了看机房,皱着眉头说:"这机房太小,也太挤,就这么几台设备……有几台非线编啊?能保证我们做节目用吗?"

蓝可的朋友瞪了他一眼,不耐烦地说:"你们不就是一档周播的破节目吗,一个月才做几期啊,到这儿来做节目的多了,该做的节目不也都做了吗!"

周瑾琪说演播室是虚拟的,蓝可的朋友也不爱听,"懂什么呀?做过节目吗?"

因为就要在演播室里上镜了,斯丽娅兴奋了一天,想试试镜找一找感觉时,却见这人这么横,她心里有些发怵,站在演播室的灯光下不免有点儿扭捏,像是不知如何是好。

这更招来蓝可朋友的一顿数落:"当过主持人吗?大姑娘上轿第一回吧?

你较什么劲啊？会不会放松点儿啊？哎，哎，眼往哪儿看呢？我要是编导，你能把我急死……"

周瑾琪小心翼翼地走进控制室，想看看斯丽娅在演播室里的形象怎么样，没想到蓝可的朋友也吹胡子瞪眼："瞎看什么呀？自己选的主持人什么样，自己不知道啊？"

周瑾琪、张友德还有斯丽娅，都让蓝可的朋友吓得一愣一愣的。

谁也提不起情绪来，只好草草收场。

可这机房和演播室怎么租用还得谈谈啊。

能白话的张友德这会儿不白话了，他不想老鼠趴到尿壶里——找着挨剌，周瑾琪也不想自讨没趣，只能由蓝可和他的朋友谈。

蓝可的朋友比蓝可又高又大，看样子也没拿蓝可当回事儿，蓝可一开口，他那朋友就把他骂了个狗血喷头："谈个屁啊，什么也不懂做什么节目呀！哪儿凉快到哪儿待着去吧。"

张友德受不了这个，给周瑾琪使个眼色，拉着斯丽娅离开了蓝可朋友的演播室……

这时的周瑾琪和张友德，都不约而同地想起了钟大华。

"这叫什么事儿嘛，干吗冲我们那么横啊？"张友德望着窗外，没好气地说，"演播室那么小还那么破，机房那么挤，人多了连个站的地方都没有。比那个孙子……叫什么来着，噢，钟大华，比钟大华那儿差远了。"

"就是，蓝导说得那么好，一看才知道是这么一个地方。蓝导的朋友脾气还那么大，以后怎么做节目啊！"周瑾琪也有同感，"您说他是故意的，还是就这德性？"

"谁知道啊？反正是没用彭丹丹，蓝可就有些不高兴。没准儿老蓝和他的朋友唱双簧呢，不然，有什么必要对我们骂骂咧咧的呀。"张友德煞有介事地说，"要不就是一个糊涂蛋，搞不清楚谁求谁，有机房和演播室还不是为了租给别人用吗！"

周瑾琪半真半假地说："蓝导不高兴倒没什么，蓝导的朋友不高兴可是把我吓了一跳。他高兴不高兴是小事儿，可他不高兴了耽误我们做节目就是大事儿。看起来，我们还得联系别的机房和演播室。"

张友德说："那可不？机房多的是，演播室到处有，不行就去钟大华那儿，能当爷就不当孙子。"

129

"最主要的吧,这儿的演播室不仅小,而且还是虚拟的;而钟大华那儿的演播室又大,还是实景的,更适合做我们这样的节目。"

"这老蓝也是,嘴上有毛,办事还不牢。他的朋友要是与老蓝一样轴,这机房和演播室我们就不能用。要我说呀,我们还不如和钟大华那'孙子'合作呢。"

周瑾琪呵呵笑着说:"对,能当爷就不当孙子!"

22

秦亦讯与项东方之间的情感关系,是他们之间合作关系的晴雨表。

唐逸风问起江南电视台在合作中可能会出现的问题,夏侯阳委婉地说,是人的问题。这不是夏侯阳的故弄玄虚,也不是在唐逸风面前自以为是,更不是酒后的卖弄,而是对唐逸风善意的提醒。

因为事关秦亦讯和项东方,他只能委婉地点到为止。

其实,这本不是夏侯阳应该关心的问题。

并且,秦亦讯与项东方有没有矛盾,会不会渐走渐远,只能说是秦亦讯与项东方的个人问题,一旦说多了,难免有搬弄是非之嫌。

但这又不仅仅是秦亦讯与项东方的个人问题。秦亦讯是谁?项东方是谁?他们都是唐逸风的左膀右臂,如今又都是山河卫视的顶梁柱,如果他们不能以和为贵,个人的问题就有可能变成一个复杂的问题。

有道是,一个单位,一个部门,领导之间或上下之间有矛盾的比比皆是,日子照样过,甚至还过得不错,不值得大惊小怪。

可是,夏侯阳觉得,对眼下的唐逸风来说,就不能熟视无睹于秦亦讯与项东方之间的矛盾,因为他们代表的是江南电视台,一致对外是唯一的选择,而两个人若有了意见,有了矛盾,甚至南辕北辙,还能一致对外吗?

唐逸风不置可否,似乎不愿意说这个问题。

实际上,唐逸风的不置可否并不是无视问题的存在,而是恰恰担心这个问题会发展下去。在山河卫视频道的对外合作中,秦亦讯和项东方都是他唐逸风最器重的人，"春江水暖鸭先知"，他不是傻子，比夏侯阳更清楚秦亦讯与项东方之间的情感关系正在由热变冷。

他可以忽视秦亦讯与项东方之间的"热"，却不能忽视他们之间的"冷"。

当然，从秦亦讯与项东方之间的个人情感问题到成为江南电视台对外合作中的一个问题，这只是一种最坏的可能，唐逸风当然不希望最坏的可能就是最终的结果。

他更希望这是杞人忧天。

事实上，夏侯阳也希望自己的提醒仅仅是杞人忧天而已。

可现实是，项东方早就对秦亦讯有了一肚子的意见。

在一起工作，谁对谁有意见并不奇怪，也没什么大不了的，就像每天要吃饭一样，习以为常。

大凡有意见了，无非就是心里别扭一下，少说几句话，少一些来往而已。

但项东方对秦亦讯有意见，却有些让人出乎意外，若要传到江南电视台，还会有不少人感到惊讶。

项东方和秦亦讯关系不一般，这不是什么秘密，江南电视台好多人都知道，甚至已经习以为常。习以为常了，也就没什么好议论的了。人嘛，就是这么奇怪，往往会因为某种相同的境遇、某种相同的爱好、某种偶然的巧合，甚至是敌人的敌人都会成为知己或铁磁的朋友。

项东方和秦亦讯的关系也恰恰是因为同样的境遇而成为亲密朋友，这朋友当然是知己朋友，是亲密无间的知己朋友，是可以上床的知己朋友。

离开主持人岗位后，项东方到了文艺部，而文艺部的主任是秦亦讯。闲聊起在江南电视台曾经受到的冷落、尤其是受到的熊台长的冷落，两个人都是满腹的委屈。说着这些委屈，两人有了一种同病相怜的感受，不知不觉中彼此有了一份挥之不去的亲近，直至亲近到没有一点点儿缝隙。

其实，这也不算意外。

因为项东方是主持人出身，自然是美女等级的女人，加上高高的个儿和不错的气质，喜欢项东方的大有人在，就连一些有头有脸的人物也是喜欢的。

而秦亦讯也不寒碜，虽不是白面书生，但不缺魁梧的身材；虽然身上似乎缺少知识型男人的味道，可也是大学门里出来的；虽不能说有多么成功，可到底还是比上不足、比下有余。魁梧的男人又不缺才气，要说是"魅力男人"也没什么不可以。

既然有很多人喜欢项东方,秦亦讯喜欢也正常。

当然,这样的两个人说喜欢是正常,说爱就有些意外。

但爱恰恰就是这样莫明其妙,谁也说不清道不明。说不清道不明了,就只好说是缘分,有前世的缘分,今世的缘分,阴差阳错的缘分,天定的缘分等等。项东方和秦亦讯或许就有这样一段缘分,在很多人认为不可能时,他们就好上了。

自然,这好也是悄悄地好,毕竟都有自己的家庭。

有一次,因筹备晚会需要确定演员,秦亦讯和项东方便结伴到京城洽谈。在晚宴上,项东方又为江南电视台作了一回牺牲,喝了很多很多的酒,以期换来一个更为公道的出场费,让那些演员们少要点儿钱,让江南电视台省点儿钱。为江南电视台省不省钱倒还是其次,关键是办晚会的钱不够富余。既想办一台像模像样的晚会,又没有那么多的费用可以支出,就只好靠秦亦讯和项东方的本事。

项东方的确有些本事,痛痛快快和人家喝了一杯又一杯的酒,很有些侠女柔情的魅力,着实有所斩获。

但项东方虽然很是卖力,可最终却是不胜酒力。

佳人醉酒,更是妩媚,秦亦讯早就喜欢得不得了,加上项东方为了文艺部搞的一场晚会如此不遗余力,让秦亦讯很是感动,就对项东方越发的爱怜。回到宾馆客房,秦亦讯除了十分的关爱与呵护外,还倍加爱怜地把项东方抱上了床。

把项东方抱上了床,秦亦讯自然就上了项东方的床,两个人终于从相爱走到做爱。

从相爱到做爱,看似一步之遥,实则迈过这一步并不容易,而秦亦讯却不失时机地迈过了这一步。

当项东方还在做主持人大红大紫的时候,或与项东方擦肩而过,或从银屏上看着神采奕奕、楚楚动人的项主持时,他就有过意淫般的幻想。当命运把项东方推到文艺部时,他禁不住一阵窃喜,想要的终于来了,就像是他秦亦讯的桃花运来了一样兴奋。当他与项东方一步步走近,他就常常等待着一个机会,一个与项东方上床的机会。

等这样一个机会,这样的机会就悄悄来了,为了举办一个像模像样的晚会,他和项东方一起出差去京城。

这当然是一个好机会，所以，一路上他就想，怎样才能上项东方的床。

其实，对于怎样才能爬上女人的床，秦亦讯似乎已经轻车熟路。

就在喝酒的时候，在秦亦讯的内心深处，他是希望项东方能多喝些酒的。自古有言道："茶是春博士，酒是色媒人。"他希望项东方多喝酒，不仅仅是因为美女喝了酒有桃花般的红润和妩媚，而且还多了一些和项东方上床的可能。对他来说，和项东方上床比少花俩钱儿能请到好演员更重要，请到好演员要办晚会，请不到好演员也是办晚会。但能不能爬上项东方的床就大不一样，这么好的机会机不可失，失不再来。出差在外不同于在当地，没有那么多熟悉的面孔，减少了很多担心，晚上不用急着回家，不用前怕狼后怕虎……若是加上有酒助兴，一切都有可能。

一个适当的场合，一个适当的机会，更容易解开一个女人的衣服，而今晚就是一个这样的机会。

看着妩媚的项东方，他想，今晚不爬上她的床更待何时？

项东方本来就是可以喝点儿酒的，在这样一个应酬的场合，喝点儿酒是很自然的。而有相爱之人的欣赏的目光和鼓励的眼神，淑女的矜持不知不觉中渐行渐远，取而代之的是外溢的妩媚和平时收藏起来的豪放。

她沉醉在美酒的销魂中，她沉醉在相爱的愉悦中……

然而，从相爱到做爱，虽然都是爱，却又不尽相同。

如果仅仅是相爱而不做爱，那是柏拉图式的唯美主义者，秦亦讯不要这样的爱，他玩不了这高雅，因为他是实用主义者。相爱不过是过程，做爱才是目的。

相爱很甜，做爱很美，可从相爱到做爱，从唯美主义到实用主义，从精神愉悦到肉体享受，终究是有些不同。

一旦由相爱到了做爱，完成了凤凰涅槃般的蜕变，女人的心理也往往会在不知不觉中发生一些变化。比如，女人的心里会装下这个男人，她希望这个男人是她的。如果仅仅是相爱，如果相爱的人与其他的女人有一些亲近，她会悄悄地把心中隐隐的酸楚压在心里。而一旦上床做爱了，再遇到同样的情境时，则往往不会依然悄悄地把酸楚压在心里，她可以理直气壮地说"不行"。

相爱时宽容，做爱后"狭隘"。

或许，这是谬论，但项东方对秦亦讯有意见却是这样开始的。

到了京城后，秦亦讯和项东方他们面对的是一个新的环境、新的人群。京

城的人和江南的人不论从哪个方面说,多多少少还是有些差异的,这让秦亦讯不免有一些新鲜感,并有一份好奇心。在他看来,京城到处是美女,而美女们又常常让他想入非非,加上远离老婆又有了很多的精力,他可不是只守着项东方就能满足的。

于是,在这个新的环境里,他总有一些不安分。

对于秦亦讯的不安分,项东方看在眼里的有,听到耳朵里的也有。不管是看在眼里的,还是听在耳里的,总有些心中不快。起初的时候,她还能在俩人相处的分分秒秒中敲打一下秦亦讯,但这敲打基本上没什么作用,反倒是让秦亦讯心里多了一份厌倦。因此,在项东方的敲打中,秦亦讯依然我行我素,照样会与别的女性嬉皮笑脸,照样有机会就动手动脚,这让项东方心里越发不舒服。

而秦亦讯好像全然不在意项东方的这份感受,不在意项东方有多么地在意他,不仅依然故我,反而像有意躲着项东方一样,不但没有当初甜蜜了,而且不再要求上床了。就是碰见了,脸上也是勉强挤出来的笑,甜言没有了,蜜语没有了,不得不说几句甜言蜜语时,也是言不由衷了,虚情假意了。

项东方的心里酸而且还有了些疼。

终于有一天晚上,项东方找到秦亦讯,要他陪她去一个地方。

秦亦讯虽然不情愿,但还是答应陪她去。

项东方不说去什么地方,秦亦讯问她也不说,直到把车开到他们第一次上床的那个宾馆才停下。

项东方看着秦亦讯,乞求似的说:"陪我上去看看吧,我想念这个地方了。"

项东方用心良苦,她希望带秦亦讯到这儿来再次找到他们当初的那份甜蜜蜜的爱。那时,秦亦讯是那么地呵护她,那么地想抱她,那么地想和她做爱。再到这个地方,她希望秦亦讯能够明白,她把他的爱依然放在心上,依然是那样厚重。

但她失望了。

秦亦讯看了看夜色中霓虹绚丽的这家宾馆,又不耐烦地看了一眼项东方,沉默了许久。

宁愿沉默,他也不愿多说一句话。

"那个晚上你没有忘吧? 我住多少号房间你还记得吗? 那时,我们可以从江南不远万里跑到这儿做爱,可现在,我们天天在这儿了,爱却越来越远了。你能告诉我,这是为什么吗?"

项东方还想努力回到过去,两眼迷离地看着宾馆的旋转门,幽幽地说,幽幽地问。

秦亦讯靠在车座上,眼睛望着别处。

沉默了好久,他终于开口说话了,气哼哼又理直气壮:"现在和过去不一样了,我们的身份不同以往,我们的责任也不同以往。在京城,我们代表的是江南电视台,尤其是你和我。唐台信任我们,这对我们来说,无疑是一个机会,是你的机会,也是我的机会。所以,我们要抓住这个机会,不能像以前那样儿女情长……"

"我们不能儿女情长了,那你怎么可以和别的女人儿女情长呢?"

"你……唉,真是不可理喻!"秦亦讯愤愤然道。

"我怎么就不可理喻了?你把我睡了,不想睡了就想甩了,是我不可理喻吗?"

项东方失望之极,终于控制不住,便大声嚷嚷起来。

秦亦讯一脸的无奈和不屑,他没有再说什么,而是气哼哼地下了车,然后独自离去。

积累了不少时日的压抑在这个晚上喷发,项东方的眼泪哗哗地流下来。

23

女人比男人忠诚,男人比女人喜新厌旧。

大凡爱到了这一步,女人还恋恋不舍,男人已食之无味。项东方越是想找回当初的爱,秦亦讯的心里就越烦,躲得也就越远。

在项东方翘首以待中,秦亦讯却在京城的喧闹中如鱼得水。他的交际范围越来越广,接触的人越来越多。一方面,秦亦讯喜欢京城这个大都市,他恨不能夜以继日,分分秒秒融入这个城市。另一方面,秦亦讯今非昔比,在京城掌管着山河卫视频道,在保润万公司没有全面介入前,几乎可以说,他就是山

河卫视频道和新山河卫视传播公司的一号人物,自然找他的人多,应酬也多,灯红酒绿的场所去得多,见识也多。

应酬多了,朋友就多,见识多了,想法就多,想法多了,自然就想不起项东方。

秦亦讯乐此不疲,秦亦讯炙手可热。

秦亦讯哪儿还有时间想起项东方?哪儿会有心情与项东方同出同进,时时厮守?

虽说项东方也有很好的人缘,也可以有自己的圈子快快乐乐,但她还痴迷于以前,不像秦亦讯那样寻寻觅觅,嗅来嗅去,心里酸酸地守着一份旧情。

独守着一份旧情,难免越发地觉得孤单。

有一次,赶上江南电视台一同过来的技术骨干宋彬彬过生日,从江南一起到京城的同事们就想借此聚一聚,热闹一下。

兄弟姐妹们按时赶到和平门烤鸭店。

可是,秦亦讯没有按时到。

大家聊着天,等着秦亦讯。

一等又等了大半个钟头,仍然不见秦亦讯的踪影。

有人忍不住问:"秦总怎么还不过来?"

项东方看了看窗外黑黑的夜色,像是祈祷一个心愿,充满期待地说:"一会儿会来的,可能有点事儿还在忙……"

又等了好一会儿,秦亦讯还是没有来。

等了好久好久,项东方内心焦躁而又失落,似乎有些歉意地对宋彬彬说:"要不,我们先开始吧?"

宋彬彬是老实人,也是一个老好人,虽然他过 48 岁生日,但他却想给项东方一份快乐。

他坚持说:"再等等吧,秦总会来的!"

其实,项东方何尝不希望秦亦讯能来?

酒上了,菜也上了,大家还是希望秦亦讯能够赶过来和兄弟姐妹们一块乐哈乐哈。谁也不在意一顿饭,比吃这顿饭更重要的是情分。过生日不过是个由头,大家需要的是齐聚一堂,喝杯酒热闹一番,在他乡找到一份乡情,能有一份和睦和舒畅。

若秦亦讯不来,无疑让这份乡情残缺。在项东方心里是一份残缺,在江南电视台驻京城的兄弟姐妹们心里，也是一份残缺。

虽然来自江南的兄弟姐妹原本也是来自五湖四海，但因为共同的江南情结，又不同于来自五湖四海的聚会，缺了谁都是缺了一份融洽，多了一份遗憾。

可是，秦亦讯真的爽约了。

秦亦讯不来，宋彬彬就是老兄，大家举起酒杯，脸上一起挤出一些笑容，齐声说："祝老兄生日快乐！"

项东方真诚地祝宋彬彬生日快乐。

同时，她也真想喝下一杯酒，让自己忘了那份残缺。

只是想忘时，却偏偏不容易，反倒是幻想着欲将这份残缺修修补补。

她终于忍不住放下自尊，走到一边给秦亦讯打电话。

电话里，秦亦讯吭吭哧哧说过不去了，他那儿还有事情走不开。

这一次她没有歇斯底里，这一次她没有让眼泪流下来。

可她越发地知道，和秦亦讯的爱冷却了；她越发地明白，一段感情已经成为过去……

知道了，明白了，并不等于释然了，放下了。

当大家同饮杯中酒，有人说到秦亦讯没来不免有些遗憾时，项东方终于憋不住了，脸色沉沉地说出了她心中的不满："'小鬼'得意啊！哪儿有心思理会我们？"

也是，秦亦讯不该不参加从江南一起来的兄弟姐妹们的聚会，在他乡最怕的是孤独，在他乡最怕的是失落。

当然，项东方的话显然是一语双关，不仅仅是秦亦讯关心不关心江南兄弟姐妹的问题，在她心中，还有一种无法对别人倾诉的感情上的疼——你伤害了我，却扭头而过，而我还有火无处发泄！

项东方能把话说到这份上，必然是心疼之极而又得不到一丝慰藉。

事实上，这已不再是一顿简单的饭。

江南电视台进驻京城的人们，初来乍到时的那种和和睦睦、苦中有乐的日子已经过去了，山河卫视频道困难时期的那种抱团儿一样的凝聚力没有了。

保润万公司增资了新山河卫视传播公司，江南电视台有钱了，山河卫视频道有钱了，但江南电视台在京城、在山河卫视频道的人，却兄弟不是兄弟

了,姐妹不是姐妹了,大家仅仅是同事。

这很正常,又很不幸。

有一句常常挂在嘴上的话叫"有难同当,有福同享"。

实际上,有难容易同当,但有福却往往难以同享。

难,当然说的是困难,不是大难。若有大难,是不能强求同当的。

古人云:"夫妻本是同林鸟,大难来时各自飞。"夫妻尚且如此,何况是一帮同事?何况是一帮兄弟姐妹?

当初刚进京城,从老公司手里接管山河卫视频道不久,京城的一场灾难——"非典",便不期而至。江南是何等安全的地方,好多人都躲到那里去,因为那儿没有"非典"。可秦亦讯、项东方却和这些兄弟姐妹们坚守在京城,为了山河卫视频道,他们整天戴着口罩,服着一些据说可以预防"非典"的药,相互关心着,鼓励着,坚守在各自的岗位上,视山河卫视频道为家,没有怨言,没有意见,也没有矛盾。

可是,那个相处融洽的时候过去了。如今,江南电视台与保润万公司合作了,山河卫视频道可经营性资源的公司化经营开始了,全新的办公楼起用了,未来看上去一片美好……可这时,秦亦讯与项东方却渐行渐远了。

其实,项东方心中的不满并不仅仅是因为秦亦讯的得意和好色,对于她来说,心中还有一种说不出来的不舒服,那就是无形之中的被冷落。

这种被冷落的感受很复杂,混混沌沌都是和秦亦讯联系在一起。

项东方不仅真真切切地感受到在感情上被秦亦讯冷落了,就连在工作上也被秦亦讯忽视了。在这之前,可不是这样的,她说什么,他很愿意听,不完善的想法或意见,他还会帮着完善一番,很是善解人意,就像两情相悦时的善解人意一样。可现在,却不是这样了,秦亦讯不仅不是以前的秦亦讯了,而且还好像处处与她作对。

比如说,关于增资后的新山河卫视传播公司的人事安排,项东方也提了不少的建议,力主江南电视台过来的人都要安排在一些比较关键的岗位上,充分地发挥他们的作用。而秦亦讯却直截了当地驳斥项东方的意见,他认为,保润万公司增资新山河卫视传播公司后,双方的合作契约中明确了相关的游戏规则,江南电视台过来的工作人员即使安排到新山河卫视传播公司,也要符合双方的约定并适合公司的需要。作为山河卫视频道可经营资源的运营公司,哪些岗位上用什么人或不用什么人,除了双方有特别约定的以外,不能仅仅看他（她）是不是江南电视台的人，有没有相应的工作能力才是用人的标准。比如，让电视台的技术人员负责公司的经营，显然就不合适……

又比如，合作了，与合作方的关系如何相处。

项东方认为，合作嘛，就应当以诚相待，尽量与合作方搞好关系，合作好了，利益是共同的。而秦亦讯则并不完全赞同，他认为，不管是与谁合作，首先是各有各的利益，然后才是共同的利益，与合作方搞好关系固然重要，问题是如何搞好关系，以诚相待还需要以诚相报，你好我好还要不卑不亢……

有道是，原则性问题上的分歧，必然导致两人在具体问题上的意见相左。

比如说，这外包节目主持人的人选事宜吧。

项东方以为，从有利于与保润万公司合作考虑，兄弟传媒公司《我玩时尚体育》的节目主持人就应当用林洋洋，因为林洋洋是朱野南的关系。朱野南是谁，现在已经水落石出，朱野南是保润万公司的掌门人，送一个人情给他何乐而不为？不过就是一个顺水人情，送了就送了，到头来，大家心照不宣，还不是你好我好？而秦亦讯却认为，不管他是谁，合作需要的是理性而不是人情，不要注入一些乱七八糟的东西，况且，节目公司的事情由节目公司自己定，频道该管的管，不该管的也不能越俎代庖。

在这件小事情上，项东方认为秦亦讯没有大局观，而秦亦讯却认为项东方是女人见识。

当然，如果项东方知道秦亦讯曾经抱过斯丽娅，曾经香过斯丽娅性感的唇，那可能就不是工作上的争执了。

诸如此类的工作上的争执或许是正常的，但让项东方觉得不正常的是，在这诸多的争执中，唐逸风基本上都采纳了秦亦讯的建议，这让项东方又多了一份失落。

而这份失落，是说不清道不明的一种危机！

这种危机，她挥之不去。

和秦亦讯渐行渐远，似乎与唐逸风也渐行渐远。

因为她觉得，唐逸风来京，或秦亦讯回江南，有些事情的决策她不能参与了。不像以前，唐逸风进京，找秦亦讯的时候必定会一同找她项东方，秦亦讯为工作上的事儿回江南的时候，要么她一同回去，要么她知道秦亦讯回去干什么，并且会带上她的意见或建议。可现在不是这样了，好像她的意见或建议已经无足轻重，有也罢，无也罢。

这不由得让她感觉有点冷，而冷与热的落差往往是让一个人很难接受的。

在这之前，可不是这样的。

她与秦亦讯，原本都是唐逸风的左膀右臂。在寻求合作的日子里，在唐逸风的眼里，她项东方是和秦亦讯一样重要的，就如同是山河卫视频道运营中心落地京城的左右护卫，谁都是不可或缺的，少一个显得不足，多一个似乎多余。在这样一段同甘共苦的日子里，项东方实实在在感受到唐逸风的重视和信任，那感觉是不错的，起码是一种自我价值的体现。

那时候，她没有觉得名分有多么重要，她想，该有的自然会有。

但是，项东方近来的感觉却不再那样美妙，尽管还是经营中心的总监，可毕竟不能和秦亦讯平起平坐。秦亦讯在扎根于京城的山河卫视频道及新山河卫视传播公司中统管全局，而她却仅仅是一个山河卫视频道经营中心的总监，当秦亦讯不再和她卿卿我我之后，她才意识到名分也很重要。

可现在，唐逸风似乎不再那样器重她。

如果唐逸风不再像以前那样器重她，那么，很显然，连自我价值也会贬值。

这时候，她不得不想自己的名分。

关于这名分，一开始她并没有在意。

不在意是因为秦亦讯。那时她想，老秦和她是不分你我的，老秦是总管就犹如她项东方是总管一样，无需分出彼此，因为她与老秦原本就是你中有我、我中有你。但现在不一样了，老秦渐行渐远，她越发觉得她是她，老秦是老秦，是不能混为一谈的。于是，在失落中她有了自己的想法，她想有自己的地位，不再为老秦争，而是为自己争。

想着自己在江南电视台、在山河卫视频道的名分，却又生出一些烦恼。

虽然不像秦亦讯一样，在中层领导岗位上混了那么久，但她项东方也曾春风得意，也曾为江南电视台的山河卫视频道扎根京城立下汗马功劳。在她看来，她该有自己的一份荣耀；在她看来，给她一个与秦亦讯差不多的名分也是实至名归、受之无愧。

然而，事情并不那样简单。

项东方知道，在山河卫视频道的可经营性资源移交给新山河卫视传播公司经营后，频道的经营中心也就名存实亡了，那她这个频道经营中心的总监也就没有了任何意义。她不能不想,自己该要一个什么样的名分,既不委屈自己,又不能与秦亦讯相差太多。新山河卫视传播公司她是不想去了,唐逸风必定是董事长,而按约定,应由保润万公司的人出任公司总裁,那么,秦亦讯就会是公司的常务副总裁,她去了明显要比秦亦讯低一格。这是她极其不情愿的,也是难以接受的。

项东方想来想去,认为有一个名分最适合自己,那就是山河卫视频道的总监。

虽然山河卫视频道的可经营性资源移交新山河卫视传播公司经营了,但山河卫视频道与新山河卫视传播公司却是平行的,频道仍然是江南电视台的,频道总监既不受新山河卫视传播公司管,又是一个不错的岗位,还对频道业务拥有至关重要的话语权。

项东方的选择是经过深思熟虑的,当然是明智的选择。

她把自己的想法跟唐逸风说了,但行与不行,唐逸风却没有表态。

唐逸风说:"这个事情需要台领导集体研究决定,这是组织上的事情,不是我一个人能决定的。"

项东方就等着组织上的决定。

可在等组织决定的日子里,项东方的心里终究是有一些忐忑,频道总监的名分会不会给她,她只能听天由命。项东方不愿意听天由命,她又想,依据合作合同的约定,江南电视台在新山河卫视传播公司中应有四名董事席位,唐逸风肯定是董事,秦亦讯也一定是董事,剩下的两名董事席位会是属于谁呢?在寻求合作的过程中,自己不遗余力,何况还是频道经营中心的总监,新山河卫视传播公司接过山河卫视频道可经营性资源的经营权之后,怎么说自己也该是公司的董事之一。

事实上,项东方尽管不想去新山河卫视传播公司,但她并不甘心于对公司的事情不闻不问,想到江南电视台在公司中的四个董事席位,她忽然又有了担任公司董事的想法。若担任了新山河卫视传播公司的董事,一是担任公司董事是台里对自己的一种肯定;二是可以了解公司的事情;三是担任董事会有董事袍金。

既然有这样的机会,为什么不去争取呢?

但这事儿就不好直接再找唐逸风。因为,频道总监的名分还不是她的,再提出担任公司董事的事情便有些不妥。

于是,她就找秦亦讯。

可秦亦讯却顾左右而言他,说董事的事儿由台里决定,他秦亦讯无能为力,况且他自己是不是董事都很难说,光台里的领导就有六七位,谁知道会有多少人想当这个董事呢。

"京城这边有什么事儿,唐台都是找你商量,就算帮我一个忙都不可以了吗?"项东方委婉却话里有话地说。

"那也要看是什么事儿。像这样的事情是台领导决定的,我能帮上什么忙呢?"秦亦讯一脸无奈的样子。

秦亦讯这话不全是推诿,实际上不无道理。

可项东方要是把这话理解为推诿,也不能说就是无事生非——事关京城这边的事情,唐逸风不问问你秦亦讯的意见谁信啊?

这让项东方心里很没底,也让项东方心里很气愤。

在唐逸风面前,她本是可以与秦亦讯平起平坐的,可如今,唐逸风却有意无意地疏远她。这让项东方认为,他秦亦讯一定没起什么好作用。

有了感情上的纷争,有了心理上的失落,项东方再看见秦亦讯时,怎么看都觉得秦亦讯不正常。

秦亦讯为什么要这样?莫非是想大权独揽?有道是:"狡兔死,走狗烹";有难同当容易,有福同享却难。

这么想着,这么看着,项东方的心里对秦亦讯的意见就越来越多,甚至有了恨。

有了恨就有了很多,就像有了爱就有了很多一样。

也许,真的就应了那句老话:此一时,彼一时,没有不散的宴席。

24

没有不散的宴席，该散的散了。

可世上从来就不缺宴席，各种各样的宴席散的散了，来的来了。

这是一道大餐，一道丰盛的大餐！

从太阳落在京城西边的那一刻起，就有传媒业、影视业、娱乐业、地产业、旅游业等诸多行业的大腕们陆陆续续走进斯威斯尼大饭店。

斯威斯尼大饭店一层大厅外的侍者见惯了各种品牌的香车宝马，可在这个傍晚，如此大密度的香车宝马络绎不绝地驶来，还是让他们惊叹不已。宾利、保时捷、劳斯莱斯、奔驰、宝马、沃尔沃、路虎；轿车、跑车及越野；或华贵，或艳丽，或奔放，或时尚，争奇斗艳，各显风骚。在路人羡慕的眼光里，在众人啧啧的赞叹中，鱼贯驶入停车场。

和一辆接一辆的香车宝马同样让人们惊叹不已的，是从车上走下来的贵宾们，无数惊奇的目光送他们走进旋转门。

豪华的斯威斯尼大饭店，同样豪华的二层宴会厅。

此时，宽敞的大厅里艳丽无比而又喜气洋洋，各路来宾济济一堂。有站着的，也有坐着的；有进进出出的，也有热热闹闹谈笑风生的。大厅四周的鲜花散发出阵阵香气，几十张圆桌罩着红色华丽的桌布，喜笑颜开的来宾们有的已经围桌而坐，有的坐下又起来，找自己的熟人，找自己的圈子。前面主席台装饰一新的长条形桌上摆着鲜花和精细的麦克风，正面的墙壁上是漂亮的两行金色大字——江南电视台、保润万公司合作签约仪式暨山河卫视贵宾联谊会。金色大字的周围，是五彩缤纷的点缀。大厅的等离子电视中不断地播放着山河卫视频道的宣传片，大厅的最后边，摆放着一些有关推介山河卫视频道下一年度主要电视栏目的易拉宝，易拉宝一直摆放到大厅的外面，五颜六色，分外妖娆。

在这喜气洋洋的氛围中，迅速蹿红影视界的小雁儿悄然走进大厅，虽然一副大墨镜和一顶很酷的有檐帽遮挡了她那美丽迷人的脸蛋儿，并用她很快躲进十几位已到的艺人堆里，可还是引起了一阵轰动。

著名演艺界大腕儿张五来了。同样戴着一副墨镜的张大腕儿，直到走进二层大厅也不想把真面目露出来，等他看到同样是大腕儿并且做过搭档的小雁儿时，才一边摘下墨镜，一边乐哈哈地走过去。

这时的小雁儿终于露出芳容，并兴奋地张开双臂等着抱。

张大腕儿从从容容地把小雁儿抱起来，高高地举过头顶，再把她放下来。

然后，张大腕儿便开始和相熟的腕儿们一个个调侃着打招呼。

大腕儿美女演员古莉莉也来了，脸上带着她那标签式的笑。和她一起走进来的，是同样气质不凡的偶像派女演员蕾蕾，两个人手挽手亲亲密密，肩并肩窃窃私语。

她们的到来，突然间让大厅内有些沸腾，接着便是一阵掌声，掌声就是人气指数，如同她们在业界的人气指数日夜飙升一样。掌声过后，仍然不时有人对着她们善意地叫喊和起哄，二位美女喜笑颜开，坐下后又站起来，挥挥纤纤玉手，算是与现场喜爱和追捧她们的朋友们打个招呼，也算是表示谢意。

大导演老梦也来了。他还是一脸的沧桑，但却开开心心地和雄氏两兄弟开着玩笑。

雄氏小弟天生就是喜剧演员的料，举手投足、言谈话语之间，不断引起周围人的爆笑。

当然，小珊儿必定也是要来的。

而林洋洋在这儿就算不上腕儿。

歌手一品红天生一副好嗓子，和帅哥歌手小强子你一句我一句地贫着嘴，一前一后走进大厅。

当电视剧大鳄华哥纳从外地匆匆赶过来出现在二层大厅的门口时，更是引发了一阵雷鸣般的掌声，还夹杂着此起彼伏的口哨声。华大哥的国字脸晒黑了，胡子也长了，但那大腕儿的风度依然潇洒……

聚在一起的大腕儿们不时发出阵阵笑声，到底是娱乐界，笑料层出不穷，笑声不断，掌声也不断。

大腕儿们先是圈内热闹了一阵，然后就有人试探着走近他们，有的求个合影，有的求个签名，大腕儿毕竟是大腕儿，尽可能地满足着每一个人的请求。

所有的人都喜笑颜开。

秦亦讯是今晚很重要的一个人物，他没有像那些长胡子的演艺大腕儿们一样不修边幅,而是一身的西服革履,脸面收拾得清清爽爽,一条艳丽的领带也给他增添了不少的精气神儿。

他一边跑前跑后,一边还要忙里偷闲地凑到大腕儿们面前合个影。虽然不是影星,却不失翩翩风度。

今晚或者说今天,他是一个忙碌的人。

为了准备这场豪华宴会,秦亦讯已经忙了不止一天。

不过,再忙也不显疲倦,再忙也乐此不疲,因为今晚的他是被列入主席台人员名单的,一会儿就要坐到主席台上。

显然,坐在主席台上的人是不会随身带相机的,因为坐在主席台上的人是要上镜的人。

但这会儿,秦亦讯却因为没有随身携带相机而遗憾,甚至是着急,这在与大腕儿们合影时,就显得不太方便。负责拍照的人拍来拍去都是抢拍那些大腕儿,这会儿还轮不到拍他,而这么多大腕儿们就在眼前,每一位大腕儿他都希望与之有一张合影。无奈之下,他只好掏出手机,把与大腕儿们的合影留在他的手机里。

今晚是秦亦讯第二次见小珊儿了,自然觉得有点儿熟,在和小珊儿合影时,他嘻嘻笑着就把手悄然搭在小珊儿的肩上,因为小珊儿个儿不高,秦亦讯手搭到小珊儿的肩上倒也自然,并且挺亲热的,像老朋友。

小珊儿是大明星,她是千万影迷的偶像,她的肩已经不属于她,而是属于千万影迷。所以,当秦亦讯手搭在她肩上的时候,她依然像电视剧中可爱的俊妹妹一样,脸上有迷人的笑。

秦亦讯很得意拍下这样一张照片,尽管像素不够高,但依然是值得收藏的照片之一。在以后的日子里,不仅自己可以翻来覆去地看,而且还可以拿出来炫耀一番,这也是荣耀。

有了和小珊儿的合影,秦亦讯还想着与小雁儿的合影,小雁儿也是美丽迷人,还有那古莉莉,还有那蕾蕾,还有那华大哥,还有老梦,还有很多很多……

他有点儿忙不过来。

其实,今晚称得上大腕儿的,并非只有这些影视明星们。

除了影视、歌坛大腕儿们以外,在这个晚上,陆续走进斯威斯尼二层大厅的,还有同影视、歌坛大腕儿们一样赫赫有名的各路大腕儿——有传媒业大

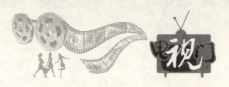

腕儿、广告业大腕儿、地产业大腕儿、娱乐业大腕儿、旅游业大腕儿等各路企业界英豪。

在今晚的这个大厅里，各路大腕儿们无法一一细说，只能说高朋满座，众星云集，星光灿烂，熠熠生辉！

看一看传媒业平行线传媒集团的王大掌门人，看一看地产业万代地产集团的李大掌门人，还有那旅游业的宋总，金融业的梅总，IT 业的肖总，汽车业的孟总……这么多重量级的商界人物，如影视、歌坛大腕儿们一样赫赫有名，他们百忙之中纷纷赶来出席今晚的宴会，怎能不令人由衷地感叹今晚宴会的品位和高贵！

至于那些有幸被邀请来的几十家广告公司的老总们，和十几家节目制作公司的老总们，则只有张大嘴巴惊叹的份儿。

就在各路大腕儿们从互相观望到开始相互交融的时候，服装艳丽、楚楚动人的两位美女款款走进大厅。浓浓的彩妆光彩夺目，胸前鲜艳的花儿娇艳欲滴，如同即将出嫁的新娘一样，千娇百媚，在豪华的大厅里，在柔柔的灯光下，分外妩媚和靓丽。

她们是今晚宴会的主持人——项东方，江南电视台曾经红红火火的主持人，如今的山河卫视频道经营中心总监；刘若瑶，山河卫视频道当今的一号主播，年轻漂亮的女主持。

跟在二位美女身后依次走进大厅的，是西服革履、神采奕奕、风度翩翩的今晚宴会的主人们——

唐逸风，江南电视台现任台长兼新山河卫视传播公司董事长；朱野南，天荣保润公司副总，保润万公司董事长；吴秋林，保润万公司总经理；还有刚刚走出大厅继而又一同潇洒地走进来的秦亦讯，新山河卫视传播公司第一任总经理、合作后常务副总裁的不二人选；以及数位来历不凡的尊贵嘉宾。

热烈的掌声在大厅的每个角落响起。

在一阵热烈的掌声中，唐逸风、朱野南、吴秋林还有秦亦讯，纷纷在胸前的西服上别上一朵鲜艳的红花，先后在主席台就坐。

同他们一同在主席台就坐的，还有几位衣冠楚楚的贵宾。

今晚的项东方没有了眉宇间那份淡淡的哀怨，而是充满了妩媚和光艳。一身旗袍、一朵鲜花彰显她雍容华贵的天生丽质，亭亭玉立、婀娜多姿流泻她不老青春的靓丽风采。

今晚的她是美丽的，今晚的她是与秦亦讯比肩的，有很多很多的镜头给了她。这似乎是好久好久没有过的情景了，今晚的她仿佛又回到过去的舞台，又找回已经失去了的一份荣耀，这份荣耀使她暂时忘却了心中的不快和失落。

今晚她的心情是愉悦的。

因为心情愉悦，所以项东方的声音也变得那么动听："各位领导，各位来宾……"

在项东方和刘若瑶柔美的开场白中，二层大厅从喧闹和沸腾中渐渐安静下来。

二位主持人珠联璧合，热情洋溢地逐一介绍了到场的众多显赫的贵宾，随着主持人的介绍，大厅内再次沸腾，掌声此起彼伏。

接下来，领导、嘉宾、大腕儿、来宾代表一一讲话，个个激情四溢，人人热情澎湃。

曾经默默无闻的山河卫视，在这一刻却像众星捧月一样，成为今夜的宠儿！

有哪个地方卫视可以如此这般地在京城这样豪华的地方博得如此多的贵宾大腕儿们的齐声喝彩？哪个地方电视台能在京城拥有一个如此美妙的夜晚？

唐逸风的脸上笑得灿烂，朱野南的脸上笑得灿烂，吴秋林的脸上笑得得意，秦亦讯的脸上笑得酣畅……

今晚所谓的江南电视台与保润万公司的合作签约仪式，不过就是这个晚宴的由头，其实，合作合同早就签了，合作合同实施细则也已由各方盖章，盖章即为生效。今晚就是做个样子，在一阵热烈的掌声中，唐逸风代表江南电视台、朱野南代表保润万公司、秦亦讯代表新山河卫视传播公司的另一方股东——江南电视广告公司，分别在合作合同实施细则上又签上了自己的名字。

虽然是三方代表签字，但实际上就是江南电视台与保润万公司两方的合作。

虽然一方的代表唐逸风和秦亦讯高高大大、风度翩翩，而另一方的代表朱野南和吴秋林矮矮胖胖、敦敦实实，双方代表站在一起看似泾渭分明，可又相得益彰，在这个晚上，他们共同把江南电视台与保润万公司的合作演绎

147

成绝配。

在热烈的氛围中，在两位光彩而又妩媚的美女主持人的盛情邀请下，所有的来宾端起了酒杯——晚宴终于进入高潮：自由派对、把酒言欢。

和一般的宴会不同，今晚所有的来宾均没有匆匆离去，而是兴致盎然地享受着这道丰盛的大餐。

影视大腕儿们没有走，他们很有兴致地冲着今晚晚宴的主人们一次又一次地举起酒杯，因为毕竟这是一道具有浓郁文化色彩的晚宴，这与他们经常被邀请的各种活动有所不同。

或许山河卫视频道对他们来说并不重要，一个以前名不见经传的山河卫视频道不能影响他们的暗淡或红火，无法决定他们的盛与衰。

但是，今晚不同的是，一个号称国内最大的、国有控股的文化影视公司与电视传媒的融合却对他们有了不一样的吸引力。既然号称国内最大，显然也不仅仅是空谈，据说保润万公司的资产有一部分是由影视的版权所构成，而这些影视版权和拷贝存量的资产评估就达近亿元。今晚的大腕儿们说不定哪一天还要在一部接一部的电视剧里担任角儿，没有像保润万这样的公司，哪会有他们的风光和红火？

当然，有了播出平台，影视剧才能如虎添翼。

这个晚上，他们自然是要鼎力捧场的。

还有那些商界的大鳄们，他们吃腻了山珍海味，但是，他们今晚吃得依然津津有味。他们手中握有资本，资本的投向是逐利的，影视永远是他们左看右看的产业，又挣钱又出名的，谁不想近距离看一看传媒业、影视业的资本价值？

再有就是那些广告商们，他们更不会提前退场。

今晚的盛宴让他们看到了一个不一样的山河卫视频道，然而，他们还需继续睁大眼睛看一看今晚盛宴的背后，山河卫视频道的广告价值几何，他们有没有更多的挣钱空间。况且，今晚莅临的商界的大鳄们，是他们想方设法想要见到的，对他们来说，认识影视大腕儿们远没有认识商界大鳄们更有实际价值和实际意义。最起码，他们也要趁今晚这个不期而遇的机会，把自己的名片逐一递到商界大鳄们的手中，毕竟商界大鳄们才是他们的上帝。

而那些节目制作公司的老总们，则有着和广告代理商们差不多的想法……

这个晚上，在这个大厅里，还有一个人，这个人便是夏侯阳。

夏侯阳悄悄地来到斯威斯尼的二层大厅，静静地坐在最后的餐桌上，静静地看着今晚的盛宴，就像那天晚上在兄弟传媒公司静静地看着主持人试镜一样。

他没有去近距离地看那些电视上经常见到的男女大腕儿们，他也没有去结识任何一位商界大鳄。在济济一堂的大厅里，没有几个人知道他是谁。

虽然他是山河卫视频道重新落户京城的操刀手和策划者，但在今晚的盛宴上，他已经不再重要。

所以，他静静地坐着，坐在最后最后。

尽管唐逸风很早就给了他邀请，但是，他知道，今晚的他只是一个看客。

他也想走过去看看古莉莉，他也想走过去看看蕾蕾，她们都是他喜欢的演员。然而，他最终没有站起身，因为他知道，古莉莉不知道他是谁，蕾蕾也不知道他是谁，充其量他只能算是她们的粉丝儿。可是，她们的粉丝儿太多了，多他一个少他一个古莉莉无所谓，蕾蕾也无所谓。既然无所谓，何必去做一回并不狂热的粉丝儿呢？

他始终坐着没动，这会儿，就在所有的来宾们频频举杯的这会儿，他不再是一个看客，而是一个吃客，他自顾自品着这道大餐。

就在这会儿，有谁能静下心来细细品味这道大餐的味道呢？

唐逸风在穿梭忙碌着答谢众多的来宾，朱野南也在忙碌着推杯换盏，吴秋林和秦亦讯更是在不遗余力地忙着敬酒，主持人项东方和刘若瑶也一同周旋于贵宾佳人之间，雄氏小弟还时不时地爆出一些笑料……

美妙的时刻，醉人的盛宴。

夏侯阳吃得差不多了，眼看时间也不早了，于是就在人头攒动的大厅里寻找唐逸风。

他想看看唐逸风是否有点儿空隙，如果能趁着唐逸风的一点儿空隙敬上一杯酒，他就可以走了。

说来也是巧合，他找唐逸风，唐逸风就端着一杯酒，带着秦亦讯和项东方朝他走过来。

夏侯阳赶紧站起身，笑着迎上去。

三位领导的脸红红的，神采奕奕。

"夏侯大律师，别的酒可以不喝，但敬你夏侯大律师的这杯酒不能不喝！我们代表江南电视台敬你！我想对你说的只有八个字：默默无闻，劳苦功高！"

唐逸风右手端着酒杯,左手有力地拍了拍夏侯阳的肩。

夏侯阳朗朗笑着,赶忙说道:"过去了,就不提了。"

唐逸风立即纠正道:"不对,江南电视台忘了谁也不能忘了你夏侯!"

夏侯阳嘿嘿笑,喝了杯中的酒。

有人走过来找唐逸风敬酒,也有人走过来找秦亦讯敬酒,唐逸风再次拍了拍夏侯阳的肩,转身又去应酬,秦亦讯嘿嘿一乐,也转身去应酬。

他们忙碌着,他们理应忙碌着,应酬着,因为他们是今晚盛宴的主人。

项东方没有马上离开,而是拿起桌上的酒给夏侯阳倒上,也给自己倒上。

这会儿的项东方不像刚才站在主席台前主持晚宴时那样脸上写满灿烂的笑,而是似乎有了些忧伤,只是内心的、淡淡的、令人不易觉察的一丝忧伤。

不过,这会儿的项东方仍然是十分漂亮的,专业的化妆只保留了她那份成熟女人的神韵,但却巧妙地化去了岁月留给她的那份印痕,净白的脸颊和红红的嘴唇生动地流露着一种妩媚,一种娇艳欲滴的妩媚!

"夏侯律师,单独敬你一杯酒吧!"

夏侯阳看着妩媚的项东方,嘻嘻笑道:"这么漂亮的项总,今晚我就顾着看您啦。我敬您吧,敬今晚最上镜的美丽佳人!"

"您可是第一次夸我呢。"

碰了杯,喝了。

项东方嫣然一笑,欲言又止,转身离去。

夏侯阳缓缓坐下,望着项东方转身也美丽的背影,呆呆地傻想。

今晚的项东方,是一位这么漂亮的淑女,但在秦亦讯心中,已经凋谢了。

秦亦讯忙忙碌碌,喜气洋洋,但却不是因为项东方。

今晚的项东方,又穿上了华彩的衣裳,把喜爱的话筒拿在手上,又一次仪态大方地站在了舞台上。而今晚的绚丽,是延续昨日的辉煌,还是最后的绝唱?

项东方会甘心就这样在秦亦讯心中凋谢吗?

25

盛大的晚宴不仅是各路大腕儿争奇斗艳的大舞台,也是广告代理商们的风向标,还是节目公司的大看台。

对于要为山河卫视频道提供节目的节目制作公司而言,真正的盛宴不是晚宴上的几道菜,而是令人眼花缭乱的看点,是下一年度的山河卫视频道。在不久的将来,他们的节目将你方唱罢我登场。

若要在下个年度山河卫视频道的盛宴中登台亮相,从这个晚宴时起,便已进入倒计时。

繁花渐欲迷人眼,笑看英雄不等闲。

晚宴过后不久,兄弟传媒公司《我玩时尚体育》节目的样片做出来了,周瑾琪兴致勃勃地打电话约夏侯阳过去看样片。

不过,和主持人的人选一样,这样片做出来也费了不少周折。

蓝可与蓝可的朋友不高兴,没有让周瑾琪心惊肉跳,但还是多多少少把周瑾琪闪了一下。编导不高兴可不是闹着玩的,说一千道一万,节目做得怎么样,能不能出彩儿,甚至能不能保证有节目播,编导自然很重要。虽然希望大导演蓝可能做出好的节目来,但谁能保证蓝可天天都高兴?

显然不能一棵树上吊死,周瑾琪不能不多长个心眼。

因此,从蓝可朋友那儿回来的第二天下午,周瑾琪与张友德便悄悄去了钟大华那儿。

周瑾琪找钟大华,不是为了像张友德说的那样找爷的感觉,而是为了有备无患,也是为了做出好的节目来。

钟大华还是笑容可掬。

周瑾琪与张友德商量一番后,即与钟大华签了合同:兄弟传媒公司委托钟大华每月做两到三期节目;若节目不能通过频道审查,则合同自动终止。

但合同生效还有一个前提,钟大华需免费先做一期样片。

钟大华答应得很痛快,并说最多四天就可以做出样片来。

随后,周瑾琪为钟大华提供了拍摄好的节目素材带。

两天后,斯丽娅到演播室拍了主持人串场。

周瑾琪想的是,一个月四期节目的量,在钟大华这儿做两到三期,公司自己做两到三期,万一有个什么闪失也不至于手足无措,先做一期样片则是既看看钟大华做的活儿怎么样,也看看钟大华是不是说话算数。

到了约定看样片的日子,午饭后,周瑾琪和张友德便一起去钟大华的机房看样片。

周瑾琪多少有些激动,甚至还有一点儿忐忑,毕竟是《我玩时尚体育》节目的第一个样片,就要揭开神秘的面纱。

而张友德却得意着当爷的感觉:"这多省心啊,不用自己着急,节目就出来了。再瞧瞧蓝导,进机房四五天了,样片还没影儿呢。"

"慢功出细活啊。"周瑾琪聊以自慰地说。

蓝可坚持用他朋友的机房和演播室,周瑾琪没有多说什么。可现实是,蓝可带着专门的操机员进了机房好几天,却没有什么好消息,不是嫌操机员不灵光,就是嫌主持人的主持不到位,她心里着实有些不踏实。

因此,她很想看看那位前卫的小伙子编导阿元做出来的节目什么样。

然而,钟大华却没有给她一份惊喜,连张友德也直骂钟大华是孙子。

这时的钟大华不是装孙子,而是真孙子。

原来,钟大华的样片根本没有做。

所谓的节目样片依旧是一堆素材带,后期制作还遥遥无期。

张友德当爷的感觉没有了,理直气壮地质问钟大华:"不是说好了今天出样片、看样片吗?样片呢?"

钟大华既不急也不躁,仍然咧着嘴笑:"还没做呢,机房没有腾出空来。"

周瑾琪心里凉,当然也不高兴:"这不对啊,咱们可是早就说好了的。"

钟大华还是一副无所谓的样子,慢条斯理地说:"你们那节目离播出还早呢,这些都是等着播的,保证不影响你们节目播出就行了。"

张友德急了:"你这不是屁话吗!马上就要送样片了,你还让我们等着节目播出?没有样片送审,谁给你播呀?怎么连这都不懂!"

钟大华像没听见,走到楼梯口抽起烟来。

"哎,实话告诉你吧,我们明天就要送审样片了,你说怎么办吧?"张友德不依不饶,拉着周瑾琪跟到楼梯口。

钟大华不笑了,而是一脸的无奈:"我也没办法,机房都占着,编导也忙不过来……"

周瑾琪哭笑不得:"那你倒是想想办法呀!"

"等……等这批急着要的节目做完吧。"

张友德终于生气了:"早干吗来着? 忙不过来还到处揽活儿?"

钟大华干脆不说话。

"这么做事不地道。"周瑾琪也忍不住埋怨道,"你揽活儿也不是不可以,可做节目你又不是不懂。好在这是样片,要是正在播的节目呢? 我要播了,你还没做呢,那时候怎么办?"

钟大华白一眼周瑾琪,还是不说话。

张友德见了尿人压不住火,看着钟大华死猪不怕开水烫的样子,气不打一处来:"我算看明白了,原来你是装孙子,现在你是真孙子! 有你这么办事的吗? 狗揽八泡屎,说话像放屁,急了就论堆,你还算个爷们儿吗!"

钟大华把烟头扔在地上,又踩上一脚,蔫笑着,吭吭哧哧地说:"要做也很快,你们把节目全部包给我做,保证一天一夜就把样片做出来……"

"就你? 想什么呢?"张友德一脸诧异,冷笑道,"还真是蔫人就有蔫主意!"

周瑾琪看着蔫笑的钟大华,也不由得红颜一怒,心里道:"只想抽你孙子一个嘴巴!"

可她是淑女,说不出来,更做不出来,只能说:"到此为止吧,你把素材带还给我们。"

钟大华却不理不睬,没事儿似的笑嘻嘻走了。

张友德气得直瞪眼:"嘿,树林子大了什么鸟都有……"

可周瑾琪倒不生气了,笑笑说:"他这一走,倒让我心安理得了。张老师,你去找钟大华要回我们的素材带,我去找阿元。我觉得那个小编导阿元不错,咱们不能白来一趟。"

张友德是聪明人,周瑾琪一说他就明白,当即气宇轩昂地去找钟大华。

周瑾琪不慌不忙地到处找阿元,若无其事的样子从一个机房到另一个机房,从机房到演播室,又从演播室到控制室,转了一大圈,终于在控制室里找到阿元。

阿元正坐在控制室里盯着监视器。

看见周瑾琪,阿元点点头。

控制室里不好说话,周瑾琪就哑语加比画。

　　阿元似懂非懂,把手中的活儿交给旁边的人,和周瑾琪进了控制台后的小工作间。

　　阿元是钟大华安排的《我玩时尚体育》节目的编导,周瑾琪想问个究竟。

　　"我们的节目为什么没做?"

　　阿元向后甩甩长头发,吞吞吐吐地说:"嗯……老板没让做。"

　　"样片等着用,为什么不安排做?"

　　"我……我也不知道。"

　　"你是编导,你得跟老板说呀。"

　　"我说也没用。老板让做什么,我就做什么。给我安排得满满的,就是不安排做你们的节目,我也不知道为什么……"阿元还是吞吞吐吐,"就是安排了,也不能保证机房和演播室腾出空来给我用……这么多节目等着,演播室一进去就是一天,晚上什么时候出来还不一定……机房更没准了……"

　　"我去机房了,三个机房都在忙,天天都这样吗?"

　　"差不多吧,反正老板不能让机房闲着。"

　　"演播室也是天天这么忙?"

　　"有不忙的时候,可你们的节目……能等着机房和演播室不忙的时候做吗?"阿元又支支吾吾地说,"星光卫视的节目是这儿的大活儿,别的节目嘛……只好等着机房和演播室有空的时候做……"

　　"这肯定不行!节目一期期播,就得一期期做,不然还不耽误了?"

　　"耽误了也不稀奇,有的节目做着做着就不在这儿做了。"

　　"那怎么办?"

　　"你们自己想办法……我把样片粗剪完了,只是没有包装和配音,过会儿带您去看看。不过——"阿元欲言又止,探头探脑看了看,接着说,"都是我晚上见缝插针做的,老板不知道。"

　　"先带我去看看怎么样?"

　　阿元略一犹豫,还是带周瑾琪去了机房……

　　看了阿元粗剪出来的节目,周瑾琪很满意,悄声对阿元说:"办法我想出来了,你跟我们走。"

　　阿元不说话。

　　周瑾琪又说:"待遇和这儿一样。"

　　阿元终于点点头。

"你把粗剪的节目拷走，把素材带带走。"

阿元想想说："我拿走素材带不合适，你们自己跟老板要。"

周瑾琪点点头，不为难阿元。

周瑾琪这儿有意外之喜，可张友德跟钟大华要素材带却不顺利。

在钟大华那间不大的办公室里，张友德讲完大道理讲小道理，讲完做人讲做事儿，而钟大华就是一招——死鱼不张嘴，任凭张友德说下大天来，他就是不还素材带。

这会儿的张友德很有耐心，反正他也有得说，就没完没了地白话，一直白话到周瑾琪给他打电话……

拿给钟大华的节目素材带没要回来，好在公司还有备份。

周瑾琪挖来了新编导，当机立断又租了演播室和机房，不仅让阿元去了新租的机房做后期，而且也让蓝可转移到新租的机房。

蓝可说他的朋友那晚喝了酒，但周瑾琪这次没有依着蓝可。

可蓝可到底还是不情愿，向周瑾琪提出新要求：他不投资了，只做编导。

周瑾琪也爽快："可以，您蓝大编导的节目一期两千。"

蓝可这才笑嘻嘻地搬到新租的机房。

经过了一波三折，周瑾琪又松一口气，求别人不如求自己，自己的节目还得自己做。

不管蓝可的样片做得怎么样，但有阿元经过后期包装的样片，周瑾琪还是心里有数。所以，给夏侯阳打电话时，很自信。

夏侯阳忍不住嘿嘿笑，说："千呼万唤，样片终于做出来了，怪不容易的。"

"刚知道啊？做节目哪有容易的？"

"我以为就是做律师不容易呢，没想到做档节目也挺难。"

"还有你没想到的吧，是不是让你看了不少笑话啊？"周瑾琪呵呵笑。

"看你的笑话笑不出来，还是看你做的节目吧。有道是，好饭不怕晚。"夏侯阳话一转，明知故问，"是不是还要我约着秦总？我看也看不出好坏来，秦总看了说可以，你才能放心踏实了，别打磕巴说实话，是不是？"

"既然你这么说，那我就恭候领导光临了。"

"哼，跟我说半天，还是项庄舞剑，意在沛公。"

周瑾琪赶忙笑着说："知道给你添了不少麻烦，没有你夏侯不行嘛。"

"得，得，得，少来。节目组的人都在吗？"

"领导什么时候来,我们什么时候恭候。"

"那我就给你们请领导。"

挂了周瑾琪的电话,夏侯阳就给秦亦讯打电话。

秦亦讯的脸上还挂着晚宴上的喜气,接了电话当然是很给面子的,爽爽快快地就答应了,并顺带问了一句:"还有谁去啊?"

夏侯阳坏笑道:"除了您我,没有别人去。"

"那都有谁在呀?"

"主持人肯定在啊,节目组的人肯定在啊,都恭候您莅临指导呢!"

二人哈哈笑着,约好了到兄弟传媒公司看样片的时间。

26

下午3点多,秦亦讯开着大切到了兄弟传媒公司,夏侯阳也与秦亦讯前后脚走进兄弟传媒公司的办公室。随着他们的到来,兄弟传媒公司的办公室顿时热闹起来,周瑾琪率兄弟传媒公司的数位老总们热情欢迎秦亦讯的到来。

夏侯阳和周瑾琪开着玩笑:"周总啊,到目前,还没有一个节目公司能够把山河卫视的领导请过去看样片呢。今天,我把百忙中的秦总请过来了,兄弟传媒公司若是做不出好节目可是说不过去啊!"

周瑾琪连忙说谢谢。

秦亦讯满脸嘻笑着,既没有摆出领导的架子,也没有放下领导的架子,顺口夸道:"兄弟传媒公司与别的公司不一样,肯定能做出很好的节目来,这是没有问题的!"

说笑着,秦亦讯就被周瑾琪招呼着端坐在会议室的大电视屏前,夏侯阳也装模作样地坐在秦亦讯的旁边。

斯丽娅勤快地给秦亦讯和夏侯阳端来了新沏的茶水。

等周瑾琪他们也各自坐下,秦亦讯煞有介事地问了问机房、演播室的情况。

然后就准备看样片。

样片的内容是关于滑雪的。

为了做出更适合山河卫视频道播出的节目,兄弟传媒公司做了两种不同风格的样片:一个是以大导演蓝可亲自做编导的节目组做的样片;另一个是新生代编导阿元以同样的素材做的样片。虽然时长都是30分钟,素材也都一样,但根据节目总体方案,也根据编导对节目定位的理解,各自做出了自己的样片。

秦亦讯很认真地看着。

周瑾琪、张友德、宁超英、郁小朋、十三每、两个编导、还有两个样片的主持人斯丽娅也都很认真地看着。

夏侯阳出于新奇和期待,看得也很用心。

这时的宁超英,倒也有模有样的,看上去像个行家。

看蓝可的样片时,一边看,蓝可还一边给秦亦讯介绍他的节目的诉求。

斯丽娅看着银屏上的自己,时不时地伸伸舌头,似乎对自己的表现不够完美而懊悔不已。

半个小时过去后,一个样片看完了。

静屏时,秦亦讯扭头看着夏侯阳笑笑。

周瑾琪问夏侯阳,更是问秦亦讯:"是接着看,还是歇会儿再看？"

夏侯阳觉得半个小时不轻松,便笑道:"劳逸结合吧。既然出来遛遛,就得知道我们遛的是骡子还是马。您说呢,秦总？"

众人的目光都盯着秦亦讯。

可能是会议室里的暖气有些热,秦亦讯的脸上红红的。

在众人期待的目光里,秦亦讯干咳了两声,字斟句酌、断断续续地说:"节目样片还是不错的,还能看下去……反正我是看完了。我的水平也有限,以我的眼光看还是可以的……这样的节目也是适合在山河卫视频道播出的,应该是没有问题的……我看嘛,可以做下去……倡导时尚,时尚的、运动的还是蛮好的……蛮好的。"

秦亦讯站起来,看到兄弟传媒公司的诸位都在认真地听他说,真的像听领导的指示一样认真,他忽然又觉得不太自然,甚至觉得说出口的话有些不妥。虽然说时斟酌过了,但说出来后却又怎么听都有些言不由衷。

他本来是想以朋友的语气说出这番话的,没有想以领导的身份评价节目样片,但话说出去后才发现,自己刚说过的话既没有朋友间调侃的诙谐,也没

有领导说话应有的艺术，若兄弟传媒公司真的把他的话当真了，还的确有些不合适。

于是，他又坐下，看了看夏侯阳，问："夏侯大律师，你看了感觉如何？"

其实，秦亦讯刚才略显尴尬，夏侯阳明白什么意思，节目行不行，毕竟需要审片部门提出意见，如果兄弟传媒公司拿秦亦讯的话当圣旨，自然不是秦亦讯本意所要的。

说实话，夏侯阳看了样片感觉不咋样，就像是老婆娘的裹脚布又臭又长。虽然是个样片，但如果看完一个30分钟的样片觉得时间很长或比较长的话，那节目样片就是有问题的。如果不是应约看样片而是坐在电视机前看电视的话，可能早就换频道了。如果观众看你的节目时想换频道，那节目自然不能说好。

但这个时候，他没有直接把自己的感受说出来，而是看看秦亦讯，又看看周瑾琪，嘻嘻哈哈地说："秦总刚才给了我们很大的鼓励，我们没有理由不把节目做好。对领导的鼓励，我们不能无动于衷(衷)啊，来，一起呱唧呱唧吧！"

周瑾琪立马咯咯笑，带头鼓起掌来。

夏侯阳接着说："其实呢，领导的批评就是表扬，表扬就是批评，我们要正确理解。我认为吧，作为这样一档时尚的运动节目，本身是前卫的、新潮的，涉及的运动项目可以说是非传统的，应该是很有吸引力和号召力的。从这个意义上说，我们的节目最起码应当告诉观众的是：玩什么？怎么玩？去哪儿玩？要不然，这么刺激的时尚运动，我看了，心动了，想玩了，可我不知道怎么玩，也不知道去哪儿玩，岂不是遗憾？"

"我说的都是外行话，接着还说几句外行话。"夏侯阳又说，"我们的节目，是一档时尚的、运动的节目。问题是怎么动？比如说，瓦萨的滑雪，成千上万人，漂亮不漂亮？非常的漂亮！但显然不能实况录播，不然就视觉疲劳……"

夏侯阳开了个头，大家对节目的建议也就多了，七嘴八舌地说了许多需要修改的意见，最后还是想听听秦亦讯的表态。

这会儿的秦亦讯不再像刚看完样片时那样放不开，而是有了很好的状态和很好的感觉，因此，话就说得轻松自如："夏侯的有些观点我认为还是对的。我们的节目就是怎么玩得高兴，玩得时尚，倒不一定玩得很专业，但一定要玩得很开心。总之吧，怎么精彩怎么做，怎么好看怎么做。从这一点上说，第一个样片似乎轻松不够，单调有余。"

有了秦亦讯对第一个样片的一番总结，便开始看第二个样片。

第二个样片的开始不是主持人，而是片花。

动感的音乐，精彩刺激的时尚运动。

主持人斯丽娅再出镜时，也放松了许多。

斯丽娅再看到自己，捂着嘴偷着乐。

会议室里不再那么静，有惊叹声，也有忍俊不禁的笑声。

小编导阿元也不用解说，没有人想知道节目的诉求是什么，有动感，有快乐，有精彩，有诙谐就行……

半个小时过去，电视再次出现静屏。

秦亦讯靠在椅背上伸个懒腰，右手顺势搭在夏侯阳的肩上，嘿嘿笑道："两个样片看完了，是骡子是马分出来了吗？"

"外行看热闹，我还真分不出来。"看了第二个样片，夏侯阳轻松了不少。

秦亦讯与夏侯阳一说笑，大家顿时热闹起来，说话也随便多了。

张友德和十三每说第二个样片好，郁小朋说第一个样片也不错，宁超英则嬉皮笑脸，一张嘴净是瞎白话。

周瑾琪没有说哪个样片比哪个样片好，也没有只顾着高兴，还是不忘请秦亦讯再给两个样片一些中肯的意见。

"夏侯，你来。"秦亦讯又冲夏侯阳笑。

夏侯阳看着秦亦讯，嘻笑道："是不是再来点掌声？"

秦亦讯就清清嗓子说："总的来说，片子还是不错的。看得出，你们费了不少的心思，也动了不少的脑子，应该值得肯定。比如说，第一个样片很讲究镜头感，节目的构思也很有想法；第二个样片呢，包装新潮，肯定下了不少工夫，节目内容看着也比较精彩。至于不足嘛，第一个样片已经说了很多，你们可以再集思广益商讨一下。"

说完，秦亦讯如释重负。

夏侯阳装傻充愣地问："说完了？"

秦亦讯嘻嘻哈哈地说："说完了。"

"怎么改进？总得有一二三吧！"

"哈哈……"秦亦讯像是无奈，但犹豫片刻，还是爽快地说，"那我就说三点个人的、不成熟的建议——

一是，30分钟的节目需要的素材比较多，我看可以考虑内容的多样性。时

159

尚体育数不胜数,精彩纷呈,不愁节目没有内容。每期节目不一定就倡导和推广一项时尚运动,好玩的接二连三,让观众欲罢不能。如果能做到这一点,我看节目一定会成功。

二是,如果说要改进的话,我看下一步的改进是不是主要在第二个样片的基础上下下工夫。第一个样片嘛,有时间就改,没有时间就不一定改了。为什么?因为我们做节目一秒一帧都是钱。都说做节目就是烧钱,但我们能不烧钱就不烧。

三是,这样一档节目的主持人串场,未必一定放在演播室内。当然,现在是冬天了,放在室内也是不得已,但天暖了,我以为还是在户外比较好。这不仅是因为我们的节目更适合在室外,在现场,而且还需要我们自己身临其境、置身其中。我们倡导时尚运动爱好者去玩,可我们自己只说不练,无异于纸上谈兵、叶公好龙。另外,在户外还可以节省演播室的费用,用谁的演播室也不是白用。还是那句话,我们能省就省……"

秦亦讯话音刚落,接着响起一阵热烈的掌声。

掌声过后,周瑾琪眉开眼笑,感谢秦总。

有了秦亦讯的建议,她更有自信——《我玩时尚体育》节目的制作即将步入正轨。

掌声过后,大家都很高兴,张友德、十三每、宁超英他们说说笑笑,交头接耳。

可也有例外,那就是大编导蓝可。

新生代编导的作品被追捧,尤其被秦亦讯所肯定,显然,他编导的节目还需要有更大的改进。花了好几天的工夫,费了不少的心思,可他编导的节目样片却不被秦亦讯看好,不被大家看好,他怀疑自己是不是真的老了。

但他不认为自己老了,所以,他的表情不自然,脸色也不好看,鼓完掌就站起身走了。

蓝大导演的脸色不好看,大家都看到了,但好像谁也没在意,只顾说笑着,陆陆续续回到自己的工位。

秦亦讯也看到了。

秦亦讯觉得多少有些不自在。

还好,会议室里很快只剩下他与夏侯阳、周瑾琪还有斯丽娅。

他看了看斯丽娅,问周瑾琪:"主持人的材料报到频道去了吗?"

不等周瑾琪回答,斯丽娅马上就娇滴滴地说:"材料报了,可什么时候去频道试镜呀?"

"频道有事耽搁了几天,不然早就试镜了。可能就在最近几天吧,所有外包节目的主持人都要去频道那边统一试镜的,到时候会集中安排。"

秦亦讯又对周瑾琪说:"这几天频道通知时,你就带斯丽娅过去。"

周瑾琪答应着,对斯丽娅说:"娅娅,你可要好好准备准备啊!"

夏侯阳笑嘻嘻地站起身,也对斯丽娅说:"美女主持,先谢谢秦总,然后让秦总给你辅导辅导,到频道试镜时,可不能掉链子……"

"谢谢秦总了!"斯丽娅喜不自禁,越发嗲声嗲气。

秦亦讯也喜笑颜开,并且乐意辅导辅导斯丽娅,当即就让斯丽娅接着播放刚才看过的样片,只看主持人的串场,找找斯丽娅需要提高的地方。

斯丽娅忙不迭地重又播放阿元做的样片。

趁着这工夫,周瑾琪因还有事儿要和夏侯阳说,便请夏侯阳去了她的办公室。

周瑾琪的办公室算不上宽大,但看上去还是蛮有老板工作室的味道。打通的晒台上改造成了一个喝茶的地方,藤艺的茶几和茶椅精致柔美;茶座的后边,各摆着一棵发财树,一人多高,枝繁叶茂;发财树下喝杯茶,很有一些文化人的情调,还有些抬头见财的寓意;周瑾琪的老板椅后面,是一棵硕大的滴水观音,叶茎上的水珠晶莹剔透,弯弯的绿叶鲜嫩欲滴。

周瑾琪让夏侯阳茶椅上坐,自己也在另一把茶椅上坐下,两人面对面。

周瑾琪嘻嘻笑着,轻言轻语地说:"想不到,夏侯大律师也挺坏的。"

夏侯阳有些莫名其妙,不解地看着周瑾琪。

周瑾琪还是嘻嘻笑,笑过了才说:"您让秦总给斯丽娅辅导什么呀?现在的女孩子本来就一个比一个开放,您还要让秦总辅导?"

"自然是让秦总给她上上专业课了,我看斯丽娅主持节目浑身上下都较着劲儿,让秦总给她指点指点不好吗?"夏侯阳窃笑,又道,"你想哪儿去了?既然让秦总过来看样片,何不让他既指点一下节目,也指点一下主持人?不然,节目通过不了审查,或主持人通过不了频道的试镜,还不是要再折腾一次吗?难道你不是这样想的?"

"谢谢了,行了吧?"周瑾琪妩媚地笑笑,给夏侯阳倒上茶水,然后话头一转说起正事儿,"有些事情我自己不知道怎么办了,想请教你大律师。"

夏侯阳笑而不语，作出洗耳恭听状。

周瑾琪想了想，说："像这样一档节目，若是客户想要冠名的话，开个什么价格比较合适？"

"不是有广告刊例吗？"

"广告刊例那是虚的，打个对折也没人要啊。真要拿着广告刊例和客户谈，还不都把人家吓跑了？"

夏侯阳惊喜地问："这么说，节目有冠名了？"

周瑾琪笑道："或许会有的。前些日子，有个许老师来过，昨晚打电话说，要给我一个好消息……"

刚说了一个开头，办公室的前台便敲周瑾琪的门，说有姓许的老先生找。

说曹操曹操就到，周瑾琪有些惊喜，赶忙说："快请他到我的办公室来！"

随即，又欣喜地对夏侯阳说："我先和许老师聊聊，他给介绍了一个大客户。回头给您发邮件或打电话……"

夏侯阳起身走出周瑾琪的办公室，周瑾琪忙着给许老师倒茶。

走进来的许老师虽然已经有了很多的白发，但还是蛮有精神，并且气色也不错，嘴上叼着一个烟斗，优哉游哉的。

许老师是完全可以称之为"著名的音乐家"的，多部电影、电视剧的作曲都出自他的创作，只是有了些年纪，为人也有些低调，所以才少了一些社会活动，才失去了家喻户晓的机会。不过，老先生过得很踏实，他靠自己的才华支撑着他一生的平衡。

或许，他还是圈子里很少的不那么浮躁的人。

他过得悠闲而自在，夜晚可以打他的麻将，白天可以睡到不管是太阳升起还是落下。

当然，他从不会耽误自己作品的诞生。

许老师一直把周瑾琪看成是自己的学生，尽管这个学生不是作曲的，但有时两人也是有合作的。比如，许老师作曲、周瑾琪作词，这样的合作成就了许多部影视剧的插曲。许老师也很得意有这样一位学生，假若一段时间不见面，他就会给周瑾琪打个电话，问问忙些什么，在不在京城，等等，三五句话而已。

听说周瑾琪要做一档电视节目，许老师也没有多说什么。过了十多天，却开车过来找周瑾琪，仔细地问了周瑾琪几个问题后，就抿着嘴乐哈哈地不说话了。

然而,许老师却没有忘记这档子事儿,随后就找了他的朋友。

他的朋友很多,朋友中有钱的人也不少,他就在这些朋友中给周瑾琪找投资,投放广告也可以。

许老师这次来,果然给周瑾琪带来了一个好消息——有一位他的朋友,是国外知名品牌"爱跑"鞋业的国内总代理商,同时也是京城房地产业的投资商,拥有的财富不好用数字表示,只能说雄厚。许老先生和这位朋友谈了周瑾琪的节目后,这位朋友很感兴趣,同意投放广告,初步投放计划是《我玩时尚体育》节目的冠名及硬版广告。

许老师和周瑾琪说,近几天就谈,该怎么谈就怎么谈,至于费用嘛,要大胆开价,只要不高于一视就可以。

周瑾琪听罢这一消息,欣喜之情溢于言表,就问:"这位老板为什么要投放广告?是因为您的面子?还是因为什么?"

许老师抽了一口烟斗,笑嘻嘻地说:"我的面子值什么钱?有钱人才更想挣钱呢。"

周瑾琪犹豫了一下,把实话说给许老师听:"要是投放广告以后效果不好怎么办?连我自己都不知道这样的一档节目能有多大的影响,广告价值如何更是没底儿。"

许老师磕了磕烟斗里的烟灰,轻描淡写地说了一句:"这不是你操心的事儿。"

许老师的话轻描淡写,但周瑾琪听了,内心却抑制不住地激动。突然间,她觉得许老师简直就是一个可爱的老头儿!

是啊,作为一个节目公司,节目的制作与广告的经营都是要解决的头等大事。没有好的节目就谈不上经营,而经营跟不上就很难有好的节目,两者很难说是鸡生蛋还是蛋生鸡。

虽然根据有关部门的规范性文件,可经营节目是可以经营和交易的,但在国内市场,有几家电视台愿意拿出钱来购买节目呢?频道的资源是其独有的资源,拿资源换钱是电视台最愿意做的事情。

山河卫视频道也一样,播出节目公司制作的节目不是给节目公司付费,而是收取节目公司的费用,再给节目公司相应的广告时间和广告经营权,自己去经营吧,好坏都是节目公司的事情。

但是，节目质量不好，没有收视率，频道就有权停你的节目。

面对如此的压力，节目公司除了做节目以外，必须考虑广告的经营。有了钱才能做出好的节目，没有钱靠什么做出好节目？拍摄器材、机房、演播室，编导、主持人、摄影、以及聘请经营人员、工作人员等等，哪一项不需要费用？哪一样不是靠钱来支撑？而节目公司之所以制作节目，当然是为了挣钱，谁也不是为了花钱找乐儿。如果广告经营跟不上，节目制作没有自己的造血功能，节目公司有多少钱可以不断地投入呢？

许老师来了，广告客户来了，作为节目的制片人，作为公司的投资人，周瑾琪怎能不高兴呢？

如果一档节目能在开播之初就有这样的广告客户，那简直是太幸运了！

27

也是在盛大的晚宴过后，保润万公司加快了进入新山河卫视传播公司的步伐。

依据江南电视台与保润万公司双方合同的约定，保润万公司将派出三人作为董事，进入新山河卫视传播公司的管理机构——董事会。

经过保润万公司各股东的运筹帷幄，当然也离不开激烈的讨价还价，进入新山河卫视传播公司的三名董事人选全部浮出水面：朱野南、吴秋林和葛云。

跟着朱野南一起进入保润万公司的葛云，如今又跟着朱野南进了新山河卫视传播公司的董事会。

关于这葛云，据说是一位传媒运营高手，曾就职于香港的星光卫视。在天荣保润公司有了与中影中万公司的重组动议后，朱野南将他高薪聘请到天荣保润集团公司，成为朱野南挂帅的天荣保润旗下文化产业的高管。

天荣保润公司舍得花钱聘请人才，既然要进军电视产业，自然需要电视产业的运营高手。有了这样的高手，一是有利于重组保润万公司；二是在保润万公司与江南电视台的合作中，新山河卫视传播公司需要有一些更专业的高管。因此,葛云自然会进入新山河卫视传播公司的董事会。

吴秋林虽然希望自己的中影中万公司会有两人进入新山河卫视传播公司董事会,怎奈他争不过天荣保润公司,便只好同意葛云进入董事会。好在这是朱野南的意思,况且葛云很听朱野南的话,这让他吴秋林心里踏实了不少。

同样是依据江南电视台与保润万公司合作合同的约定,保润万公司派出的董事将有一人担任新山河卫视传播公司总裁。

多少有些令人意外的是,朱野南没有当仁不让地坐上总裁宝座,更令人意外的是,吴秋林也没有觊觎总裁之位,而是共同把葛云推到了新山河卫视传播公司总裁的位子上。

葛云出任总裁,让许多人跌了眼镜——不一样的公司,总有常人想不到的做事风格。

而在江南电视台一方,作为控股方可以派出四名董事。

但是,也有些出人意外,江南电视台迟迟没有亮出底牌,这四名董事的人选一直是云里雾里。

唐逸风作为新山河卫视传播公司的董事长肯定是其中的董事之一;秦亦讯作为新山河卫视传播公司的常务副总裁的不二人选,也将是四名董事之一。而剩下的两名董事是谁,虽然有不少的猜测,却仅仅是猜测而已。唐逸风没有透露过,台里的其他领导也没有透露过,秦亦讯看上去也是一脸茫然的样子。

而关注这两名董事人选的却大有人在。

江南电视台派过来的中层干部大多都在猜想,尽管不是所有的人都明白董事到底是多大的官,是干什么的,但这没有关系,也不能阻止一些人对这个职位的喜爱和渴求。

吴秋林说过:"商人就是伤害别人和被别人伤害的人,董事就是什么事也不懂的人。"

这话就像一句流行语,传得很快。

商人会伤害别人或被别人伤害,不做也罢。既然什么事也不懂就可以做董事,那为什么不做?据说董事是有董事袍金的,这不是好事吗!即便是没有董事袍金,最起码也是领导的一份信任或者说一种荣誉吧。既然如此,惦记惦记这两个董事名额也是正常的。

当然,江南电视台内也有人惦记着,只不过离得远,惦记得有些虚无缥

缈,不能触手可及,所以不是那样迫切而已。

如果说,有的人惦记着这两个董事名额是瞎惦记,纯粹是胡思乱想的话,那么,项东方惦记着董事的人选则是有根有据的,也是比较实际的。

她是可以与秦亦讯平起平坐的,四名董事里面有秦亦讯,就该有她项东方。

从台长的左膀右臂到失去平衡,她已经难以接受。晚宴主持人的光彩无法长久地留在她的脸上,一觉醒来,她深切感受到的依然是失落,而这份失落一点一点地改变着她,她不想再失去可以得到的一切。

这是她惦记着一个董事名额的动机。

在山河卫视,在江南电视台进驻京城的工作人员中,她是怎么排队也可以进入四名董事之列的。以她的付出,以她的贡献,除了秦亦讯还有谁可以和她比肩?如果秦亦讯可以出任新山河卫视传播公司董事的话,自然没有理由将她项东方排除在四名董事之外。

这是她惦记着一个董事名额的资历。

但是,这一切即将落听,而她却始终没有得到关于董事人选的确切消息,并且没有任何人和她谈过这方面的事情,或听听她的意见。每过一天,她的神经就会绷紧一天;每过一天,她的心就会悬着一天……

项东方觉得不能再这样等下去,她应该主动出击,等到一切都木已成舟时,再着急也将于事无补。

于是,她打电话约了夏侯阳。

夏侯阳爽快地答应了项东方的约请。

虽然项东方电话里只说聊聊天,但夏侯阳知道,项东方或许有事情找他。就在那晚盛大的宴会上,虽然作为主持人的项东方光彩艳丽、楚楚动人,脸上自始至终写满微笑,但项东方要单独和他喝杯酒的时候,他似乎看到项东方的妩媚和微笑背后,还有话要说。

在东三环高架桥西北角豪华酒店的咖啡厅里,夏侯阳见到了项东方。

这一天的项东方没有像那天晚宴上一样浓妆艳抹,而是一副近乎于自然色的淡妆,只有唇是红红的,可看上去还是很美。黑色的羊绒半长大衣穿在身上,不再像那晚那样华贵,但也十分庄重。

可能是心中期待了太久,项东方呷了一口咖啡,开门见山地说:"夏侯,你也不是外人,电视台与保润万公司的合作,有些情况你是最清楚的。我现在想知道一件事情,你可以告诉我吗?"

项东方一双美丽的眼睛看着夏侯阳。

夏侯阳知道项东方找他肯定有什么事儿,理应不仅仅是为了聊聊,但项东方见面就谈事儿,没有任何的铺垫,还是让夏侯阳觉得有些意外。

"项总想知道的是什么事儿?"

"关于新山河卫视传播公司的董事,江南台派出的董事都有谁?我想你应该是知道的。"

夏侯阳一愣,只知道项东方比较郁闷,可这会儿恍然又觉得郁闷中的项东方还很坚强。

稍一愣神过后,他忍不住笑出声来。

"你笑什么?"

"项总真不愧是曾经的大主持人,想问的问题没有选项。我只能说是谁谁谁,而不能说我不知道。"

"因为你该知道的。"

"从理论上说似乎有道理。"

项东方静若处子,淡然一笑,说:"从现实扯到理论,是不方便告诉我?还是不能告诉我?"

"想不到啊,项总。"夏侯阳嘻嘻笑,"闻似和风细雨,实则步步紧逼,这是不是主持人的功力?"

"瞎扯!你想的是怎么跟我兜圈子,因为你还没想清楚该不该告诉我。"

"或许是,也许不是。"夏侯阳似是而非地点点头,又摇摇头。

"我想知道。"项东方又重复一次。

夏侯阳不再开玩笑。

他没有想到项东方找他是为这么一个事情,而这个事情是他不太关心的。

在已签署的合作合同实施细则中,关于董事会的组成人员是空着的,就在双方签约的时候也是空着的,对此,他并没有多问。因为空着肯定有空着的道理,这种事儿,是律师应该提醒的,而不应是律师过分关心的。

夏侯阳看着项东方美丽的双眼,他不能回避她的眼神,因为他要告诉她一个不能令她满意的答案。而要实事求是地告诉她这样一个答案,他就不能目光游离,不然,就如同是躲躲闪闪。

"其实啊，跟您项总兜圈子，并不是在想该不该告诉您江南电视台派出的四名董事是谁，而是因这董事是谁到目前我还不知道。这完全是台里的事情，我只是提醒台里，董事是不能让什么也不懂的人担任的，因为董事不仅代表股东一方的利益，而且关乎公司的决策。"

夏侯阳诚挚的眼光，自始至终地看着项东方。这是夏侯阳第一次近距离地、专注地看着她，他希望通过自己的眼睛告诉她，他说的是真的。

略微停顿，夏侯阳又接着说："关于董事人选，没有任何人告诉过我，我也没有问过任何人。"

项东方细腻的脸上变得淡漠了，没有了刚见面那会儿的笑容。

显然，她有些失望。

当然，也不排除她对夏侯阳的话半信半疑，或者说多半是疑。

她说："唐逸风那样地信任你，这些事情他没有和你说过吗？或者是老秦也没有和你说过吗？"

"是的。唐台每次来京，差不多总要见一面，但主要还是谈一些关于合同之类的事情，仅此而已。至于秦总，我倒是和他在一起的时间多，因为有些事情我必须面对他，但也没听他说起过这方面的事情。你是知道的，凡是不告诉我的事情我是不会多问的。"

"实施细则上不是有关于这方面的内容吗？"

"关于董事会组成的条款是有的。但是，关于各方派出董事的人选是可以先空着的。"

"噢，知道了。"

项东方轻轻地叹了一口气，声音也低了很多，美丽的眼睛有些无助地望着窗外。

夏侯阳一时无语。

美丽女人的一声叹息往往是很让人怜惜的，那一声叹息里或许有许多的无奈和无助，面对无奈又无助的美丽女人，有哪个男人没有怜香惜玉之心呢？

但夏侯阳确确实实不知道江南电视台即将派出的四名董事人选是谁，对项东方想知道的事情，他爱莫能助。

虽然咖啡厅里坐满了谈事、聊天的客人，可在项东方和夏侯阳之间，这会儿却有一种难以言表的寂静。

项东方还在望着窗外。

夏侯阳也下意识地望望窗外的天空,茶色玻璃外面的天空灰蒙蒙的。

他忽然好奇,项东方眼中的窗外是不是灰蒙蒙的?她的眼睛是那么的美丽,她眼中的窗外理应是一个阳光灿烂的世界。

夏侯阳叫了服务员,又为项东方要了一杯摩卡。

项东方回过头来。

夏侯阳笑笑,似乎有些歉意,说:"关于董事人选,或许还没有定下来。这也不是什么秘密,如果知道,也没有什么方便说不方便说的。"

项东方嫣然一笑:"也是,相信你说的是真的。或许还没有定下来吧,保润万公司的三名董事不也刚刚确定下来吗。"

"保润万公司的三名董事个个来历不凡,台里是不是等着出后手牌。"

"也许是,也许未必……唉——"

项东方又是一声叹息。

在项东方的又一声叹息里,夏侯阳似乎读懂了眼前的项东方。

她的日子过得远远不像秦亦讯那样惬意,秦亦讯就不曾发出这样的叹息。

相比项东方,秦亦讯不仅天天快乐,不仅天天喜气洋洋,而且还会忙里偷闲找找乐子,比如,吃吃饭、喝喝酒;又比如,同样是为《我玩时尚体育》节目推荐了一个主持人,斯丽娅可以让秦亦讯快乐又惬意,可林洋洋又能给她项东方多少快乐和惬意呢?

当然,项东方只在意林洋洋的来历。

可她偏偏还在意和秦亦讯曾经共同拥有过的惬意,但那曾经共同拥有惬意的时光已经过去了。

男人和女人到底是有些不同的。

就说项东方,她和秦亦讯共享了曾经的惬意和快感,她希望这份惬意和快感是永远的。永远是多远她说不好,但她渴望的当然不是来也匆匆去也匆匆。虽然谁都知道,这种惬意和快感如同吸食毒品,有了有害无益,而一旦没有,却又接受不了。真要舍得放下,就需要历尽痛苦,需要历经折磨。

舍得舍不得都要放下,项东方现在就是在历尽痛苦和折磨。

而秦亦讯就不同,与项东方共享惬意和快感的渴望是现实的,现实到上床,现实到做爱。至于是阶段性的还是持久性的,并不重要,他没有像项东方一样渴望长久厮守。对他来说,爱就爱了,散就散了,乐此不疲。和项东方曾经

169

惬意,但并不因此就拒绝跟着薛明远去洗鸳鸯浴,也并不因此"一叶蔽目,不见泰山;两豆塞耳,不闻雷霆",项东方之外,依然美女如云……

漂亮的女人见一个爱一个,是男人的本性。

名著《西游记》中的猪八戒,同时面对几个女人时,他的抉择是:大姐嫁他也可以,二姐嫁他也可以,三姐嫁他同样可以,三个姐姐同时嫁他照样可以,当三个姐姐都与他无缘时,丈母娘嫁他也没什么不可以……

哈哈,这是一个神话了的故事,但猪八戒的性本能还是或多或少地带有一些男人的性本能的,猪八戒的德行是不是一些男人共有的德行?

相比男人的爱飘忽不定,女人则有很大的不同。虽然也有公共汽车一样的女人,什么男人都可以上,但这样的女人是少之又少的。女人的爱像吸鸦片,沉醉其中,欲罢不能,飘飘然的浪漫才是爱的感觉。

正是因为这种男人与女人在爱与性上的不同,才有了许许多多女人被伤害的不幸。

项东方就是这样被秦亦讯伤害的吗?

夏侯阳胡乱地想着,他突然觉得自己提议让秦亦讯指导一下斯丽娅是多么的不好,难怪周瑾琪说他很坏,这样看来是不怎么好。

秦亦讯看样片,意在斯丽娅,夏侯阳原本是这样想的。秦亦讯怎么可能高高兴兴去一个节目公司看样片?难道不是因为秦亦讯对斯丽娅比对样片更有兴趣吗?

可是,这会儿他心里有些羞愧,原来自己也是充满男人的本性心理。

其实,秦亦讯是很不错的朋友,不能自以为是地认为秦亦讯看样片是三心二意。只能说,即便他不提议,秦亦讯也或许会指导一下斯丽娅,看看样片又看看斯丽娅,算是搂草打兔子。

当面对无助的项东方再次有点儿木然地看着窗外时,夏侯阳的内心似有一丝愧疚无法摆脱,就像犯了错一样。

这时,如果他真的知道谁会是董事,或许会如实地告诉她。

但是,他真的不知道。

过了一会儿,项东方收回游离的目光,脸色好看了许多,脸上又有了些微笑,以很平静的口吻说:"没事的,不知道就算了,我也就是随便问问。依你分析,江南台的四名董事会是谁,可以猜想一下吗?"

夏侯阳又看看项东方,心里想:这个女人看似柔弱,其实还是蛮厉害的。

他没有单独和项东方这么聊过天,这是第一次,就是这第一次,他就有这样的感觉。

因为他懂了,看似柔弱的项东方却是执著的。

猜想需要主见,猜想需要依据,如果女人善于猜想,那她一定可以经历风雨。

"这个事情不好猜呢。在谈判中,电视台争取到了这些权益,至于如何体现这些权益,则是台里的事情。单从公司的利益来说,公司的董事会是一个决策机构,董事的组成要考虑多方面的因素。如果董事会是由一线的管理人员组成,则容易导致既是运动员又是裁判员的情况发生;如果不在一线,具体情况又不了解,容易人云亦云。我不知道台里会从哪些方面考虑,所以我无法判断谁会是董事,但我想唐台会是的,他要出任董事长,秦总也会是的,他应该是常务副总裁的不二人选,其他的就不好说了。"

"唉,你说的什么运动员、裁判员的我也不懂。"项东方笑了笑,若无其事地说,"知道不知道的也没有什么,我只是随便闲聊而已,由台里定吧。不过,话说回来,董事人选就这么难以确定吗?"

项东方不解地看着夏侯阳。

夏侯阳似笑非笑,有意无意地看看旁边的茶客,他没法回答项东方的这个问题,因为这个问题该去问台领导。

当然,他显然不能让项东方去问台领导,只好陪着项东方一脸的茫然。

其实,关于董事人选,江南电视台真的是难以确定,难就难在项东方。

因为保润万公司派出的三名董事已经浮出水面,唐逸风可以出后手牌。依据对位出牌的通用原则,江南台的四名董事人选中,唐逸风很快便准备好了三张牌:他本人、副台长郭鲁中、秦亦讯。

而最后一张牌,他却迟迟定不下来。

他犹豫不决,要不要让项东方做董事?

让不让项东方做董事,这对唐逸风来说,无疑是一个两难选择。

虽然唐逸风不与夏侯阳谈人的问题,但人的问题已经成为他头痛的问题,只是他不愿意说出来而已。

如果项东方任董事,她和秦亦讯的现状是很让他唐逸风担忧的,一旦把个人之间的矛盾带进公司,那就是很麻烦的事情。如果秦亦讯说东而项东方却说西,那董事会会是什么样子,自己的人都不能意见一致而自乱阵脚,岂不

是城门失守还让合作方看了笑话？更何谈维护电视台的利益？

但如果不让项东方任董事，则势必需要安抚项东方。一旦安抚不好，项东方就是山河卫视在京城的一个雷，说不定什么时候就会炸，而这颗雷要是炸了，伤的却都是自己人。

唐逸风也曾想过把项东方调回江南，并且试探过，但项东方坚决不回江南，更难的是，江南电视台的其他领导以及宣传主管部门的领导也不一定会同意把项东方调回江南。

相反，如果项东方不再是他唐逸风的左膀右臂，倒有人希望项东方留在京城。

没有人比唐逸风更明白，电视台有电视台的特点，台长未必能够决定台里干部的任用。因为，电视传媒阵地的重要性不同于一般的企事业单位。

再说了，江南电视台可是有千余人，不论是地面频道的、还是经营的、还是行政的、或是其他岗位的，有许多双眼睛在盯着山河卫视频道。对于山河卫视频道落脚京城，也有各种各样的看法，电视台有没有钱好像与他们没有多大的关系，只要工资能照发。

唐逸风不能不多想想，也不能不多听听。

有人说，过去是没有钱，银行的贷款也不少，可那又能怎么样？电视台是国家的，是江南人民的，有钱没钱反正不会关门，就像太阳一定会照常升起一样，山河卫视频道也会在每天照常播出。

还有人说，如今合作了，有钱了，有钱了又能怎么样？落在个人头上的好处又有多少？即便能落到个人头上一点点儿，那还不是有人吃肉，多数人喝汤？

就在与保润万公司签署合作合同之前，唐逸风电召秦亦讯及夏侯阳去江南。在江南电视台的会议室里，唐逸风召开全台中层以上干部会，专门就合作一事征求大家的意见。会上，秦亦讯和夏侯阳介绍了合作的主要内容，包括电视台的权利、义务以及电视台在合作中所获取的利益等。

出乎夏侯阳意料的是，不少人没有把新山河卫视传播公司看做是电视台自己的公司，对合作方视为侵略者一样的排斥。夏侯阳怎么也想不明白，作为电视台，我们拥有良好的资源，而我们缺钱，为什么一定要捧着金饭碗要饭吃？难道要的饭吃着很香吗？新山河卫视传播公司是电视台控股的公司，电视台是大股东，为什么对一个赚得盆溢钵满的合作就不能从情感上接受呢？

他唐逸风也不明白，可他唐逸风又比夏侯阳明白。

也就是在同时，南江网上流传着一个帖子，题目是："东江村的村长有了自留地"。

大概的内容是——东江村的村长要改革，不再吃大锅饭了，要家家户户种好自己的自留地。村长也包了一块自留地，并拿着自留地去圈钱了。东江村的村民们该醒醒啦，看紧自己的自留地，不然有一天，村长也会收了我们的自留地拿去圈钱，到那时，我们就是佃户了。

江南电视台坐落在东江路上，东江村的村长自然指的是台长唐逸风。

唐逸风看了这个帖子很生气，但他同时也清醒地意识到改革的风险，不管自己是不是第一个吃螃蟹的人，谨慎终归是没有错的。

也正因为如此，每件事情他必须三思。既然还有一张牌不能确定，那就干脆先不出牌。

唐逸风不出牌，项东方很焦急，急的是她想任董事。

该不该让项东方做董事，唐逸风很难，难的是该做怎样的选择。

28

接到频道的通知后，周瑾琪带着斯丽娅去试镜。

斯丽娅兴奋得不得了，准备得也很充分，早早地找来学化妆的小姐妹。

小姐妹很为斯丽娅高兴，二人躲在会议室里好一阵叽叽喳喳，因关乎到斯丽娅上镜，小姐妹不遗余力地给斯丽娅化了彩妆。

尽管看上去有些媚俗，可还算靓丽。

为预防万一，学化妆的小姐妹也跟着去了频道演播室，好随时为斯丽娅的形象补补妆。

美中不足的是，斯丽娅在演播室里还是不免有些紧张，始终不像一个青春时尚的美女玩家……

但还是顺顺当当地得到了主考官们的一句话："OK！过了。"

多么期待的一句话，斯丽娅的激动之情难以言表。

简简单单的一句话,却关乎到一个非同寻常的上岗证,一个可以在山河卫视频道做主持人的上岗证,斯丽娅青春的心没法不怦怦跳动。

以前她也曾主持过节目,但那些节目有没有播过,连她自己也不知道。

而这一次却不一样,这是卫视频道的节目,是在全国落地的,会有天南地北的人从电视上看到她,看到她主持的节目。

这一天,正一步步越走越近。

这个梦,正伸手可以触摸。

就要上镜了,就要靓靓丽丽而又真实地站到主持人的舞台上,这是她朝思夜想的。

主持人是吃青春饭的,尤其是她这样的主持人。虽然年轻,虽然还算漂亮,但是,她并没有什么可以挑挑选选的资本,能有一档卫视节目让她作主持人,她已经很满足了。

自然,这时的斯丽娅是非常感谢周瑾琪的,是周瑾琪给了她这样一个机会。她还要感谢秦亦讯,若不是偶然巧遇秦亦讯,或许拿到主持人上岗证的就不是她。

没有周瑾琪,她就没有主持的舞台;没有秦亦讯,就可以有一百个理由把她刷下。

从演播室走出来,斯丽娅激动地拥抱周瑾琪,就如同拥抱自己的再生父母一样。

接着,她情不自禁地拥抱了为她化妆并一直守候在演播室外的小姐妹,或许只有自己的小姐妹才懂得自己此时激动不已的心情。

吃水不忘挖井人,她心里还想拥抱秦亦讯……

时间不停步,年度的最后一个月份悄悄地来了,山河卫视频道新的运营公司——新山河卫视传播公司董事会再也不能形同虚设。

虽然一些大的事情公司股东会已经作出决定,各方面的工作也在进行,但新山河卫视传播公司新一届董事会的召开也迫在眉睫。

就在项东方焦急的等待中,唐逸风终于在两难选择中作出了艰难的选择,江南电视台作为一方股东,派出的四名董事是:唐逸风、郭鲁中、秦亦讯及宋彬彬。

就公司管理机构董事会的成员组成,唐逸风打出最后一张牌,这张牌就是宋彬彬。

当然，这个决定是经过台党委会和台长办公会集体研究决定的。

因为这毕竟是电视台的大事儿，唐逸风是不会独断专行、自己决定这样的事情的。

之所以由不在京城的郭鲁中出任新山河卫视传播公司董事，也是唐逸风提议和坚持的。

唐逸风有唐逸风的想法，江南电视台的生存很大程度上取决于山河卫视频道的未来，在江南电视台所有的电视频道中，作为上星频道的山河卫视是江南电视台的第一经济来源。至于地面频道，有三个也好，四个也好，其经营能力是有限的。对江南电视台来说，如此重要的频道、如此重大的事情，台领导级的干部中只有唐逸风进入运营公司的决策和管理机构是不合适的，是不够的，也是无法分担责任的，并且，合作方保润万公司的三名董事都不是等闲之辈，江南电视台不得不派出等量级的对位人选。

因此，在董事成员中，唐逸风力挺郭鲁中进入，是有多重考虑的。

郭鲁中是江南电视台分管经营的副台长，又来自于电视台的宣传主管部门。一个心照不宣的事实是，郭鲁中无疑是宣传主管部门了解和掌握江南电视台有关情况的渠道之一。既然这样一个渠道不可避免，且又不能忽视，那又何必不让郭鲁中了解第一手情况呢？江南电视台与保润万公司的合作不论是好也罢，磕磕绊绊也罢，一旦有什么事情或需要时，有郭鲁中自然便于及时与主管部门汇报和沟通。

同时，有郭鲁中的进入，不仅能体现江南电视台的集体领导，而且也可以用事实回应那些个谣言，山河卫视频道、新山河卫视传播公司不是他唐逸风的自留地，而是江南电视台的阵地，是江南电视台的经营实体。

总之，不论对内对外，还是对上对下，郭鲁中的介入都很有必要。

董事的职能是一样的，但董事的分量却是不一样的。唐逸风经过深思熟虑的思考以后，他出了一张牌，让副台长郭鲁中出任新山河卫视传播公司的董事。

这张牌出乎许多人的意料，但这张牌是经唐逸风提议，然后由江南电视台领导研究后，才打出的一张牌。

至于宋彬彬，则是唐逸风出的足以令所有人大跌眼镜的另一张牌。

甚至连宋彬彬自己也感到意外。

宋彬彬是搞技术的，也是从台里派驻京城的。人看上去很老实也很本分，

寡言少语的,既不让人嫉妒,也不让人羡慕,既没有多少朋友,更没有什么仇人,是地地道道的属于那种听话的人。也许在宋彬彬自己看来,能够负责频道技术中心已经很不错了。从来没听他说起过对现状的不满,也没有一个中层领导的架子,更没有什么牢骚怪话。在这个岗位上,找他的人少,他找别人的时候也少,连他自己也不会想到会任新山河卫视传播公司的董事。

在他认为,江南电视台派出的四名董事中,怎么排也排不到他的头上,像项东方,像新闻中心主任,像频道临时负责人等等,他们都是董事了,依然不会轮到他宋彬彬。

然而,不知道哪片云彩会下雨,现在就淋(轮)着他宋彬彬了。

宋彬彬一阵惊讶和激动过后,心中却是一份忐忑,仿佛是他抢了项东方的董事席位一样,心里七上八下,很有些惶惶然的样子。突然间成了董事,倒让他有些心神不定。

四名董事人选的猜想尘埃落定,项东方的心情极度失落,又倍感无地自容。

这样的一个结果显然大大出乎她的预想和判断,她怎么想也想不到宋彬彬会是董事,而不是她。

说实话,项东方从来没有瞧不起宋彬彬,他是一个好人,但好人和能力是两码事儿。宋彬彬闷声不响,踹一脚也不一定有个屁,经营不懂,管理不会,怎么可能担当董事? 怎么能堪当大任?

这是在开玩笑,还是在扶植一个傀儡?

难道真像吴秋林说的那样,"董事就是什么事儿也不懂的人"吗?

项东方怎么想也想不通,不论是以能力论还是以贡献论,宋彬彬都不能与她项东方相比。然而,最不可能的事情现在却变成了现实,董事成员中没有她,却有宋彬彬,这自然是项东方所无法接受的。

在刚刚得到这个消息的时候,项东方几乎郁闷得不能呼吸,冲动的情绪无法平静,她想声嘶力竭地大喊:"这是为什么?"

她甚至想立即回江南直接找唐逸风问个明白,弄个清楚,她还想找电视台的主管部门慷慨陈词……

她想过很多很多。

她不服气,她最不服气的就是宋彬彬是董事,而她却不是。

唐逸风是董事,她无话可说,再有意见也改变不了这一现实;郭鲁中是董事,她无话可说,郭鲁中是主管经营的副台长;秦亦讯是董事,她无话可话,"小鬼"得志,无可奈何;而宋彬彬是董事,她却有话要说,千言万语一句话,宋彬彬不如她!

如果不是别有用心,如果不是假公济私,如果不是小人作祟,董事就应该是她项东方,而不是宋彬彬。

就在项东方不知如何发作的时候,倒是宋彬彬先来找她了。

这宋彬彬做梦也没想到他会出任新山河卫视传播公司董事,正因为他占了一个董事名额,所以项东方才不能任董事,不能进入董事会。宋彬彬越想越觉得对不起项东方,好像是他抢了项东方的董事名额一样,心里居然有些愧对项东方,又如同做了错事一样,找到项东方要说个明白,解释清楚。

宋彬彬见到项东方后,手足无措的样子说不出一句完整的话,但大概意思是,让他做董事,他也糊里糊涂,他可没有这样的想法,更没有作出任何对不起您项东方的事情,您也别太在意,董事不董事的还不知将来会怎样呢。

看到宋彬彬诚惶诚恐的样子,听了宋彬彬的一番表白,项东方的心里先是好受了一些。

她相信这和宋彬彬没有什么关系,他只是占了一个名额而已,而这个名额本来是她的。宋彬彬占了这个名额,但这不是宋彬彬的错。宋彬彬说得也对,董事不董事的谁知道以后会是怎样的。

接着,她又突然觉得愧对宋彬彬——宋彬彬为什么就不能做董事?自己凭什么迁怒于宋彬彬?

她很茫然,但冷静了很多。

只是,她的心却凉得像时下的季节。

就在项东方的心很凉很凉的时候,唐逸风和郭鲁中专门飞到京城。

正、副台长到京城,是为参加新山河卫视传播公司新一届一次董事会。

到京的第一个晚上,两位台长专门找项东方谈话。

唐逸风的决定是两难的,自然能够料到,项东方会因董事的人选事宜有不同的看法。为了及时地解决矛盾,避免以后发生不该发生的事情,唐逸风认为有必要尽早做一些安抚工作。

他想,项东方毕竟也是党员干部,以大局为重是起码的觉悟。

和项东方的谈话,要比预想的容易和融洽。

或者说,在唐逸风的两难中,被唐逸风舍弃的项东方,正如唐逸风所

177

想——项东方是党员干部,有起码的觉悟,能以大局为重。

这时的项东方已经冷静下来,她说:"领导说的,我都能明白和理解,我服从组织的安排。我是江南电视台的人,一定会为江南电视台着想,不会做有损于山河卫视的事情。任不任董事,不会改变我什么,还会和以前一样工作。对于这一点,我郑重地请台领导放心。"

唐逸风点头,郭鲁中说好。

但是,能以大局为重的项东方,并没有让唐逸风轻松。

冷静下来的项东方比发作了的项东方更有城府,她也适时地提出了两点要求:

一是江南电视台在京城有两块业务,即山河卫视频道和新山河卫视传播公司。唐台长是新山河卫视传播公司的董事长,老秦也已经实际上担任了新山河卫视传播公司的常务副总裁,江南电视台对新山河卫视传播公司的领导和控制已经到位,因此,她就不想再去公司工作。

二是新山河卫视传播公司成为山河卫视频道可经营性资源的经营公司,山河卫视频道的经营中心也就名存实亡,她再留在频道经营中心已无意义,因此,她想到山河卫视频道工作。相比公司的经营管理,还是频道总监更适合她项东方,山河卫视频道一直没有正式任命频道总监,合作开始了,频道总监不宜空缺,以前曾向唐台长提过,现在又提出来,希望台领导考虑。

"另外,秦亦讯能不能担当起这个重任,我认为台领导也要考虑。我说这些,也是为江南电视台好。"项东方也不失时机地参了秦亦讯一本。

如果只是面对唐逸风,她就不会说秦亦讯不好,但有郭鲁中在场,这机会她就不会放过,她是说给郭鲁中听的,顺便也让唐逸风听听。

她想让唐逸风知道,他如此的厚此薄彼,她项东方心存不满。和秦亦讯掰了是掰了,但她却不想放过秦亦讯。

有一种爱是私下的秘密,就算是爱得死去活来也可以不公开,而没有一种矛盾是可以藏起来的,就算是难以启齿或见不得人也终究会公开。

唐逸风听项东方公开否定秦亦讯,心里如五味杂陈。

但他马上说:"你的意见,台里会认真考虑。有些问题,就是要求大同存小异。但在关于山河卫视的问题上,大家一定要目标一致,在京城的每一个人都应该做好自己的本职工作。因为,山河卫视频道承载着江南电视台千余人的期望,这一点,大家一定要清楚!"

和项东方谈完话,唐逸风回到宾馆反复地想——

项东方说的不是没有道理,山河卫视是江南电视台千余人的希望,而老秦却不能做到十全十美。工作做了不少,苦也吃了,累也受了,可总是管不好自己的裤裆,平白地生出许多是非来,让江南台在京城的人颇有微词。这老秦是他唐逸风力荐的,说老秦的不是无异于打他的脸,着实有些挂不住。他多么希望老秦能够和在京城的江南人和睦共处,不然心散了,兵就不好带了。但老秦就是老秦,没有十全十美的人啊!

江南电视台有这么多人,可是,有几个人可以担起老秦这个角色呢?懂电视的大多不懂经营,找个懂经营的又不懂电视,蜀中无大将,廖化作先锋,唉,好不容易有这么一个挂帅作先锋的老秦,却也不让他省心。

老秦和项东方,昨天还是一条战壕的战友,曾经并肩作战,配合默契,逢山开路,遇河架桥,可山河卫视频道平稳地落脚京城了,他们却不能和睦相处了。曾几何时,项东方是那么地欣赏秦亦讯,甚至常常为秦亦讯挺身而出,可如今她却公开地说秦亦讯不行了。

到底是男人的是非多还是女人的是非多?

想着自己曾经的左膀右臂,唐逸风百思难解。可眼下的现实分明是,秦亦讯让他放心但不让他省心,而项东方则是既不让他放心又不让他省心。

唐逸风不是没有想过,并且是仔细地想过,在值得信任的人中,秦亦讯起码是现有的可用之人。公司化运营对电视台来说是新的尝试,新的探索,如何去适应市场,如何适应如战场一样的商场,如何面对如狼似虎的合作方,眼下没有人比秦亦讯更合适……

晚上的唐逸风还是心事重重,可第二天的新山河卫视传播公司新一届一次董事会却开得非常顺利。

或许是蜜月期的甜蜜滋润着与会的每一位董事,关于几个议题的商讨没费多少周折就形成了决议。

其中,新山河卫视传播公司董事会一致通过:

唐逸风为公司董事长;

朱野南为公司副董事长。

葛云为公司总裁;

秦亦讯为公司常务副总裁。

尽管这只是一个形式,但还是要象征性地走个过场,以示有声有色。

几天后,江南电视台的正式红头文件传到远在京城的山河卫视:

任命秦亦讯为江南电视台台长助理;

任命项东方为山河卫视频道总监。

同样是几天后,新山河卫视传播公司董事会红头文件出台:

聘任葛云为公司总裁;

聘任秦亦讯为公司常务副总裁。

山河卫视频道可经营性资源的公司化运营的大幕全面拉开。

29

兄弟传媒公司的运转十分顺利,周瑾琪这些天的心情也好。

斯丽娅拿到了山河卫视频道的主持人上岗证,和其他一些外包节目的主持人相比,她很顺利,也很幸运,少了一次又一次的折腾。

周瑾琪未雨绸缪,果然顺风顺水。

斯丽娅使出浑身解数,到底也有所斩获,有一份付出就有一份回报。

接下来的事情也很顺利。

样片在秦亦讯点评和改进建议的基础上又作了进一步的调整,拿到频道审片室也顺顺利利地通过了。

审样片时,好几个人走上前去看,并认真地品头论足一番,不仅给出了中肯的评价,还一致认为这档节目有自己的特点,就连负责审片的辛雅兰大姐也开玩笑说:"五彩缤纷的,多好玩呀!以后有时间就跟你们出去玩了,也玩玩新鲜的。"

审完片,辛雅兰说:"有些小的毛病,写在纸上了,回去让编导看看。总体还可以,正式播出的节目就照样片这么做。"

这样,兄弟传媒公司的《我玩时尚体育》节目便进入了正常的节目制作,至节目正式开播,怎么着也会有一定量的节目储备。开弓没有回头箭,节目开播了就不能停下来,有一定的节目储备是非常重要的,而这一切,都在顺利地进展着。

更让周瑾琪有一份好心情的事情是,许老师带来的"爱跑"。

兄弟传媒公司与"爱跑"品牌国内代理商的商谈也很顺利,几乎是一拍即合,没有多少讨价还价,没有什么苛刻的条件,双方的合作如同是青年男女之间的一见钟情。

而就在许老师带来这个好消息之前,周瑾琪的心里还一直憋着一件事儿,让她时不时地皱起眉头。

这件事儿她曾一次次地思考,但总是没想好应该怎么办。事儿说起来也很简单,同意加入到兄弟传媒公司的张友德、宁超英、郁小朋还有十三每几个人,说好了要入股的,为此,周瑾琪也欢迎他们入股。

在他们的再三追问下,她坦诚地介绍了兄弟传媒公司的情况,并把他们当成股东一样看待,有什么重要些的事情几乎都和他们商量,且同比投资持股的条件给予了他们初创公司时的待遇,他们也像股东一样行使着廉价的话语权。

可是,一天天过去了,他们没有一个人真正地投资。

张友德是最早接触这个项目的,从夏侯阳说可以拿到频道时段的时候起,周瑾琪就找了张友德商量这个事情是不是可以做。张友德很积极,说这个事情值得做,并把他见到的、听到的关于做节目的各种传说充当论据,分析做节目的商业价值。

当然,张友德也确实很投入,从创意到跑来跑去联系各方面的合作,几乎像当家人一样。对此,周瑾琪心里知足。只是这投资的事情,张友德却再也不提。在外面请吃饭了,叫个出租车了,或者是其他的一些消费支出,张友德总是把票拿给周瑾琪签字报销,账算得很清楚。

也是,为公司办事儿,支出的费用由公司报销,本是天经地义、无可厚非。

只是,每过几天,他就掏出一大堆票,花钱很大方,不像是掏自己兜里的钱。从这一点上说,周瑾琪怎么看都觉得张友德又不像是公司的当家人。至于张友德请什么人吃饭,那就只有张友德自己知道了。

再说这宁超英,看着挺忙道的。天天进进出出,不是去谈客户,就是去找什么大老板,去哪儿都带着他那个学生。回到办公室就神侃,哪个大老板如何如何的有钱,单单不谈入资的事情。

有几次,宁超英跟周瑾琪提出来再聘几个女大学生,组成一支娘子军,他带领这支娘子军,经营的事情肯定没问题,什么样的客户都可以拿下。

181

　　周瑾琪听见了也像没听见一样,不理会宁超英的这一套经营之道。心想,这儿绝对不能成为你宁超英的第二个办事处。

　　至于十三每大摄影师,这些日子常常外出拍片子。工作很有热情,也不愧是为大导演做过摄影的,拍的片子没得说。每次拍片,那是绝对不含糊,该带的设备一样都不能少,Maxell带、DV带成箱的装,摄影灯、摄影架、大小摄像机等等,凡是拍摄所需要的东西必须带齐,多多益善。

　　每次谁和他一起出去拍片,定会叫苦连天,但十三每大摄影师却一点儿都不心慈手软。每次拍摄回来,总有大量的素材带,没有一个编导会说素材不够用,只是说,看素材需要的时间太长了,素材太多了。

　　素材多是好事儿,只是素材带用得太多太快了,这么多的素材用一次就删了很可惜,便想留着再用。做节目嘛,这些素材既是宝贝,也是财富,因为这是用钱换来的,舍不得删就只好编号入库。

　　可是,送带子的人经常来,带子送来了,周瑾琪就要签字付费,难免有些心疼。

　　由于这些日子十三每大摄影师经常外出拍片的缘故,本来又黑又尖又窄的脸就变得更黑了,稀稀拉拉黑乎乎的胡子像久未洗过一样不清不爽,长长的头发辫儿也像一缕乱草。这副样子让人过目不忘,看上去很像一位执著的野外工作者。

　　事实上,十三每的工作确实也很敬业。

　　在大西南拍攀岩比赛的时候,为了把攀岩的魄力表现出来,他也爬得老高,直让赛事组织者为他捏一把汗。

　　为了多拍素材,拍好素材,他还屡次对同去的助手大发雷霆。

　　回来后,十三每大摄影师气呼呼地和周瑾琪说,这样的助手应该立即开除。

　　要是依了十三每,就得天天给他聘助手,周瑾琪只好和稀泥。

　　让周瑾琪感动的是十三每大摄影师的职业精神。

　　但职业归职业,周瑾琪所关心的并不全是工作的热情有多高。工作有热情当然好,没有热情是干不好工作的,这谁都懂,除此之外,周瑾琪还关心的事情是,十三每大摄影师找上门来是要合作入资的,当初他对合作入资的事情最来劲儿,因为他说他反复研究了这档节目的未来和前景,发展空间是如此如此地大。可是,入资的门敞开着好长时间了,十三每大摄影师反而好像把入资的事情忘了一样。门开着,显然十三每的脑袋没有被门挤,莫非是十三每虚晃一枪?

郁小朋当然也不提入资的事儿,他与宁超英差不多,只是他没有像宁超英那样带着个女学生进进出出。

他们没有再提起过入资的事情,他们到底在想什么? 周瑾琪很关心,但她又一时琢磨不透他们到底是在想什么。

虽说他们都在忙碌着,也没有谁提起工资之类的事情,但这样下去没个说法总是不踏实的。周瑾琪是一个如同她名字一样的女人,温文尔雅,想了很多次,可厚着脸皮追着人家谈入资,又不是她周瑾琪的擅长。

但周瑾琪毕竟不缺少智慧。

她想让夏侯阳帮她做一份增资入股合同,先把增资入股合同让他们传阅,然后再看他们的反应。

就在许老师带来广告客户的消息之前,这也是她想和夏侯阳说的事情之一。

上一次夏侯阳和秦亦讯来公司,还没来得及说起这个事情,许老师就带来了广告客户的消息,这消息让周瑾琪欣喜。周瑾琪本想请夏侯阳帮忙做份增资合同的事儿,也因广告客户的事儿更让她兴奋,遂把他们入资的事儿就放下了。

周瑾琪想的是,如果广告客户真的投入不菲的广告,他们入资的事情也就不再那么重要。

随后,许老师就和"爱跑"品牌代理商约见商谈投放广告的具体事宜,周瑾琪和许老师一起见了代理商。

关于在《我玩时尚体育》栏目投放广告的合作,谈得非常顺利。

"爱跑"是国际著名的品牌休闲鞋,在国内的销售一直非常好,而《我玩时尚体育》引领时尚运动,倡导休闲体育,穿"爱跑"鞋,玩时尚体育,两者几乎是绝配。

由于中国市场的巨大销售量,因此,中国的总代理商总是受到"爱跑"总部的器重,总代理商提议的相关推广活动总能轻而易举地获取总部的通过及资金支持。

当然,总部支持的广告宣传费用也不全是用于推广,代理商自然有代理商的想法,挣钱是多方面的,这个道理谁都懂,代理商当然更精于此道,这就

是代理商之所以积极争取费用作推广的动力所在。

正是因为有许老师这层关系,代理商做这项推广活动心里也踏实。再说,周瑾琪的节目所倡导和推广的时尚运动的实践者和爱好者,恰恰是"爱跑"的消费群体,这也是代理商能够争取总部资金支持的理由。

至于节目的落地、覆盖及收视率,这是广告投放者无法不关心的问题。

但由于是即将播出的新节目,自然没有一个权威的数据,就只好依据想象编故事了。不过,这没有影响"爱跑"国内代理商投放广告的兴趣,双方谈定,由代理商做总部的工作,并在近期内提供"爱跑"广告带;节目名称改为《"爱跑"我玩时尚体育》;角标由兄弟传媒公司制作,节目开播的同时,播出"爱跑"的广告。

至于总费用嘛,这属于商业机密。

但是,从周瑾琪笑眯眯的喜悦中可以看出,这是一个不小的数字。

幸福的周瑾琪,美丽的周瑾琪,一如开放的一朵灿烂的花儿。

在周瑾琪的喜悦中,兄弟传媒公司鼎力推出的新节目《"爱跑"我玩时尚体育》看上去已经离成功很近很近。

还是在兄弟传媒公司决定做节目之初,夏侯阳就曾经和周瑾琪开过这样的玩笑:"你是董事长,是兄弟传媒公司的老板,并且是一位漂亮的女老板,所以啊,你可以更多地在你的办公室里深居简出,要把自己包装好,要有神秘感。兄弟传媒公司的老板是位美女,要给人想象的空间。"

如今,周瑾琪可以把自己包装得神秘一些了。

因为有了冠名,有了大的广告商,其他的事情变得简单了。

有了钱,做节目的诸多困难会迎刃而解;有了钱,可以请到更为专业的编导;有了钱,可以聘用更好的主持人;有了钱,可以更新设备,可以建自己的机房……有了钱,什么样的节目做不出来?

周瑾琪开心,开心了她就想请夏侯阳吃饭,她想把这份喜悦告诉夏侯阳。

作为商业秘密,她知道,关于"爱跑"的冠名和赞助,现在什么也不能说,对谁也不能说,不论是公司内的还是公司外的。

但夏侯阳是个例外。

周瑾琪自己也说不清为什么,不管是有了什么想不明白的事儿,还是有了高兴的事儿,她总想告诉夏侯阳。有了喜悦,她愿意与夏侯阳分享;当有事情自己难以决定的时候,或有困惑的事儿,她会不由自主地想到夏侯阳。和夏侯阳说过聊过,开心快乐的似乎更开心快乐,困惑的却不再困惑,她会觉得心里有底。

反正她信赖夏侯阳,因为她信赖他的那种成熟和理性。

她情不自禁给夏侯阳打了电话,但夏侯阳正在外地出差,她只好独自享受着这份喜悦。

就在周瑾琪因节目有了冠名和赞助而内心喜悦的时候,负责广告经营的宁超英和郁小朋依然在各自忙碌着。

先是宁超英找周瑾琪,以一种见多识广的广告经营者、或广告经营决策者的口气说:"关于栏目广告的经营,现在的面是铺得够宽了,联系了方方面面的客户。但现在的问题吧,我们的节目还没有开播,而客户都很贼,不见兔子不撒鹰,看不到节目,要签单,要客户出钱,比男人生孩子都难。好在有我宁超英这张嘴,每天说得口干舌燥,急得抓耳挠腮,虽然没有拿到钱来,但还是收获不小。有几家客户,让我们先免费播几期广告,若是有效果,他们就签单。我想,我们栏目的广告还就得这么做,反正开始也没有广告播,先给他们免费播着,说不定就能钓上大鱼来!这也是经营之道嘛,你大当家的以为如何?可不能让我宁超英这些日子白白累脱一层皮……"

随后,郁小朋也提出了类似的想法。

他拿着几家企业的广告样片,要求在节目硬版广告中播出。有广告播当然好,但播出这些广告却都是免费的。

可郁小朋说了:"虽然前期是免费,可这些广告却都是大客户,有汽车的,有海鲜酒楼的,还有健身俱乐部的等等。为什么要先免费播出?当然是广告营销策略。这些客户都是大客户,在节目没有正式播出之前,客户们还是有些犹豫的,因为人家不知道节目到底是什么内容,有什么样的效果,有怎样的收视率,以及都是些什么样的收视群体,诸如此类的。先赠播一些广告然后再把他们搞定,这不是一个很好的办法吗?我们有几分钟的广告时段,空着也是空着,还不如做个幌子,既有可能将这些客户发展成为我们真正的客户,又可以真真假假,说不定还能吸引来一些广告客户,可谓是一举两得。"

这话听上去不能说没道理。周瑾琪想,反正几分钟的硬版广告也不可能全播"爱跑"的广告,加播一些其他有品质的广告也不是什么坏事儿,播就播呗。

实际上,周瑾琪并没有心思去想这些事情,她情不自禁地时时想着的还

185

是"爱跑",这几天她兴奋地一下买了好几双"爱跑"休闲鞋,穿在脚上感觉特舒适。她经常会下意识地去看脚上穿着的"爱跑",越看越喜欢。

多么舒适的"爱跑"!多么可爱的"爱跑"!

她忽然想,应该买一双"爱跑"送给夏侯阳。

当他有时间的时候,可以换下他那一身板板正正的西服,穿上休闲服,穿上"爱跑"鞋,然后跟着节目组去体验一下时尚的体育运动!他可以乘热气球升空吗?他可以去滑雪吗?他可以去打高尔夫球吗?他可以去攀岩吗?他可以去蹦极吗?夏侯阳滑雪会是什么样子呢?站在高高的蹦极台上,他还会像他做律师那样镇静自若吗?漂流中的他会不会像奔腾的水一样奔放呢?

不知不觉中想着夏侯阳,周瑾琪突然之间觉得脸上有些热,连她自己也搞不清楚,除了遥远的多伦多,她还会这样莫名其妙地去想一个人……

30

周瑾琪很快就忘了闪念之间的胡思乱想,她还要忙公司的事情和节目的事情。

公司的人都在忙,不论是节目部的,还是经营部的,人人都很敬业,就连那个日本女孩也在忙忙碌碌。

跟着宁超英来到兄弟传媒公司的小林惠子,宁超英介绍她时,都是洋洋得意地说她是日本人,她自己也口口声声地说是日本人。

中国人和日本人看上去是不好区分的,谁也不会把能够证明自己是中国人还是日本人的身份证、护照、劳工证等有关的身份证明贴到脑门儿上。

当然,中国人和日本人也是有所区别的,比如说语言的差异等等。

而能够证明小林惠子是日本人的,也正是她那口说得乱七八糟的中国话。仔细地听听小林惠子说的中国话,就特别地像外国人说中国话,比如,在打电话的时候,"嗨,你嚓(好),我是日本的小林灰(惠)子,我得(打)电话给你……"有时候,她说话就不会这么费劲儿,但在办公室里,她一定是这样的一副腔调。

这副腔调说起话来难免会磕磕绊绊,但却丝毫不影响小林惠子的工作热情。

或许是由于这副腔调的缘故，也或许是日本人与中国人的确有些不同,小林惠子终究有些与别人不一样的东西。

说来也奇怪,就是她这副腔调儿,与办公室其他的经营人员相比,她显得有更多的客户。她和宁超英不外出的时候,宁超英待在办公室里,除了臭贫,就是抽烟喝茶瞎溜达,而小林惠子却不一样,时常会听见她在打电话。

一般的业务员总是上门去见客户。

当然,登门拜访也不是你想去就去的,知道了你的用意后,客户一般会推来推去的不想见面。这也难怪,林林总总的广告媒体,投放广告的客户少,等着吃广告饭的人多,广告经营者不得不赤膊上阵,使出浑身解数以期拿到客户的单子。为了一个单子,各有各的招,盘内招、盘外招、嘴上招、手上招、回扣招、献身招、吃饭招、死缠烂打招,招招都是独门秘器。因此,那些有点儿名的广告主,一般都是对那些广告经营者们唯恐避之不及。

但让兄弟传媒公司其他的经营人员羡慕的是,小林惠子约见的客户却往往不会推三阻四。虽然她说话颠三倒四、磕磕绊绊的,沟通起来很费劲,可当对方听清了小林惠子的邀约时,却往往会很热情地和她聊一聊,很少有人直接谢绝,尤其是赶上对方是男性时,则更是热情有加,不仅会爽快地答应见面,而且答应见面就见面,从没有拖拖拉拉的。

还有更让人羡慕的是,居然会有一些大小公司的老总们主动地跑到兄弟传媒公司的楼下,或直接走进办公室的大门求见小林惠子。事情谈成谈不成暂且不说,单从如何约见广告客户这一点上,小林惠子就胜出他人一筹。

其实,仔细地想一想,在联系和约见客户这一点上,小林惠子也没有什么秘诀,只不过,在与客户交流时,有两个意思她是开门见山就要说清楚的:一是,她是日本的女孩子;二是,我想见您。

可就这两层意思,对一些人来说,就像是魔咒一样。

有一位什么公司的老总,五十多岁的男人了,接完小林惠子的电话后就兴冲冲地跑到兄弟传媒公司找小林惠子,为的就是看看这位说着颠三倒四的中国话的日本小姐。

这个五十多岁的男人在会议室里山南海北地和小林惠子吹嘘自己的业务,像吃了蜜蜂屎一样美滋滋的,还没弄清楚小林惠子承揽什么广告、在哪儿

投放广告,就迫不及待地要请小林惠子出去单独谈谈。

但那位五十多岁的男人错了,小林惠子显然不是只会说几句简单的中国话那样简单,她知道这是个做梦都想占便宜的主儿,怎会跟他出去?于是便沉得住气,吊着这个男人的胃口,继续聊。聊什么?当然不是东一句西一句的闲聊,而是一脸纯真好奇的样子,说着半生不熟的中国话,聊这个男人的事业。这个男人想入非非、心不在焉,说话不过脑子,连他自己也不知道到底说了些什么。

然而,小林惠子聊来聊去,自然不是瞎聊,起码她知道这个男人没钱!

小林惠子顿时瞧不起他,便站起身道:"阿里嘎叨勾咋依嘛嘶!谢谢你了!实在抱歉了,我小林惠子还要工作的,您明白了?"

分明是下逐客令,这男人很是无奈,只好悻悻地起身告辞。

临走还要和小林惠子握握手。小林惠子伸出小手儿和他握了,可这男人握住她的小手时,手指还不忘在小林惠子的手心里抓来挠去。小林惠子有些诧异——这个男人居然也会用她常用的勾魂计,终究还是让他占了些便宜。

小林惠子把一些男人约来,或被一些男人约去,宁超英看在眼里,不仅不怒不气,反而倒是洋洋得意。每当小林惠子约好了客户,宁超英就开着一辆不知从哪儿弄来的、挂着黑牌的、老得不能再老的皇冠送小林惠子过去,至于是不是一起与客户谈,则要看具体情况而定。

就因为小林惠子能把好端端的中国话说得颠三倒四、乱七八糟,就因为小林惠子是日本女孩子,小林惠子就能约到不少的广告客户。

难怪宁超英会带着一个这样的日本女学生,足见宁超英也在不断进步。

事实上,小林惠子并不是一位熟练的广告从业人员,关于专业的东西,她知之甚少。但仅就如何与客户联系这一点而言,再熟练的广告业务员恐怕也难以望小林惠子项背。

凭着能把中国话说得颠三倒四,或者说能把颠三倒四运用自如,小林惠子广告业务是不是很熟练似乎并不重要。如果是一般的广告经营人员,会不厌其烦地向客户介绍媒体的品质、受众群体等等,而小林惠子就不用这么繁琐,她是日本女孩,只需甜甜地、用磕磕绊绊的中国话表达出她打电话的大概用意即可。倘若真有客户难为她,问一些专业的问题而她不能应对时,小林惠子往往也能从从容容,她会客客气气地说:"我不动(懂),我的中文学得不嚎(好)",然后先把电话挂了,等她自己整明白了,再把电话打过去。

日本女孩听不懂中国话,也是情有可原。

如果她这个日本女孩的招牌不好使时,她也会客气地说一句:"麻你烦啦,阿里嘎叨勾咋侬嘛嘶!"

以小林惠子平常的语速还能听清楚,可一旦她语速快点儿,怎么听都像"妈的,烦了!"

至于小林惠子是不是真的日本女孩,好像并不重要,没有人知道,也没有人刨根问底。当她不得已拿出中国的身份证时,她就说她母亲大人是日本人,自己从小在日本长大,前些年才回到国内,祖上是东北八里沟的。

有人对此表示怀疑时,宁超英会信誓旦旦地说:"她真的是日本女孩!"

可这宁超英的话也没有几个人相信,就他那德行,没准儿是他玩的花活儿,给自己画个饼也不是没有可能,带上个假洋妞儿,说不定就是宁超英时下的独门秘笈。

其实,客观地说,小林惠子有些地方还是蛮像日本女孩的。

人长得还算漂亮,长长的秀发,不错的身材,白白静静的脸蛋儿,两只眼睛忽闪忽闪的。尤其是和别人说话或听别人说话时,她的两只眼睛忽闪得特起劲儿,充满了好奇和天真,就像五六岁的小女孩,好奇地看着这个懵懵懂懂的世界一样。当然,长相并不能说明什么,漂亮不漂亮并不是中国女孩与日本女孩的区别,但小林惠子那份天真的表情,却很有些像初来乍到的异乡人。

话说回来,小林惠子或许真的是日本女孩,不然的话,她可是一位不错的模仿秀。

还有,小林惠子很是彬彬有礼,点个头鞠个躬的挺像小日本那么回事儿。不论谁和她说句什么,她总会"哈依"、"哈依"的。碰见谁都会点头微笑,谁要是帮她一点儿什么忙,哪怕是举手之劳的一点点儿,她也会鞠躬弯腰90度。

再有,她很有工作热情。

和有些员工得过且过不一样,她在办公室里待着的时候,不是打电话,就是把自己联系过的客户情况认认真真地记下来。做完了自己的事情,她就去找周瑾琪,亲亲切切地问:"大姐姐,今天的、我的事情做完了,您有什么需要我惠子做的吗?"

周瑾琪若是真有事儿忙不过来,就让她做点儿什么,她高兴得不得了,开心地说:"放心吧,大姐姐,惠子会做得很好的!"

如果周瑾琪没有什么事儿让她做,她也会开开心心地帮着周瑾琪收拾一

下桌子,或给周瑾琪倒杯水什么的,然后就说:"大姐姐啊,您太辛苦的啦,有什么事情……您就叫我惠子,我会做好的。"

另外,小林惠子还很得意于她所接受的良好教育。她说,她会作曲,会画画,会弹琴,还会搞设计,如服装设计、平面设计等。

日本是一个经济发达的国家,家家富裕,户户殷实,像小林惠子这样的女孩子接受过良好的教育也是很有可能的。

但有一次,却让张友德着了大急。

兄弟传媒公司要做一个宣传用的易拉宝,张友德本想找一位专业的设计人员设计,可小林惠子听到这个事情后,就自告奋勇地说:"这个,我惠子会的,不用花钱。我在日本学过的,设计得很好呢。"

张友德听了,半信半疑,但还是暂时打消了找人设计的念头,把图片和文字资料给了小林惠子。

可是,两天以后,小林惠子还没有拿出样稿来,这可急坏了张友德。

看着急得团团转的张友德,小林惠子安慰道:"不急的啊,不急的。"

张友德哭笑不得:"我急有什么用?你说什么时候能设计出来吧!"

小林惠子说:"一天……半天……中午就会好的啦。"

到了中午,小林惠子依然在电脑前手忙脚乱,却不慌不忙地对张友德说:"张爷爷,晚上会好的,您的放心的大大的!"

张友德无奈,唉声叹气等到晚上七点多,小林惠子仍然拿不出样稿来。张友德气不打一处来,憋不住了就说:"你这不是瞎耽误工夫吗!"

小林惠子撒手不管了,很委屈的样子说:"这个电脑做不了的,您的不懂,跟您说的不明白的啦。"

"我等得都成爷爷了,你的设计稿还没出来呢。"张友德白了小林惠子一眼,又气哼哼地说,"你呀,再回日本学学去吧!"

打电话找来搞设计的朋友,也是在这台电脑上加了一个夜班,易拉宝的设计稿就出来了。

虽然发生了这么一档子事儿,但这并没有影响小林惠子的热情,接下来不搞设计了,又忙里偷闲地搞起音乐创作来。

这一天,办公室里人齐,周瑾琪、张友德、宁超英、郁小朋、蓝可、十三每等都在。吃过午饭后,小林惠子就"哈依、哈依"地点头哈腰把他们请到了会议室,一起听她为节目创作的音乐。

其实,没有几个人对小林惠子创作的音乐感兴趣,除了宁超英。可伸手不打笑脸人,小林惠子鞠躬弯腰又不停地"哈依",不管是装出来的天真还是天生就有的稚嫩,谁也不忍心冷冰冰地拒绝,免得伤她的心扫她的兴。

反正是午后小歇的时间,闲着也是闲着,听听就听听吧。

小林惠子从坤包里拿出一盒音乐带,这盒音乐带已随身带了好几天,这会儿爱不释手地拿着,先自卖自夸了一番:"各位老师,各位大个个(哥哥)、大姐姐,这些音乐,都是我惠子在晚上的时候,在音乐大大师的指点下创作的曲子,是特意为我、我们的节目创作的,很好听的啦!今天,请大个个(哥哥)大姐姐们听一听,就知道是不是很好听啦。如果大家都喜欢这优美的、动人的旋律的话,可以用到我们的节目里啦。"

周瑾琪点头笑笑,宁超英立马情绪亢奋,其他人也就坐了下来。

见大家没有拒绝,小林惠子很高兴,兴奋得也像五六岁的孩子,手舞足蹈的,一边忙着开音响,一边继续介绍自己。

她说自己曾学过音乐创作,她创作的这些音乐连大师听了都竖大拇哥的,为了我们的节目,我惠子不怕吃苦的,这些音乐用了好多个晚上的时间才创作出来的,好辛苦的。

也是,小林惠子看上去很是努力,这一点儿要比宁超英勤快得多。

作为公司老板,周瑾琪有时心里也觉得暖暖的,哪个老板不喜欢勤快的员工呢。

在小林惠子一阵手忙脚乱之后,兄弟传媒公司的会议室里响起了小林惠子创作的音乐。

周瑾琪静静地听着,她想听听一个女孩心灵中时尚运动的炫和酷、耀和彩,她想让自己的心感受一下时尚的运动的阳光有多么灿烂。

张友德也是大家风范,坐在靠背椅上微闭着双目,他想听到年轻时的动感和快乐,他想找一找老夫聊发少年狂的豪迈。

宁超英亢奋过后,也难得地静静地坐在那儿,虽然二郎腿跷得高高的,嘴上还吧嗒吧嗒地抽着烟,但他还是以少有的认真听着学生的作品。不管是不是装出来的,也不管他渴望从他学生的作品中听出什么样的意境,毕竟他也在认真地听着。

今天没有外出拍片的十三每大摄影师也在将着他那长长的稀疏的胡子,听着小林惠子自鸣得意的音乐,他想听听小林惠子的音乐里有没有他那份投

入和激情，有没有他的梦想和他的期望。

还有从机房回来与老总们沟通一下节目制作进展情况的蓝可大编导，还有影视人郁小朋，他们都在听着，他们在听小林惠子创作的音乐，他们渴望听到自己心潮的澎湃、未来的期待、还有比年轻人更现实的梦想……

但是，他们很快就从期待中醒来，无情的现实是，音乐的流畅和欢快没有如期而至，突然而来的是"蹦蹦嚓嚓"的杂乱噪音，猛然敲开他们心房的是一种叫"心烦意乱"的烦躁，他们在听一种所谓的音乐。

这种音乐没有意境，没有诗意，没有飞翔，没有时尚，没有飞翔的向往和激动，没有时尚的绚丽和多彩。在"蹦蹦嚓嚓"的歇斯底里中，没有听到他们澎湃的心潮，没有听到他们心中属于自己的期待。

不仅如此，小林惠子在所谓的大师指点下创作的音乐中，除了扑面而来的心烦意乱之外，没有大自然的山山水水，没有空中的自由自在，没有随风飘着的热气球，没有江河漂流，没有远山的呼唤，没有人生的精彩……

没有人在这种所谓的音乐中陶醉！

或许宁超英是例外，他依然在"吧嗒吧嗒"地抽着烟，依然在梦魂萦绕中想着未来的梦。

而在座的其他人，仅仅听了几分钟就均已感觉这音乐是如此的庸长，如此的杂乱和无章。他们忍耐着，忍耐着，又是几分钟过后，十三每大摄影师不再忍耐，他说有事需要出去；蓝可大编导匆匆地起身而去，说去机房后期制作，显然他没想用这样的背景音乐；郁小朋使劲咧了咧嘴却没有笑出来，说要去会见客户；连张友德也要去写他的宣传推广方案。

只剩下了周瑾琪和宁超英。

周瑾琪听着"嘭嘭"的杂乱的声音，看着一个个心烦意乱的人纷纷离开，像是鼓励小林惠子、也像是鼓励自己起身离去，努力地笑一笑，示意小林惠子关上音响。

小林惠子沮丧地关掉音响，那杂乱的音乐也随之戛然而止。

不，不是杂乱的音乐！对小林惠子而言，那是优美的、美妙的、悠扬的、动听的音乐。这音乐是她的心血，是她一个女孩心灵的倾诉，是如她梦想般绚丽的旋律。

不管是杂乱也罢，绚丽也罢，周瑾琪还是对小林惠子说："今天先听到这里，有时间接着听。"

说罢,周瑾琪没有吝啬举手之劳的掌声,只是在空荡荡的会议室里,她一个人的掌声显得孤孤单单。还好,随即便有了宁超英有力的掌声。

小林惠子收起自己辛辛苦苦为《"爱跑"我玩时尚体育》节目创作的音乐,难过地回到工位上,她的一双眼睛不再忽闪,而是有不断的泪水涌出。

她忍不住拿起电话,委屈地哽咽着告诉她的指导老师,她的新潮的动听的音乐作品竟然如此地不被人接受……

宁超英坐在那儿没动。

在小林惠子满脸阴云地走出会议室的那一刻,他僵硬的脸上挤出一分十分难看的笑,吧唧吧唧嘴,冷笑热哈哈地对周瑾琪说:"这音乐还不错嘛!反正我听了就像吃了摇头丸一样,要是我们的节目让观众看了听了,就像吃了摇头丸一样兴奋,又蹦又跳,那多好啊……"

"等不到蹦跳,就崩溃了。"周瑾琪忍不住呵呵笑着,回了自己的办公室。

可周瑾琪到底是女人。

下午两三点钟的时候,小林惠子又去了周瑾琪的办公室,两只眼睛像桃子,显然是曾经哭得很伤心。

但她依然乖乖的,问周瑾琪大姐姐有没有什么事情要她做,虽然她觉得很伤自尊的,可她惠子不放在心上的,会把大姐姐的事情做好,只要惠子好好地工作,大家就会鼓励的……

看着小林惠子哭肿的眼,周瑾琪不免心软,果然就"崩溃"了,言不由衷地说:"惠子别难过了,没有人会有意伤惠子自尊的,只不过大家都有事情要忙。惠子很辛苦地创作的音乐,回头拿给编导听听,要是节目能用的话就拣着用。"

听了周瑾琪的这番话,小林惠子的脸上立马晴空万里,仿佛她创作的音乐原本就如天籁之音那般美妙,而她也原本就该在鲜花和掌声中拥抱一份成功的喜悦一样……

31

斯丽娅也和小林惠子一样，心中有一种难以名状的喜悦。

小林惠子喜悦是因为她创作的音乐，这音乐有可能用在《"爱跑"我玩时尚体育》节目的背景音乐中；而斯丽娅的喜悦是因为《"爱跑"我玩时尚体育》节目，节目中的主持人是她斯丽娅。

在节目正式开播之前，为了多筹备几期节目，拍摄和录制紧锣密鼓。

生命之美在于它时时刻刻地处于运动之中，体育是这种美的集中表现，而时尚体育则是这种美的极致。作为这样一档引领时尚运动的节目，无疑是时尚体育的风向标，既欣赏精彩，又置身其中。而作为这样一档节目的主持人，不论是在现场还是在演播室，动静之间，皆为诠释时尚体育的魄力。

因此，斯丽娅需要不停地在现场或演播室内频频上镜，主持一期又一期的节目。

虽然激动中的斯丽娅在《"爱跑"我玩时尚体育》节目中只能起到串连衔接节目内容的作用，不能很好地诠释时尚体育的魄力和神韵，但却兴奋并忙碌着。

她随身带着装满时尚衣裳的旅行箱，兴奋地换了一件又一件，亢奋地一次又一次、一遍又一遍地站在镜头前。

当她走出演播室而又不急于赶场的时候，就会眉欢眼笑地走进机房坐一坐。

这时的她，不仅在镜头前不再那样紧张得浑身较劲儿，走进机房看看蓝导编导的节目时也不再紧张。

蓝可不再骂她是破主持人，心情好时，也会把做好的节目放给她看看。

阿元的节目做得快，斯丽娅便不厌其烦地看看后一期节目中的自己，再比较一下前一期节目中的自己。

她喜欢看节目里的自己。

她喜欢自己做主持人的形象。

她感觉节目中的自己一期比一期神采飞扬。

满意于自己的形象,得意于自己在节目中的神采,斯丽娅无时不心旷神怡,恨不能一步迈过这一年,一夜醒来,新年的钟声便悠扬传来。在新年的钟声过后,在山河卫视频道中看到节目中的自己。

她已经无数次为那一刻心动,无数次为那一刻心跳。每一次的心动,都伴着喜悦;每一次的心跳,都伴着亢奋。

就在斯丽娅的喜悦和亢奋中,秦亦讯把她带回了家。

秦亦讯没有带斯丽娅去紫罗兰。

紫罗兰一栋栋独门独院的房子里很美妙,想洗就洗,室内洗,院内露天洗;想泡就泡,自己泡,两人一起泡;想睡就睡,分床睡,抱着睡;想看就看,看高雅,看有色……

但紫罗兰美妙是美妙,可那个地方是销魂的,也是消费的,没有钱不行,没有钱就不快乐。而今晚是属于他和斯丽娅的,他不带斯丽娅去那儿。

秦亦讯也没有带斯丽娅去芙蓉宫。

芙蓉宫也很美妙,冬季的风吹不进芙蓉宫,芙蓉宫的温泉是热热的。既可以在蜿蜒盘绕的温泉水溪中和斯丽娅一起游来游去,也可以在舒适的客房里同斯丽娅一夜销魂……那是近乎于大唐华清池般的浪漫,那是近乎于极品后花园般的享乐。

可是,能有几人常去芙蓉宫的"华清池"?

因此,不去紫罗兰,不去芙蓉宫。

他就想把斯丽娅带回家。

说是家,其实就是秦亦讯在京城的住处。

秦亦讯的住处房子不算大,也就是 100 平米左右的两居室。

但是,别看是两居室,这儿可是有名的望都城,即便算不上是富人区,起码也属于京城中产层。小区的物业非常好,服务类设施应有尽有。秦亦讯之所以把住的地方选择在这儿,当然是考虑了生活的方便。生活方便也需要代价,由于江南电视台派驻京城人员的住房补贴达不到实报实销,因此,秦亦讯每月还要由自己付一部分费用。

可就是自己支付一部分费用,秦亦讯也要住在这儿。

当初,刚到京城的时候,江南电视台过来的人全部住在离山河卫视办公楼不远的一个住宅小区里。那时住在一起是为了方便,在一起可以有个照应。后来不一样了,随着越来越熟悉京城,彼此需要的互相照应也越来越少,住在

一起反而有了这样那样的不方便。于是,为了方便,又开始各人选择自己的住处。

秦亦讯自然要选个方便的地方安营扎寨。

选来选去还是落脚在望都城,望都城里有品位。

在这个家里,秦亦讯是唯一的家庭成员。虽说有时候冷清了些,可有时候冷清也有冷清的方便。比如今晚,外面天寒了,地冻了,紫罗兰虽好,却需要花不菲的钱;芙蓉宫虽妙,不花出一打钱也只能望宫兴叹。而这个平常有些冷清的家,这时候就是一个非常好的去处。

把斯丽娅带回家,是秦亦讯这些天中期待而又激动的一个念想。怎样度过带回斯丽娅的这一夜,也是秦亦讯想了一次又一次的一件快乐的心事儿。当那一次在兄弟传媒公司的办公室,斯丽娅在他身边蹭来蹭去,他把斯丽娅匆匆抱进怀里之后,他就相信会有这样一个夜晚。

今晚,一个周六的夜色茫茫的晚上,他期待的这样一个夜晚终于来临。

今晚,他带回了斯丽娅。

斯丽娅跟着来了,没有扭扭捏捏。

就在周瑾琪带她去山河卫视频道演播厅试镜的那天傍晚,斯丽娅就甜甜地给秦亦讯打了一个电话,嗲嗲地告诉秦亦讯:"我试镜通过了,可以上镜了!"

秦亦讯接到斯丽娅的电话,心里美滋滋的,甚至还有些痒痒的,一种莫名的激动也犹如泉涌。其实,就是斯丽娅不给他打电话,他也会在那一天、或那一天的第二天给斯丽娅打电话的。因为他知道,这是给美女打电话的一个好时机,不能说想什么就有什么,但起码喜欢什么就可以想什么。不仅可以想,而且还可以说出来。至于是含蓄地说出来,还是直白地说出来,那就是随机应变了。

秦亦讯嘻嘻乐着说:"那好哇!是不是喝杯酒祝贺一下啊?"

斯丽娅更是发嗲,嗲得像要发情,说:"好的,好的,正想要谢谢秦总您呢!"

"哈哈,哈哈,那好啊,怎么谢我呀?"

"当然是好好谢谢了!"

这斯丽娅主持节目虽然功夫不到,但这时候话还是很会说的,普普通通的几句话却让秦亦讯听上去很受用,并且给了秦亦讯无限的遐想空间。

也该着好事多磨,不巧的是那天晚上秦亦讯正好有事。虽然不是什么重要的事儿,但秦亦讯却不能让斯丽娅当即兑现谢谢他的诺言。一位早几年从江南到京城来发展的旧友,现在正在京城经营娱乐业,秦亦讯辗转打听,才与这位旧友取得了联系,几天前一番电话攀谈,旧友约好了请秦亦讯过去玩。娱乐业是秦亦讯的喜爱,已经等了几天,自然不能不去,他便正好欲擒故纵般地告诉斯丽娅改天见面。

这一延期见面,把斯丽娅带回家的梦就断断续续延续了十余天。

但只要有心,便有机会。

也就在昨天,缘于季节的原因,《"爱跑"我玩时尚体育》栏目组要拍摄滑雪的片子,就联系了据说是京城最好的东山滑雪场。

滑雪场的老板听说山河卫视的节目组要去拍电视,高兴得不得了。滑雪的旺季到了,各个滑雪场都在不遗余力地做宣传。东山滑雪场也不例外,投入了不少的广告,大多都投入到晚报类的纸媒了。但节目组要来拍电视,当然是好事儿,老板说如果不跟他们要钱,他代表东山滑雪场热烈欢迎,并且门票、吃饭、滑雪用品等一切费用全免,还可以提供最好的教练。

宣传不给钱,有这样一个户外活动的机会也好,周瑾琪就给秦亦讯打了电话,邀请秦亦讯带着朋友一起去滑雪。

近水楼台先得月,《"爱跑"我玩时尚体育》就是玩起来方便,请领导、请朋友周末户外活动活动也是个顺水人情。

秦亦讯爽快地答应了,到了北方,去体验一下滑雪还是蛮不错的。

不同的区域,有不同的时尚;不同的自然环境,有不同的户外时尚运动。没有大海,就没有冲浪;没有雪域,就没有户外滑雪场。秦亦讯喜欢这样的活动,他先是给斯丽娅打了电话,确认斯丽娅明天现场主持节目后,他没有再约其他的朋友。

亚圣说,独乐乐不如众人同乐。

可有时候,独乐乐比众人同乐还好。

这时的秦亦讯喜欢独乐乐。

周瑾琪是很希望夏侯阳一起去的。

近来,夏侯阳的身影总是出现在她的脑海中,出现在节目的玩家中。她很想知道,夏侯阳参与到时尚运动中会是一个什么样子,她还想知道,夏侯阳沉稳的背后还有没有奔放。不管沉稳的夏侯阳究竟会不会奔放,她脑海中夏侯

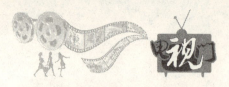

阳的身影却在奔放,已然挥之不去。

秦亦讯也是很希望夏侯阳能一起去的,因为夏侯阳是一个让人很有完全感的人,需要他看清楚的事儿他看得非常清楚,不需要他看清楚的事儿他就看不清楚。比如说工作上的事儿,需要他十分清醒,那时,他就非常清醒,每一件事儿,每一次商务会谈,他都井井有条无一遗漏,很是让人放心,这一点连谈判对手都不得不服。而有些事儿,不需要他太清楚的时候他就心不在焉,比如说别人的私生活,他夏侯阳看见了也像什么都没有看见。

当然,除此之外,跟栏目组出去玩儿,秦亦讯希望是夏侯阳约他去的。

夏侯阳是江南电视台的法律顾问,也算得上是他秦亦讯在京城的朋友,夏侯阳约他去玩儿和节目组直接约他去玩儿,多多少少有些不同。

秦亦讯认为,越是顺风顺水时,越是不能忘乎所以。秦亦讯认为不能忘乎所以的,不包括女人问题,关于女人的问题,说到底不过就是一个作风的问题。

但夏侯阳没有去东山滑雪场,因为夏侯阳出差回来后,还有业务上的事儿分身无术。

夏侯阳这个周六有事无暇去滑雪,周瑾琪遗憾,秦亦讯也遗憾。

但这并没有什么,一切依旧继续。

这是一个好日子,晴日暖阳,寒风细微。

大冬天的早上九点许,东山滑雪场外已经停满了大大小小的车,众多跃跃欲试的人也在排队等着进场。《"爱跑"我玩时尚体育》节目组在滑雪场的特意安排下,受到贵宾一样的礼遇,直接进了会所。在专人引导下,换上了滑雪服,领到了滑雪板,并顺利地通过贵宾通道进入滑雪场。

走出滑雪场会所,站在会所前高高的平台上,东山滑雪场尽收眼底。

秦亦讯和周瑾琪等人不仅眼前一亮,而且还为之一震,不由得停下了脚步——到底是东山滑雪场,不愧是号称京都第一! 这儿群山环抱、环境幽雅、空气清新、银装素裹,和远处周围光秃秃的荒山相比,这儿是雪的世界,这儿是雪的乐园。

这里不但有让初学者兴奋不已的初级道,有让滑雪爱好者欲罢不能的中级道,还有让滑雪发烧友们心旷神怡的高级道;这里不仅有号称国内第一的波浪技巧道,还有令滑雪玩家们激情澎湃的大跳台,有令单板高手们梦缠魂绕的激情谷……

初级道如高山流水,缓缓而下;高级道如冰川瀑布,跌宕起伏。

不停地旋转着的雪场索道,持续不断地把滑雪爱好者送上雪道之巅。成群结队的滑雪爱好者从高处顺势而下,在起起伏伏间如踏浪而来。造雪机不停地工作,洁白而晶莹的雪花在灿灿的暖阳下飘飘洒洒地落在雪道上。

置身在这美丽的雪的世界,谁人不怦然心动?

秦亦讯心动了,滑雪场的魅力让他的心情像雪的晶莹一样清爽,他突然想起了《"爱跑"我玩时尚体育》节目的一句广告语——心动不如行动!

"心动不如行动!"他喊着,迫不及待地走进厚厚的雪中。

周瑾琪心动了,她深深地呼吸着新鲜的空气,心中油然感叹,多么美妙的时尚运动啊!

斯丽娅心动了,《"爱跑"我玩时尚体育》节目中的她,会像晶莹的雪花一样美丽动人吗? 会像阳春白雪一样成为无数人的喜爱吗?

东山滑雪场专门为节目组安排了两位美女教练。

一位由编导指挥,专门为节目拍摄服务。

这位美女教练很幸运,不仅要教主持人斯丽娅浅尝辄止地学一学滑雪,帮助斯丽娅找到主持本期滑雪节目的状态,还将在"运动宝典"板块内一显身手,传授滑雪的技巧,诠释滑雪的魅力。

而另一位美女教练则要陪着秦亦讯们滑雪,教他们怎样不摔倒,摔倒了怎样爬起来,直到怎样才能从雪道之巅潇潇洒洒地踏浪而来……

不论是工作的,还是体验滑雪乐趣与魅力的,纷纷涌进雪场,在洁白的世界中陶醉着。

长头发的新生代编导阿元早就对这期节目成竹在胸,站在滑雪场中更是让他激情洋溢,但主持人斯丽娅却一时找不着感觉,进入不了状态,只好多给她一些时间,让她有更多一些的亲身感受。

编导和两名大小摄像开始拍摄滑雪的奔放和精彩。

蓝天下,如白川瀑布般的雪道悠远而来,洁白的雪与湛蓝的天交相辉映,一队矫健的身影齐刷刷地猛然一纵,从山顶夹雪带风直冲而下,滑雪板扫过之处,雪花四散飞舞,一个个身影在雪道上灵若闪电般地左右飘移,于疾速和狂野中,宣泄着生命的浪漫与快乐,诠释着速度的刺激和动感,演绎着白色的真实和蓝色的幻想——这是真正的滑雪玩家、东山滑雪场的老板领衔他的滑雪表演队专门为《"爱跑"我玩时尚体育》节目奉献的滑雪表演。

激情的表演,将滑雪的真谛和美妙展示得一览无余。

而这并不是精彩和奔放的全部,炫一样的单板跳台的表演同样精彩。

赫赫有名的摇滚歌手黄冬冬,不仅是东山滑雪场的 VIP 贵宾,而且还是滑雪场上的单板滑高手。单板跳台上的旋转和飘逸,如同他的摇滚乐一样具有超强的震撼力。每一次的跳跃,都让围观者一阵惊叹和欢呼,就如同他每唱一首歌,都会让观众群情起舞、山呼海啸一样。或许,他摇滚的灵感就来自于 U 形道;或许,他摇滚的奔放就来自于大跳台……

这可忙坏了大摄像师十三每。

他的摄像也相当专业,几乎可以与那些玩家们争奇斗艳,可以雪地潜伏,可以 U 形道探险。

简单地接受了美女教练的入门指点,惊叹不已地看过玩家们的表演,秦亦讯已经心潮澎湃。他反复地试着滑行,感觉越来越好。看着白的雪,蓝的天,他想自由地徜徉,他要寻找飞翔的感觉,他要把自己的激情释放,他想喊着《"爱跑"我玩时尚体育》节目的口号"我运动,我时尚",从山巅呼啸而下。

于是,他走出了初学区,索道缓缓地把他带到雪道之巅。

站在雪道之巅,伴着兴奋和冲动一同而来的,是紧张和恐惧也在刹那间膨胀;站在雪道之巅,他才忽然意识到,在潇洒地滑下之前,首先面对的是自我挑战。

敢不敢纵身一跃? 敢不敢直冲而下? 敢不敢潇洒地滑一回?

最终,秦亦讯还是战胜了恐惧,他决定勇敢地飞翔般滑下,让失去了的青春在这一刻回光返照,让藏在心里的那份冲动在这一刻释放,让装模作样掩盖下的那份春风得意在这一刻自由徜徉,让有了快感不能喊的人生面具扔到九霄云外!

他屏住呼吸,双腿微曲,双手握杆,用力一撑,从雪道之巅滑下去,越来越快地滑下去。

虽然没有能够飞翔,虽然不敢做出一个潇洒的动作,虽然身不由己地摔跟头,但这并没有什么。从雪道之巅到雪道的终点,他的心中都是快乐,他的脸上都是自豪,毕竟,他尝试了自己的飞翔,体验了生命运动的自由自在。

有人说,纯净的雪对心灵是一种净化,它是那么单纯,那么可爱……

秦亦讯悠然地玩着,玩得心跳,玩得投入,是因为心灵净化后的酣畅,还是白色浪漫中的幻想?

滑雪场上的兴奋和快乐从上午一直持续到下午。

当拍完主持人的串场,拍完运动宝典,拍完主持人斯丽娅的所有镜头后,斯丽娅终于如释重负,把滑雪板扔到周瑾琪身边,便蹦蹦跳跳地去找秦亦讯。

有了第一次的豪迈,便有第二次的精彩。秦亦讯正从雪道上滑下来,与上午相比,有了些姿势的变化,还多了些潇洒的动作。

或许是突然间看见斯丽娅站在雪道的终点前让他激动而心乱,也或许是仓促间想为斯丽娅做一个潇洒的表演而有心无力,在即将滑到斯丽娅面前的刹那间,秦亦讯身体失去平衡,晃晃悠悠冲向斯丽娅。

秦亦讯抱住了斯丽娅,但斯丽娅不能给即将摔倒的秦亦讯一个支撑,两人一番踉跄后,一起笑着、叫着摔倒在雪道上。

两个人趴在雪道上哈哈哈、咯咯咯地笑。

秦亦讯没有急着爬起来,他抓起一把雪,洒在斯丽娅的脸上,洒进她的脖子里。

斯丽娅在雪道上翻了一个滚,笑着爬起来去扶秦亦讯……

冬日的白天是短暂的,西山顶上的夕阳已显朦胧,柔和并略带轻灵的光线,悄悄地播洒在雪道上。风也那么温柔,雪也那么温柔,喧闹后的雪场,渐渐要恢复它原本的宁静。

回到城里,周瑾琪安排了晚饭。

或许是累了,大家匆匆吃了饭,都想早点儿回去休息。

秦亦讯看上去好像一点儿都不显得疲惫。

吃过晚饭,他站在他的大切前,说顺便带斯丽娅一段。

斯丽娅上了秦亦讯的车。

秦亦讯开着"大切"直接把斯丽娅带回了家。

32

秦亦讯想着如何把斯丽娅带回家的时候,项东方正想着把她先生调到山河卫视频道来工作。

这真是一波未平,一波又起。

关于新山河卫视传播公司董事的事情还没有完全平息，让宋彬彬出任董事，不仅让在京城的人想不通，就连台里的许多人也对这一决定想不通。宋彬彬是啥样的人大家都很清楚，人绝对是个好人。在电视台工作多少年了，勤勤恳恳，没有什么是是非非，既不会打架斗殴，也不会阴损蔫坏，实实在在是一个好人。可是好人并不是能人，好人不一定能做公司董事，真刀真枪地合作了，董事不是一个摆设，什么事儿也不懂是绝对不能出任董事的。电视台没有小事儿，合作关系到千余人，像宋彬彬这样的人任董事，怎么能维护江南电视台的利益？怎么不让人家合作方笑我江南电视台没人？

就因为宋彬彬出任了新山河卫视传播公司的董事，唐逸风和郭鲁中不得不在电视台大会上委婉地作了一番解释，各种各样的议论才少了一些，但还是有人心里不舒服，凭什么呀，宋彬彬就可以任董事了？

这宋彬彬任董事的事儿稍稍地平静了些，项东方就向台领导提出要把先生调到山河卫视频道工作，这又给唐逸风出了一个难题，唐逸风竟然一时难以决断。

虽说项东方的老公是广播电台的主持人，能说一口标准的普通话，并且在电视台与广播电台合并后，早就是一个单位的人。但项东方提出要让她老公到电视台来，到电视台的山河卫视频道来，到京城来，这对唐逸风来说，仍然是一件伤脑筋的事儿。

一来，作为广播电台的主持人，能说一口再标准的普通话也不一定就可以做电视节目的主持人。这不是说项东方的老公形象好不好，而是电视节目的主持人与广播电台的主持人毕竟还是有很多不同的。

二来，项东方的老公也不再青春年少，在山河卫视这样的电视频道中，已经没有什么节目可以适合他作主持人。

三来嘛，两口子虽说在一起可以解决夫妻分居的问题，可在千余人的电视台过分考虑这方面的问题难免会有人说三道四。况且京城是许多双眼睛盯着的地方，两口子在一起是不是合适？项东方的夫妻分居问题解决了，那在京城的其他人是不是也该解决？都是人嘛，当然不能厚此薄彼。

但项东方好像一切都想周全了，她说先生过来后可以不必再作主持人，在频道审片室负责审片工作总是可以的嘛。

唐逸风也试着劝说项东方先别着急，过些日子看看再说。

应该说这是唐逸风的心里话，事虽小，却不能没有大局观。但是，项东方并不接受这样商量式的建议。

这就逼着唐逸风做出选择。

站在唐逸风的位子上，自然是多一事不如少一事，他的第一选择不是行或不行，而是再一次试探说："如果夫妻分居生活确有一些问题不好解决、有些困难不好克服的话，你也可以考虑回到台里工作。"

虽然嘴上说也可以，但实际上，这时的唐逸风是很希望项东方能离开京城回江南的。只是这话又不好明说，明说了就有点儿卸磨杀驴的味道。

然而，回台里工作却偏偏不是项东方的选项。

她说她已经适应京城了，不想再回江南，如果台里一定要让她回去的话，她宁可不要这份工作。再说了，她已经不再青春年少，也该考虑要个宝宝了。这些年为台里付出了很多，关于董事的人选安排她可以尊重台领导的决定，她也可以不计较自己应该得到什么，她只要求把先生安排到京城工作。就是这么一点儿要求，台领导认为也不能接受吗？

唐逸风心里明白，没有让项东方任董事的事儿，她一直有意见有情绪，嘴上虽说着服从组织决定，但在她心里，却一直不愿意接受这个现实。如今提出这样的要求，即使不是向台里发难，也是堤内损失堤外补。

可是，项东方把话说到这份上，唐逸风就不能话赶话接着往下说，小不忍则乱大谋，只好回旋一下说，台领导研究后再定。

若要说是项东方发难，的确是有那么点儿意思。不能做董事这件事儿，是她项东方心里一个始终解不开的疙瘩。她怎么想也想不明白，她为电视台，为山河卫视频道做了这么多的事情，宋彬彬都可以任董事，而她却被排除在外。这公平吗？没有她，怎么会有与大都融合公司的合作？没有与大都融合公司合作的尝试，怎么会有与保润万公司的最终签约？她为此跑了多少趟京城？没有功劳还有苦劳呢，怎么就不能做个公司的董事？

因为想不通，所以，在向唐逸风提出要调先生进京城的同时，项东方也给电视台主管部门的领导写了一份长长的材料，汇报了自己所遭受的不公和眼下唯一的要求。

江南电视台里知道这件事的人，大多也都认为这是项东方明摆着不让唐逸风省心。

而对于项东方这样做，则是仁者见仁、智者见智，各有各的看法。

有的认为可以理解，值得同情。唐逸风过分倚重秦亦讯，任人唯亲，需要

203

有人站出来,即便不敢大声说不,也不能让他们想怎么着就怎么着。

也有人认为项东方不该这样,毕竟她现在是山河卫视频道的总监,一个频道总监应该知足了,人心不足蛇吞象,没有必要没完没了,都想着自己,电视台还不乱了套?

其实,项东方提出要把先生调到京城来,并不单单是向唐逸风发难。客观地说,项东方除了借此试探性地向唐逸风宣泄一下不满外,更主要的还是,她真真切切地感受到现在的自己需要有老公的呵护。

事实上,在山河卫视领导层新一轮的调整中,台里正式任命她为山河卫视频道总监,她还是有些知足的。这是她苦思一番后想要的岗位和职务,工作不累,岗位重要,尽管有些别别扭扭,但还是如愿以偿,尽管鱼与熊掌没有兼得,但相比而言,她更青睐频道总监。

因此,在就位于频道总监的日子里,她还是蛮高兴的,心里甚至又有了久违的舒坦。

可在频道总监岗位上按部就班之后,一时的舒坦又归于平淡,秦亦讯的阴影又在她脑海中频频浮现,不知不觉中又陷入情感的纠缠和昨日的恩怨。

项东方短暂的舒坦过后想,秦亦讯不仅是新山河卫视传播公司的常务副总裁,而且还加冕"台长助理",原本想与他在两条平行线上平起平坐的,但仍然是有高有低。凭什么他秦亦讯就能想什么有什么?

这样想着,项东方心里不服。

可是,一切已经各就各位,董事人选早就尘埃落定,鱼与熊掌兼得是不可能了,还有什么可以再去争呢?也争个台长助理?她知道,那是不可能的。

暂时只能如此了,项东方无奈中接受这个现状。

可是,有无奈就有落寞。

项东方很落寞,落寞中想老公。

于是,就想让老公也到京城来。

项东方很希望老公能过来,过来陪她,过来与她朝夕相守。

到底是女人,她需要得到慰藉,她不能独自面对孤独。

以前的时候没觉得,因为她有秦亦讯。有秦亦讯的时候,老公不在身边倒也没觉得孤独,也不曾觉得寂寞,可以和秦亦讯卿卿我我,两情相依。如今,与曾经的秦亦讯分道扬镳、各奔东西了,心中深处的那份寂寞常常如幽灵,不知不觉地就会附体在她身上,甚至是渗透到她的心灵深处,渗透到她的骨子里,这使她常常地感觉到一种孤独的滋味。

她与秦亦讯毕竟不同,秦亦讯没有了她项东方,很快会有新欢,很快可以上别的女人的床,甚至可以很快地忘记曾经的所谓的恩和爱。而她不能,她明白了,秦亦讯是靠不住的,或许男人都是靠不住的。秦亦讯伤了她的心,伤了心的女人更容易寂寞和失落,当寂寞挥之不去的时候,当失落弥漫在心灵深处的时候,仅靠自慰是远远不够的!

为感情所伤的女人,舔着自己的伤是一种心痛,为自己疗伤是一个痛苦的过程。当自己面对一切的时候,仿佛天也混沌,地也灰蒙,涩涩凝固的眸子里,没有生机,也没有生动,欲说还休,欲忘不能,悲悲切切懒得动,空空洞洞心不静……

项东方也是一样,她无法忍受生活被寂寞囚禁,感情被寂寞囚禁,她想大喊一声,让自己的一切一切,都从囚禁的牢笼中挣脱出来,她渴望"解放区的天,是蓝蓝的天"。

但是,她用尽全身的力气,却什么也喊不出来,在寂寞面前竟是那样的有气无力,只有一种混沌而又莫名其妙的呻吟在心底深处如泣如诉,冷冷地敲击着她的心。

人孤单?夜来寒?爱已残。

凭栏望?怅然回眸灯火阑珊。

愁来时?却不等闲……

在失去秦亦讯以后的这段日子里,项东方的感情世界里空空洞洞,所以,她需要老公在身边,需要自己的感情世界里依然生动。若是老公过来了,她就可以好好地和老公过日子。厮守着自己的老公,今生今世,不再两地分居,今生今世,不再对别的男人投怀送抱。

寂寞总是缠着她,她想让老公来,把寂寞赶走。

秦亦讯开着大切把斯丽娅带回了家,而跟着项东方回家的却是寂寞。她很想把寂寞关在门外,很想把老公带回家。

就在寂寞的项东方长夜难眠,无心凭栏眺望京城夜晚的灯火阑珊时,秦亦讯却正美滋滋地和斯丽娅在午夜销魂。

这一夜,秦亦讯已经很期待。

秦亦讯期待的这一夜,原本是美妙并醋畅淋漓的。

经过多少次的酝酿和画饼充饥似的推演,他为斯丽娅准备了一套丰富多

205

彩的精神大餐。这套大餐不能是急风暴雨,而是循序渐进、渐入佳境……

不嫌麻烦,不嫌繁琐,为的就是"让我一次爱个够"。

可是,计划终究是计划,推演和设想只不过是闭着眼睛的意淫而已。当秦亦讯赤膊上阵、在斯丽娅的半推半就中脱去她的上衣,那嫩而洁白的胴体一览无余时,他已经口干舌燥、热血上涌,之前想好的丰富多彩的大餐中的一道道菜顷刻间忘得无影无踪,迫不及待地撕扯着她的下衣就要裸闯……浪漫是狗屁,前戏是狗屁,高歌猛进才有高潮跌起……

呻吟着、哼哼着的斯丽娅猛然睁开眼,双手使劲地将他撑起,挣扎着,喊叫着:"套……套……"

秦亦讯无奈地暂停,伸手从沙发缝里摸索出一个套儿戴上,终于结结实实地把斯丽娅压在了身下……

云云雨雨后的甜美,加上白天滑雪的疲惫,秦亦讯睡得很美很酣畅。

等到一觉醒来,已是天蒙蒙亮。看着身边甜甜地睡着的斯丽娅,伸手摸一摸她那一丝不挂的光滑的肌肤,他满足着,窃喜着,禁不住再一次蠢蠢欲动。

在这个周日的早上,他不想再懒懒地睡去,他正酝酿着再一次。

就在秦亦讯再次兴奋地看着裸睡的斯丽娅,痴痴呆呆地想着这一次要打出一套什么样的组合拳时,床头柜上的手机突然响起。

这电话铃声也惊醒了沉沉地睡着的斯丽娅,斯丽娅睁开朦朦胧胧的眼,冲着秦亦讯挤出一丝稍带羞涩的笑。

秦亦讯拿起电话看了看,见是唐逸风的来电,便示意斯丽娅不要出声,胡乱披上一件衣服走出卧室,接通了唐逸风的电话。

唐逸风自从出任江南电视台的台长之后,养成了一个早上早起的习惯。不论是工作日还是工休日,不论是天好还是天坏,他都早早地起床,一边在离住宅区不远的林荫大道上走来走去,一边思考着一些他必须思考的问题。每当这个时候,他往往会掏出手机打电话,安排一些他深思熟虑过的事儿,或者问一些他所关心的问题。对于这一点,秦亦讯是十分清楚的,所以,他的手机是要二十四小时开机的。

唐逸风在这个周日的早上给秦亦讯打电话,是因为项东方要求把老公调到京城、调到山河卫视审片室的事儿。这件事儿他还没有想出一个妥善的解决方案,还没有想清楚是同意好还是拒绝好,所以,走着想着,便拿出手机给秦亦讯打电话,想听听秦亦讯的意见。

唐逸风没有废话，单刀直入地问："项东方提出要把她老公调到山河卫视审片室，你怎么看这个事儿？"

秦亦讯略一想，说："我是前两天听说这个事儿的，我还以为是坊间传说呢，所以就没有当成回事去想……"

"看起来似乎是一件小事儿，但这件事儿处理不好，可能会有大麻烦的。"唐逸风不无担忧地说，"去有去的麻烦，不去有不去的麻烦，处理不好可能会有想象不到的后果发生。既然知道了，就不能不当回事儿，你尽可能地侧面了解一下，听听在京城的人对这件事儿怎么想？大家是不是很关注？不可掉以轻心噢！"

"好的，好的，我尽快侧面了解一下，有什么情况马上向您汇报！"

秦亦讯郑重其事地答应着，唐逸风又说了几句什么，他也认认真真地听着。

挂了唐逸风的电话，秦亦讯就急忙忙钻进了被窝。

33

秦亦讯急忙忙钻进被窝，被窝里很温暖，被窝里还有一丝不挂的肌肤光滑的斯丽娅，这暖和而又躺着斯丽娅的被窝让他恋恋不舍。

这是星期天的早上。

秦亦讯多么希望这个美好的星期天没有早上，多么希望昨夜的暮色不会退去，多么希望这个早上的太阳不会升起。但早上还是来了，昨夜的暮色还是悄然去了，这个早上的太阳还是照样升起来了。

在唐逸风的电话声中，这个星期天的早上天亮了，但天亮了秦亦讯却不想起床，他还要摸着斯丽娅，他还要为斯丽娅打出一套张弛有度的组合拳，他一定要打出一套完美的组合拳。在这套完美的组合拳中，他要让斯丽娅闭上眼睛呻吟，他要让自己在热血澎湃中嚎叫……

这个早上，唐逸风的电话已不重要，因为这是星期天的早上；这个早上，项东方的事儿已不重要，因为项东方成熟的肌肤早已在他的眼中退色，早已

在他的心灵深处暗淡。

秦亦讯的这个星期天没有早上，没有掀起的窗帘依然使房内延续着夜晚的黑色，夜晚的黑色延续着他黑夜中的快乐。

直到周一上班的时候，秦亦讯依然周身通泰、神清气爽，中午没事儿的时候，就给夏侯阳打了电话。

秦亦讯喜不自禁，嘿嘿笑道："夏侯啊，忙什么呢？那么好玩儿的滑雪你也不去，可惜了吧？"

夏侯阳正在吃午餐，一份简单的快餐。

秦亦讯电话来了，他边吃边聊："是挺可惜的！有个客户的事情急，没办法，干着急去不了啊。听说您玩得很潇洒呢，华庭观赏，众人喝彩……"

"还说呢，屁股都快摔成好几瓣了。不过，还是挺好玩的，冬天若是朋友来了，就带他们去滑滑雪挺好的！既花不了多少钱，又挺新鲜刺激的，比去泡妞好多了，哈哈哈……"

夏侯阳也跟着哈哈笑，一笑连饭都吃不下去了，两人就接着聊。

秦亦讯说："滑雪是个体力活啊，昨天睡了一天都没有休息过来，现在浑身还疼呢。"

夏侯阳坏笑道："不至于吧？是不是白天猛着玩、晚上猛着干，资源分配不合理闹的？"

秦亦讯美滋滋地乐，支支吾吾地说："不行了，俗话说嘛，年龄不饶人啊！猛不起来了……"

夏侯阳哈哈笑道："这才哪儿到哪儿啊？正如日中天呢，'一带二'还有富余！"

"哈哈哈……'一拖一'还呼哧带喘呢，'一带二'连想也不敢想喽。"

两个人一阵笑，夏侯阳突然换了一个话题问："听说吴秋林那儿又有新动作？"

秦亦讯还沉浸在刚才晦而不涩的惬意中，心不在焉地问："你指的是哪个方面？"

"不是在整合吗？"

"嗛！谁知道他又在琢磨什么呀？听说又收购公司，又打造平台的，好像要成立一家什么联盟公司，由他折腾去吧。只要别动我们的山河卫视，他爱干吗干吗！"

"不怕贼偷,就怕贼惦记!下面大概还有大动作……"

秦亦讯没等夏侯阳把话说完,便道:"我只相信一点,山河卫视频道是江南电视台的,吴秋林再有本事也无法把山河卫视频道变成他们家的,你说是不是?"

"这倒不假!"

"所以啊,不用杞人忧天,他还没有兴风作浪呢,不用想那么多。你夏侯大律师也别天天忙着挣钱,钱多少是多呀?该玩玩就玩玩,能玩'一带二',就不玩'一拖一',玩不了'一带二',就凑合着玩'一拖一'。哈哈……"

夏侯阳便又嘻嘻哈哈地笑道:"您说的也是,人生得意需尽欢呀。"

"就是嘛!"

挂了电话,夏侯阳便不再去想"一拖一"还是"一带二",他还要忙自己的事情。

虽然年度终了前,客户的事情比较多,以至于连前天那个滑雪的浪漫周末也没有时间去休闲一下,但他却还在密切地关注着一件事儿。

这件令他不能像秦亦讯一样漠然视之的事儿不是滑雪,不是秦亦讯把斯丽娅带到了什么地方,也不是周瑾琪的"爱跑"鞋,而是吴秋林令人眼花缭乱的公司整合。

夏侯阳并不热衷于秦亦讯式的玩,尽管秦亦讯也常常玩得激动不已,但他终究算不上是真正的玩家。

虽不敢断言吴秋林就是真正的玩家,但他毕竟有独到之处,不仅可以玩得激动不已,而且可以玩得心跳。

心跳和激动是两码事儿。比如说蹦极,有人看,有人蹦,看者激动,蹦者心跳。

这就是区别。

夏侯阳也玩不了心跳,但莫名其妙的是,他想看看吴秋林怎样玩的心跳。

就在新山河卫视传播公司的重组尘埃落定、山河卫视频道公司化运营正式起步之后,吴秋林没有全部履行他曾经的承诺,其中,他将致力于山河卫视频道全盘经营的信誓旦旦的承诺,几乎成为一句空话。

实际上这也不能全怪他。因为,新山河卫视传播公司管理层和经营层的重组并不仅仅取决于他吴秋林,而且,他有他的想法,他有他的兴奋点。

在保润万公司商讨进入新山河卫视传播公司管理层的人选时,吴秋林对

209

看上去炙手可热的总裁职位拱手相让,于是才有了葛云。

而事实上,新山河卫视传播公司的总裁应该是非吴秋林莫属的。因为,朱野南出任了新山河卫视传播公司的副董事长,那吴秋林便是总裁的第一人选。但这时的吴秋林,却又一次表现出了他独有的大度和仗义,心甘情愿地让出了总裁的位子,让葛云上。

这让朱野南高兴,让葛云高兴,也让天荣保润集团高兴。

显然,吴秋林不只会吹牛,他有他的独到之处,他有他的高人之处。高就高在看似让别人都高兴了,其实最高兴的还是他。

吴秋林只选择了一个董事的职位,在他看来,只要他是新山河卫视传播公司董事,他就有足够的空间。

董事是什么?董事显然不是什么事儿也不懂的人,而是公司重大事项的决策者之一,是在公司重大事项中拥有话语权、知情权但又不必像公司总裁那样陷入公司千头万绪的事务中去,且又不是公司经营不善的责任担当者。

不必为公司既定的一个经营目标而鞠躬尽瘁,也不必为自己的大话空话负责,除了像他这样的公司董事之外,谁人还能站着说话不腰疼?

实际上,吴秋林曾经许多次描绘过的、天花乱坠般的山河卫视频道的未来,不过就是仅仅说说而已,他的功夫是在嘴上,而他的心思并不在这儿。山河卫视频道之于吴秋林,是不可或缺的,但山河卫视频道毕竟是江南电视台的,借江南电视台的鸡下自己的蛋,这才是吴秋林所想要的。

有了他与天荣保润公司的联袂,有了保润万公司与新山河卫视传播公司的重组,吴秋林就有了自己的舞台。

并且,这个舞台越来越华丽。

吴秋林先是重组了旗下的雄氏影视公司,使所谓的旗下公司变成了真正的控股公司。

经过说服加诱惑,使雄氏家族的股份缩至不到30%,相反,却提高了雄氏影视公司年生产电影、电视剧总量的能力,计划达到国内名列前茅的预期。虽说雄氏影视公司的有些电视剧犹如生产线上下来的产品一样,但雄氏招牌式的电视剧在国内仍然有其独到之处。与此同时,在吴秋林控股雄氏影视公司后,一举对雄氏公司作了全新的包装,这包装当然是出自业内高手。

接下来,吴秋林成立了纵横日月影视投资公司。公司的主要业务算得上独具特色,那就是专门为缺钱的影视剧提供资金并享有权益。

当然，纵横日月影视投资公司并不是为所有的缺钱的影视剧投资，这投资肯定是有条件的：一是必须是正在拍摄中的影视；二是纵横日月影视投资公司投资前原投资人的实际投资不低于总投资的50%；三是剧本必须经纵横日月影视投资公司审阅；四是不低于120%的投资回报；五是版权共有等等。

对此，业内人士看法各异，莫衷一是。

有的说吴秋林是雪中送炭。当有些影视剧因缺资金而面临血本无归的困境时，吴秋林就是及时雨。宋江宋公明是及时雨，帮不少人走出困境，所以他成了大哥，没准儿吴秋林也会成为影视界的宋公明。

也有的说吴秋林是趁火打劫。在别人最困难的时候，他吴秋林杀将出来捡个便宜。

不管怎么说，缺资金的影视剧常有，而吴秋林只有一个。

再接下来，吴秋林或设立或收购，一下子有了两家广告公司。

而这恰恰是夏侯阳一时看不明白的地方，吴秋林的旗下，为什么需要两家广告公司？

在短短的时间内，吴秋林的中影中万公司迅速孵化的关联公司或控股公司有：新山河卫视传播公司、保润万公司、雄氏影视公司、纵横日月影视投资公司及两个广告公司；业务范围涉及电视传媒、影视制作、影视投资、广告经营、节目交易、剧本代理、文化活动等等。

这样一个由单一到多元的裂变之后，下一步必然会有一个新的整合。

整合之后，吴秋林又要干什么？是玩一次心跳？还是又一次的华丽转身？

当吴秋林的中影中万公司签下与江南电视台的合作后，吴秋林已经有了一次华丽的转身，几乎是在原地不动的情况下，天荣保润公司旗下的文化产业融合了中影中万公司的电视传媒元素，实现了保润万公司的重组。

吴秋林这样一个潇洒的华丽的转身不仅为他赚了一个盆溢钵满，而且还让他抱上了天荣保润公司这块金碧辉煌的招牌，可谓名利双收，一举两得。

可仔细想想，吴秋林的这次华丽转身，其实也是心惊肉跳。

如果天荣保润公司也和大都融合公司一样，探探虚实就走，把吴秋林晾在那儿，他吴秋林就是砸锅卖铁也没钱和江南电视台玩下去，其结果最起码也是几千万的定金拿不回来，怎能不哆哆嗦嗦、如履薄冰？

但吴秋林命好，吴秋林有本事，不仅与天荣保润公司的合作安全着陆了，而且还大赚一把，玩的心跳自然有玩的心跳的刺激！

　　而在这次华丽的转身之后,吴秋林又在紧锣密鼓地迅速扩张,是在大大方方地挥撒他已经获取的财富呢,还是为下一次的华丽转身打造平台呢?

　　很显然,吴秋林不是散财童子,也不是小富即安、容易满足的人。

　　这是一个值得关注的动向,吴秋林除了吹牛,他还应该是一个值得关注的人物,起码对江南电视台而言,应该像合作之前那样切切实实地关注吴秋林才是。

　　吴秋林是一个太让人意外的人。

　　面对他,你连眯上眼睛小歇一会儿的工夫都没有。

　　就在天荣保润公司旗下的文化产业与中影中万公司的电视传媒元素亲密接触的面纱揭开之际,夏侯阳就曾经向江南电视台提出过下一步的设想——

　　在一个资本市场活跃的时代,江南电视台迈出了宝贵的第一步,这在国内的电视传媒领域具有独特的意义和值得预期的未来。有道是"一招先吃遍天",在主管部门政策许可的范围内,电视传媒的资本市场前景广阔,江南电视台走出了第一步,何不再往前走出第二步?

　　虽然只有一步之遥,可相比第一步而言,这第二步就是质的飞跃。

　　这第二步怎么走?

　　夏侯阳不是一个电视传媒经营者,但是,基于对电视传媒的经营现状和主管部门政策的理解,他提出的想法和建议是——

　　江南电视台要设立一个平台公司,将电视台拥有的新山河卫视传播公司的股权剥离给平台公司,同时,将江南电视台属下的影视中心变为独立的实体,与江南电视台的广播电视广告公司一并整合到平台公司,赋于平台公司新的内容,准备借壳或借道,完全进入资本市场。

　　天荣保润公司与中影中万公司的合作,已经给了我们一个很好的比价,我们为什么不借力发力?

　　电视频道的广告竞争是激烈的竞争,传媒广告经营者从广告市场的大蛋糕中分到一杯羹是天经地义的,也是绝对不能放弃的。

　　但广告的竞争是传媒广告经营最原始的竞争,为了分到一杯羹而不得不互相残杀甚至是自我残杀,为什么就不能在资本市场上分到一杯羹呢?

　　山河卫视频道的运营公司——新山河卫视传播公司重组的完成只是第一步,以为重组完成了就万事大吉,那就大错特错了,需要睁大眼睛看得清清楚楚的事儿还有很多。

如果江南电视台能够接着做一把资本运作,和吴秋林一起在资本市场上竞争,那么,谁会是下一轮的赢家?

然而,夏侯阳的建议却仅仅是一个建议而已,这个建议如石沉大海却没有溅起浪花。

如今,面对吴秋林的连环出手,夏侯阳不禁又想起了他曾经向电视台提过的建议。

但他只能看着吴秋林玩下去。

如果吴秋林还有下一步,那么,下一步棋便可检验吴秋林的功力;如果吴秋林还有下一步好棋,那么,吴秋林的面纱才算真正揭开。

他将是一位高手,或者说是一位真正的玩家。

夏侯阳自己不会玩,但他很想和这样的玩家玩儿。

和这样的玩家玩儿才叫过瘾,才叫爽,才叫刺激。

吴秋林是不是这样的玩家?

虽然还看不清吴秋林是不是一位真正的玩家,但山河卫视频道却在发生着让人耳目一新的变化,提前开播的新年度改版后的山河卫视频道包装、频道宣传片及节目宣传片,实实在在有了全新的冲击力。

频道曾经的主持人发生了颠覆性的变化,除了刘若瑶以外,所有的主持人都换了。

帅哥靓妹加上演艺名人的客串及高薪聘请的知名主持人掀起了山河卫视频道的第一道冲击波。别致而新颖的频道包装加上明星的形象代言及意境悠远的广告语让观众感到亲切而又耳目一新。以时尚休闲为特色的一档档节目,兼容了国外电视传媒动感和新奇的元素,加上插科打诨、笑料连连的雄氏电视剧,成为山河卫视频道在新年度奉献给观众的一道道精彩纷呈的大餐……

山河卫视,在默默无闻中有了新的开端。

夏侯阳之关注山河卫视,犹如股民关注股市,一会儿看大盘,一会儿看个股。

如果说,山河卫视频道是大盘的话,那每一档节目就是一只个股。

夏侯阳不关注每一只个股,他只关心即将上市的那只新股——兄弟传媒公司的《"爱跑"我玩时尚体育》。

他希望这只个股一路飘红,他希望这只个股潜力无穷。

除此之外,他还关注大盘外的吴秋林。

吴秋林的动向,就像是大盘外热钱的投向,对大盘必然有影响。

作为律师,夏侯阳有他该做的事情,在新山河卫视传播公司重组的过程中,在江南电视台与保润万公司合作的过程中,他尽到了应尽的勤勉和义务。他完全可以不用如此专注,有时间还可以多做一些业务。说实在的,江南电视台支付给他的律师费是微不足道的,谁不想挣更多的钱?

但是,夏侯阳还是一如既往、有意无意地时时关注着山河卫视,关注着与山河卫视有关的吴秋林。

因为他关注、好奇甚至是喜欢这块资本市场的处女地。

当然,相对来说,夏侯阳更为关注的还是兄弟传媒公司周瑾琪的节目。

周瑾琪是他的朋友,周瑾琪在山河卫视频道播出的节目他自然是要关注的,尽管与关注吴秋林的角度不同,但他会时时想起。

想起是因为那是他朋友做的节目。

山河卫视频道在新年度改版后隆重推出的节目没有多长时间就要开播了,不,是不到一周的时间就要开播了,兄弟传媒公司的《“爱跑”我玩时尚体育》也要播出了,《“爱跑”我玩时尚体育》的处女播会让人心动吗?

夏侯阳期待着。

34

比夏侯阳更期待的是周瑾琪。

当然,周瑾琪的期待也更现实。除了期待《“爱跑”我玩时尚体育》节目能够令人心动,她更现实的期待是节目的顺利播出。

可意外却在开播前让她着了大急——播出带屡次送审竟然没有通过。

按照频道的统一要求,外包节目正式播出的节目带提前一周送到审片室审片。为万无一失确保节目按时顺利播出,像准备样片那样,周瑾琪早早让节目制作部准备好了两期节目播出带,并一同送审。

为了做一档节目,已经准备了差不多半年的时间,快乐也有,着急也有,甜也有,苦也有,终于就要处女播了,不能再有闪失、再有意外。

　　该想的都想到了,周瑾琪蛮踏实地等着审片室的通知。

　　节目部送片的人没有当时带回审片的消息,周瑾琪也没在意。因为她心里有底,有那么多片子要审,总得一个个来,等一等也是正常。

　　一天后等到审片室的通知,节目还需要改,周瑾琪也没太在意。因为她心里还是有底,按说样片已经通过,正式播出的节目一般不会有什么大的问题。

　　改改就改改吧,她特意去了一趟机房,和大编导蓝可及新生代编导阿元都说了,再根据频道的要求,好好修改一下,需要改进的一定要改进。

　　蓝可有些茫然地说:"审片室说让修改,可也没有说怎么修改啊。这怎么改? 改哪儿? "

　　周瑾琪果断地说:"节目内容是不能大动了,但改还是要改的。至于怎么改,当然不能乱改,就依照审片室对样片提出的要求改,另外,尤其注意节目的画面质量、声音质量等技术环节,精益求精。"

　　蓝可和阿元以及操机员熬了一个通宵后,第二天,周瑾琪亲自将播出带送到审片室。

　　这次不但将送审过的那两期修改后再次送审,而且还特意送了一期蓝可大编导亲自编导的节目。这期节目前后做了八九天,属于慢功中的细活儿。

　　周瑾琪想,萝卜白菜,各有所爱,或许审片人员的喜爱也是不一样的。

　　到了审片室,辛雅兰正在审片子,周瑾琪就找个机会跟辛雅兰套近乎。

　　她笑嘻嘻地说:"辛姐,我是《我玩时尚体育》节目的。能不能请您先看看我们修改过的片子? 若还有什么修改的,我记下来回去好跟编导说。"

　　辛雅兰抬头看看周瑾琪,随口问:"你是……"

　　"我是周瑾琪,节目的制片人。上次带主持人到频道试镜时见过您……"

　　"噢,想起来了。"辛雅兰也很客气,"你们节目的主持人是……"

　　"是斯丽娅。"周瑾琪忙说。

　　辛雅兰一边让同事接着审片,一边带着周瑾琪来到她的办公桌前,拿过一把椅子让周瑾琪坐。

　　她拿出一份名单,看了看,说:"对,斯丽娅。主持人上岗证拿到了吧? "

　　"拿到了,试完镜没过多少天就拿到了。"

　　"节目拿回去改过了? "

"改过了。想麻烦您再给看看,修改后是不是可以了?"

辛雅兰扭头看看玻璃后的审片室,自己也坐下,犹豫了一下,说:"第一次审片没过的,我们就会比较注意,修改后的节目要专门看,专门审……"

"是吗?"周瑾琪笑道,"这么说,我们的节目还没有播呢,就进黑名单了。"

辛雅兰也笑道:"不是这个意思,主要是为了保证播出节目的质量。"

"所以,今天不让他们送片子,我自己过来了,就是想好好听听你们的要求。"

"但我们现在看的都是第一次送审的。"辛雅兰似乎有些歉意地说,"你先回去吧,回头我们审二次修改的片子时,有什么问题再电话通知你。"

"那好吧,到时您给我打电话。"周瑾琪不好再勉强,便起身告辞,"不耽误您了。"

辛雅兰客气地站起来,送周瑾琪到门口,像是闲聊似的说:"你们的节目是不是有个冠名啊?"

"算是吧。也是朋友,觉得这节目还不错。"

"多好呀,节目找个冠名多不容易呀。别说是新节目了,就是做了好长时间的节目也不一定能有冠名啊。"

"也是赶巧了吧。"

"赶巧是一方面,节目的内容也很重要。"辛雅兰像是姐妹聊天,推心置腹地说,"我看过你们送的样片,也看过你们送审的播出带。选的点很好,国内好像还没有一档这方面内容的节目呢。并且,在山河卫视播出也挺合适的,要在一视的体育专业频道播吧,反倒不是一个口味。"

"您说得对。我们没想过在一视播,就是特意为山河卫视频道做的。"两人站在门口一聊,还挺说得来,周瑾琪就接着说,"今后还得请辛姐您多指导指导呢。"

辛雅兰笑道:"指导谈不上,对好节目更要严要求,好上加好嘛。"

周瑾琪也笑道:"可节目审查过不了也着急啊!"

"没事的,没有原则性问题,质量又能达到播出要求,怎么着也得让你们的节目播啊。"

"那就拜托了,谢谢。"周瑾琪抬手示意辛雅兰请回。

"噢,对了,主持人还要下下工夫啊。"辛雅兰又补充一句,转身回了审片室。

和辛雅兰简单一聊,周瑾琪心里不再忐忑,辛雅兰说节目总能播的,自然不用瞎着急,节目总体上说是肯定的,修改只是为了好上加好。

她放下心来等消息。

可等来的消息又让她着急——修改过的播出带还是没有通过。

不仅阿元做的节目没通过,蓝可编导的慢功细活儿做出来的节目也没有通过。

没通过显然不是因为萝卜白菜。

辛雅兰说:"再改改吧。不过,时间已经很紧了,若是改不到位的话,恐怕真要影响按时播出了。"

"辛姐,请教您一下,该怎么改?"周瑾琪忙不迭地问。

辛雅兰说:"上次不是跟你说了吗,好节目不能凑合。"

"我们做就想做好,没有凑合……"

"好上加好嘛!"

辛雅兰挂了电话。

周瑾琪就皱着眉头想如何"好上加好"。

想着想着,忽然想起辛雅兰上次说的一句话,"主持人还要下下工夫",周瑾琪就把电话打到机房找编导。

先是问蓝可:"前几期节目中,主持人的主持您觉得怎么样?"

蓝可说:"也就这样了,能到这份上也算说得过去。虽然我觉得斯丽娅不如彭丹丹,但也不能推倒重来啊。"

差不多是屁话。

周瑾琪就让阿元听电话。

她问阿元:"主持人的主持有什么改进的办法?"

阿元想想说:"这……不是一朝一夕的事儿。就是说多走几遍会有改进,可也来不及啊。"

"那有很露怯的地方吗?"

"这倒不至于。"

周瑾琪放下电话,一时不知如何是好。

主持人下工夫提高业务能力和水平,可以努力,可以要求,但不是一天一晚上的事情。

远水解不了近渴,节目得按时播。

唯一的办法便是节目先过,主持人在工作中提高,在工作中进步。

217

无奈,她拿起电话找夏侯阳。

夏侯阳期待着节目的处女播,接了周瑾琪的电话,就先自以为是地说:"是不是告诉我别忘了看节目?从好几天前就等着啦。"

"你还想着节目呢?要是想不起来的话,就不用想了,节目播不出来了。"

"这是哪儿话呀?除非天塌地陷、不可抗力,没有播不出来的道理。"

"这可是你说的?"

"是啊,算是一名观众的呼声嘛。"

"那就好,实话告诉你吧,节目审查没通过……"

不像是开玩笑,夏侯阳认真了:"为什么?"

"不知道。"

"别说不知道啊,你要是不知道,那这事儿还怎么办?"

"真的不知道,审片室就是说需要改进。"

"那就改进吧,这有什么好说的!"

"可问题是怎么改进?已经根据审样片时提出的要求改过一次了。并且……并且又送审了三期播出带,有阿元做的,也有老蓝做的,可谁做的都通不过……"

"别着急,别着急!不是离元旦还有几天吗。"

"我们是周中播的节目,元旦是星期几啊,夏侯大律师?元旦第二天的晚上就是我们节目的首播了,能不急吗!"一向稳稳当当的周瑾琪,这会儿的话却说得风风火火,"就是元旦前这几天的时间啦,本想元旦前请你吃饭呢,这下好了,元旦都不知道怎么过了,不找你大律师不行了。"

"找我做什么,说吧。为了节目按时播出,是不是需要我献身?"

周瑾琪突然呵呵笑:"就是这个意思。项东方不是现在的频道总监吗,你就献一回呗,说不定你早就朝思暮想了。"

"我朝思暮想有什么用啊?一个巴掌拍得响吗?"

"听这话你倒挺愿意。不和你臭贫了,你能不能打个电话问问,到底是因为什么?"

"我想想吧……"

夏侯阳挂了周瑾琪的电话,果真就认认真真地想了想。

他想的是该给谁打电话。

给项东方打电话?显然不合适。

按说,项东方由原来的频道经营中心总监到现在频道总监,正好负责审片室,问她是最合适不过的了。一般情况下,他若问了,项东方不会不关照,打个招呼,没有原则性问题,过了也就过了。

但这事儿却偏偏不是一般情况。

项东方做了频道总监,他连个电话也没有给项东方打,这还是其次。最主要的是,当初项东方就是为这档节目推荐了主持人林洋洋,他把项东方晾了,没有给项东方这个面子,如今却因为这档节目审片不能通过而有求于她项东方,显然是不合适宜,也张不开嘴。

想到这儿,夏侯阳却突然想,是不是因为没有给项东方面子而项东方故意与《"爱跑"我玩时尚体育》过不去?

可他又摇摇头,项东方不至于,自己不过是小人之心度项东方君子之腹。这么一档节目的主持人,人家林洋洋也不一定真的看得上,何况人家朱野南怎么会因为一档破节目的主持人用不用林洋洋而小肚鸡肠呢?

但夏侯阳还是觉得不能打电话问项东方,尽量不要旧事重提,免得没事儿找事儿。

于是,他就给秦亦讯打电话。

秦亦讯接了电话,夏侯阳简单介绍了情况,便含蓄地问:"怎么着,能不能先播着,边播边提高?"

秦亦讯没有接夏侯阳的话茬儿,迟疑片刻,问:"样片不是过了吗?"

"早过了。样片不过怎么做播出的节目?"

夏侯阳特意又补充一句:"样片过得还很顺利呢。"

秦亦讯又问:"那,那没说怎么修改?"

"辛雅兰说需要改进,好节目要严要求,要好上加好。"夏侯阳又委婉地说,"好上加好不是三两天的工夫,是不是循序渐进?"

秦亦讯吞吞吐吐地说:"还有几天的时间……就让他们再改改嘛,争取……争取好上加好。严要求才出好节目,对节目公司也不是坏事儿……"

听秦亦讯这次说话不爽快,夏侯阳就明白他肯定是为难,故意问:"新换了频道总监,是不是新官上任三把火?"

秦亦讯吭吭哧哧笑,顾左右而言他:"播是肯定能播的,能改进就改进……"

夏侯阳不好再多说什么,只好到此为止。

　　可他没法告诉周瑾琪一个没有结果的结果，又不能不告诉她一个结果，她肯定会焦急地等着他的消息。

　　夏侯阳想了想，只好给周瑾琪发一个短信，内容就是秦亦讯的一句话："播是肯定能播的，能改进就改进……"

　　既给她一颗节目能播的定心丸，又让她想办法使节目"好上加好"。

　　但这显然不是周瑾琪的定心丸，电话马上就打过来了。

　　"和没说一样。"

　　他就和秦亦讯一样，吭吭哧哧地笑，吞吞吐吐地说："怎么……怎么和没说一样呢？播肯定是能播的，只是……能做得更好，为什么不做得更好？"

　　"没见你这么磨叨过，是不是哪儿烧香没烧到？"

　　"哈，想远了，想多了。"

　　"可审片过不了，干着急没办法，这不是烧香找不着庙门儿吗。"

　　"那我告诉你一个庙门吧。"夏侯阳嘿嘿笑，说，"你把几期节目踏踏实实地挨着看一遍，你又不是不懂，看看到底有没有问题……"

　　"我现在就在看着呢，何止一遍？"

　　"那么，你再想想，审片室说改进，不可能没有具体改进建议啊。你跟我说说，都有哪些建议？"

　　"最具体的改进建议就是主持人还要下下工夫……"

　　"这不就结了嘛！"夏侯阳自作聪明地说，"这么重要的修改建议，是不是当耳边风了？"

　　"怎么可能呢。其实，斯丽娅的表现比在样片中的表现要好，主持得挺顺溜的。"周瑾琪苦笑笑，接着说，"再说了，就是不顺溜能怎么着？还能重新换主持人？换林洋洋？"

　　"换是不能换。"

　　"那你说怎么改进，我的大律师？"

　　夏侯阳略一想便计上心来，自鸣得意地笑笑，大包大揽地说："你甭着急了，我来想办法。"

35

斯丽娅跑到楼道里,悄悄给秦亦讯打电话。

一看是斯丽娅的电话,秦亦讯把手机拿在手里,先起身去关上办公室的门,然后才接。在他那间颇为宽敞的办公室里,他喜欢边打电话边走来走去。

斯丽娅说:"上班呢?"

秦亦讯说:"当然啦。怎么这时候打电话?"

"这不是有急事儿嘛!"

"什么鸡(急)事儿,狗事儿有吗?猫事儿有吗?"

"秦总——"斯丽娅急得跺一下脚,娇声娇气地说,"跟您说正经事儿呢!"

"那就不说鸡事、狗事了,说说斯丽娅的正经事儿吧。"

"节目马上就要播了,可审片过不了……"

一听是这事儿,秦亦讯就像昨天接夏侯阳的电话一样,"吭哧、吭哧"笑,不紧不慢地说:"这事儿呀,你着什么急吗?皇帝也不是,太监也不是。"

"可我是主持人呢,我上镜,怎么能不着急嘛!再说了,我跟好多人都说过了,我上镜了,让他们等着看节目,若节目该播时播不出来,我怎么解释啊?"

听斯丽娅着急,秦亦讯倒乐哈了,慢条斯理地逗着玩儿:"你都跟谁说了?七大姑说了吗?八大姨说了吗?还有姥姥家说了没有?"

"反正家里的,外面的,小姐妹等等,都等着看我主持的节目呢。总不能摆个大乌龙让人家笑话我吧?"

"不会的,你姥姥家那儿还不一定有山河卫视呢。再说了,一期播不出来还有 51 期嘛,两期播不出来还有 50 期嘛,明年一年怎么着也能让他们看到你上镜。"

"您……秦总,现在离节目的首播可是按小时算了,您能不能别闹着玩啦?"

"早着呢,不着急,还没有按秒算呢!"

斯丽娅见着急没用,就哆声哆气地说:"秦总,先谢谢您啦,您去跟审片室的说说嘛。不然,第一期就开天窗,节目还不虾米了?"

221

　　嗲声嗲气似乎比着急好使,秦亦讯装模作样地问:"那你跟我说嘛,什么问题过不了?"

　　"我也不知道。节目做得已经挺好了,我也很用心的,可好像审片的说主持人还要再下工夫。节目要播了,我怎么下工夫嘛。"

　　秦亦讯一听,又忍不住笑道:"既然说了,那你就下下工夫呗。先垫个鼻子,后做个提眉,再来个丰唇,外加韩式双眼皮,到了夏天再做一个冰点脱毛……我看就差不多了。"

　　"秦总,求您别开玩笑了行吗?您就替我想想嘛,我可是第一次在卫视频道的节目做主持人呢。"

　　"怎么能不替你想呢?刚才不是替你想了那么多吗。"

　　"那我挂了啊!"

　　"哈哈,你挂呗。"秦亦讯不以为然地说,"挂了我就忘了。"

　　"您就帮个忙嘛。"

　　"真说过要主持人下下工夫了?"

　　"大概是吧。"

　　"那好吧,你就做两手准备。"秦亦讯还是忘不了逗乐儿,"一是我帮你问问哪儿的整容手术做得快;二是你把照片准备好,万一节目播不出来呢,你就拿照片给人家看。"

　　逗得斯丽娅急不得、恼不得,但秦亦讯就是不说能不能帮着去说句话。

　　秦亦讯不说帮忙,节目能不能播还是未知数,在电视里看到自己上镜的节目还要好事多磨,斯丽娅挂了电话撅着小嘴不高兴。

　　审片过不了,问题在于主持人要下工夫,这让她很纠结。因为节目的主持人是她,节目播不了,或换个主持人,都让她从天上掉到地下。

　　这些日子,不论是去演播室还是外景地,她总是带着青春的激情和激动、带着最好的形象和梦想上镜,为的是她上镜的动感又时尚的节目能够上星,可眼巴巴地等着就要上星了,却偏偏有了意外发生。

　　这意外发生在她身上。

　　她又不知道问题在哪儿。

　　临时抱佛脚也来不及,她不能不着急。发射火箭有意外还可以推迟,可节目播出却不能推迟,除非不播了。

　　偏偏时间不等人,节目的播出已是倒计时,以前还是按天算,现在可以数小时。

数天嫌慢,数小时着急,斯丽娅闷闷不乐。

光着急也没有用,闷闷不乐的斯丽娅只好再给秦亦讯发短信。

其实,着急的不只是斯丽娅。

秦亦讯也着急。

逗乐儿是闹着玩,有问题还得想办法。

只不过,对秦亦讯而言,大事儿多的是,不至于为这点芝麻粒大的小事儿急得心神不定,况且,这也不是该他着急上火的事儿。

他只是帮个忙,在不违反原则的前提下帮个忙。

但这个几乎是举手之劳的忙却让秦亦讯有些为难。

昨天接到夏侯阳的电话,"吭哧吭哧"笑,吞吞吐吐说,就是因为为难。

有的忙能帮,有的忙不能帮,秦亦讯不糊涂——

如果样片都没过,正式播出的节目审片仍不过,则能不帮就不帮;凡是时政类的节目审片通不过,则能帮也不帮;是非多或争议多的节目,则是不管什么忙,能帮也不帮,不能帮更不帮。

而《我玩时尚体育》节目的忙显然是可以帮的——

样片顺利通过了,正式播出的节目也没有问题,审片没通过只是为了好上加好。好上加好是一好百好,帮个忙是锦上添花,并且这是一档纯时尚休闲的节目,不涉及任何原则性问题,又是频道一致认可要上的一档节目。再说,这档节目他看过了,心里有底,内容不错,节目质量说得过去,审片不过倒是意外,过问一下无妨。

可秦亦讯为难的不是能不能帮,而是不方便帮。

昨天听夏侯阳一说,秦亦讯立马就意识到审片通不过是因为什么,不是因为节目质量有多大的问题,而八九不离十是因为项东方。

在这一点上,他比夏侯阳敏感,但他吞吞吐吐没明说。

他宁愿希望节目质量有问题,也不希望真的是因为项东方。

所以,他只好吞吞吐吐地告诉夏侯阳,能改进就改进。

秦亦讯是好人,并不重色轻友,帮不了这个小忙,他心里还有些过意不去。因为他知道,这个时候了,节目能不能播还悬而未决,节目公司不可能不着急,夏侯阳也不可能不着急。

因此,他心里并没有把这事儿忘得一干二净,只是没想好这个忙怎么帮。

接到斯丽娅的电话虽然有些意外，但他也只能跟斯丽娅嘻嘻哈哈地臭贫。

臭贫归臭贫，放下电话他还得接着想想怎么帮这个小忙。

这个小忙帮起来原本很简单，就算他只是一名普普通通的员工，只要找找频道总监或审片室的辛雅兰就成了，用不着左思右想的。

可因为有项东方，容易的事儿就不容易了。

现在的频道总监是项东方，有关节目的事情自然归她管，审片室也是她负责。虽然他秦亦讯是台长助理，不管是频道的事情还是节目的事情等等诸如此类的事情，只要是涉及山河卫视频道的事情，他都可以管，可以问，但他并没有把手伸得那么长。自从项东方做了频道总监之后，凡是属于频道总监负责的事情，除了他不管不行的，除了他非问不可的，他秦亦讯现在基本上是能不管就不管，能不问就不问，怎么能去找项东方问这么一个事情？

况且因为这么一档节目的主持人，两个人还曾意见相左，甚至是争执得不愉快，秦亦讯就更不能把这事儿当成工作上的事儿去问项东方。

不仅不能去问项东方，而且也不能去问辛雅兰。

若去问辛雅兰，项东方便会知道他秦亦讯打听过这档节目的事儿。

很显然，马上就要开播了，还让一档提不出具体修改意见的节目这么悬着，肯定不是审片室的意思。

不是审片室的意思，便是项东方的意思。

项东方为什么要这么做，秦亦讯不能不想。

外包节目十余档，单单挂了这一档，项东方是为什么在斗气？

项东方想用林洋洋，送合作方一个顺水人情，而他却不以为然，坚持节目公司的事情由节目公司自己定。结果是节目公司用了斯丽娅，而没有用林洋洋，项东方没有送朱野南一个顺水人情，自己也没有面子。

项东方是为面子而斗气？

如果是因为面子而斗气，这事儿倒没什么，总不至于因为面子而不让节目播出，除非项东方就想这么做。

但节目主持人没有用林洋洋而用了斯丽娅，而他又把斯丽娅带回了家，如果项东方是因为这个而斗气，那麻烦就大了。

俗话说，光脚不怕穿鞋的。

他是穿鞋的，项东方是光脚的。

现在的项东方他惹不起,他也不可能为斯丽娅去惹项东方。

秦亦讯仔细想了想,第二种可能不存在。项东方都不知道他住哪儿,怎么能知道他带着斯丽娅回去过?又不是天当房、地当床,他不说,斯丽娅不说,她项东方不可能知道。

何况,审片室只说主持人要下下工夫,而没有说主持人不行。如果项东方斗气是冲着他与斯丽娅,就不会说下下工夫,而很可能要求换人了!

细细琢磨了"下下工夫",秦亦讯豁然开朗。

他拿起手机就给夏侯阳拨电话。

夏侯阳早就等着秦亦讯的电话。

昨天,秦亦讯吭吭哧哧打太极,他知道秦亦讯是不得已。

可他昨天大包大揽地应了周瑾琪,自然要动动脑子替她想想办法。

现成的办法就是让斯丽娅着急。

让斯丽娅着急,是想让秦亦讯动动脑子,别敷衍了事,或告诉他为什么,或告诉他怎么办。明白了为什么或知道了怎么办,他夏侯阳自己去解决。

当然,秦亦讯要是不想让斯丽娅着急,帮着把问题解决了更好。

但快到中午了,仍然没有秦亦讯的电话,夏侯阳有些沉不住气了。

若是问题解决了,秦亦讯不会不给他打电话;若是问题没解决而有了解决的办法,秦亦讯也不会不给他打电话。

秦亦讯不打电话,就是既没有解决问题,也没有解决问题的办法。

夏侯阳不能傻等着,他必须还得想办法。

办法还有,他亲自去找项东方。

虽然不太情愿,可为的是周瑾琪,谁让他喜欢她呢。

在家里磨叽了近一个上午,迟迟没有等来秦亦讯的电话,夏侯阳便去换衣服。虽然是准备去见项东方,但一样需要精神点儿、利落点儿。他特意挑出一套欧版的深色西服和一件白色的衬衫及一条非常喜欢的领带,想把自己捯饬出些翩翩风度来。

一边对着镜子捯饬自己,一边想着周瑾琪开玩笑时说的让他"献一回身",夏侯阳不由自主地傻笑。

不过,他每次去山河卫视,从不随随便便,就像那些要上镜的人一样,总是很注意自己的形象。尽管他不是为了上镜,可他是江南电视台的律师,不能猥琐,更不能让江南电视台合作方的人不屑一顾。

还有,今天下午他要去京通大学的法律系讲他的《公司法律事务》系列讲座,作为这所民办大学的客座教授,课讲得不错,形象也不能太差。既不能误人子弟,也不能邋邋遢遢。法律一如学子,都像早上八九点钟的太阳一样充满朝气。

捯饬完了,夏侯阳就给周瑾琪打了一个电话。

他憋住笑,伤伤感感地说:"唉,快中午了,还没有消息,看来我只能去'献身'啦!"

周瑾琪一愣,随即呵呵呵笑:"你要是不情愿,节目可以不播了。"

"那怎么成?牺牲一回吧。只要你不在意,我也就无所谓了。"

"是我逼良为娼呢,还是你得了便宜卖乖?"

"结果是一样。"

"算了,没心思跟你臭贫。你去找项东方?"

"去找找她呗。凭什么卡着咱们啊?实在不行,我就要几盘审片过了的外包节目拿回来看看,比较一下我们的节目,找找不足到底在哪儿。"

"那我和你一起去?可……可我若是去了,就当灯泡了。"

"把我逼得快失身了,你还幸灾乐祸?"

"君子成人之美。"

"还有呢,君子不成人之恶。"

"你会矫情,节目按时播出有指望了……"

"得了,先挂了,有电话进来。"夏侯阳急忙打断周瑾琪的话。

打进来的电话让他惊喜,是秦亦讯!

夏侯阳赶紧接了:"嗨,秦总……"

"哈,夏侯,跟谁甜言蜜语呢?"

"哪儿啊?这不是着急嘛,正跟周瑾琪商量,是不是去找找项东方呢。"

"我说的呢,原来是热线。不好意思啦,要不我先挂了,你们再说一会儿?"

夏侯阳忍不住笑道:"不瞒您说啊,秦总,我一上午就等您的电话了,能让您先挂了吗?"

"我一猜就知道,你这个家伙诡计多端。"

"我可什么也没干,谁着急都是为节目着想。"夏侯阳得意地说,"是问题已经解决了?还是告诉我为什么?还是告诉我怎么办?"

秦亦讯"哼、哈"几声,问:"辛雅兰是不是说主持人要下下工夫?"

"我问过了,她是这么说的。"

"当初咱俩是不是还说过,两个主持人一起报,谁过了用谁?"

"说过啊。斯丽娅的材料和林洋洋的材料都报了,斯丽娅过了,就用斯丽娅了。"

"林洋洋没有去频道试镜?"

"她要先签工作合同才能到频道试镜呢,斯丽娅一试就过了,周瑾琪就没有再搭理她。"

秦亦讯又"吭哧吭哧"地笑,吞吞吐吐地说:"要不……就再让她去频道试试镜?"

"为什么呀?"

"嗯,啊,嘿嘿……你那么聪明,这会儿打盹了?昨晚折腾了吧?"

夏侯阳一时没开窍,迟疑一下说:"我是真不明白啊,秦总!这么一档节目用两个主持人?有必要吗?"

"这……这不是……斗气玩儿嘛。"

"噢,这么说我就明白了,原来问题在这儿。您肯定吗?"

"也不一定是。"

"不方便问问?"

"那你问问嘛,你问着方便。解铃还得系铃人嘛,当初项东方是给你打的电话。"

"不行我过去一趟找她吧?您的电话再晚来一会儿,我就出门啦。"

"用得着跑一趟吗?你是谁呀?啊?你是夏侯大律师啊。你打个电话问问,我朋友的节目怎么了?为什么通不过?老虎不发威,就当我是病猫啊?哈哈……当然,你愿意来一趟就来一趟,当面问个明白也挺好的。"

"能打电话就解决了更好哇,我下午还有事儿呢。可我打电话怎么问呢?"

"想怎么问就怎么问呗。"

"知道了。"夏侯阳转念一想,也吞吞吐吐地说,"问题是……就是说用两个主持人也可以,可……林洋洋用得起吗?人家差不多是三栖了。"

"甭管几栖了,癞蛤蟆也好几栖呢,不是栖越多就越值钱。让她做个外景主持,隔三差五地用用,但又不能不用。"

"懂了。"夏侯阳哈哈笑。

笑完了,还得接着给项东方打电话。

项东方接了电话，好像不是在办公室里，人声比较嘈杂。

"项总，听得见吗？"

"等一等，餐厅人多听不清，我出去。"

很快，声音就清晰多了："是夏侯啊？想起来给我打电话了？稀罕啊！"

"哈哈，知道您新官上任事情多、应酬多，就没有跟着起哄凑热闹。"

"少来这些虚头八脑的，是想不起来吧！"

"哪能啊？自从您高就频道总监，早就想着祝贺一下，可估计排队拐个弯儿也轮不到我。"

"哼，跟谁学得这么贫了？有事儿吗？"

"有啊，这不是想跟您学点儿正经的嘛。"

"跟我能学什么呀？有事儿说事吧。"

"是这样，我朋友做的那档节目，送审两次都没过。想请您给诊断一下啊，节目要开播了，还这么悬着呢，这不是着急上火嘛。"

"是这事儿啊，我知道。审片室的跟我说了，两次修改都没过，正在考虑这档节目是不是延期播呢。"

"别介啊，忙了一年了，连顿饺子也不让吃，这不是没法儿过了嘛。"

"那怎么不早找我呀？"

"他们哪儿敢呀？您是大频道总监，他们要是想找就找，不就用不着我在这儿瞎掺和了嘛。您说是不是，项总？"

"你掺和掺和也好。可时间太紧了，怕是来不及了。你说怎么办？"

"这不是问您嘛，时间太紧了才找您项总呀！别人没办法，您不会没办法啊。就这么一档破节目，无关紧要，不涉及天下大事，您说播还不就播了……"

"唉，你夏侯阳难为我呢。我听说你朋友的节目还找到一个冠名，要是播不出来真是太可惜喽。"项东方像是很惋惜又爱莫能助，支支吾吾地说，"可……可要播吧，审片又没过……要不，再让你朋友改改？"

"怎么改？您给个目标啊！"

"我也没看你朋友的节目，改的目标就是去粗取精、好上加好呗。既然节目内容不错，就多在主持人这个环节上下下工夫。有时候主持人也很关键，一好百好嘛，一好百好了，谁看着都高兴……"

秦亦讯所言果然不谬，主持人的事儿绕不过去。

夏侯阳不再装糊涂，赶紧说："这倒是！哎，项总，还没来得及跟您说呢，我朋友的那档节目,主持人的主持大多在室外,一个主持人怕是不够,还想带林洋洋去频道试试镜呢。上一次报了材料,但没有试镜,您费费心,什么时候给补试一下啊?"

"你的朋友不是不用了吗?"

"没说不用啊,主要是林洋洋谱大,要先签合同才到频道试镜,再说费用恐怕也很贵。您也知道,林洋洋是腕儿,腕儿有腕儿的出场费。您想想,我朋友做的是一档小节目,到处都花钱,请不起大腕儿啊。"

"那也倒未必,再大的腕儿也怕晾啊。可以让她做做外景主持,或者以那个斯……斯什么为主,林洋洋有时间就做几期,公司可以灵活掌握的嘛。我当初跟你说的没错的,用用她对节目没什么坏处,花一点儿小钱,有这么一个关系,这不是好上加好嘛!"

"噢,怪我愚钝。"

"你愚钝?没准儿就是你的鬼主意!是不是想欲擒故纵呢?"

项东方想多了,夏侯阳只好辩解说:"我哪儿有那心眼啊?"

"那就算歪打正着吧。"项东方似乎并不计较。

"什么时候让她试试镜啊?您给安排一下……"

"试镜不着急的,等频道统一试镜时再说吧,告诉你的朋友先用着。"

"那节目怎么改呢?您给想想办法?"

"既然你夏侯说了,我还说什么呢?送审的节目带在哪儿?"

"拿回去了。"

"让你的朋友明天上午送过来吧,把第一次送审过的两期都送过来,若是还有什么问题的话,就让这边的机房帮着改一改。不过,第三期就会有新面貌了吧?"

"那肯定啊,第三期节目送审时,一定请您项总亲自审片!哎,项总,怎么谢谢您?请您项总吃饭?"

"吃饭就免了,先告诉您的朋友吧。"

夏侯阳放下发烫的手机,长长地出了一口气。

36

独具匠心的好上加好,名符其实的一好百好。

原来的主持人斯丽娅该怎么上镜还怎么上镜,而林洋洋经过一段时间的等待以后,也将在随后作为主持人上镜。

一个小小的调整,一个不大的变化,但结果却大不一样——斯丽娅既高兴又激动,而林洋洋则是既激动又高兴,大同小异,异曲同工。

斯丽娅高兴,就意味着此前高兴的人照样高兴;林洋洋高兴,则意味着此前不高兴的人也高兴。

问题解决了,好上加好了,秦亦讯踏实下来了——不出乱子,一切继续。

问题解决了,一好百好了,项东方也踏实下来了——虽然是小事儿一桩,或许不值得朱野南高兴,但林洋洋高兴,一笑百媚,朱野南起码也有个好心情。

朱野南若是有个好心情,项东方也有了面子。

这真是好上加好、一好百好!

项东方能让一档小小的节目一好百好又有面子,心情自然很爽。

然而,这样的清爽对于此时的项东方而言,却是一闪而过,就像是一阵清风拂面,转身便消逝得无影无踪,根本无法吹散她心中那份日渐浓重的阴霾。

她的心情在频道总监的位子上有过短暂的蓝天白云般的清爽之后,随即又是阴阴沉沉。一档小节目的一好百好,她很快就忘了。

她想着的是老公。

要求将老公调到山河卫视频道的申请一直没有消息,一天天过去了,她一天天地等待。

直到新年的钟声响起,依然独饮一杯孤独。

她怎么也高兴不起来。

她的心情是焦虑的,这焦虑还是来自于等待。

项东方觉得自己已经退无可退,让老公进京城,和她天天在一起,陪着她走过一天天，这是她唯一而实际的要求了。

董事可以不要，热情可以退却，宠爱可以忘记，但是，她不能没有真实的生活。

眼下的日子很难过。

她想忘了秦亦讯，不去想他，不去恨他，就像什么也没有发生过。他不是你的老公，你的老公不是他。爱上他是一个错，和他上床又是错。不爱了却想着他而折磨自己还是错。错，错，错。

曾经一错再错，既然醒了，那就忘了吧，该放就放。

杏花开在墙外毕竟不好，项东方是知识女性，这点儿她明白，并且不是现在才明白，而是一直就明明白白。和秦亦讯亲亲热热的时候，有时她的内心深处也会有一些自责，这自责如幽灵一样不能让她心安理得。如今，秦亦讯没有说声对不起，也没有向她挥挥手就渐行渐远了。不辞而别、渐行渐远的是秦亦讯的心，他的心走了就走了，走了也算是一种解脱。对秦亦讯是解脱，对她项东方也是解脱。解脱了就把花儿一心一意地开在墙内，好好地守着自己的老公，从此就做一个好女人。

但想归想，爱和情却偏偏就是说不明白。

项东方总是不停地劝着自己，她只能自己劝自己，她希望这样劝着自己，慢慢地疗自己的伤，慢慢地和秦亦讯回到同事关系。

可劝也劝了，醒也醒了，但要放手、忘记，她却做不到。

曾经愉悦的花前月下，曾经甜蜜的卿卿我我，曾经浪漫的男欢女爱，曾经忘我的媾和交欢，都在过去的日子里真实过、存在过，怎么能忘得了、放得下？如今不再花前月下，不再卿卿我我，不再男欢女爱，不再媾和交欢，不再感觉浪漫，可那些曾经的曾经却一如既往地在她的脑海里无情地刺激着她。

女人就是女人，爱过了就刻骨铭心。

哪个女人不希望自己的爱是经典的爱？

有些东西，可以从来就没有过，没有就没有了，但有了的东西拥有了却不能失去，失去了就会失落。就像从穷日子过到富日子，任何人都可以接受。但要从富日子回到穷日子，却不是所有人都能接受的。即便知道原本就不该拥有，可一旦拥有了，那就是曾经的生活。

上班的时候，或有事儿忙着的时候，项东方还没有觉得一个人的日子是那么难过。可当夜幕降临以后，当她孤芳自赏、顾影自怜时，寂寞却一天天一

231

夜夜地缠着她,不招即来,挥之不去。

更让项东方难受的是,这段日子她没有睡过整夜的觉,常常是睡着睡着就醒了,醒了就睁着眼想,怎么使劲儿睡也睡不着,她自己觉得都有点儿忧郁了。

她很希望有人来陪她,不是秦亦讯,而是她的先生,自己的老公。

秦亦讯是可以变的,是靠不住的。

新年的钟声响过,她孤独地过元旦夜。可接下来,春节就会如期而至,她很想这个春节和老公一起在京城过。不是探亲,不是因为假期,而是开始一种新的生活。

这就是她项东方伴着新年钟声的期待。

关于项东方要让老公到山河卫视频道的事儿,正因为唐逸风吃不准是准了好还是不准好,所以,那个星期天的早上打电话让秦亦讯了解一下情况。

虽然那个早上,唐逸风的这个吩咐对秦亦讯来说,并没有与斯丽娅上床更重要,但那个早上和斯丽娅又一番云雨过后,他就不那么想了。这毕竟是唐逸风安排的事儿,况且,这个事儿也并非不重要。

一来,他是江南电视台派到京城的领导,山河卫视频道的好与不好和他有着直接的关系,江南电视台派驻京城的人是否能安定团结,同样和他有着直接的关系。

二来,项东方的事儿跟别人的事儿对他秦亦讯来说不一样,项东方和别人不同,他上过项东方的床,尽管现在他不再上项东方的床,但已经不是上与不上那样简单。

三来嘛,项东方的老公若到了京城,到了山河卫视频道,于私来说,对他是有利有弊。所谓利,项东方可能从此不再虎视眈眈盯着他,他可以随心所欲,随己所好,和谁上床是他秦亦讯自己的事情,无须顾忌项东方;还有就是和项东方的事儿从此也就有了一个了断,曾经的爱和上床也都成为过去,项东方老公的到来是对项东方最好的安抚,也是对一段岁月的尘封。所谓弊,当然也是秃子头上的虱子——明摆着,如果项东方的老公来了京城,两人阴阳合璧而又不安心于与世无争,一旦他们在山河卫视得陇望蜀,那么很显然,他秦亦讯到那时便不会有太平日子,如果两人珠联璧合,这对他秦亦讯来说,自然不是好事儿。

俗话说,不怕贼偷,就怕贼惦记。

道理是一样,如果老有人惦记着,难免就会乘虚而入。

一虎难挡群狼,一人难敌四手。项东方的老公若是来了京城,倘若两口子不安分守己过日子,他秦亦讯被打个满地找牙也不是没有可能,到头来,谁哭谁笑就不好说。

正因为有利又有弊,所以,到底让项东方的老公来好还是不让来好,秦亦讯一时也琢磨不出一个结果。

没有结果就很难向唐逸风汇报,草率的汇报无疑于害了自己,关系到自己就必须慎之又慎。对于这一点,秦亦讯懂。

唐逸风没有秦亦讯的意见,也就难以形成台里的意见,台里还没有意见,项东方就只好焦虑地等待。

还是在元旦之前,项东方忍不住催问唐逸风,唐逸风就问秦亦讯,秦亦讯说争取多了解了解情况。

要不要项东方的老公到京城来,成了秦亦讯需要考虑周全的一个问题。

如果是企业,可能就没有这么复杂,而这是电视台。

在电视台一个小事儿,也可能就是一个大事儿。

就说这项东方要求调老公到京城的事儿,看起来是小事儿,可这小事儿却也不小,不仅吸引着江南电视台众多人的目光,而且还关系到山河卫视频道工作人员的安定团结,甚至还有可能涉及到电视台的主管部门。电视台的任何一件事儿如果有可能引起主管部门领导的高兴或不高兴,那这事儿就不再是小事儿。

秦亦讯自然明白这样的道理,所以,他走访了宋彬彬。

宋彬彬是新山河卫视传播公司的董事,与项东方关系还是不错的。即便是项东方期待的董事名额最终阴差阳错地由宋彬彬取而代之,项东方也没有认为这是宋彬彬的错,没有宋彬彬,也会有一个其他什么彬彬取她而代之。因此,项东方并没有怪宋彬彬夺她之爱,她还一如既往地和宋彬彬相处如从前一样,有时候也好通过宋彬彬知道一些董事会的最新消息。

宋彬彬见项东方没有责怪他的意思,自然如好同事一样。

但秦亦讯就项东方要让其老公进京城、进山河卫视频道这事儿想听听宋彬彬的意见时,宋彬彬还和他做新山河卫视传播公司董事一样,没有什么自己的观点。如果这也算是一个议题的话,与任何一个董事会的议题一样,他都是听台里的意见。台里同意的他就同意,台里不同意的他也不会同意,始终与

233

台里保持着高度的统一。

秦亦讯没有从宋彬彬处得到什么意见或建议。

当然，也不能完全说，宋彬彬就没有意见。

事实上，同意台里的意见说到底也是一种意见，有时候这也是决策者需要的一种意见，而这种意见比每个人都有自己的意见好。从程序上说，这不是独断专行，个人意志；从决策上说，可根据需要或左或右。

秦亦讯接着走访了审片室的辛雅兰。

辛雅兰算是江南电视台元老级的人物。

虽说是元老级的人物，可也就是四十岁左右，是江南红火的年代从塞北跻身江南的。随着山河卫视频道落地京城，她也跟着到了京城。人长得还是蛮有气质，属于徐娘半老、风韵犹存的那种女性。有个儿，有阅历，体态略微有些发福，不过看上去庄重成熟，有着北方女性的直率，也不乏北方女性的热情。

辛雅兰尽管在江南时与项东方并不太熟，但一同到京城后，她们却像好姐妹一样。项东方没有能够出任新山河卫视传播公司董事，辛雅兰就很为项东方鸣不平，还为此找过唐逸风，力陈项东方作为一名董事所具备的优势。虽然没有起到什么作用，但就因为这，项东方还是蛮感激辛雅兰的。

因为这样的缘故，还因为辛雅兰是审片室的负责人，具有一定的代表性，秦亦讯所以才找辛雅兰，想听听辛雅兰关于项东方要求调其老公到京城、进山河卫视频道的真实想法。

关于项东方要求调其老公进京城的事儿，辛雅兰早就知道。项东方把她当姐们儿，聊天时说起过这样的想法。何况，坊间的传说也不是一天两天了，她辛雅兰自然也有耳闻。

并且，项东方的老公来京城就是要到频道审片室，而她现在是审片室的负责人，这事儿还与她有直接或间接的关系，理所当然她是非常关注的。

辛雅兰和宋彬彬不同，她到底是爽快人儿。不过，她说的意见，与项东方要求让老公来京城的理由，基本上是一致的，无非是一个女人在京城生活多有不便，两地分居也不是个长久之计，女人终究是需要男人呵护的，项东方的老公原本就是北方人，能到京城工作当然好，诸如此类。

秦亦讯当然不是只想听这些，于是就问辛雅兰："这是人之常情，无可厚非，每一位在京城工作的人提出类似这样的要求，都是合情合理的。但是，如果站在台里的角度考虑，让项东方的老公进京城好，还是不让项东方的老公进京城好？"

这个问题显然是需要换位思考的问题,而一旦换位思考这个问题,便需要转过身来看项东方,虽然有"站在台里的角度"这个前提,但每个人还有自己的角度。

项东方的老公进不进京城,对她辛雅兰来说本不重要,但如果项东方的老公真的来了,来了后又是在审片室工作的话,那就不能说与她无关。项东方怎么说也是频道总监,频道总监正好管着审片室,项东方的老公进了审片室,那她辛雅兰还是不是审片室的负责人就有了变数。兔子不吃窝边草,而人吃的就是窝边草。

退一步说,如果项东方的老公来了京城,进了审片室后将她取而代之,她辛雅兰还可以接受的话,随之而来的一种危机却不能让她漠然视之。

这种危机便是,一旦项东方的老公来了,审片室又用不了几个人,万一来一个走一个,台里调谁回江南?没准儿就调她辛雅兰回江南。要调她辛雅兰回江南,那是她万万接受不了的,好不容易曲线救国,从江南到了京城,怎能热乎热乎就再回到江南?孩子已经安置在京城上学,她喜欢京城远远胜过喜欢江南,怎能舍得离开京城?

但若是项东方的老公来了,没准儿就真有那么一天。

虽是这么想,但辛雅兰再直爽,也不会把自己的想法直来直去地说出来。

她说:"从个人的角度说,项总要调老公进京城可以理解;从台里的角度说,当然还是应该以大局为重。什么是大局?大局就是台里的利益,组织的安排。电视台不是夫妻店,山河卫视频道不是夫妻店,山河卫视频道审片室也不该是变相的夫妻店。"

这是群众的意见。

秦亦讯听了窃喜,喜的是这个意见对他来说虽然算不上是茅塞顿开,但却很有借鉴价值和借鉴意义——和项东方姐们儿一样的辛雅兰都忌讳项东方与其老公的夫妻店,那他秦亦讯仅有忌讳是不够的,除了忌讳再加上忌惮也不为过。

有了群众的意见,秦亦讯不再左右摇摆。项东方要求调其老公进京城,没有别的意图,没有其他想法,不该来;若有其他的想法或另有企图,那就更不该来。

为了慎重,秦亦讯再仔细想想,还是觉得不能让项东方的老公到京城来。

235

两个人的能量总比一个人的大,两个人相隔千里万里,便不容易折腾起风浪来,还是项东方在京城,其老公在江南,这样的局面稳定系数更大,风险更小。

秦亦讯想明白了,但并不急着给唐逸风打电话,直到元旦的喜庆过后,才汇报了他综合起来的意见,说了想法,分析了利弊,一、二、三、四,很有条理。

唐逸风听了,说再想想,然后上台党委会。

就在秦亦讯跟唐逸风在电话里说着一、二、三、四的时候,夜幕早已降临,北方的严寒使得京城的环路上行人稀少。

项东方百无聊赖地走出浩婷健美房。

由于浩婷健身俱乐部需要山河卫视这样的媒体捧场和宣传,项东方有了一张浩婷的贵宾卡。新年钟声前后的这段日子,郁郁寡欢的项东方便一周三次走进浩婷健身房修练瑜珈。

瑜珈健身,瑜珈静心,瑜珈可以收放自如。

项东方想伸展一下自己的身体,想舒展一下自己的四肢,想舒缓一下自己的情绪,想让自己的心静下来,倾听那宁静而悠远的呼唤,期待那舒畅而均匀的呼吸……

她多想进入瑜珈的静柔状态,让脑海中的秦亦讯逃遁得无影无踪。她多么期待意念会像一只温暖的手,轻轻地捧着她的心,绵绵地抚摩着她体内的经络和关节……即使在严寒狂躁的风里,也能清晰地听到那如同天籁般美妙的神韵……

可是,每次她都觉得自己是那样的僵硬,僵硬得如同严寒中的一切。

37

有了一段过山车一般的曲折,终于有了节目处女播的成功和皆大欢喜。

《"爱跑"我玩时尚体育》节目在山河卫视频道准时正点播出,并不失预期。

节目因货真价实的动感时尚而叫好,因独具魅力的精彩刺激而赏心悦目。30分钟的时间随着动感的跳跃和精彩的纷呈而悄然流失,从头看到尾一点儿也不觉得冗长。除了主持人稍显跟不上时尚的动感外,整个的节目称得上流畅,配得上时尚,不愧对黄金档。就连节目中插播的广告也不错,爱跑的、酒楼的、品牌汽车的、旅游景点的,均可算得上是品质广告,十分大气。

时尚的运动是又炫又酷的,有那么多玩家热衷于时尚运动,终究有其魅力所在。节目的成功之处在于对观众的感染力,看了心动才是这档时尚运动节目的诉求。

"心动不如行动,跟我一起玩吧!"

这是节目结束时主持人的一句话,节目播出后,果然有观众随即打来电话……

周瑾琪很高兴,节目播出后的高兴别有一番滋味。

那天,夏侯阳与项东方通完电话以后,并没有很快将结果告诉周瑾琪。

他知道她着急等着消息,可他心里踏实了,就有心跟她开个玩笑。

直到晚上回来,他才给周瑾琪打电话。

那时,周瑾琪还在办公室里心神不定、坐立不安,终于等来他的电话,她急切地问:"怎么样? 不会是有大麻烦了吧?"

"麻烦大了,换主持人吧。"夏侯阳一本正经地说。

周瑾琪无语。

夏侯阳问:"怎么了? 天旋地转了?"

"那倒没有,只怕是玩不转了。"

"山不转水转呀!"

"说得轻巧,怎么玩啊? 让时间暂停? 让时光倒转?"

"假若时光可以倒转,你还做节目吗?"

"如果……如果不把你夏侯阳转没了,或许还会做……"

"嗯,这还差不多!"夏侯阳"扑哧"一乐,笑道,"那我告诉你山怎么转、水怎么转吧。"

"真够讨厌的!"

夏侯阳说了结果,周瑾琪仍然既惊又喜、将信将疑:"这样就行了?"

"啊,行了。都'好上加好、一好百好'啦,还有什么不行的!"

"天呐,郁闷了好几天,现在终于明白什么是'好上加好'、什么是'一好百好'啦……"周瑾琪感慨一番,又忽然假装生气地责怪道,"那为什么现在才告诉我? 不知道我着急啊? 你可真能憋得住!"

夏侯阳哈哈笑:"我要是中午就告诉你,你怎么会想我一下午呢!"

"哼,我还想呢,你夏侯大律师献一回身也不至于用这么长时间吧……"

周瑾琪咯咯咯笑,这几天的着急和郁闷一扫而光。

她终于放下一颗悬着的心,高兴得一身轻松。

但那会儿的高兴是过程,而这会儿的高兴则是结果。

处女播后的高兴,是无限接近于成功的喜悦。

其实,周瑾琪应该高兴,值得她高兴的事儿很多。

节目开播之初有这样的效果,自然是一件值得高兴的事儿。在山河卫视频道新推出的外包节目中,有哪一档节目可以有《"爱跑"我玩时尚体育》一样或炫或酷?

不仅如此,足以值得她高兴的,还有"爱跑"的赞助。不论是在哪个频道,作为社会节目公司制作的一档外包节目,有哪档新节目开播之初就能博得独家冠名的主赞助商的青睐?

还有,除了开播大喜之外,公司团队也是重量级的,起码管理层都是老总级的。哪一位也都曾有过不凡的辉煌,哪一位都有独立撑起一个公司的能力和经历,哪一位都有不凡的人生阅历,如果自我介绍一番,无一不是拿得起、放得下。有哪档节目公司在节目开创之初能有这样的阵容和团队?摄像既有大摄像师,也有小摄像;编导既有大导演,也有新生代编导;经营老总成堆儿,个个自命不凡。况且他们当中信誓旦旦喊着要投资的也不乏其人……

有道是,"包子有馅不在褶上"。周瑾琪也明白,铁打的营盘流水的兵,公司团队不会是一成不变的。但不管怎么说,山河卫视有好多档这样的外包节目,却没有哪档节目的团队可以与《"爱跑"我玩时尚体育》节目的团队比肩。

当然,节目处女播后高兴的不止是周瑾琪。

斯丽娅更是激动万分、欣喜不已。

她已经激动过无数次。

接到秦亦讯告诉她节目播出已经没有问题的电话时,她就高兴得又蹦又跳,激动得载言载笑。

但之前的任何一次激动和欣喜,都不能与这一次相提并论。

终于上镜了,节目播出了,看着自己的芳容和丽影出现在银屏上,她几乎喜极而泣。当千里之外的姥姥家、七大姑八大姨家也一同看着她的芳容和丽影并相继给她打来电话说电视里看到了"丫丫"时,她终于喜极而泣。这一刻,她才确信自己的芳容和丽影走进了大江南北、长城内外千万家……

她特意邀请来与她一起看节目的小姐妹们纷纷祝贺她，拥抱她，羡慕她，在节目播完之后，还临时为她组织了一个小 party 。

看了节目的处女播后，高兴的还有张友德、宁超英、郁小朋、十三每他们，除了节目本身让他们恋恋不舍外，独家冠名的"爱跑"更让他们眼前一亮。十三每常去机房，自然知道节目中有了"爱跑"，但他与张友德、宁超英、郁小朋他们一样，"爱跑"却是一个谜。

谜有谜的好奇，谜有谜的魅力。

此外，秦亦讯也高兴。

那天，夏侯阳也没有把给项东方打电话的情况当即告诉他，直到晚上夏侯阳才和他说已经"好上加好，一好百好"。他唏嘘了几声，感慨了一番，没有很高兴，也没有不高兴，只说了一句话："这样也好。"

但有心无意地看了《"爱跑"我玩时尚体育》节目的处女播，他还是由衷地欣喜，节目质量不错，内容不错，又"好上加好，一好百好"，他就真的很有些高兴。

这毕竟是他情有独钟的一档节目。

甚至，连林洋洋也很高兴。

虽然开播的节目与她还没有什么关系，但在节目开播之前，她依旧给不少人发了短信，让亲朋好友们注意收看这档节目，并详细告之节目的具体播出时间。有的人看了，却莫名其妙，除了好玩儿，没有看到洋洋的形象。

有亲朋好友就打电话，不解地问："让我看啥呢？没看到你啊？"

林洋洋就兴高采烈地说："会看到的！我就要去这档节目做主持人啦，过不了几天就上镜，到时别忘了看洋洋的节目啊。"

因为节目有了处女播，高兴的人还很多……

高兴的日子过得快，转眼节目就播了三期。

周瑾琪这些天一直很高兴。

虽说"爱跑"赞助合同尚未签约，但她问过许老师，许老师也联系了国内的代理商，代理商肯定地说没问题，只是等总部的意见。

节目连续播出三期，反响都不错，效果也蛮好。节目播过后，总有观众的电话，或询问节目播出的时间，或询问何处去玩儿的信息，或询问哪儿能买到装备等。

周五中午是节目重播的时间。

这个周五的中午,公司的好些人都聚在会议室里一起收看第三期节目的重播。

第三期节目有了新变化,外景主持多了林洋洋。

林洋洋也果然不一般,尽管是在冬日的室外,但依然激情涌动、热情奔放,就像冬天里的一把火。

不过,或许是张弛有度,也或许是户外天冷,林洋洋主持节目时并没有脱,不免让郁小朋有些惋惜,总觉得意犹未尽。

但郁小朋还是很高兴,终于在节目里看到了林洋洋,起码在大编导蓝可面前多少有些扬眉吐气。

节目中多了林洋洋,周瑾琪倒是很放心。一是林洋洋没有脱,没脱正合适,不然,脱有脱的麻烦,她着不了那急。二是林洋洋的合同签得很顺利。林洋洋有林洋洋的大气,不跟经纪公司似的斤斤计较,她自己拿来合同就与周瑾琪签了——钱不是主要的,洋洋喜欢的是艺术。至于费用嘛,及时结也可以,月结也可以,年结也可以,洋洋不在意。

当然,第三期节目里还有一点小变化,只不过是许多人没注意——这期节目中用了小林惠子创作的音乐中的一点点,动感流畅的旋律夹带着一点儿不和谐的嘈杂之音一闪而过。

话又说回来,除了小林惠子、宁超英和十三每,一般人即便注意了,也不太容易发现。

可宁超英中午出去了,十三每不在,只有小林惠子竖着耳朵如痴如醉,像是在听天籁之音。

林洋洋的新气象虽不足以让节目锦上添花、好上加好,但也没有画蛇添足;小林惠子的不和谐之音虽然是个小瑕疵,但不至于影响节目的总体水平。《"爱跑"我玩时尚体育》节目精彩依然继续。

看完重播后,大家又是齐声鼓掌。

鼓掌过了,还津津有味地畅谈着未来,节目的未来,自己的未来。

周瑾琪不由得欣喜。

有观众的关注和员工的集体鼓掌,作为兄弟传媒公司掌门人的她不能不高兴。

这时的她就像一位舞者,当掌声响起来,当听到喝彩,她不能不心潮澎湃,她不能不激情满怀。

是的,她有理由心潮澎湃,她有理由激情满怀。

周瑾琪回到她的办公室里,心情舒畅地坐在老板椅上,计划着接下来要做的事儿。

接下来要做的事情很多。

春节一天天临近,节目应该有更多的储备,不然,一旦都回家过年,春节期间的节目制作便会停顿。与之相应的是,冬季的时尚运动相对较少,必须更多地加强节目的外联。节目的经营也得有切实的措施,不能再这样小打小闹或喊喊口号画饼充饥……

要想的事情非常多,要做的事情也不少,她真的顾不上想一想,是不是所有的掌声都是因为喝彩,是不是所有的笑脸都是因为同一个期待。

其实,她也不可能知道别人的心里怎么想。

在会议里看节目重播的时候,小林惠子时而侧耳倾听,时而手舞足蹈、载言载笑,并在节目即将结束的那一刻,她忘乎所以地一边鼓掌,一边不停地叫好:"嚎(好)! 太嚎(好)了! 太棒了! "

可是,小林惠子看的是节目,想的是心事儿,她那看似天真烂漫的笑中有周瑾琪看不懂的诡秘和得意。

就连笑嘻嘻的张友德也有心事儿。

周瑾琪回到办公室想下一步的工作,张友德回到办公室想自己的心事儿。

他在走神儿想一个谜。

"爱跑"是个谜,越是谜就越想弄明白。

在节目处女播之前,他模模糊糊地听说过"爱跑",也曾偶然听见周瑾琪与编导说怎么把"爱跑"放到节目里,他还以为是宁超英与郁小朋他们联系的那些画饼充饥的广告,既懒得多听,又懒得多问。

可在节目的处女播中,"爱跑"不同凡响的闪亮登场,不但让他眼前一亮,而且还让他又惊又喜。

又惊又喜不是为了节目。

节目的成功开播固然值得欣喜,因为成功开播的背后毕竟有他张友德的一份参与,并且节目本身的策划还是出自他张友德之手,节目如期播出了,他不能不喜。

但更确切地说,这份喜是一种自豪,却不至于又惊又喜。

又惊又喜是因为"爱跑",惊是为周瑾琪,喜是为自己。

周瑾琪不慌不忙,却不声不响地找来"爱跑"的冠名,并且不仅仅是冠名,而是从独家赞助到特别鸣谢,从冠名到硬版广告,从硬版广告再到角标,如此大密度的广告及广告播出形式,必然是个大客户。

而且,这个大客户怎么看都不像是画饼充饥的那种广告客户。

张友德惊讶不已,既惊讶周瑾琪藏而不露,又惊讶周瑾琪能在这么短的时间内就拿下这样一个大单。这是每个节目公司可遇不可求的赢利点,甚至是许多节目公司从节目的开播到节目的落幕都在梦寐以求的期待。

可周瑾琪却在节目开播之初让梦想成真。

他感叹自己没有看错周瑾琪。

惊讶之余,张友德又为自己欣喜不已。

因为没有看错周瑾琪,所以,与周瑾琪一同做节目的决定无疑是正确的。

节目有了大广告客户,就意味着节目的成功差不多是手拿把攥,就意味着节目的经营差不多已大功告成。能准确地做出这样一个选择不容易,能有把握地做一件只有成功、只赚不赔的事情更不容易。

如果"爱跑"是真实的,周瑾琪的成功也是他的成功。

张友德怀着又惊又喜的心情,急忙忙查找"爱跑"的资料。

"爱跑"的资料网上多的是,一查就是成千上万条。

只看了其中的三五条,张友德就更加断定这是个货真价实的大客户——如果说节目的诉求是时尚,那么,"爱跑"便是一个时尚的标签;如果说节目是时尚运动的风向标,那么,"爱跑"的系列产品则是时尚运动的助推器。

"爱跑"携手《我玩时尚体育》节目,有如珠联璧合。

张友德不是蓝可,惊也罢,喜也罢,只放在心里,从不写在脸上。

节目处女播以后,他还与往常一样,高高在上地做着他的总经理。该开会开会,该做计划做计划,该做方案做方案,就连节目与平面媒体的互动,他也要用去几天的时间做出一份花里胡哨的方案来。

但他的心里却多了一件事儿。

这就是"爱跑"。

他想知道"爱跑"的冠名到底是怎么回事儿,是真的还是假的?是长期的还是临时的?是大的还是小的?大有多大小有多小?等等。

刚开始,张友德不急不躁,心里话:"节目开播之前,你周瑾琪不跟任何人说'爱跑'也算是情有可原。但节目都播出了,公司里人人都知道'爱跑'了,你不能再捂着盖着了吧?你就是不告诉别人,可不可以不告诉我张友德吧?没有我张友德,怎么会有《我玩时尚体育》节目?"

这么想着,他不动声色地等着,等着周瑾琪来跟他说说"爱跑"的事儿。

可悠然自得又十分期待地等了一天天,周瑾琪没有和他说"爱跑",一周多过去了,还是在他面前只字不提"爱跑"。

张友德有些沉不住气了,有时便旁敲侧击地探探虚实,要不就是闪烁其词地问一问。

可提起"爱跑",周瑾琪要么笑而不语,要么顾左右而言他,好像是有意躲躲闪闪。

有一次,张友德实在憋不住了,顾不上拽来拽去,问:"小琪,'爱跑'的合同签了没有?连我这个总经理都不知道呢。要是别人问我,我怎么说?"

"您就说不知道呗。"周瑾琪半真半假地开玩笑,"经营上的事情不用您着急上火,您这个总经理当得多省心呀。您就放心吧,到时候自然会告诉您张老师的。"

"可我说不知道人家也不信啊。"

"信也罢,不信也罢,无关紧要。不该知道的就没有必要让他们知道,现在谁问也是不知道。"

周瑾琪这么说,其实想得很简单。毕竟没有签合同,说多了也是白搭。宁愿踏踏实实从没有做起,也不能从有到没有空欢喜一场。

事实上,周瑾琪还真没有把张友德当外人,之所以不告诉张友德,不是因为信不过他,而是想到了该高兴的时候再让他高兴。

但张友德就想得不这么简单。

他想的和周瑾琪想的正好满拧:"'不该知道的就没有必要让他们知道',那不让我张友德知道,就是我张友德也不该知道啦。"

这明显的是周瑾琪信不过他。

这么一想,张友德心里就不高兴。

可张友德就是张友德,永远和蓝可不一样,不高兴也不写在脸上,只是偶尔会有一句半句的风凉话。

不高兴的张友德装得和没事儿一样,周瑾琪偶尔听到一句半话的风凉话

243

也不在意,更没有多想。

这天中午的重播张友德也看了,看完后也跟着鼓掌。

从会议室回到办公室,他还是想"爱跑"。

"爱跑"就像一个谜,搞不明白他没法不想。

节目播了三期了,内容都在变,可"爱跑"的广告却不变;"爱跑"到底是一个怎么样的来龙去脉?"爱跑"到底出了多少钱?

想着想着,张友德却不知不觉地很有情绪——"爱跑"事关公司每个人,可她周瑾琪却依然捂着盖着,虽说客户是她联系的,那也不能独自一人闷着蜜啊。

张友德有情绪,认为"爱跑"事关公司每个人,周瑾琪不该一个人闷着蜜,未免有些夸大其词。但实际上,和张友德一样在猜谜的,并不是张友德一个人,如宁超英,如郁小朋,如十三每等,无一不在猜谜。

之所以猜谜,之所以事关他们,是因为关乎到他们是否投资。

蓝可早就明确表示不投资,所以,蓝可就不猜,爱谁谁,不费那些心思。

可张友德就不能像蓝可这般漠不关心。

因为这直接关系到他是否投资。

如果"爱跑"是个不错的冠名,显然是投了钱就赚钱,如果是个大单,还可以赚大钱。这时候投点儿资,作个投资人,当然是好事儿。再说了,投点儿资除了赚钱,他还可以堂堂正正地当老板,也不用像现在,说话底气儿都不足。

但如果"爱跑"的冠名是虚晃一枪呢,或者是一个小单呢,他当然就不能投。辛辛苦苦挣点儿钱不容易,不能在发挥余热的时候头脑发热,也不能在廉颇将老的时候傻乎乎地干那些赔钱赚吆喝的事儿,发挥余热的年龄只能是挣点儿钱锦上添花。

可周瑾琪把"爱跑"捂得很严,这让张友德搞不清楚谜一样的"爱跑",也就难以决定投还是不投……

这会儿的张友德,因为谜一样的"爱跑",因为守口如瓶的周瑾琪,不仅有情绪,而且还挺不舒服,心里道:"哼,你既然不说,我就不问。投也罢,不投也罢,走一步看一步。不管投不投,投多少,贵在脑子不能进水……"

"对,脑子不能进水!"

张友德忽然自言自语,又忽然心明眼亮,脑子里也顿时多了几个为什么。

节目播了三期了,她周瑾琪为什么还捂着盖着?"爱跑"到底为什么这样神神秘秘？宁超英他们为什么不急着投资？难道周瑾琪也和宁超英他们一样画饼充饥？还是先找个所谓的冠名挂着放长线钓大鱼？她是想钓广告客户呢，还是想钓他们这些投资人？

难怪宁超英曾咧着嘴说："猪往前拱，鸡往后刨，各有各的招。可这一招不新鲜，不会是我们玩剩下的吧？"

有道是，"假作真时真亦假，无为有时有还无"，周瑾琪会不会真真假假也未可知。

想到这儿，张友德就对谜一样的"爱跑"多了一些疑问，不再像以前那样深信不疑。

有了疑问，张友德的心情倒有些豁然开朗，并很为自己的"脑子不进水"而洋洋得意。

38

小林惠子笑得诡秘，张友德想得走神儿，但第一个沉不住气的却是蓝可。

蓝可第一个提出来要走，这让周瑾琪意想不到。

不管想得到还是想不到，从秋走到冬，蓝可倦鸟思归了，并且是归心似箭——蓝可大导演提出结账，该付他的薪水付给他，他要回东北过年了。

关于蓝可大导演要结账回家的事儿，先是郁小朋向周瑾琪转告的。当初准备做节目的时候，也是郁小朋推荐了蓝可。

蓝可与郁小朋曾经都是北方电影制片厂的人，可蓝可要比郁小朋风光得多。蓝可做过导演，做过剧本编辑，所以尊称为蓝导。

而郁小朋就不能同日而语，虽然是北方电影制片厂的职工，但仅仅是职工而已，没有在业务口，多是干些杂活儿。按时下剧组的说法，也就是相当于北方电影制片厂的三等剧务，哪儿需要了就在哪儿搭把手。也正因为是三等剧务，他跟剧组的时候少，干杂活的时候多。

所以，郁小朋不像蓝可那样的有地位，因而在北方电影制片厂混了好多年后也没有混出个名堂来，甚至连个土匪甲土匪乙之类的角色也难以混上。

好在郁小朋坚持不懈,除了干些杂活儿外,有时间总喜欢往业务口跑,倒也能说出一些业内的行话。

后来,北方电影制片厂效益日渐不景气,一些大导演也成年拍不了一部片子,不少人开始各自忙起自己的自留地,有的忙走穴,有的搞三产,有的干脆自谋生路了。

郁小朋脑子有些小聪明,算是一个活泛人,干杂活不是他的人生梦想,因此,总是有些不安分。由于在北方电影制片厂什么正当的角色也不是,什么名分也没有,不像蓝可,还有个导演或编剧的名分能够聊以自慰,所以,什么名分也没有的郁小朋就没有什么割舍不下的,早早的就辞职到了京城。

到了京城跟在北方电影制片厂不一样,郁小朋不再说自己是北方电影制片厂的杂工,而是影视界人士。

郁小朋自我介绍自己是影视界人士的时候,心里并不虚,起码,北方电影制片厂还是一个响当当的牌子,而他是堂堂正正从北方电影制片厂出来的。京城是个大舞台,机会多多人海茫茫,没有多少人真正知道他郁小朋在北方电影制片厂时,是杂工还是导演,是剧务还是制片,反正只要不说是演员就行,因为演员是要上镜的,也是容易被大众所考证的。

这道理郁小朋明白。

舞台大了机会就多,郁小朋有一张好嘴,说来说去居然还真的就碰到了机会。

有一位地产商,在离相当著名的一个滨海旅游城市不远的地方,买了一个叫月牙儿岛的小岛,本想开发出来搞旅游,怎奈月牙儿岛太默默无闻,无数的游客守着海滨旅游城市,没几个人愿意去游这个小荒岛,因此,老板看着三三两两的游客很是着急。

就在这地产商着急的时候,郁小朋拐弯抹角找到了这个老板,三说两说说得地产商很高兴,竟然答应出钱拍一部电视剧,期望电视剧的热播带动月牙儿岛的旅游。

郁小朋就这样摇身一变,成了这位地产商出资的影视公司的老总。

当了影视公司的老总,郁小朋自然激动不已,可要把月牙儿岛拍成一部电视剧却不容易,现实的问题比较多。诸如,关于月牙儿岛影视剧的什么素材也没有,剧本没有,故事没有。当地有些五花八门的传说也都十分原始,就是在这个小岛上挖地三尺,恐怕也整不出一部电视剧的素材来。

而要拍一部电影吧，也是问题一大堆，靠一部电影要把月牙儿岛的旅游给带火了，那还真不是他郁小朋能做到的，等等。

此外，郁小朋突然间从三等剧务一下子成为总制片人，成为大掌门人，除了欣喜和激动之外，还有很多的茫茫然。

虽然在北方电影制片厂时，总是不忘偷师学艺，但毕竟没有像庖丁一样解过牛，而是有些像瞎子摸象，东一把西一把，又像雾里看花，虚虚实实，总之是心里没底。

还有就是，虽说影视公司成立了，但影视公司就是一个空壳，没有人。郁小朋在这个空壳中，除了自己瞎琢磨，连个商量商量的人也没有。

但郁小朋也有灵光一现的时候，关于月牙儿岛的影视剧，自己整不明白，他就想到了北方电影制片厂，想到了招兵买马。

于是，他又匆匆回了一趟北方电影制片厂。

当然，郁小朋这次回厂，有些衣锦还乡的味道，一个厂里谁也不曾放在眼里的小杂工，士别三日之后，成了一家影视公司的老总，这让很多人跌破眼镜。

蓝可是大跌眼镜的人之一。

一位原本清高的大导演兼编剧，在小杂工郁小朋摇身一变成为影视公司的大老总时，他在北方电影制片厂的日子却是一天不如一天。牺牲了不少的脑细胞搞出来的剧本被厂里的权威们无情地打入冷宫，剧本在他眼里是一朵花，可厂里没钱投资就是一堆废纸。剧本被打入冷宫，就像他蓝可被打入冷宫一样，时间久了憋屈，终于养成了动不动就把剧本、脚本之类的东西往废纸篓里扔的习惯。

编剧业务不景气，导演业务同样提不起来。北方电影制片厂一年也拍不了几部影视剧，更没有人让他再过一把导演瘾。加上年龄接近退休了，实际上早已退出一线。又加上新生代导演像潮水，后浪跟着前浪来，几乎已没有人还能想起他蓝可来。

不用说，这时的蓝可，心里必然是天天闷得慌。

听说郁小朋出去折腾折腾就有了出息，蓝可也有了些想入非非，低下曾经高傲的头，屈尊去找郁小朋，想打听一下外面的世界。

这让郁小朋十分的高兴，原因是，蓝可原本就是他这次回厂招兵买马的首选之一。

蓝可是名符其实的导演,也是名符其实的编剧,有实操经验,但其业绩又如一杯温吞水,始终没有什么可以牛B的资本,蹦不动,跳不高。

郁小朋的脑门儿大并不全是长着看的,也不是作标本用的,他还懂得鹊巢鸠占的道理,因此,蓝可便是他要找的人材。

两人一拍即合,蓝可跟着郁小朋走出了北方电影制片厂,而月牙儿岛电视剧也就有了导演兼编剧。

随后,二人带着一帮子主创人员住进了月牙儿岛。

很遗憾的是,几百天之后,由相声演员领衔主演的月牙儿岛电视剧,除了他们自己偶尔拿出带子放着看看之外,只能在月牙儿岛的一个展室里天天播放,月牙儿岛的游客仍然是三三两两、稀稀拉拉。

地产商不容分说炒了郁小朋的鱿鱼,还拒绝支付约定的报酬。如此一来,郁小朋一下子多了一屁股债,连一些不怎么入流的演员的片酬也没有付清。

郁小朋觉得很对不起蓝可,因为蓝可同样没有拿到足额的劳务费,于是,就带着蓝可继续闯荡京城。虽然后来也做过几个小片子,但总不是郁小朋的梦想。

周瑾琪的朋友王广明也算是郁小朋认识的圈里的朋友。王广明那天下午在周瑾琪的办公室里呱呱呱说完怎么扒节目、晚上又去娱乐场与小姐一番颠三倒四之后,想起了已多次求他找个剧组混混的郁小朋,灵机一动转手卖给郁小朋一个人情。

当然,王广明也不忘再卖一个人情给周瑾琪,转过身给周瑾琪打电话时,隆重介绍了郁小朋,俨然是为周瑾琪推荐了一个不可多得的人才。

虽说不是剧组,但郁小朋对做电视节目还是很有兴趣,不仅当时就找了周瑾琪,而且还最终带着蓝可加盟了兄弟传媒公司。老搭档既没有分开,也显得郁小朋有情有义。

在影视界,不是导过一两部片子就可以被人称之为大导演的,然而,郁小朋当初介绍蓝可来时,却是毫不含糊地称蓝可为大导演,并且还是北方电影制片厂的老导演。周瑾琪上网查了查,虽然说蓝导导过几部电影确有其事,但多数并不是蓝可独立导演。不过话说回来,在那个年代,能够导演一部电影也是相当地令人敬佩,自然和现在不一样。

郁小朋接着说蓝可的业务如何如何好,对电视节目也有其独到之处,等等。

有了郁小朋的这番推介，周瑾琪当然觉得在搭建队伍时需要这样的权威，自然而然地接受了郁小朋的隆重推荐，蓝可就成了《"爱跑"我玩时尚体育》节目的编导。别的编导都是自己操机、剪辑、制作，只有蓝可是真正的编导，周瑾琪专门给他聘了非线编操机员，也是希望他既能做出拿手的节目，同时也能带好节目制作队伍。

蓝可是满怀豪情加入《"爱跑"我玩时尚体育》栏目组的。

那会儿，他像老夫聊发少年狂一样，很有激情，几乎不像是一位年已花甲的人。他被时尚运动感动着，他很憧憬这档节目的未来，新潮时尚，资源丰富，没有雷同。那时尚的美感，那绚丽的镜头，那观众的眼球……一言以蔽之，这档节目太好了，没有理由不做出好看的节目来。

那会儿，无法否认蓝可对这档节目的喜爱是真实的，因为不论是在京城还是在东北，他除了考虑节目的事情以外，还在不遗余力地为节目找投资。

他认为，这样好的节目理所当然能够找到投资。

果然有一天，蓝可终于给周瑾琪带来一位投资人，并一再介绍说，这位投资人很有兴趣在这档节目上投资。

来投资的人是一位女演员，很肥很肥的一位女演员。

这位女演员在很多电视剧里都能看到，即便是不用刻意、也绝对是看一眼就不容易忘记的那种演员。肥是她最显著的特点，一般的座位坐不下，坐下了也起不来。又加上在影视剧里多是出演一些插科打诨之类的丫环角色，笨拙地搞搞笑、逗逗乐，往往出场就是卖点。这样的演员不需要太多的表演，也不需要太多的演技，却总能让观众过目不忘。

肥女投资人和周瑾琪谈了，说她很想投资节目，她喜欢做节目，另外她还喜欢美食。

投资不是一时一刻的事情，而美食却是每天都离不了的事情。谈过后，周瑾琪就和肥女投资人去美食。看样子肥女对京城还是蛮熟悉的，周瑾琪开着车，从北中街一直开到亚运村，按着肥女的指点，很快就找到了肥女喜欢的美食。

肥女美食了一顿，抹抹嘴，一去如泥牛入海。

后来，蓝可说还有一位西北的投资人要来，可一天天过去了，西北的投资人一直也没有到京城来。蓝可就像祥林嫂似的，每天都念叨。

周瑾琪想起那肥女，就对蓝可说："虽然当初您来时说过，一定会为节目

找来投资,但有没有联系到投资您都是《'爱跑'我玩时尚体育》节目的编导,能做出好节目,就不愁没有投资人。"

蓝可这才逐渐踏实下来,从此不再磨叽找投资的事儿。

开始筹备节目的时候,蓝可也曾意气风发,从节目创意到主持人,从拍摄到后期制作,该操的心都操到了,提了不少的建议。后来见宁超英、郁小朋、十三每等人兴冲冲地要投资入股,他甚至也曾有入股的念头。

可是,自节目定了主持人斯丽娅和林洋洋,而他看好并觉得养眼的彭丹丹被淘汰之后,蓝可的心里就老大地不痛快。不仅把脚本扔到废纸篓里,而且心气也一日不如一日。

应该说,蓝可虽和郁小朋混在了一起,但蓝可毕竟又与郁小朋不同。他曾经是正规的电影制片厂的导演,曾经是编剧,有一种根深蒂固的清高时不时地让他有点儿小脾气,而不像郁小朋那样一直都是年年点头,月月哈腰,修炼得百折不弯,笑口常开。

这也难怪,像他这样喜欢端着放不下的导演编剧,在电影制片厂时间长了,发牢骚、有情绪习以为常。想说就说,想骂就骂,不痛快了就挂在脸上,有牢骚了就发泄出来,没人能把他怎么样,更没人敢砸了他的饭碗。日久天长,喜怒哀乐都在脸上,直到跟着郁小朋出来混,那股劲儿也改不了。

在清高这一点上,一直工作在大电影制片厂的蓝可,与长期工作在准机关的张友德有些接近。但蓝可缺少的是张友德的城府和老于世故,出来混远远不如张友德那样左右逢源,甚至不如郁小朋那样得心应手,更不如宁超英、十三每那样千锤百炼。比如说投资,蓝可不高兴就说不投了,不像其他人那样,投不投都稳稳当当的,就是不说一个痛快话。

正因为蓝可有自己的清高和小脾气儿,所以会常常地有情绪。

好不容易不为主持人人选的事儿闹情绪了,蓝可便把心思用在做节目上。说实话,他有心做出好的节目来,让大家看看他的真本事。

他在机房里一坐就是一天,指挥得操机员团团转,虽说进度慢一点,但精益求精没有错,蓝可很沉得住气。

然而,当他编导的节目样片和他看中的节目主持人一样遭到否定之后,他就开始有些疲软,刚进机房时的精气神儿少了很多,更多的是闷着头做节目。

不幸的是,蓝可带着操机员做了几期节目,每期都在频道审片室审查时不能通过,改了一次再改一次,勉强通过的也不多。期期通不过,连蓝可自己都有些不好意思,甚至连操机员也想脱离蓝可,自己编导自己做。

周瑾琪倒是没说什么。

她想,也许真的廉颇老了,一把年纪的人挺要面子的,连说也别说了,能管好节目制作这一块,也算是蓝可的付出。

周瑾琪不说什么,倒是蓝可自己有些沉不住气了。几期节目都不能通过,急又急不得,恼又恼不得,就一天比一天郁闷。他想不通是曲高了和寡呢,还是现在的艺术变得浮躁了?怎么琢磨也想不明白,反而渐渐地有了抵触情绪。

不论什么事,不论周瑾琪想和他商量点儿什么,他都是一句话:"听你们的。"

这"听你们的"说多了,周瑾琪听着别扭,大家听着也别扭。你蓝可不是一个小编导,没有人不尊重你,作为节目制作部的主管,动不动就"听你们的",那要你有什么用?兄弟传媒公司的节目制作部有十多号人,被称为大导演的只有你蓝可一位,整个兄弟传媒公司、整个《"爱跑"我玩时尚体育》节目组,被称为大导演的也只有你蓝可一位,如果都听我们的,何必还要你蓝大导演?

这样的工作氛围不好,不是傻子就能看出蓝可工作中的情绪。

然而,令周瑾琪想不到的是,第一个对蓝可说"不"的却是郁小朋。

郁小朋对蓝可的态度首先发生了变化,他以大义灭亲般的语气对周瑾琪说:"他不行,性格孤僻,业务也不咋样。当初他很想到节目来,有些话我也不好说得太直白。其实,他根本就算不上是北方电影制片厂的大导演,他没有独立执导过片子,基本上就是北方电影制片厂的边缘人,没有什么能力的,这我知道。我们一起拍摄电视剧《月牙儿岛的传说》时,要不是他瞎导,也不会是这个结果。那时就有演员因不满他瞎导,说导演不懂业务而拂袖而去。一部电视剧拍到一半演员跑了,这咋弄?没办法,我又好说歹说把演员请回来。要不是我前前后后张罗着,《月牙儿岛的传说》剧组早就散摊子啦!咱们公司对他不薄,他自己没数。不行就叫他走吧,你们觉得不好说,那我来和他说。"

周瑾琪听了郁小朋的话,心里挺纳闷儿。

她想,当初是你郁小朋介绍蓝可来的,那时你说蓝可如何如何的好,而现在又说蓝可如何如何的不好,到底哪是真的?哪是假的?总不至于红嘴白牙一张口,说话就黑黑白白真真假假吧?若真是这样,一人走还不如两人一起走呢。

251

想是这么想，但周瑾琪什么也没说，既没有说让蓝可走，也没有说不让蓝可走。

她知道，这几天什么也不能说，什么也不便说，因为马上就是春节了，编导们回家过年不知道什么时候才能回到京城。电视节目不同于报纸期刊，报纸期刊是不会开天窗的，有多少个版面都可以找些文章堵起来。而电视节目就不同，缺一帧都不行，一旦没有节目播就要开天窗。开天窗是不可想象的，倘若节目断档，那就离节目停播不远啦。已经播过的节目若再播一次，都要向频道说明理由，理由充分才被允许暂时对付一期。况且重播已播过的节目充数，广告客户们也不同意。在春节前这个时候，周瑾琪需要的是有更多的节目储备，虽是周播节目，但宁愿多花一些机房钱也要把节目备足，宁愿用不了或不用，也不能没有节目播。

尽管周瑾琪没有表态，可随后郁小朋还是告诉她，蓝可要结账走人。

周瑾琪按下心中的不满，打电话到机房。

她想告诉蓝可，离春节还有近十天，希望他在机房再盯几天，哪怕什么也不做，只要盯在机房督促其他编导及操机员多做出几期节目来就行。

但接电话的编导阿元告诉她，蓝导已经两天没有到机房来了。

周瑾琪顿时火起，作为节目制作部的主管，既不在应该在的机房，又不到公司来，节目的事情连个交代也没有，就见不着人影了。这蓝可空有一把年纪，却是连起码的人事儿也不懂。但周瑾琪并没有发火，冲这把年纪的人她发不出火来。再者，她也顾不上发火，比发火更要紧的是节目的制作。

她和张友德交代了一下公司的事情后自己去了机房。

周瑾琪到了机房一看，蓝可果然不在，早去忙着准备回老家过年了。

这让她很失望。

还好，编导阿元及另一位小编导都在机房里忙着后期制作，扒词、合成、配音、节目包装，忙忙碌碌，要干的活儿很多。

机房里还有三四位是需要回老家过年的，周瑾琪先托一位朋友帮着把他们的车票预订了，然后就做起了节目制作部的临时主管。

对于做节目，周瑾琪毕竟不陌生。

她看了看现有的素材，只能够做出三四期节目来，就当即把十三每叫到机房，问春节后的拍摄计划。

十三每从背包里掏出小本本，翻出春节后的拍摄计划，密密麻麻一大堆。

周瑾琪这才放下心来，并现场办公，有条不紊地布置了春节前的工作——两个编导一人做出一期节目，另外还要共同把蓝可做得半半拉拉的那期节目做出来；大摄像师十三每负责演播室的协调，保证主持人在演播室和户外串场的及时拍摄；要确保二月底、甚至三月初都有节目播，不仅数量上保证，质量上也要保证。

　　安排完这一切，周瑾琪并没有离开机房。她十分清楚，能够保证在春节前做出三期节目的，不是编导，不是操机员，也不是十三每，而是她周瑾琪自己。因为机房是租用的，春节前赶着做节目的不是只有《"爱跑"我玩时尚体育》节目组，哪档节目都一样，春节前抢机房就像打仗。为了如期做出三期节目，不仅需要她坐阵，而且需要她协调。

　　周瑾琪盯在机房，这可急坏了蓝可。

　　蓝可这时候早就忘了节目的事情，他想着的是快点儿回家过年，想着的是早点儿拿到工资。反正他又不是投资人，不是投资人有不是投资人的好处，想干就干，不想干抬起腿来就走人，一身轻松，什么牵挂也没有。

　　蓝可还是有蓝可的小脾气，急赤白脸地要工资。

　　但他既不去公司，自己也不找周瑾琪，而是托郁小朋，让郁小朋给他要钱。

　　他和郁小朋说："我都买了车票了，还不麻利利地给我开工资？"

　　郁小朋倒是很仗义，他不知道周瑾琪在机房，就一趟趟去周瑾琪的办公室，可总是不见周瑾琪的踪影，只好打电话给周瑾琪。

　　电话通了，郁小朋就问："周总，您在哪儿呢？"

　　周瑾琪有些无奈地说："我还能在哪儿呀？在机房呗。节前本该多做出几期节目来，可蓝大导演拍拍屁股不知去哪儿啦，一期节目剪得半半拉拉也不管了，要不是我给机房打电话，机房唱了空城计我还不知道呢！"

　　郁小朋听得出周瑾琪气不顺，但还是吭吭哧哧地说："蓝导还等着要钱回家呢。"

　　这等于是火上浇油。

　　但周瑾琪却不恼，反而笑道："过年也好，过节也好，节目不能开天窗，这你知道，蓝导也知道。编导春节回家，过完正月十五再回来也没准儿，节前这么要紧的时候，没人在机房盯着，这不是开玩笑吗！我不回公司签字，财务也取不了钱，这事儿……要不这样吧，你告诉蓝导，要是他着急回家的话，就来

253

替我盯一下午,我去公司给他把工资结了,你看如何?"

郁小朋向蓝可转了周瑾琪的话,但蓝可却没有到机房来。

周瑾琪希望蓝可能到机房来一趟,哪怕只看一眼,一句话也不说,也算是有个善始善终。

但周瑾琪知道蓝可不会来,不是因为别的,就因为他蓝可无脸再回来看看那期由他指挥操机员剪得乱七八糟、半途而废的节目,连跟着他的操机员都憋着要问,他蓝可到底做没做过节目的编导?

蓝可不会来机房,但却会给周瑾琪发短信,一下午发了好几遍,内容都是一样的:"我是后天下午的车票,后天上午去公司领工资,请事先准备好!"

周瑾琪想想这老头儿有点儿过分,本想打个电话或发个短信数落他几句,可她最终没有这么做。蓝可毕竟不是小林惠子,虽然业务不行,人也不怎么样,但一把年纪了,还是不说的好,别让他着急上火。既然他自己不想干了,不干了就算了,后天上午给他钱也就过去了。都说是老小孩老小孩,蓝可老了,就当他是个小孩吧。

说话间就到了蓝可来取钱的日子。

因协调设备为节目扒词而在机房熬了一晚上的周瑾琪,心里想着蓝可取钱的事儿,便没有直接回家休息,天蒙蒙亮回到办公室后,躺在沙发上抓紧时间休息会儿。

迷迷糊糊中,她听见有人踹门,爬起来听听,外面还在踹。

她一边纳闷儿,不知发生了什么事儿,一边赶紧去开门。

开了门,见蓝可气哼哼地站在门外,门上还有密密麻麻的好多个脏乎乎的大鞋底印儿。见状,周瑾琪的火终于忍不住往脑门儿上蹿,没好气地说:"这门是您踹的?"

"是我踹的,咋了?"蓝可的小脾气儿变成了大脾气儿,一点儿也不含糊,好汉做事好汉当,又吹胡子又瞪眼。

"您说咋了?有您这样的吗?一把年纪的人了,这么没教养!您什么狗屁导演?北方电影制片厂就是这么培养您的吗?黄土埋到脖子的人啦,还没有学会怎么做人啊?"

原本不想让蓝可着急生气的周瑾琪,反而被蓝可惹得忍无可忍,泼泼辣辣、声色俱厉地和蓝可嚷起来。

蓝可自己也明白做的事儿不地道,他琢磨着郁小朋帮他要工资几天未果以为这工资不好要,想了一个晚上,才想起了这气势凌人的招儿,这会儿是断然不能打蔫儿,拧着脖子强辞夺理:"不给我工资我今天就不走了,你们欺负老实人……"

都说好男不和女斗,可周瑾琪反其道而行之,好女不跟男斗。数落了蓝可一番后,便适可而止,把蓝可晒在那儿,自顾自回了自己的办公室。

这下蓝可更来劲了,在公司办公室里像无头苍蝇,喋喋不休地要工资。

要工资也要等到财务上班才是,钱又不是装在周瑾琪的口袋里,可蓝可就是不想这个理儿,犟得像是一根筋。

蓝可越是这样,周瑾琪就越不想痛痛快快地给他钱,看他能折腾到啥份上。

39

公司的人陆续上班了,一个个先是看着蓝可气呼呼的样子、听着蓝可的喋喋不休而纳闷儿,接着是交头接耳地嘀咕,知道了事情的原委后谁也不再吱声了。

周瑾琪倒是很想看看那些喊着要投资的大老爷们儿是什么表现,有没有人真正把自己当成公司的主人。

张友德来了,不言不语不白话,走进自己的屋里不出来。

宁超英来了,照样和其他人说着他的趣闻逸事。

郁小朋来了,居然也没劝蓝可几句。

十三每没有来……

周瑾琪想,别人不言不语都无所谓,但张友德却不能不白话,他是公司的老总,老总就应该像个老总的样儿,这时候要站出来跟蓝可讲讲道理,哪怕就是装装样子,也是需要的。

她需要张友德再默契地配合一次。

于是,她把张友德叫了过来,郑重其事地说:"张老师,有件事儿跟您商量一下。"

"什么事儿？"张友德赶忙问。

一大早就在公司里发飙的蓝可他看到了，可他好像视若无睹。谜一样的"爱跑"他打定了主意"脑子不能进水"，可他总像着了魔一样念念不忘。这会儿，他还是很想知道"爱跑"，周瑾琪找他，他就期待着跟他说"爱跑"。

但周瑾琪还是不说"爱跑"，她说："您没看见门上的大鞋印儿吗？"

"什么？怎么回事？"张友德没有露出失望的神态，而是大惑不解。

周瑾琪不以为然地笑笑说："蓝可急着要工资回家过年，一大早就跑来踹门……"

"疯了？他以为他是谁呀？"

"既然疯了，就得赶快让他走。"

"那可不？赶紧让他滚蛋！"

"但不能踹完门就给他工资！要工资没什么不对，可踹门没什么理由。所以，您去教育教育他，若他蓝可想要工资，就不能那么没教养。他若那么没教养，就别想痛痛快快拿到工资，事情就这么简单。"

"我？"张友德犹豫。

或许事情来得突然，张友德不像上次去钟大华的机房那般爽快，但也绝对没有任何抵触情绪，只是迟疑了一会儿，站起身来就走了出去。

然而，张友德这一次却让周瑾琪有些失望，他回到自己的办公室漫不经心地喝了几口茶，又慢腾腾地回来找周瑾琪。

他装模作样地说："小琪啊，我觉得吧，这事儿还是和气解决比较好。"

"怎么个和气解决法？他踹门不说，还闹得公司不得安宁，我们还得乖乖地把工资给他？"周瑾琪觉得张友德是自己人，有话就直说："我们毕竟是个公司啊，前有车、后有辙，以后谁都想踹门怎么办？"

"那哪儿成啊？我们是武大郎啊，谁想踹一脚就踹一脚？我们是唐僧肉啊，谁想吃一口就吃一口？"张友德愤愤然，可转而又面露难色，"可这事儿吧，我说话不好使，你知道为什么吗，小琪？因为都知道我是使唤丫环，当家不做主，说深了或说浅了都不合适。"

"您是忌惮？怕说深了？"

"什么呀？真不是吹牛，我还没有忌惮过谁呢！"张友德拍着胸脯，又夸夸其谈地说，"小琪，没有外人我就叫你小琪。公司里的事儿该怎么做就怎么做，我张友德就是你的后盾，天塌下来我替你顶着，什么事儿也不用怕！你想抽他就抽他,出了事儿我兜着!"

"哪至于啊,张老师?"周瑾琪无奈地笑道,"说实话,我并不是有意与他斗气儿,一个干巴老头儿,犯得上跟他一般见识吗? 可我们是一个公司……"

"我说的就是呀,正因为咱们是一个公司,所以还是你出面比较合适。他蓝可要是懂事儿呢,就和气解决;他蓝可要是不懂事儿呢,你借此杀鸡给猴看看也正好一举两得,反正有我呢。"

喜欢拽的张友德说得这么直白了,周瑾琪就不再难为他,只好说:"既然您觉得我出面合适,那我想办法,有你做我的后盾我心里就踏实啦。"

张友德松了一口气,又有意无意地说:"当家不做主,说话不好使,说多了就是狗拿耗子多管闲事儿。"

周瑾琪本没在意张友德当不当家、做不做主之类的话,可又听张友德这么说,她就忍不住问:"哪儿跟哪儿呀? 您张老师怎么当家不作主了?"

"我倒没这么想,可公司的有些事儿我毕竟不清楚啊,所以,别人难免会这么想。"

"什么事儿不清楚? 从开始到现在,公司的事儿您还有不清楚的?"

"也有,比如大家都关心的'爱跑',我就不清楚……"

"呵呵……还是为这事儿呀!"周瑾琪不由得哑然失笑,不以为然地说,"我不是跟您说过了吗,张老师,能告诉您的时候一定会告诉您,但现在还不便说得太多。"

张友德见周瑾琪还是不想多说"爱跑"的事儿,还是不想让他当家做主,便无所谓的样子说:"告诉我不告诉我,什么时候告诉我,我根本就不在意。为什么呀? 我张友德说来说去忙来忙去还不都是希望你小琪好!"

嘴上说着不在意,其实,张友德很在意。

走出周瑾琪办公室的门口, 他心里就酸不拉叽地说:"好事儿不想着我,得罪人的事儿找我,想什么呢!"

周瑾琪之所以想让张友德这个时候站出来,并不是非他张友德不可。可她想得更多,公司不是一盘散沙,公司需要合力,这个时候更需要合力。有合力才能有凝聚力,才能有声有色,才不会被当成武大郎,才不会被人当成唐僧肉。

但这只是她的一厢情愿。

周瑾琪轻叹一声,忽然觉得与蓝可的这一架吵得值。因为她明白了,只有

257

自己才是这个公司的主人。兄弟传媒公司自以为是的大老爷们儿再多,终究是各怀心事,就连张友德也是得罪人的事儿不出头。

他们甚至不如公司的员工,公司的员工还懂得蓝可不该这样吵吵闹闹……

但周瑾琪不需要、也绝不允许他们掺和这种事儿。

她关上门,给夏侯阳打了电话。

夏侯阳很快就到了兄弟传媒公司,先看了看办公室门上脏乎乎的大鞋印儿,又看了看烦躁不安、气呼呼的蓝大导演,蓝大导演还在喋喋不休地自说自话。

嬉皮笑脸地转一圈,夏侯阳什么也没说,径直走进周瑾琪的办公室。

背后跟着传来蓝可的自说自话:"叫谁来我也不怕……"

夏侯阳本以为周瑾琪会生气,没想到,若无其事的周瑾琪却开起了玩笑:"都赖你吧?谁让你这么长时间不过来看看,结果你不来事先来了吧?"

"知道我想你啦,所以你这儿就有事啦,这不是正好嘛。"

"还有心思耍贫嘴呢,没看见蓝导还在公司里没完没了吗?"

"看见了,像是等着要上拳台的拳击手似的。"夏侯阳笑笑,满不在乎地问,"什么事儿?"

周瑾琪简单地说了一下情况,很关切地问:"我若不想给他工资,会怎么样?"

夏侯阳不以为然地说:"还能怎么样?跟这会儿差不多,无非就是天天来折腾你,让你不得安静。"

"若不让他痛快地拿到钱,是不是会打官司啊?"

"会!为什么呀?急了谁都会想到打官司。但又轻易不会!为什么?因为这种劳资纠纷,要先劳动仲裁,仲裁完了不服再打官司,打了一审打二审,就是折腾,也折腾他一个够。他在京城待着需要费用,外地、京城来回跑也需要费用,打官司请律师还需要费用,为几千块钱的工资,这官司他打着不合算。"

"没想到一个大导演会出幺蛾子,这都是什么破烂事儿!"

"所以,你跟他吵了一架。"

周瑾琪不由得羞愧,笑笑说:"真是不好意思。当时憋不住,就和他吵了。"

"真要觉得不好意思,你就去跟蓝可说呀。"

"我才不呢,这又不是我的错!他越这样为老不尊,我就越不想痛痛快快给他这个钱。"

夏侯阳嘿嘿笑道:"狗咬你一口,你也咬狗一口。咬了就咬了吧,但你没有咬疼他!"

周瑾琪忍不住咯咯笑道:"那就请你代劳了,再咬他一口!"

夏侯阳摇头摆手,急忙道:"这不行!不是有人说嘛,狗咬人不是新闻,人咬狗就是新闻。你已经是新闻人物啦,你就必须给这则新闻画上一个你要的句号。所以啊,既然你咬了第一口,并且没有咬疼他,那你就必须再咬他一口,把他咬疼了,让别人都觉得疼。要么轻易不咬,要咬就得咬出水平来,这就是我说的你不能轻易直接面对这种事儿的道理。"

"可我咬不疼他,那好几位大老爷们儿更是缩着脖子指望不上,等着看笑话也没准儿。"

"其实,我知道,你有很多办法可以咬疼他,但你拉不下脸,下不去手,因为骨子里的你,是上善若水、从善如流的人。当然,你也不指望那几个大老爷们儿真的就替你逮着谁咬谁,只不过你看到了他们夸夸其谈的另一面而有些失望而已。可这是很正常的,一个公司有这样的事情、有这样的人,都是很正常的。在我认为,没有这样的事情反倒是不正常。也不要指望每个员工都像老板一样,每个人的角色是不一样的。"

夏侯阳就像忘了外面焦躁不安的蓝可一样,自顾自眉飞色舞地接着说:"你是做电视的,你的节目把镜头给了那些崇尚时尚运动的名人,可是,你想过没有,节目组本身也是一个舞台,每个人都会上镜的。今天你已经上镜了,但故事才进展到一半,去接着续完另一半吧!"

周瑾琪嫣然一笑,矫情地说:"你来了,就该你上镜啦!跟你配戏的人已经等得烦躁不安了……"

夏侯阳却漫不经心地说:"让他着这点儿急算什么?他不是早早地就把机房的事儿扔一边、连个屁也没有就想回家吗,我要是拖到晚上让他赶不上火车,那他才叫着急呢!"

"噢,怪不得你这么沉得住气!"周瑾琪作出恍然若悟状,却转而又不安地说:"可别把他急出个好歹来?"

夏侯阳哈哈笑,站起来说:"既然你于心不忍,那就不让他着急上火啦!不过,先说好了,这一次我只能给你做个配角,你还是今天上镜的主角儿。待会儿如果我叫你的话,你就出去,哪儿人多你就站哪儿,一定要记住了!"

259

周瑾琪不置可否地点点头。

夏侯阳走出周瑾琪的办公室,见蓝可还在大厅里气呼呼地走来走去,看着夏侯阳朝他走来,满脸不屑的样子,那不屑的表情就好像是在说:"你律师怎么啦,难道我怕你不成?"

见蓝可这副样子,夏侯阳心里就有些瞧他不起,到底不是在社会上久混的人,自己就伸过脸来让你打,还生怕你打错了地方。

他把轻蔑留在心里,把笑堆到脸上,伸手揽着蓝可的肩膀一起走进会议室,并顺手关上了会议室的门。

夏侯阳和蓝可走进会议室,没多大一会儿,郁小朋就轻手轻脚地走过会议室的门口,假模假样地在大厅里找什么,转了几个圈儿,竖着耳朵听听会议室里的动静,又假模假样地回到他的座位上。

郁小朋回到座位上还没有屁大的工夫,宁超英又转悠到大厅里,像太空漫步一样走过会议室的门口,走进张友德的办公室,然后又从张友德的办公室里出来,慢腾腾地走进卫生间。

接下来是张友德,他也坐不住了,绕到会议室的门口再转身去找周瑾琪,商量与滑翔伞俱乐部合作的事情……

不用说,他们装模作样,无非就是想听听会议室里的动静,或许他们正盼着里面响起噼里啪啦的打架声呢。

然而,夏侯阳却不和蓝可吵。

关上会议室的门,夏侯阳并没有松开揽着蓝可的胳膊,也没有让蓝可坐下,而是连搂带拽把他带到会议室的窗前。

被夏侯阳勾肩搭背,蓝可心里老大地不情愿,不由得使劲想挣开。

他越挣,夏侯阳越是嬉皮笑脸地不松手。

蓝可不好发作,却也有些气恼。

夏侯阳打开一扇窗户,顿时冷风冷气扑面而来。

蓝可下意识地往后退。

夏侯阳却搂紧他的肩膀,一本正经地说:"别走,蓝导!您来看看。"

"看什么?"蓝可不解地问。

"看看楼下。"夏侯阳似笑非笑地说。

"楼下有什么好看的?"蓝可下意识地不敢靠近窗户,伸长脖子看了一眼又赶紧缩回来。

"您看见什么了？"

"什么也没看见。"

"再看看，放心吧，光天化日之下，没有谋杀您的企图。"

蓝可大着胆子又看看楼下，一脸疑惑地说："除了车什么也没有啊……"

夏侯阳阴阳怪气地说："楼下有水泥地。"

"水泥地怎么了？"蓝可仍然莫名其妙。

"没怎么。我在想，我们俩要是从这儿跳下去，摔到水泥地上会怎样？"

"一命呜呼啊！"

"噢，您也知道啊？跳下去就一了百了啦。"

"你……什么意思？"

"别紧张，我没什么意思，更不会把您推下去，让您一命呜呼。只是……我想问您两个问题。假若节目要播了，可还没有做出来，人家频道不等着啊，反正不能开天窗，没节目播就停你的节目没商量，蓝导您说，这个时候谁着急？若是节目一旦停播，就意味着前面的投资血本无归，还要承担一大堆的违约责任。假如您是投资人，您会是什么心情？"

"这跟我有什么关系啊？过年了谁不回家？"蓝可的情绪还处在亢奋中，有些冷静不下来。

"正因为跟您没有关系，所以我才让您想一想假如跟您有关系。"夏侯阳松开搂着蓝可肩膀的胳膊，掏出一支烟点上，接着说，"假如跟您有关系，跳楼的心您会有吗？如果有，下面可是硬邦邦的水泥地，跳下去会怎么样您可是十分清楚啊！"

蓝可双手抱在胸前，张张嘴又把话咽了回去。

"是，过年了谁都想回家。可您想过没有？几天前您就不声不响地忙着准备回家过年了，周瑾琪还以为您在机房呢。您坐在热炕头上美滋滋地喝着小酒欢天喜地过大年呢，周瑾琪却在急得想跳楼……这些您都没有想过？您在机房那边唱空城计，周瑾琪能不去机房盯着吗？一大早的您就跑过来踹门，踹得就心安理得？踹得就理直气壮？"

"我不是好不容易才买到一张车票嘛。"

"蓝大编导啊，道理咱们不说了，原因理由也不说了，您就想一个问题，要说着急上火，您与周瑾琪相比谁更着急上火？这个问题想明白了呢，您就把窗户关上，如果想不明白呢，我就陪您从这儿跳下去。当然了，如果我是周瑾琪，

根本就不和您废话，您要是个爷们儿，就跟我一块儿跳下去。要痛快，您我都痛快，要想不痛快，您我谁也痛快不了！"

或许是自知理亏，也或许蓝可到底是从大单位出来的，虽然是个老小孩，可也有怕的时候，或者说并不是什么都不懂……

没用半个钟头的时间，会议室的门就开了。

夏侯阳走出来大声喊："周总，周总——"

周瑾琪随着喊声落落大方地来到大厅里，果真像舞台上的主角儿一样闪亮登场。

跟在夏侯阳身后的蓝可，嬉皮笑脸地走到周瑾琪面前，乖巧地给周瑾琪鞠了一个躬，然后，点头哈腰地赔了一些不是。

见老头儿似的蓝可说了自己一大堆不是，周瑾琪反倒把蓝可的一大堆不是忘得一干二净，只觉得这老头儿也挺不容易的，便通知财务给蓝可发了工资。

拿到钱，蓝可屁颠屁颠地回家过年去了。

40

蓝可屁颠屁颠地回家过春节了，拿到了钱高兴，回家过年还是高兴，就如同"又娶媳妇又过年"似的，高高兴兴地挤进了春运的洪流里。

蓝可高兴并不稀奇。

其实，每年的这个时候，挤在洪流里的人又有谁不是高兴的呢？等候买票的队再长也要排，挤车的人再多也要挤。有人南下，有人北上，有人东进，有人西去。有钱人挤飞机，没钱人挤火车，挤不上火车挤汽车……熙熙攘攘、攘攘熙熙的人，还不都是屁颠屁颠、乐此不疲？

也是，春节过了两千年，可一个人一辈子又能过多少个春节？谁不是过一个少一个？能快乐一个是一个？

但这个春节，却有一个人不快乐，这个人便是项东方。

在她不得不决定回江南过春节的那一刻，在她拿到回家机票的那一刻，她的心情坏到了极点。

经过无奈而又苦苦的等待之后,项东方终于等到了台里的答复——鉴于多方面的因素,现在还不宜把她的老公调到山河卫视频道,等各方面都稳定了再考虑,希望项东方能够理解,并以大局为重。

项东方接受不了这样一个结果,因为,这个结果对她而言很残酷,这意味着孤独还要继续,寂寞依旧挥之不去。

她以为自己在各个方面已经做出了巨大的让步,只想做着频道总监,和老公一起过日子。让老公的抱,把孤独赶走,把寂寞赶走。

好久了,好久了,她还是第一次真真切切地感受到没有老公她会寂寞,她会郁闷,她会孤独。女人寂寞了就不快乐,女人郁闷了就不美丽,女人孤独了就不幸福。

所以,她要让老公来陪,陪着一起过日子,陪着她找回快乐,陪着她找回幸福。

但就剩下这样的要求了,台里仍然不同意,这让她无法接受。

她给唐逸风打电话,电话里一连问了好几个为什么。唐逸风耐心地听了项东方的牢骚和不满,然后就做项东方的思想工作。

唐逸风说,这是台里的决定,是台党委的决定,不是哪一个人的决定。山河卫视频道是江南电视台的一部分,不管在什么地方办公,不管是否合作,每一位频道的工作人员都应该以台里的利益为重。你是山河卫视的频道总监,个人的困难还是可以克服一下的。

项东方挂了电话,心里依旧生气。生气加寂寞加郁闷,乱七八糟纠缠在一起,堆在她的心里,有一百个不痛快。有这么多不痛快就感到很委屈,委屈得不行了就哭,泪水"吧嗒、吧嗒"地流下来。

可是,哭过了以后,心情并没有好起来,还是觉得委屈。

委屈了怎么办? 抽刀断水水更流,借酒浇愁愁更愁,那就抽烟吧。于是,纤纤玉手夹上一支烟,是那种绿色装的 Sobranie(寿百年)。烟盖上的金色飞鹰,隐隐约约留有英国皇室的昨日遗梦,既不十分有害嗓子,还多少能找回些逝去的荣耀。

她试着点上,点点烟火如寂寞烟花,亦如星光点点。

孤独的项东方抽着烟,优雅迷人。袅袅烟雾中,娟秀的面庞如蒙上一层纱,看上去像一道风景,闺中的风景。

只是风景里的人儿，心情依旧是涩涩的。

老公调不过来，项东方就无法在京城等着老公过来过春节。这个春节，她多么想在京城过，多么想和老公在京城过一个有家的春节。

但她失望了，京城没有属于她和老公的家，她和老公的家还在江南。

老公调不过来，而春节还是悄悄地来。不管一年下来有个怎样的心情，春节依旧如期而至。项东方没有在年底得到一份好心情，没有一份好心情的项东方不得不踏上飞往江南的飞机，回江南过春节……

与项东方不同，秦亦讯就有一份好心情，或者说他的心情好得不得了，就像那首歌里唱的一样，"工作不错，生活不错，心情也不错"。

心情好了要回去过年的感觉也不一样，那是生活的欢歌笑语，那是职场的一份荣耀，那是飞翔的人生梦想，那是闲言碎语挡不住的好运。

人生有多少时光如此惬意？人生有多少梦想变为现实？人生有几多岁月呼风唤雨？而这时的秦亦讯应有尽有。

想有的有了，还有什么理由不快乐？

年前的秦亦讯快乐而忙碌着，忙着安排春节期间的工作，忙着吃饭，忙着接受来自四面八方的祝福，忙着享受一年最后的快乐。

秦亦讯忙忙碌碌地穿梭于快乐之间。

他快乐地重温紫罗兰的梦，紫罗兰还是那么梦缠魂绕。

这一次不再是薛明远带他去，现在的秦亦讯没有薛明远照样可以去那个临时的快乐驿站。

他潇洒地去芙蓉宫，芙蓉宫还是那么风花雪月。关上门的贵宾房，开着门的华清池，开开合合，柔情如水，热情如火。

再一次来到让他日思夜想的芙蓉宫，如同享受一年的好收成。

他赶场似的光临月光阁，好奇地进出浣溪院……

有了太多太多的快乐，秦亦讯不想早早地回江南。

秦亦讯不像项东方那样，一颗寂寞失落的心需要早早回到江南的家中得到些许慰藉，相反，一年最后的日子他还有很多很多的快乐。

他要享受这些快乐，所以，他特意要了一张春节前一天的机票。

他不想把快乐寄存，快乐是不可以寄存的，寄存的快乐不是自己的快乐。快乐是需要及时消费的，不像烦恼，本属于你的烦恼当你挥之不去时，你可以把它寄存，寄存在一个没有地址的地方，不用怕它会丢了，也不用怕它会被别人捡去,只要你不想再把它捡回来,你就可以把它忘了。而这时的秦亦讯几乎没有烦恼,偶而想起项东方所带来的一丝不快也仅仅是一闪而过,会在顷刻间忘记。

秦亦讯的快乐卡上还有很多快乐可以消费,当他心潮澎湃地穿梭于灯红酒绿的快乐之间时,他还没有忘记斯丽娅,这一年的最后快乐不能没有与斯丽娅上床的快乐。

就在项东方心绪烦乱地坐上飞机回江南的时候,意气风发的秦亦讯却笑眯眯地再次把斯丽娅带回住处。

从来只闻新人笑,谁人在意旧人哭?

秦亦讯的住处虽然没有华清池,秦亦讯的住处虽然没有天然温泉,但再次把斯丽娅带回住处的秦亦讯依然折腾出满身的汗水,一如刚刚出浴一般。

当秦亦讯与斯丽娅酣畅淋漓过后,心满意足而又疲软地躺在床上时,酣畅的呼声片刻间便从甜美的梦乡中响起,起起伏伏,顿挫抑扬。

他累了,他睡得很沉很香。

享受快乐有时也是辛苦的,只不过享受快乐的辛苦便是快乐的过程……

秦亦讯合理地分配了自身的资源,享受了很多很多的快乐,心中装满了许许多多的快乐和回味无穷的甜蜜之后,美美地等着送来机票回江南过津津有味的春节了。

美美地等着机票的秦亦讯想起了前两天唐逸风的叮嘱,就给夏侯阳打了电话,喜滋滋地说:"夏侯啊,我一会儿就去机场了,我先回江南,希望你随后也到。真诚邀请你一起去江南过年度假,台里已经安排好接待,这也是唐台的意思!"

秦亦讯几声坏笑后,接着说:"至于伴嘛,你可以自带……当然啦,要是嫌麻烦,你到江南后我给你找个临时的也可以,在江南有个家也不错嘛……啊?怎么样?"

夏侯阳嘻嘻笑过,谢过,又说:"祝您一路顺利!并提前给您拜个早年,把每晚当除夕,把自己当十七,天天快乐,事事如意!"

其实早在这之前,唐逸风就专门让秘书给夏侯阳打了电话,盛情邀请夏侯阳去江南,自己去也可以,携家人也可以,台里会把一切安排好。辛苦了一年,到江南来放松放松,也算是一份感谢和心意。

虽然夏侯阳并没有这样的计划,虽然夏侯阳婉言谢过,但夏侯阳的心里

还是暖暖的。

有时候,心里暖暖的就是因为一句话。

秦亦讯踏上回江南的飞机舷梯,给夏侯阳发了一年中的最后一个短信,接到秦亦讯短信的时候,夏侯阳正在和周瑾琪一起吃饭。

小人物过年简简单单,夏侯阳是小人物。小人物与大人物的不同在于,大人物有很多的人惦记着,而小人物则要惦记着很多人。大人物过年想的是如何让自己开心,小人物过年要先想如何让别人开心。

律师虽然在业内有大、小律师之分,但在业外,则以群分,差不多都是小人物。律师虽然是纳税人,但管着律师的人很多。纳税是应该的,受人管也是应该的。管着你的人再多你一个也不能忽视,不然谁都会让你心烦。

夏侯阳是从机关出来的,在机关与做律师是有很多不同的。每到过年过节,在机关的时候会有很多人去看他,做律师了他要去看很多人。

一年即将过去的最后时刻,夏侯阳不能像秦亦讯那样到处消费快乐、享受快乐,他脸上堆满笑去看一张张笑脸,谢过了一个个大人物的关照后,才能考虑自己的快乐。

夏侯阳也有自己的快乐,这快乐就是他与周瑾琪的约会。

周瑾琪同样期待着这一年与夏侯阳最后一次的约会。

小林惠子与蓝可的相继离去,在兄弟传媒公司并没有引起什么骚动,也没有伤及周瑾琪的《"爱跑"我玩时尚体育》节目。兄弟传媒公司准备了足够多的节目播出带,她可以踏踏实实地过年了,她应该有一份足够好的心情充满期待地度过这个春节。

与夏侯阳的这一次约会,也不再像前几次那样需要他充当一个救火队员,所以,这一次的约会就变得轻轻松松。

周瑾琪给了夏侯阳三个选择:

一是一起去天伦温泉会馆,洗一洗一年的征尘后吃饭聊天。当然,天伦温泉不是紫罗兰,也不是芙蓉宫,洗浴是分男宾部和女宾部的。

二是去菩堤岛,喝茶、聊天、吃饭、听音乐。

三是在兄弟传媒公司办公室,由她亲自做几样菜,喝点儿酒,吃点儿饭,聊会儿天。

周瑾琪的选项里面没有 Saturday(星期六)餐厅,夏侯阳自然不提。自从那个晚上看到了宁超英、小林惠子及十三每以后,他就不再觉得那儿还有一份若即若离的浪漫。

夏侯阳没有选择去天伦温泉或菩堤岛,那儿的饭菜固然好吃,但毕竟是大师傅做的菜,是为来来往往的上帝准备的。他不想做上帝,只想做周瑾琪的朋友,上得厅堂、下得厨房的周瑾琪亲自做几样菜,是为他夏侯阳准备的。

他选择了在办公室吃一顿周瑾琪做的饭,最平凡就是最浪漫。

办公室是公寓房,房子很大,厨房也很大。

周瑾琪一边准备饭菜,一边等着夏侯阳中午过来吃饭。

夏侯阳没有等到中午,他早早地过来帮着周瑾琪做菜,和周瑾琪一起包饺子。

温馨有时并不是因为华丽,还有忙碌中的莞尔一笑,还有眉目间的一份喜悦……

自己动手,丰衣足食。夏侯阳和周瑾琪喝着红酒,吃着浑素搭配、色香味俱全的几道菜,享受着一份清静,享受着一份憧憬。这清静是一种心照不宣,这憧憬是一种感觉。

夏侯阳看着周瑾琪,一位经常见、经常看的女人,很美,很美——美在眉宇间,美在眸子里,美在红唇间,美在鼻翼边,更是美在千变万化、美轮美奂中。

美不是一成不变的,美是生动的,不论已经看过多少遍。

这时的周瑾琪,连那份成熟女人的妩媚都是生动的,如山涧的溪水一样荡漾,如风中的花儿一样摇曳。

周瑾琪知道夏侯阳在看她,有些不好意思,端起酒来说:"夏侯,真的该谢谢你!"

夏侯阳先喝了杯中的酒,然后才笑嘻嘻地问:"谢什么呀?"

周瑾琪眉头一扬,装作很认真的样子,攥起的小拳头伸出一个个手指,煞有介事地说:"从频道拿到时段要谢你,节目审片顺利通过要谢你,小林惠子的事情要谢你,蓝可的事情也要谢你,有这么多理由应该谢谢你呢!"

夏侯阳抬起手,向上推了推眼镜,不以为然地说:"唉,就这些事儿?那就不用谢了!"

和漂亮的周瑾琪喝着酒,夏侯阳的心里美滋滋的,有时难免心不在焉,有时也难免会怦怦的心跳,只是他不知道,自己看周瑾琪的眼神是不是像她说的那样"不像好人"。

　　他喜欢看周瑾琪,甚至不知不觉中喜欢上了周瑾琪,但面对漂亮娴雅的周瑾琪时,他不希望自己的眼神是色迷迷的,他甚至希望自己能是一个正人君子。

　　周瑾琪一笑百媚,说:"有一个免费律师呢,当然是要谢谢的!"

　　她显然并不讨厌他那种热热的眼神,甚至有些喜欢,当他的那份眼神热热地看着她时,她会莫名其妙地有些腼腆和脸红心跳。

　　夏侯阳喝口酒,点上早就夹在手指中的那支烟,静一静怦怦跳的心,又开始眉飞色舞地说:"这样吧,过去的事情就不说了,也不用谢了。节目播出以后,有一些想法惦着和你聊聊,上次没顾得上,借这个机会,我就说说。如果这些想法对你有用,再谢我不迟!"

　　"那当然好了,我洗耳恭听。"周瑾琪急忙给夏侯阳的酒杯里倒上差不多四分之一杯的红酒,开心地说:"不过,在你指点迷津之前,要先敬你一下!"

　　夏侯阳爽快地端起杯,和周瑾琪碰一下,一饮而尽。

　　周瑾琪欣喜地笑,轻缓地将酒杯举到红唇边,轻轻地抿了一口,便听夏侯阳说他的想法。

　　"我想说的几个事情,或许你早就想过,也或许你心里早已胸有成竹,但我还是想说。

　　关于'爱跑'的赞助,春节前没有把合同签下来,不能不说很遗憾。虽然代理商说还在与总部协调中,但这事儿也该落听了。春节后,这个事儿仍然是你的头等大事。你知道,如今节目已经播出这么长时间了,合同没有签,费用没有到位,可'爱跑'的这个客户信息已经是公众的了。山河卫视频道这么多节目在经营上各自为战,独立经营,几乎没有什么游戏规则,频道广告的经营人员同样没有什么游戏规则,这很麻烦……夜长梦多,梦多了就不一定是好梦连连。

　　关于兄弟传媒公司,麻雀虽小,但五脏俱全。张友德、宁超英、十三每、郁小朋等人是喊着投资来的,但至今还是虚张声势。以我的直觉,他们投资的可能性不大,这事儿不能这样久拖不决,也该有个明确的说法。公司确实需要有一个核心团队,但这些人心在哪儿还不好说。他们观望的时间不短了,你也不能老这么观望下去,该想想哪些人走、哪些人留了……"

　　说到这儿,夏侯阳自嘲地笑笑说:"我这个人吧,管不住自己的嘴,想说的,张张嘴就说了,这大过年的,也不会说句吉利话。好了,咱们不说这些啦!"

周瑾琪笑笑，不紧不慢地说："不管是不是吉利话，但我知道是金玉良言。"

然后，她看着夏侯阳，若有所思地说："这些事情我想过，我之所以希望张友德等人能够出资进入公司，就是希望有真正的合作者，就是希望他们能当成自己的事儿来做，但他们只说不练，这是我当初没有想到的。你也知道，兄弟传媒公司还有一个股东，但就是挂名的。这些事儿只有你会跟我说，反过来，我也只能跟你说。我知道公司的事情让你操心不少，其实，你的提醒正是我的担心。只不过，他们的去留，我还想等一等'爱跑'的结果……"

夏侯阳打断周瑾琪的话，点点头说："好了，我明白啦！"

接着，又自鸣得意地说："不说那些了，我还有想法呢！"

周瑾琪立即笑道："那你快说呀！"

夏侯阳摆个架势，咧嘴一乐道："那你再敬杯酒啊！"

周瑾琪乖巧地端起酒杯。

"这还差不多！"夏侯阳喝下一口酒，绘声绘色地说："从山河卫视的收视监播数据来看，《'爱跑'我玩时尚体育》节目的收视情况不错。每次节目播出后，也有不少的观众电话打到栏目组来。既然有这样的效果，是不是可以考虑节目后续的经营啦？比如说吧，你有节目资源和广告资源，节目资源的背后是体育口的资源，这就是商机！你可以低价拿到产品，或者以你的广告资源置换产品，然后送货上门，就像电视商场。你甚至可以在 30 分钟的节目中，开出一档 5 分钟左右的子栏目，专门推介和营销时尚运动产品，什么样的名牌都是你的供应商，所有的时尚运动爱好者都有可能是你的客户！"

"这样一个版块虽小，可节目不可或缺，而广告价值潜力巨大。"周瑾琪脱口而出，妩媚的眼睛里熠熠生辉，喜不自禁地举起杯。

夏侯阳端起酒杯，哈哈笑："不用说，你一定也想过啦！"

周瑾琪扬起头："那你说，这个栏目的名称该叫什么？"

"你先说！"

"这样吧，我们各自写在纸上，一起打开，怎么样？"

夏侯阳笑眯眯地点头。

周瑾琪放下酒杯，很快拿起纸和笔，自己先在一片纸上写好，然后把笔和另一片纸递给夏侯阳。

夏侯阳一蹴而就。

两人同时把手中的纸打开,竟然是一模一样的四个字:全副武装。

周瑾琪泛着红潮的脸上绽放着灿烂的笑,惊喜不已地又端起酒杯,爽爽地说:"来,为不谋而合干杯!"

"应该是为心有灵犀干杯。"

周瑾琪轻盈地将酒杯送到红唇边却没有喝,而是看着夏侯阳,好奇地说:"这会儿你不像是一个律师。"

"那像什么?律师写在脸上吗?"

"不是写在脸上,是感觉。"周瑾琪莺声燕语、有说有笑,"你这会儿像个公司老总。公司若是发展了,有了大钱就聘你到公司来,不是做律师,而是做老总。我想,这一定是个一举两得的明智选择,既有了公司老总,也不用再聘请律师。"

"或许恰恰相反,我的长处不是做公司,而是做律师。"

周瑾琪想了想,说:"我有几个问题想问你。"

"问吧。"

"你是怎么想到《全副武装》的?"

"因为想你——你一定会说,这是胡说八道,要不就是甜言蜜语。其实,这是真话,因为想你,所以投其所好,会考虑节目的事情,考虑公司的事情。"

周瑾琪脸红,就赶紧接着问:"那天老蓝的事情,你既没和他吵,也没和他闹,他为什么就听你的?当时,他可是气冲斗牛似的呢!"

"我关上门就是不想让第三人知道。"

"可我想知道嘛!"

夏侯阳得意得不得了,指指酒杯,让周瑾琪喝酒。

"喊!"周瑾琪不情愿,可稍一迟疑,还是乖乖地喝了一大口。

周瑾琪乖乖地喝了酒,夏侯阳不好失言,就假模假样地想了想,忽然嬉皮笑脸地说:"这样吧,我说两种可能,其中,有一种可能是真的,另一种可能是假设的,我说完了你猜,猜对了我喝酒,猜错了你喝酒,怎么样?"

周瑾琪笑着直摇头:"我猜不对,要喝酒,我猜对了,你说不对,我还得喝酒。这怎么猜?猜对猜不对还不都是我喝酒?"

"怎么可能呢?我先把答案写在纸上放这儿,然后我说你猜,这总可以吧?"

说罢,夏侯阳就在纸上写下一个答案,放在桌子上。

然后点上一支烟，真真假假地说："第一种可能是这样的——我和老蓝走进会议室，把门关上后，就对他说：'蓝导啊，您也一把年纪了，可我说句话您别不爱听。您太蠢了，不是脑残，就是脑子进水了。我本很尊重您，可您呢，哭着喊着让我碎您不说，还要告诉我怎么碎您！为什么这么说呀？其一，您蓝导既没有我高也没有我壮，我们俩动起手来肯定是我碎您；其二，我把门关上没有人能看到是我先动手还是您先动手，只要我碎您时掌握一下火候就可以；其三呢，办公室的门上还有您的一大堆脏鞋印儿，这足以说明是您在寻衅滋事。有了这三点儿，还不是我想怎么碎您就怎么碎您？您说您傻不傻？今天我还就不想和您谈道理，是让我动粗还是您装装孙子？是您给周瑾琪道个歉、拿到钱回家过年还是直接送您去医院？您看着办！'结果，他就给你道歉去了。"

　　夏侯阳吸口烟，接着说："这第二种情况是这样的——我和老蓝走进会议室，把门关上后，就对老蓝说：'蓝导啊，您也一把年纪了，我呢，也不想让您拿不到钱，拿不到钱您就不痛快。什么时候不痛快都行，但是，不能让您过年不痛快。可话说回来，您瞧瞧您做的事儿，说得难听点儿，那不叫做事，那叫坑人！过年需要多准备些节目，您能不懂吗？可正是要紧的时候，您却拍拍屁股走了，连句话也没有。更不该的是踹门，谁愿意别人踹自家的门呀？您愿意吗？况且踹门和要钱是两码事儿。本来周总没想不给您工资，她觉得您也挺不容易的，但是，您这一踹门，倒把她踹恼了，说什么也要报警。这不是，我好说歹说，就是说不通。您想想嘛，要是报了警，甭管事大事小，但我敢说，今天的火车您是赶不上了！大道理咱们也不讲了，好合好散，出去给周总道个歉，领了钱回家过年吧！'结果，他就给你道歉去了。"

　　周瑾琪想了想，自信地说："那你喝酒吧，我选二！"

　　夏侯阳笑，自鸣得意地说："你喝酒吧，答案是一！"

　　周瑾琪急忙打开桌上的纸条一看，果然写的是一。

　　周瑾琪的脸上是惊讶和疑惑不解，虽然端起酒杯抿了一下，但仍然将信将疑。

　　夏侯阳看着周瑾琪疑惑不解的样子，洋洋得意地说："事情就是这么简单！老蓝气冲斗牛也罢，拧着脖子要吵架也罢，但他毕竟不是社会混混，不是臭流氓，所以他怕混混，他怕流氓，那我就不能是一介书生，两个书生吵架没完没了。"

　　"那你是流氓？"

271

"不是,脸上不长横肉。"

"那你就是书生了?"

"不是,最无一用是书生。"

"那你是……"周瑾琪若有所思的样子,想了想,咯咯咯地笑道,"那你是柳下惠?"

夏侯阳的心像被挠了一样,痒痒的,有一股激情在升腾。他的眼神有些游曳不定,想看着周瑾琪漂亮妩媚的脸,但他怕自己的眼神是色迷迷的。他的脸有些红,这红不全是因为喝了酒。

他几次想站起来,走到周瑾琪面前告诉她"我不是柳下惠",但几次都是有想法没行动。

他犹豫了一会儿,最终还是没有站起来,依旧与她面对面坐着。

因为喜欢,所以才面对面坐着,坐着才不会失去,他不想失去。

但他却很清楚,自己不是柳下惠,活着的男人没有柳下惠,柳下惠已经死了。

周瑾琪爽朗地笑着,起身去煮饺子,款款而去的背影,是淑女的柔美和性感。

看着这背影,夏侯阳想,她喜欢柳下惠?还是不喜欢柳下惠?她一定不会喜欢柳下惠,她是一个好女人,但好女人并不一定喜欢柳下惠。

夏侯阳在心里说:"我不是柳下惠,我不是柳下惠!"

喝了过年的祝福酒,吃了饺子,周瑾琪从办公室的储藏间拿出给夏侯阳买的"爱跑"休闲鞋,让他穿上试试。

夏侯阳欣喜,穿上"爱跑"休闲鞋后站起来,美滋滋地说:"算是讨个吉利,过年这几天也休闲一下,就穿这双鞋了,脚舒服,心暖和!"

周瑾琪看着挺合适,便转过身欲收拾桌子,她把柔美而性感的背影又留给夏侯阳——长长的栗色秀发触及肩处便自然卷起;橙色柔软而细腻的羊绒休闲衫外,是一件韩款毛坎,裹住的是体贴,张扬的是曲线;黑色的短裙因臀性感,同样颜色的棉质裤袜和长靴因两腿修长而妖娆……若柳娇花媚,如婉风流转。

夏侯阳心中一颤,这一颤还是为周瑾琪,为这个漂亮的女人!他轻轻走过去,轻轻地、轻轻地从背后把她抱在怀里。

没有惊着她,也没有吓着她。

她的手软绵绵地从桌上滑落,温顺地、不由自主地倚在他的怀里,任凭他的手慢慢抬起,一点点、一点点触及她的胸……

她把亭亭玉立的胸给了他的手。

他一阵震颤,她一声呻吟。

周瑾琪闭上眼睛,她觉得自己在这一刻已经酥软,仰起的头无力地靠在他的肩上,呢喃地说:"你……你怎么了?"

夏侯阳亲吻着她的发线,亲吻着她的脸,亲吻着她那阳春白雪般的颈项。他沉醉于她身上的美和香,他沉醉于这一刻,情意绵绵地说:"我……我不是柳下惠……"

她一阵战栗,轻轻呻吟着:"还以为你是……是柳下惠呢。"

他依然温温软软地抱着她,像是自言自语:"我是我呢,我是夏侯阳……"

41

猫冬后的吴秋林玩出大手笔。

京城冬天的严寒还没有过去,春节前后蛰伏了一段时间的吴秋林,在点点滴滴的早春气息中,又开始了他的骚动。

这一次的骚动,没有像与江南电视台合作那样轰动,也没有像中影中万公司重组为保润万公司那样在京城的夜幕下悄然地化蛹为蝶,更看不出吴秋林会有再一次的凤凰涅槃,而是看似平常又司空见惯,无非就是折腾——在春寒料峭的时节,吴秋林的星际联盟公司挂牌成立。

没有钱要折腾,一夜暴富了也要折腾。

但如果这样想吴秋林,那便是一个错误。

吴秋林一夜暴富是不假,可吴秋林显然不想瞎折腾。他不是散财童子,这一次的骚动,他同样已经期待已久。

因为,这在他的棋局里,是苦心经营而又至关重要的一步棋。

这步棋不是杀招,这步棋没有斩获,可这步棋却几乎蕴含着吴秋林的全部功力。

只是这步棋看似很平凡,平凡得让人熟视无睹而已。

就在挂牌的这一天,吴秋林搞了一个小规模的庆典。之所以是小规模,是因为吴秋林并没有锣鼓喧天鞭炮齐鸣。虽然也是披红挂绿,高朋敬贺,但来者尽是吴秋林的座上宾,是吴秋林精挑细选的贵客。吴秋林显然没有俗到把星际联盟公司挂牌搞成商场开业式的庆典,无需造那么大的声势,也不需要到场的贵客们带来鲜花和贺礼。

相反,吴秋林看不上这些街头巷尾的俗套,他需要的仅仅是贵宾的光临。

随着星际联盟公司的成立,吴秋林的身份也悄悄地发生了变化:从中影中万公司的掌门人到保润万公司的副董事长,到新山河卫视传播有限公司的董事,再到星际联盟公司的掌门人。一个循环下来,从掌门人到掌门人,星际联盟公司已非中影中万公司所能比。

如今的星际联盟公司就像一艘巨舰,组成这艘巨舰的不仅有新传媒概念——山河卫视频道的背景及新山河卫视传播公司间接的股权,还有保润万公司的股权、招牌式的雄氏影视、文化投融资平台纵横日月影视投资公司及两家广告公司等。新传媒是其华丽的概念,天荣保润公司品牌是其耀眼的光环,影视业是其推波助澜的助推器。

相比这艘巨舰,中影中万公司算什么?不过就是一条渔船而已。把一条渔船快速地打造成一艘巨舰,吴秋林自然是踌躇满志、得意无比,而见证这艘巨舰即将起航的当然也就不会是吴秋林心中的一般人物。

唐逸风没有被邀请见证星际联盟巨舰的起航,这倒不是因为唐逸风在吴秋林的心目中是个一般人物。事实上,在吴秋林的眼中,唐逸风是不是一般人物是一个比较难以界定的问题。

在中影中万公司与江南电视台商谈合作的过程中,在吴秋林的眼中,唐逸风就不是一般人物。没有唐逸风的同意,就不可能有与江南电视台的合作。退一步说,如果没有天荣保润公司的进入,即使是中影中万公司与江南电视台合作了,唐逸风依然是一个重要人物。

但由于天荣保润公司与中影中万公司的合作,将中影中万公司重组为保润万公司后,唐逸风在吴秋林的眼中,其重要性就发生了一些变化。换句话说,由于吴秋林拉上天荣保润公司重组成立了保润万公司,那么,唐逸风在吴秋林的眼里就不再显得很重要。

原因很简单,天荣保润公司不是中影中万公司,资源、背景、实力、影响等等,要什么有什么,一个江南电视台奈何不了天荣保润公司! 中影中万公司重组为保润万公司后,吴秋林与天荣保润公司无疑是直接的利益攸关方,与电视台在合作过程中的博弈已不再是他吴秋林与电视台的博弈,而是天荣保润公司与电视台的博弈。唐逸风不再是他点头哈腰、小心翼翼侍候着的爷,也不再是说一不二的爷。因为有天荣保润公司护着他,从某种意义上说,天荣保润公司才是他吴秋林不可或缺的爷。

因此,在中影中万公司重组为保润万公司以后,吴秋林的心情就轻松了很多,他不用过分担心江南电视台会不会变脸,也不用担心唐逸风的脸是晴还是阴。反正天塌下来有天荣保润公司接着,何况天是塌不下来的。

和江南电视台签下了一份他想要的合同,又有了身板硬邦邦的爷,唐逸风在他吴秋林的眼里不再是那样的玉树临风,倒也是自然而然的事儿。对吴秋林这样的商人来说,换个爷也是很正常的,能让自己过得舒服、舒心的爷才是好爷。

当然,对吴秋林来说,谁才是爷的问题固然重要,但这并不是最最重要的。谁才是爷的问题是糊涂不得的问题,却不是决定一切的问题。有一点他相当清醒,这盘棋是他下的,他才是自己这盘棋中的帅,不管是车马炮还是马前卒,不过就是守住楚河汉界,不过就是冲锋陷阵,只有保住帅才是硬道理,只有守住帅,才是最后的赢家。

吴秋林这样想也没有错,谁不渴望自己是最后的赢家? 没有人不想,吴秋林更想。

所以,他的星际联盟公司成立时,被他邀请莅临的,都是那些在他吴秋林眼里玉树临风的人物。唐逸风已经不再玉树临风了,唐逸风就没有被邀请莅临。

此外,在吴秋林看来,星际联盟公司的成立完全是他吴秋林自己的事情,与江南电视台没有关系。既然没有关系,唐逸风也就不必被邀请。

有了这样的原因,秦亦讯没有被邀请也是理所当然。

因为秦亦讯原本就不是爷,这会儿的吴秋林,当然不会放下架子请秦亦讯光临装装样子,这样的事儿不到万不得已他不干。

其实,秦亦讯也没有想莅临的意思,虽然只有百步之遥,但他就像根本不在意吴秋林的星际联盟公司一样。

秦亦讯的想法与吴秋林的想法在这件事儿上倒是一致,星际联盟公司是

吴秋林自己的事情。别说成立星际联盟公司,吴秋林就是成立联合国公司也与江南电视台无关。吴秋林成立什么公司那是他吴秋林自己的事儿,秦亦讯懒得去想,懒得去问,想多了心里会不平衡。

但想也罢,不想也罢,问也罢,不问也罢,吴秋林的星际联盟公司就成立在他秦亦讯的眼皮底下,这耳根子却清静不了。因此,不管吴秋林的星际联盟公司将来要干什么,吴秋林玩得天花乱坠总让秦亦讯的心里有些酸酸的。

在秦亦讯看来,吴秋林紧锣密鼓、精心打造这样一艘称得上是豪华的巨舰,并把它包装得像国内民营影视及传媒业的中国版泰坦尼克号一样,无非就是为了两样东西:钱和女人。所谓钱,就是套钱;所谓女人,就是美女经济。

关于吴秋林怎么套钱,秦亦讯真的懒得去想。吴秋林还能不能套到钱? 吴秋林又要套谁的钱? 打造这样一个平台怎样套更多的钱? 等等,这都是吴秋林自己的梦,他不去想吴秋林的梦。合作有合作范围,合作范围以外的事情是他吴秋林的事情,用不着替他吴秋林瞎操心,吴秋林有本事,爱套谁套谁去。

关于吴秋林的美女经济,秦亦讯倒是不用琢磨也能看得比较透彻。这美女经济首先是要有美女,吴秋林的身边有如云的美女。这些美女中,有影视界的姐呀妹呀,有韩国的美女作家,韩国的美女作家还会给他带来韩国的女影星。这年头,国内的影视女星如韭菜,一茬又一茬,一茬比一茬嫩,吴秋林抱了一个又一个。这年头,韩流如寒潮,滚滚而来,韩流来时,吴秋林又抱上了韩国的美女……反正是进进出出吴秋林办公室的,是一个又一个的美女。

吴秋林自鸣得意地说,市场经济也是美女经济,而秦亦讯则酸溜溜地说,吴秋林的美女经济就是上床经济。

说实话,看着吴秋林身边有那么多的美女,秦亦讯难免会情不自禁地有些羡慕。在羡慕吴秋林的同时,心里又难免是酸酸的。同样是男人,可看看人家吴秋林,才知道什么是生活。"人比人得死,货比货得扔",这句老话是那么的有道理。

即便坐在自己的办公室里,秦亦讯每每想起吴秋林,想起吴秋林身边如云的美女,这种酸酸的感觉也会悄悄而来,就像走进吴秋林的办公室时会有乱七八糟的许多感慨一股脑儿涌出来一样。

但是,不管有多少酸酸的感觉,也不管有多少乱七八糟的感慨,他秦亦讯还是十分明白,他是不会成为吴秋林的,甚至与吴秋林也没有什么可比性。他只能是他,只能是电视台的一名处级干部,只能是国家的人。是处级干部还有希望混到副局级干部,是国家的人就吃国家的俸禄,吃国家的俸禄就只能安分些。

当然,这不仅是一种意识,或者说是觉悟,而且还是一种自我安慰和心理平衡。

秦亦讯想,吴秋林再牛,有再多的美女,他也只是个民营企业家,是在夹缝中生存的,说不定什么时候就会被夹得难受……

这样想着,秦亦讯就安心地坐在自己的办公室里。自己的办公室虽然没法和吴秋林的办公室比,也没有那么多的美女出出进进,但怎么说也是新山河卫视传播公司老总级的办公室。

正是因为有如此种种纷繁杂乱的感受,当虽不轰动、但也热闹的吴秋林的星际联盟公司挂牌时,秦亦讯稳稳当当地坐在自己的办公室里无动于衷。他受不了吴秋林身边令人眼花缭乱的美女的刺激,也不关心吴秋林的星际联盟公司要套谁的钱,他只是像吃了酸葡萄一样的断言,吴秋林的星际联盟公司即便是一艘豪华巨轮,也终究演绎不出泰坦尼克版浪漫经典的爱情来,除了钱欲,便是肉欲。

秦亦讯的这一断言倒也有些道理,美女经济不是爱情经济。

吴秋林身边的美女很多,但吴秋林从来不谈爱情。他不再青春年少,不再天真浪漫,他怎么可能谈情说爱? 不论是吴秋林叼着烟斗的时候,还是和美女上床的时候,他从不说爱,也从不会给床上的美女一个爱的许诺。没有爱的许诺,并不影响他与美女上床,不说爱也可以上床做爱……

对于吴秋林新成立的星际联盟公司,夏侯阳的关注程度显然比秦亦讯要热情得多。

虽然他只是一个看客,虽然他看不懂美女经济,但他关注总让人捉摸不透的吴秋林到底还会走出一步怎样的棋。

就在吴秋林紧锣密鼓地陆续收购或成立一连串的公司时,夏侯阳就一直关注着。

那时,夏侯阳想,谜一样的吴秋林号称是民营影视传媒业的老大,老大自然有老大的手段,仅仅靠吹牛不会有今天的吴秋林。

果不其然,吴秋林的又一步棋终于落子,并且是落子有声。他精心打造的堪称豪华的平台公司——星际联盟公司,在京城处处还是寒意的早春,迫不及待地剪彩开张。

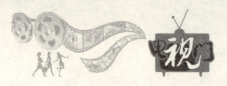

这步棋动静不大，但这步棋却很有势。

夏侯阳佩服吴秋林的这步棋。

星际联盟公司的成立，说明吴秋林不是在大大方方地挥洒他已经获取的收益，而是要为下一个更为华丽、更为期待的转身做准备，因为下一次的华丽转身必然需要一个华丽的旗舰般的平台。

这是一个造就富人的年代，地产业、汽车业、IT 业等诸多领域已经造就了一批又一批的富人。民营资本在房地产业的活跃是由于众所周知的原因，土地资源的市场化为民营资本打开了方便之门，逐利是资本市场的必然选择。而新兴的 IT 业本身就属于民营先行的新兴资源，这里是许多人梦想的天堂。

可遗憾的是，同样有良好资源、同样能造就富人的文化产业却没有涌现出多少富人。

更遗憾的是，想以文化玩资本的人竟然不多。

而吴秋林是个例外。

他无疑是凤毛麟角中的一个。在中影中万公司与江南电视台合作后，吴秋林的一个华丽转身是潇洒和漂亮的。在保润万公司的重组过程中，吴秋林所套取的庞大资本是文化传媒产业资本运作的一个奇迹。

事实说明一切，吴秋林不是一位只会借钱的人，而且还是一位会套钱的人。他的中影中万公司作为一个民营影视传媒企业，已经成功地套到了大钱。

但很显然，吴秋林不是等闲之辈，他不会浅尝辄止。一艘渔船可以套到巨资，可以套到天荣保润公司这等国有大公司的钱，何况是一艘巨舰？除非他脑子进水了，否则他不会金盆洗手。

夏侯阳不怀疑秦亦讯的断言，吴秋林精心打造的星际联盟巨舰演绎不出浪漫经典的爱情故事来，因为吴秋林根本就不是为了演绎浪漫经典，而是又要套钱。

吴秋林的身边是有很多的美女，美女经济也是时下时髦的概念，吴秋林将麾下的美女视为其财富的一部分。但美女经济是润滑经济，美女财富是润滑财富。吴秋林收购加新设多个公司，并资源整合打造了星际联盟公司，显然不是着眼于美女润滑，很自然的是要在这个平台上获取直接的财富。

仔细分解一下吴秋林的星际联盟公司就不难发现，星际联盟旗下有了很好的资源，这就是山河卫视频道。虽然星际联盟公司并不直接拥有山河卫视频道的股份，事实上山河卫视频道也是没有股份可言的，但星际联盟公司却间接拥有了山河卫视频道的可经营性资源的经营权。而至目前,这资源仍然是国家所有的,就像当年的土地资源,有权获得者可以无偿拥有,而无权获得者有钱也拿不到,现在的电视传媒资源就是如此。

在夏侯阳看来,吴秋林拉开的架式,一定是个大胃口,只不过不知道有谁能够填满吴秋林的这个大胃口?不知道吴秋林有了这样一个豪华级的平台,下一步将剑指何处?是再来一次熟悉的优美华丽的转身,还是打包卖掉大赚一把就走?抑或是直奔资本市场?

吴秋林要套谁的钱?是套那些老板们的钱呢,还是套股民们的钱?

夏侯阳看不懂。

因为吴秋林就是吴秋林。吴秋林不是一个按常规出牌的人,在吴秋林没有出手之前,所有的猜测都有可能不是吴秋林的选项。而怎么套钱,要套谁的钱,则是吴秋林的顶级机密,没有人能知道。

吴秋林走出了一步颇见功力的棋,下一步棋会在哪儿落子?

可云谲波诡的吴秋林永远是个谜。

42

吴秋林打造豪华的星际联盟巨舰,不是为演绎浪漫经典的爱情故事,但是,星际联盟巨舰的起航,却离不开蝴蝶般艳丽的美女。

没有人能够猜到吴秋林的下一步棋子会落在哪儿,然而,吴秋林显然已经想好了他的下一步棋会在哪儿落子。

气定神闲的吴秋林,在揭开星际联盟公司的面纱之前,就已经想好了下一步棋。

就在春节前寒冬腊月京城最冷的那几天,吴秋林没有在京城。

他去了三亚,一个冬季里最温暖的地方。

和他一起去的有两位美女,一位是他的秘书,另一位是冰心莹。

这秘书也是从吴秋林的床上下来的,只不过吴秋林招之即上、挥之即下地有了这么一段后,热情退却就不再和她上床了。反正上床不是因为谈情说

爱,这秘书想得开,上不上床都随吴总的便,吴总说不上了,她就不再是上床秘书,而是从上床秘书变成了生活秘书。因为生活秘书做得好,并且从上床秘书变为生活秘书后照样说话莺声燕语、做事兢兢业业,所以,吴秋林就会常常带着她飞来飞去。

这一次,吴秋林带她来,就是要她负责这次三亚行全程的吃住等日常安排。

另一位美女冰心莹则是一位曾经的影视明星,演过不少的电影、电视剧,头上还带着一个最佳提名的光环,后来就悄悄地出国了。不知道出国后学了些什么,也不知道在国外生活得好不好,冰心莹最终还是回来了。并且,兴冲冲回来后,她还想旧梦重温,再操旧业。

但她的激情却慢慢变为茫然。虽说电影、电视剧市场十分活跃,可如雨后春笋般涌现出来的影视明星早已无情地把她挤到一边,没有多少观众还会想到她那张原本十分漂亮的脸。而更为无情的是,若要让观众再看到她那张美丽的脸,却并不像她想的那样容易,一个角儿,不论是一号二号还是三号四号,她已经不能唾手可得。原想杀个回马枪,以便重续旧日的辉煌,但是,睁开眼睛看看,今日已不是昨日,长江后浪推前浪,昨日黄花昨日香。

这时,她才明白,人无千日好,花无百日红,自己已是不折不扣的过气明星。

但她终是心有不甘,听说吴秋林要投资拍摄一部南宋时有关人间天堂题材的电视剧《落花春雨》,茫然中的冰心莹为了不再茫然,便通过圈内的朋友找到了吴秋林。吴秋林惯于剑走偏锋,而且对影视明星向来十分仗义,或许能够让她冰心莹枯木逢春。

于是,冰心莹就与吴秋林约见在天上天大饭店的咖啡厅里。

观众忘了冰心莹的那张脸,但吴秋林还没有忘。叼着烟斗的吴秋林看看冰心莹还是那么年轻和漂亮,只是比几年前漂亮的明星形象显得更为成熟和娴雅,而时不时顺嘴说出的几句英语也是十分的地道,吴秋林不禁一脸的高兴,很有兴趣地跟冰心莹谈了他对《落花春雨》的期待。

这一次见面算是谈得很融洽,很投机。

可见是见过了,谈也谈过了,但吴秋林对冰心莹想要一个角色的想法却没有说行或者不行。听上去像行,但也不能肯定,没有肯定也就等于可能不行。冰心莹想得到这个机会,她还想在影视界混出个样子来,她还想再让千万观众看到她想起她,她很需要这部电视剧中的某个角色,这个角色或许能为她赢得好多的角色。曾经红火的时候她激流勇退了,这山看着那山高,而现在她明白了,还是这边山上风景好。

有道是,再大的腕儿也怕晾。这话不假,一旦晾凉了,就没有舞台啦。

为了不让自己凉透,冰心莹会时不时地给吴秋林打个电话。

吴秋林的电话不太好打通,打通了也经常没人接听。不过,吴秋林会回电,不是马上,也不是经常。吴秋林回电话时,冰心莹就说,看过电视剧的大纲,有很多的想法,是不是可以再和吴总您聊聊。吴秋林说,好的好的。但又说,京城很冷,想去一个暖和的地方。

冰心莹羞羞答答,却也窃窃心喜,刻意打扮了自己,并到一家据说是影视人常去的形象设计工作室做了专门的形象设计,然后和吴秋林一起去了三亚。

三亚真的很暖和,暖和得就像京城的夏天。

三亚很美,号称“天下第一湾”的亚龙湾更美,沙滩平缓如水银泻地,曲线优美如一弯新月。海洋、沙滩、空气、阳光和绿色,一样都不少,冬可避寒、夏能消暑。

到了三亚的第一个晚上,吴秋林就叫上冰心莹去海滩散步,一边散步,一边谈《落花春雨》。这一次仍然谈得很投机,并从海滩一直谈到宾馆的床上。

吴秋林身边美女如云,为了一个过气的影星冰心莹,他会如此地煞费心机、特意跑到三亚来和她上床?

不错,吴秋林与冰心莹一起到三亚来,就是为了与冰心莹上床。

这看似很奇怪,其实并不足为奇。

若要说有些奇怪的话,怪就怪在吴秋林不为人知的迷信上。

不同的人在做某项重大事情之前,往往会有不同的讲究,或者说是迷信,有人会敬天敬地,有人会烧香拜佛,有人会求个黄道吉日,有人非要与 6、8 沾上边不可……而吴秋林也有自己的讲究,也有自己的迷信,并且这讲究或迷信堪称怪癖。怪癖得如同吴秋林习惯于剑走偏锋一样,为常人所匪夷所思。他既不烧香拜佛,也不敬天敬地,更不讲究 6、8,而是迷恋于和成熟的女人上床。

他迷信于成熟女人的身体,他迷信于只有成熟的女人才能孕育成熟的一切。

或许是在他经营影视及文化传媒业的过程中,有过太多的磕磕绊绊;或

许在他的影视帝国梦中,有过太多的苦涩;或许是与成熟的女人上床曾经带给他好运。反正在做某项重大事情之前,他迷信于和成熟的女人上床。

关于吴秋林的美女经济,秦亦讯看得一清二楚、入木三分。吴秋林喜欢美女,喜欢年轻漂亮的美女,喜欢和年轻漂亮的美女上床。吴秋林上了漂亮美女的床,吴秋林还希望漂亮的美女陪别人喝酒,陪别人上床。

可这是吴秋林的游戏人生。

秦亦讯不知道的是,吴秋林还有自己的迷信,这迷信是吴秋林的独门秘笈。吴秋林就是这么地让人琢磨不透,一边和青春靓女们游戏人生,一边又对成熟女人的身体有着特殊的嗜好,就像他花天酒地的同时,还有吴氏影视帝国的梦想一样。

对于吴秋林如此混沌的一面,不仅秦亦讯不知道,吴秋林身边的人不知道,就连与吴秋林上过床的成熟女人都不知道被吴秋林抱到床上竟然是缘于吴秋林的迷信。

在这一点上,吴秋林也像一团谜,像云、像雾、又像雨。

吴秋林让人看不懂,让人看懂了他就不是吴秋林。

当吴秋林叼上烟斗的时候,或许想的是上床,或许想的是他的影视帝国。上床是他公开的秘密,而影视帝国却是他心中的梦想。

和成熟女人上床,属于他影视帝国梦想的一部分,很诡秘的一部分。

为了这梦想,就不仅仅需要美女,需要美女经济,而且还需要有智商,需要有手段,需要想别人不敢想、做别人不敢做的大业。什么是大业?大业有很多,如地产、金融、汽车业等等。但吴秋林就是吴秋林,他所青睐的不是这些传统产业,原因很简单,他做不了这样的传统产业,他也不想做这些传统产业。让他垂涎三尺的是文化产业,比如影视、传媒等,他坚信文化是无价的。

吴秋林有吴秋林的独到之处,别看他的小眼睛看上去混混沌沌,但并不影响他目光犀利。别看他眼前晃动的都是美女,但并不耽误他想一个问题,那就是什么最值钱?

什么最值钱?资源最值钱!石油是资源,所以石油值钱;金矿是资源,所以金矿值钱;煤矿是资源,所以煤老板有钱。

但这类资源他开发不了,他要找适合他的资源。数年来,在吴秋林独到的眼光里,美女是资源,影视文化及传媒产业也是资源产业,是应该能够挣到大钱的行业。他认准了这类资源,并有了自己的梦想。他坚持不懈的梦想,就是要在这块未被商业资本所开垦的处女地上造就他吴氏影视帝国的辉煌。

有梦想就需要有谋略。吴秋林的谋略就在他叼起烟斗时一缕一缕的青烟里，就在他混沌而又游移不定的目光里，就在他懒懒散散的倦怠中，就在他不着边际的夸夸其谈中……而在这看似玩世不恭的背后，却是他缜缜密密的谋略。

当然，梦想人人有，但不是每一个梦想都能成真。若要梦想成真，不仅需要追梦，不仅需要缜缜密密的谋略，而且还要有一点运气。

万事俱备了，不能没有东风；谋略成熟了，不能没有运气。

"谋事在人，成事在天"，这不单单是一句古训，而且也是现在的每一位私营创业者们必然会有的一声叹息。说到底，吴秋林也是一位私营创业者，灯红酒绿不过是他的舞台，影视帝国才是他的梦想，而从舞台到影视帝国的梦想，每一步都由不得他随心所欲，纵横驰骋。相反，无时不处在夹缝中，不是被夹了脑袋，就是被夹了屁股，而不论是夹了脑袋，还是夹了屁股，都让他生疼生疼，都让他捶胸顿足。

有了一次又一次被蹂躏的感觉，他愈发地迷信运气。

有了谋略，他签下了与江南电视台的合作；有了运气，他攀上了天荣保润公司。

这一次，他有更大的谋略，正在精心打造一个堪称豪华的平台；这一次，他更渴望有好的运气。

每个人的迷信，有每个人的心结，有每个人独特的对运气的理解。比如，有人坚信穿某件衣服会有好运，有人坚信上香拜佛会有好运，有人坚信戴上某件饰物会有好运等等。而吴秋林却怪诞地迷信于成熟女人的身体，他坚信的是，成熟的母体一定会孕育成熟的大业。

影视帝国的梦想是他的大业，他要借成熟女性的身体将它孕育成熟，他笃信与成熟女人的交合会给他带来好运。

就在这个时候，冰心莹出现了，冰心莹不仅曾是红红火火的影视明星，而且成熟漂亮，并且怎么说也算是有海归的背景，可以取中西合璧，可以采阴阳平衡。

吴秋林叼着烟斗筛选一番，终于选择了冰心莹。

就这样，成熟漂亮的冰心莹成为满足吴秋林在特殊时期、特殊需求的女人……

三亚的空气和三亚的天一样好，吴秋林很喜欢这儿的空气。除了睡觉和吃饭，吴秋林从床上下来的时间就是躺在海滩边的摇椅上欣赏大海。

他的嘴上叼着他喜爱的烟斗，就像婴儿叼着奶嘴一样，即使不抽烟的时候，他也常常地叼着。墨镜下杏仁状的眼睛看着大海潮起潮落，他那圆圆的肚子也起起伏伏跟着大海一起呼吸。想着他精心孕育中的星际联盟巨舰，吴秋林的嘴角露出大海读不懂的笑。

他笑，是因为冰心莹不仅是一位成熟漂亮的女人，而且还是一位很会叫床的女人，这颇有功夫的叫床声让他大喜过望。

在经典喜剧片《当哈利遇到莎丽》中，哈利自信是床上猛男，会让女性无比满足。而莎丽却不以为然，她说女人的高潮反应是可以装出来的，并当场在他们就餐的餐厅里表演了一段绘声绘色的叫床戏，果然惟妙惟肖、欲仙欲死。

其实，这只是演员的一种演技而已。在所有的影视剧中，所有演员在戏中的性高潮都是伪装的，但却仍然能够带给人们真实的心理感受，就如同是演员的眼泪一样，既是假的，可又是真的。

而冰心莹不愧是一位演员，她的叫床也是从伪装开始的。当吴秋林停下来问，你舒服吗？她抬起头，吻着他的耳朵，喃喃地说，舒服。从这时起，她便开始不由自主地伪装，大声地呻吟或粗重地喘息，并发出抑扬顿挫的叫床声……

在性学家看来，女性伪装性高潮是对男人欲望的一种热情回应，在这种前提之下，暗藏着男人与女人之间的无意识的交易：女人必须得到快乐才能被男人珍爱。因此，她会发出快乐的喊声而不默默无闻或无波无澜。

正可谓"无心插柳柳成荫"，冰心莹床上不凡的演技和在吴秋林听来如天籁之音一般的叫床声，是吴秋林最猛的一剂壮阳药，在兴奋不已地够到第一片云后，在强烈的征服欲望中，扯着她的头发便是一阵狂风暴雨。这阵狂风暴雨让冰心莹得到期待中的痛，并得到期待中的快乐，回应吴秋林的则是一阵猛似一阵的叫床声，恰恰是这声嘶力竭的叫床声，又最终带吴秋林到九霄云外……

同样是在性学家看来，女性的性高潮是相当复杂的。它来了，又走了；它上升，又下降；一会儿伪装，一会儿又不是；一会儿真，一会儿假；真真假假，假作真时假也真。

这冰心莹也是一样，从伪装开始，在吴秋林的那阵狂风暴雨中得到痛并快乐以后，便假戏成真，高潮就像列车，呼啸而至……

在海滩上静观大海的吴秋林笑了,那是因为与冰心莹水乳般的交融带给他无比的兴奋,并让他又找到一次久违的身心合一的感觉。这种感觉他已经越来越陌生了,不管是多少漂亮的靓丽美女,他除了不断地重复从坚挺到疲软外,已很难带他的心到九霄云外。

而冰心莹的叫床,却带着他的身、带着他的心直冲九霄……这让他意气风发,这让他激动不已。

更让吴秋林激动不已的是,在他看来,这可不是一般的男欢女爱、两情相悦,而是有其特殊的寓意——对他苦心孕育中的影视帝国而言,绝对是一个好兆头!

吴秋林这次与冰心莹到三亚来,想要的,已经心满意足地得到了。

不仅如此,而且还有意外之喜!这意外之喜便是从冰心莹不同一般的叫床声中,他突然有了征服者的快感,这快感无限接近于他那影视帝国梦想的实现……

美丽的亚龙湾三面青山相拥,一面呈月牙形向大海敞开,大海是那样的宽阔,那样的无边无垠。

吴秋林墨镜下那双细眯眯的眼睛看着大海,又把他那个大大的烟斗叼在嘴上,在征服者洋洋得意的快感中,他禁不住心潮澎湃。

他想,他的星际联盟巨轮该下水远航了,宽广无垠的大海便是他影视帝国宽阔的未来。

吴秋林使劲地呼吸着清新的空气,汲取着天地间的精华,他渴望回到床上再一次拥抱冰心莹的玉体时能够依然地坚挺,他渴望再一次听到冰心莹那如潮涌来般的呻吟,他渴望在那一波又一波的呻吟中销魂。

吴秋林销魂不谈爱,不谈爱依然销魂……

43

时间可以改变一切。可以改变一切的时间可能很长,也可能很短。

曾经郁郁寡欢的项东方终于走出了那段郁闷的日子。

女人终究是不能孤单的,孤单的女人容易把一切都想得索然无味。活着的动力源于对未来美好生活的期盼,或者说源自于一个又一个的梦想,也许一辈子都不会实现的梦想却是活着的信念和希望。而孤单的女人容易对梦想失去渴望,所以就会食无味、睡不香。

春节前的项东方就是这样的,和秦亦讯一段情感生活的结束使她极度苦闷。她知道这种情感生活迟早是要结束的,但当真正结束的时候却是一种情感惯性的戛然而止,她一时难以适应,于是就有了痛苦的感觉,这痛苦让她情绪低落,甚至消沉。

在郁闷消沉的时候,最需要有人来陪。项东方提出申请让其老公到京城来,陪着她一起走过这一段伤痛却又打掉牙只能咽到肚子里的日子,但她的申请没有获得台里的批准,项东方只好怀着一颗受伤的心回到江南过春节。

她无奈地回到江南,而意想不到的是,这竟然是她的一个转折。

自己的家终究是自己心灵的港湾,项东方回到了家,她的心灵也回到了自己的港湾。先生的呵护,家人的亲情,使她真切地感觉到了原本就有却一直没有好好体味的温暖。这温暖一如江南的天气,宜人而舒适。

江南到底比京城温暖,在温暖的江南,项东方受伤的心也一天天复苏。

当然,家庭的温馨、江南的温暖固然会让项东方的心情有所好转,但仅有这些还是不够的。时间是一服良药,但时间却不是一服速效药。时间治疗心灵的创伤好比是一服中药,需要的是一个漫长的疗程。想到这个漫长的疗程,项东方仍然夜不能寐,她多想有一服速效药呀,吃下去就忘了和秦亦讯的一切。

即便华佗再世,也开不出这样一服药方。项东方找不到这样一服良药,世上原本就没有这样的良药,"给我一杯忘情水",那毕竟是一首歌而已。

但是,还是那句话,"有心栽花花不开,无心插柳柳成荫",不经意间,项东方却找到了一服好药,这服好药使她迅速治好了心灵的创伤,让她重新振作起来。

然而,是药三分毒,这服好药也有副作用。

项东方有一位闺中的蜜友,只要项东方在江南,两个人是常常见面并无话不谈的。春节期间,项东方回到江南后,两位蜜友约见在咖啡厅里。看着项东方的脸色不是太好,项东方的姐们儿很是诧异,又很是关心,就问项东方是不是有什么心事儿,是不是碰上小白脸了,是不是感情有问题了。

项东方原本是不想说的,这是打掉牙还得咽肚子里的隐私,再好的蜜友也轻易说不出口。

可项东方越是不说,姐们儿越是觉得项东方有难言之隐,就愈发穷追不舍地问。

项东方想想,反正是姐们儿,姑且不管是好奇还是关心,毕竟算得上是最好的朋友,加之在心里压抑了这么久,始终不能说与任何人听,心里也确实憋闷。于是,项东方忍不住掐头去尾地说了和秦亦讯的事儿,还说了秦亦讯的种种不是。本想自己委屈点儿也就算了,能把老公调过去,也算有个照应,可台里连这个要求也不能同意,能不郁闷吗?京城冬季的严寒有多么凉,她的心就有多么凉,脸色能不难看吗?天天孤独地看着镜子里的自己,原本白白细细的脸一天不如一天滋润了,没有心情呵护,只有一声又一声的叹息,能不憔悴吗?

项东方的姐们儿看上去是很温柔的那种女性,但听了项东方的倾诉后,却是满腔的义愤填膺,话说得一点儿都不含糊:"你干吗这样不吭不响?你就不会告他?他算个什么东西?山河卫视没有谁不行?他睡了你还这么欺负你,哪儿有这样的道理吗?他不仁你就不会不义?干吗要这么委屈自己?!"

项东方听了不言语,依旧抽着她的寿百年。

项东方的姐们儿温柔的模样儿背后,还有一点儿小脾气,见项东方吞云吐雾地不言语,伸手就抢过项东方夹在手指中的寿百年,深深地吸了一口,把一团白雾含在嘴里待了一会儿,才吐出一个又一个的烟圈儿。

姐们儿脆生生地接着说:"嗨,东方,别闷声不响的,我可不忍心看着你这样折磨自己!告诉你个底儿,我表妹刚刚嫁给了管着你们电视台的一位领导的公子,咱可是有这条线,只要你用得着,我随时带你去。咱们赚不了便宜,可也不能吃亏!"

项东方听了,心里还是有些亮堂,不管告不告秦亦讯,主管部门有这么一条线当然是好事。在这之前,虽然也认识一些主管部门的人,但也就是认识而已,零零散散,横不成队,竖不成线,大事儿没有用,小事儿用不上。前些日子因调老公去京城工作的事儿给主管部门写了材料,可始终没有消息。如今姐们儿有这样一个关系,自然是一件好事儿。

项东方回家后想了想,突然想明白了些什么。

因为唐逸风曾经赏识她,她庆幸碰上了一个好台长。可现在不赏识她了,因为宠爱秦亦讯而不赏识她了,曾经的好台长对她项东方而言,也就不再是

好台长了。

一个人被领导赏识是机遇,也是幸运,可一旦不被赏识了,就很难会有第二次被赏识。这样看来,唐逸风就不可能再次成为她项东方的好台长。

什么样的台长是一个好台长?这其实是一个很复杂的问题。前任台长因为犯了法,被判了刑,所以不是一个好台长。但若不犯法、没判刑呢?能说是一个好台长呢,还是一个坏台长?是不是一个好台长,其实是没有一个标准的。既然没有一个标准,那么,任何一个台长都可能是一位好台长,同时也可能又是一位不好的台长。如此看来,任何一一任台长都不可能是一个标准的好台长,也就不可能成为一座扳不倒的山……

项东方想,唐逸风不赏识她了,但唐逸风却像一座山,她不能老被压在一座大山下活着,她不是孙悟空,不能活五百年。何不翻翻身?何不伸伸腰?

项东方忽然很庆幸有这样一位姐们儿。

经过再三的思考之后,项东方终于决定认识一下主管部门的领导。电视台是舆论阵地,主管部门是管舆论的,在她日益被边缘化的时候,她需要有主管部门领导的关照。

决定了之后,项东方就果断地约了她的姐们儿,赶在节前去看了这位主管部门的领导。领导很和善,也很平易近人,问了电视台的一些情况,也问了项东方在电视台的情况,然后说:电视台的工作很重要,山河卫视频道是江南的舆论阵地,江南人都应该爱护它,江南电视台的每一个人更应该热爱它。合作是发展的需要,将来就是不合作了,也是发展的需要。山河卫视是江南人民的山河卫视,任何人也没权做损害山河卫视的事情。山河卫视频道的每一个人都要有高度的责任心,你是频道总监,更应该有高度的责任心。如果有什么事情,可以直接向有关部门反映,可以直接向主管部门反映,也可以直接向我反映。

项东方是聪明人,听了领导的这番话,她没有再提起让老公去京城工作的要求,心里倒有些庆幸台里没有同意让自己的老公去京城工作的决定。她忽然间觉得自己应该在山河卫视频道好好地工作,她忽然觉得自己对山河卫视频道肩负着很重很重的责任。

领导日理万机,不能影响领导休息,项东方没有在领导处待很长的时间。

但这次时间不长的拜访,却改变了项东方。

她忽然间就像吃了特效药,回到家后睡了一个很踏实的觉。

不管曾经有多少的酸甜苦辣，失去一段感情就像失去一件心爱的东西，不仅心疼，而且神不守舍。要想忘了它，需要有一件心爱的新东西取而代之。从领导那里出来后，项东方就如同找到了这样一件新的心爱的东西，这件新的心爱的东西不是感情，而是一种被激活了的潜力和动力。恰恰是这种被某种无形的东西激活的潜力和动力，像一服速效药，迅速治愈了秦亦讯带给她的心灵与情感的伤痛。

心伤如病，病来如山倒，病去如抽丝。

当项东方的心伤悄然而愈后，她突然发现，与秦亦讯过去那曾经的感情原来是一文不值狗屁不是。

春节过后回到京城，项东方有了很多的变化。

一是项东方的心情豁然开朗。没有人知道项东方的豁然开朗竟然是缘于对领导的一次偶然拜访，但这确确实实改变了项东方。春节前堵在心头如乱麻一样的情结，在春节的鞭炮声中如千头万绪绞在一起的鞭炮引信一样，一阵噼里啪啦之后，很快烟消云散，而散落一地的，只是垃圾。这垃圾就如同是她与秦亦讯曾经的情感，或被风吹走，或进了垃圾站。

和秦亦讯曾经的情感都成了一堆垃圾，和秦亦讯的分手也就不再觉得是失去了什么宝贵的东西，这一切已经无所谓，还有什么舍不得？一切垃圾都扔了，还有什么不清爽？

阴霾散了，项东方看到了解放区的天，怎不豁然开朗？

二是项东方又有了青春活力，又有了很好的精气神儿，脸色也渐渐地白里透出点点的红润。她不再看什么事儿都没有意义，她不再心情懒惰什么话儿也不想多说。虽然还会常常地手中夹着一支烟独自静思，烟圈后却不再是一张忧郁的脸，而是一张生动的思考的脸。

三是她不再孤独，有没有老公陪都不再孤独。在山河卫视频道，除了秦亦讯，她觉得谁都那么亲切，谁都是她的朋友，她愿意和朋友谈天南海北，她愿意与朋友说家长里短。

四是项东方又有了朗朗的笑声，有时这朗朗的笑声就发自离秦亦讯不远的地方。这朗朗的笑声曾几何时秦亦讯听起来是那样的悦耳，然而，时过境迁，现在怎么听都找不到那种悦耳动听的感觉。可这没有什么，项东方朗朗的笑已不再是为他秦亦讯，她只为她自己……

项东方变了，一个偶然的机会，领导普普通通的几句话就激活了她。被激

活了的项东方不再那么脆弱,不再那样哀哀怨怨,而是充满活力,充满激情。

这是一服多么好的良药啊!

但凡是药物,总有一些副作用。药物的原理,从某种意义上说便是以毒攻毒,在治病的同时,也会有一些副作用。

一服良药治好了项东方的心伤,她心情豁然开朗了,但她也不例外地会有一些用药后的副作用。这副作用便是,姐们儿那句掷地有声的话总是带着回声,一遍又一遍地在她耳边响起:他不仁就不能怪你无义!他不仁就不能怪你无义……这话重复得多了,听着就特有道理,同时也激活了潜伏在她心底深处的抗争意识。你老秦春风得意可以,但不能不仁——始乱终弃,是你不仁;宋彬彬取我项东方而代之出任新山河卫视传播公司董事,是你不仁;本想与世无争让老公来陪一陪,大家各走各的路,你却堵上我的路,是你不仁;从被赏识到受冷落,还是你不仁……

你伤害了我,却一笑而过,没有说声对不起,没有任何歉意。不仅没有歉意,你还反过来往我的伤口上撒把盐,让我独自地喝下这杯苦酒。你如此不在意我又何必在意?你如此不珍惜我又何必珍惜?你洋洋得意我又何必惨惨戚戚?为你不值得失落,为你不值得惋惜!

既然如此,谁知道谁会笑到最后?

没有人注定会惨惨戚戚,没有人注定会春风得意。

项东方被激活了,但山河卫视看上去还是平静的。

平静的山河卫视让唐逸风有了更多的时间思考和推动几个地面频道的改革。

唐逸风想的是,借山河卫视改革的经验盘活几个地面频道。

将山河卫视频道的可经营性资源拿出来与别人合作,江南电视台拿到了钱,山河卫视频道可经营性资源也由新山河卫视传播公司代为经营。与原有的经营模式相比,也算省心,不仅不用养着那么多的人,而且还把大部分的运营成本转移到公司,从成本核算角度而言,可为江南电视台省下一笔不菲的钱。虽然与合作方的合作需要磨合,但与电视台自己经营相比,还是好处多多。

有了与保润万公司的合作,为几个地面频道的对外合作提供了借鉴。地面频道也是资源,但台里自己经营得并不好。经营得不好不说,乱七八糟的事儿也不少。电视台的人说不得,说谁谁都不高兴,各种各样的理由多的是。

江南电视台以前也曾搞过几次所谓的改革，但都如蜻蜓点水，试探一下便无声无息、无疾而终，没有善果，改不改都差不多，公家的饭好吃，不让谁吃都不行。

　　就在吴秋林玩出大手笔，倾力打造的星际联盟巨舰在严冬后的早春下水起航时，唐逸风也在酝酿着江南电视台几个地面频道的改革。

　　但唐逸风并没有直来直去推动他的改革。作为一台之长，他最了解电视台的具体情况，也了解江南电视台的近千号人。因此，他采取了曲线救国的策略，绘制了从内到外的改革路线图。

　　江南电视台的人过了许多年的穷日子。过穷日子没关系，那得大家一起过穷日子。都过穷日子的时候，穷日子也有穷日子的活法。但是，最怕的是有人过穷日子，而有人却过上了富日子。只要有人过上了富日子，那穷日子就没有了乐趣。

　　同样是江南电视台的人，随着山河卫视频道运营中心风风光光地落户京城，在京城山河卫视的人就一下子过上了富日子。在京城工作人员的工资是与京城的物价看齐的，工资加补助每个月的收入是江南电视台其他工作人员的数倍，这让江南电视台其他几个地面频道的干部职工及电视台的行政工作人员心里很不舒服。至于在京城的人每个月的吃住花费支出有多少，则被许多人忽略不计。

　　俗话说，会哭的孩子有奶吃。

　　经过其他几个地面频道齐心协力的抱怨，江南电视台所有人的工资都有了不小的涨幅。不要白不要，在卫视频道是干，在地面频道也是干，都在干就不能厚此薄彼，要了不白要，都是电视台的人，同工就要同酬。

　　新涨了工资，大家自然是高兴的，多少年了，还没遇上过江南电视台自己涨工资的喜事儿，而遇到喜事儿，就没有人不咧着嘴笑。

　　既然涨工资是喜事儿，唐逸风就借着大家喜滋滋的时候推出了地面频道的改革——实行频道总监负责制，节目质量综合考核，频道经营定标定量，奖罚结合；频道总监竞争上岗，原频道总监或有跃跃欲试者均可毛遂自荐。目的是强化和提高频道节目质量及品质，提升频道广告经营能力，增强主人翁精神，进一步提高员工收入。

　　方案公布了，动员大会也开了，可在半个月的时间内，却没有人毛遂自荐，原频道总监们也都没有了平日的豪情，一个个像蔫了一样。平日里一位又

一位的怀才不遇者,这会儿都销声匿迹了,满腹的雄才大略也不知道哪儿去了。

唐逸风似乎早就意识到了这个结果,没有太多的意外,当即将原定的频道总监竞选会变成了通气会。他在会上宣布,由于在台内无法解决地面频道面临的经营困境,为了江南电视台的发展、为了江南电视台广大职工的切身利益,为了江南电视台的未来,台党委将不得不考虑对地面频道的经营敞开大门、寻求合作。

由于改革不能在内部推动,那么,由内部转到外部寻求合作就成为必然,即便是有人对这样的改革嗤之以鼻,也提不出什么反对意见来。

当然,改革也不可能只有一个模式。

山河卫视频道可经营性资源的公司化经营是一种改革,把几个地面频道的可经营性资源交由社会公司代理经营也是改革。唐逸风不想复制第二个第三个新山河卫视传播公司,这样单一的合作模式有太多的风险,在一定时期内可经营性资源的多样化经营更有利于电视台的整体利益,而电视传媒的可经营性资源如广告经营等,依据国家有关主管部门的政策规定,是完全可以由社会公司代理的。

代理经营是传媒业通常的做法。唐逸风想,走了一步超前的,再走一步相对稳当的。

既然不能从内部激活,那就从外部激活,"鲶鱼效应"对抱残守缺的电视台来说,是完全值得一试的。

这样的风声传出去以后,果然就有一些传媒公司找上门来,试着商谈与江南电视台的合作。在这些各领风骚的传媒广告公司中,江南电视台挑来选去,看上了两家公司,这两家公司就成为江南电视台的合作候选对象。

一个是岭南的一家具有电视台背景的传媒公司。这家公司想拿下江南电视台的两个地面频道,当然包括地面频道的老大——新闻综合频道,这是在地域范围内最有经营价值的频道。而这家公司独家经营两个地面频道的条件是每年向江南电视台上交5000万左右的广告费。这是一个大概的数字,具体的合作对价还有待于商谈。

二是京城的一家传媒公司。这是一个具有多年电视广告经营经验及广告资源的公司,在与江南电视台洽谈合作之前,已经是十多家电视频道的广告经营独家代理商,从西北到中原到华东再到华南,均有电视台是他们的合作伙伴。他们的经营资金来自于商界的一位风云人物,据说还有外资的背景。

关于传媒业的广告经营,有外资的背景已经不是政策层面的障碍,经营层面的合作谁都希望选择有实力的公司。还有,京城的这家传媒公司合作的胃口更大,为了地面频道广告代理业务的有序经营而不至于导致不良的恶性竞争,这家公司希望能够独家代理江南电视台所有地面频道的广告业务,而开出的条件则是一个亿左右的诱人数字。

几个地面频道每年的净收入为一个亿,这个数字对于江南电视台来说,已经具有相当的诱惑力。

唐逸风作为江南电视台的台长,曾经置身于3000万的贷款都被拒绝的尴尬境地,曾经面对嗷嗷待哺的千余号人一筹莫展,曾经为走出困境冥思苦想,曾经为无愧地面对江南电视台而四处奔波……可如今,面对几个地面频道年净收入一个亿的诱惑,他却仍然能够稳稳地沉得住气。

他沉得住气是因为"家里有粮,心中不慌";他沉得住气是因为他还想再等等,再看看,不仅是要等一个更好的价钱,而且还要看看动静,听听反应。

但是,等也罢,看也罢,对于这个对价,唐逸风的脸上已经露出了笑容,这笑容在他那张英俊的脸上显得更加光彩和灿烂。

山河卫视频道的改革一举改变了江南电视台是穷台的现状,电视台自己苦苦经营的几个地面频道一年下来也没有几千万的利润,而敞开门迈出合作的一步却有令人惊喜的收获,这还不包括节省的成本费用……

当然,唐逸风光彩而灿烂的笑容,只留在他熟悉的漫步的路上,留在迎面吹来的风里,而一旦迈进电视台的大门,他的笑便不再写在脸上。

44

人不是冬眠动物,但人也似乎有冬眠意识,在严冬里容易得过且过,而到了春节便会醒来。

春节其实是一个很奇怪的节日,它让人期待,它让人喜悦,它让人兴奋不已,它让人萌生一年的新希望。

虽然公元纪年是我们通用的年度起始时间,但在中国人的观念中,农历的春节仍然是上一年的结束和新一年的开始。既然是新一年的开始,每一个人便会在春节的鞭炮声中祈求新一年的好运,在新春伊始孕育新一年的希望。

吴秋林的星际联盟巨舰在新春伊始起航,江南电视台几个地面频道的改革在新春伊始画出路线图,项东方在新春伊始一扫严冬里的阴霾而豁然开朗……

希望人人有,好运人人求。

只不过各有各的运气,各有各的希望。

新年伊始,张友德又有了新希望,郁小朋又有了好运气。

春节后没几周,节前回家过年的员工从四面八方陆陆续续回来了。该回来的都回来了,兄弟传媒公司又全面恢复正常的运转,可这时的张友德和郁小朋在公司的时间却越来越少了。

张友德已经连续好几天不来上班,连人影也见不着,甚至没有一个电话。周瑾琪总是一天天地心里放不下,就打电话问,可张友德有时不接电话,有时接了电话也是说这些天身体不舒服。

身体不舒服就先休养,虽然是提前退休的人,但毕竟是退休了,有这样那样的不舒服也是正常的。但当周瑾琪问他身体怎么不舒服时,张友德却总是吭吭哧哧地说:"还不是那些老毛病?"

张友德看上去身体棒棒的,留到耳后的长发不像十三每那样长长的,也没有扎成一个马尾巴,但还是很像艺术家,到了这个年纪的人算是时髦的。四方形的脸上没有许许多多的沟沟坎坎,甚至连脸上的皮肤也没有因为岁月的沧桑而变得粗糙,加上他的身上常常有浓浓的香水味儿,所以留给人的印象不仅是健健康康,而且还很时尚。

他说还是那些老毛病,可周瑾琪不知道他有什么老毛病。他不愿意说,周瑾琪也就不好多问。

宁超英有时候身上也有浓浓的香水味儿,但宁超英身上的香水味儿总是夹杂着乱七八糟的气味儿,有香烟的焦油味儿,有消化系统的臭气味儿,还有不同品质的香水混杂的怪味儿。而张友德却不然,他不抽烟,身上的香水味儿很纯正,一定是什么品牌的。

除了时常有香水味儿,张友德结结实实的身上并没有更多的脂粉,他还是很男人的。

可到底是有了一把年纪,很男人的身体有点儿不舒服也不奇怪,周瑾琪还是三番五次地让他别着急,该休息就好好休息。

但有病需要休息的张友德,偶尔也会到公司来,或者是上午来看看,或者是下午露一面。

而郁小朋很少到办公室来,是因为他要外出联系广告业务,有时是一天露一次面,有时是两三天露一次面。每次露面都会先主动去找周瑾琪,说哪儿哪儿想投广告,哪儿哪儿对节目很感兴趣,他们商量商量就会回话,等等。

郁小朋的嘴里总是有好消息,说完了好消息就会捎带一句,这几天把我累得够呛,请他们吃饭,等他们老总,又去了什么公司,还有多少事情要谈,诸如此类。

然而,张友德的病是假的,郁小朋的忙是真的。

张友德抱病,是因为他又有了一个新希望。这个新希望让他意气风发,以至于使他无暇顾及兄弟传媒公司,因此,对周瑾琪称身体不适便是最好的理由。

原来,退休前的工作单位春节前举办系统老干部茶话活动,张友德去了,有一位老同事给他推荐了一家足球俱乐部。这家足球俱乐部是外地的,有一位发了财的老板接下了一支不死不活的足球队,要轰轰烈烈地大搞一番。

虽说足球总是搞不好,但搞足球的老板绝对是绝顶聪明的老板,别看他们吵吵闹闹,可没事儿偷着乐的也是他们。表面上看是在热热闹闹地搞足球,实际上挂羊头卖狗肉也没准儿。足球搞好搞不好不是一两个老板的事儿,然而,东方不亮西方亮,挖空心思挣钱却是老板们自己的事儿。

这家足球俱乐部的老板也是绝顶聪明的老板,不仅知道怎么挣钱,而且还知道怎么玩足球。足球是什么?其实就是游戏!游戏就有游戏规则,不懂规则当然就不可能玩得爽,与制定游戏规则的人没有一定的关系就不能玩得得心应手。所以,这老板还没动脑子想想足球俱乐部怎么搞,就先在京城悄悄成立了一家体育产业开发公司,负责开发关系,开发资源。

张友德经老同事推荐后,在春节的假期里,拜见了开发公司的老总。

因为张友德挺会白话,一见面谈得很投机。他说他在山河卫视做电视节目,而且还是时尚体育类节目,尤其擅长搞宣传,体育口的各方面关系也很多。经张友德眉飞色舞地一通白话,老总对他很感兴趣,因为开发公司很需要他这些特长。就这样,张友德就被聘请为这家足球俱乐部及开发公司的宣传

推广部总监,先负责公司的宣传、策划、推广及公关,将来还要负责俱乐部的宣传、策划、推广及公关。

张友德很高兴,忽然觉得自己还有可观的剩余价值,有了更多的选择余地。

有更多的选择余地是好事儿,可有选择就有取舍。

张友德不得不动脑子考虑如何取舍。

其实,这种取舍对张友德来说很简单,他又不是年轻人,当然是在哪儿发挥余热挣钱更多选择哪儿。若要说挣工资,那肯定是在这家俱乐部的开发公司挣得多。

可这会儿的张友德却是两难。虽说到这家开发公司能挣一份不菲的工资,但兄弟传媒公司《我玩时尚体育》的"爱跑"冠名赞助要是真的,投点儿钱就很有可能分红,那也是钱,并且还有可能比在这家开发公司挣的工资要多。

但问题是仍然搞不清楚"爱跑"是真是假。若说是真,可他年前旁敲侧击地问过财务,财务说没有"爱跑"的广告款进账;若说是假,可年前周瑾琪又发给他一个大红包。要是没有"爱跑",周瑾琪怎么可能给每人发一个红包?若是给员工每人一个红包也是正常,但给他和宁超英、十三每、郁小朋每人一个大红包却像是分红。

"爱跑"是真是假不好定,自然不能轻易取舍。

当然,这点儿事不可能难住张友德。

张友德活泛一下心眼,一切迎刃而解——俱乐部这边先干着,兄弟传媒公司那边也不说走,看看"爱跑"到底是真是假?是大单还是小单?既不能错失良机,也不能捡了芝麻丢了西瓜。

怎么才能两头兼顾?张友德自然有办法。

他对开发公司老总说:"我呢,现在还是那边公司的老总,大事小事都指着我,抬起腿来走了不合适,就是做人咱也不能这么干啊!可您这边呢,又是老朋友、老同事的厚望,不好推辞,再说你们盛情邀请之下,我也是盛情难却。要不这样吧,有时间我就过来,先帮你们做做推广策划、商业开发计划之类的案头工作,什么时候那边可以离开了,我就过来上班。"

开发公司老总一听,不仅觉得张友德的话有道理,而且人也有责任心,况且一系列案头工作确实需要人做,高兴之余,当即爽快地说:"什么时候过来上班您自己安排,案头工作在哪儿做也是做,工资就从这个月给您开!"

张友德心里乐滋滋的，就这样开始两头对付，对付一段时间等等"爱跑"再说。

可张友德也不是两头瞎对付。他知道，兄弟传媒公司好对付，而新东家却不能胡乱对付。开着一份可观的薪水，他得给人家干点儿拿得出手的活儿。什么拿得出手？首选自然是文字，是推广方案，是商业开发计划书。这东西他有好多个版本，扒一扒，改一改，几天便可以做出来，但一个月后再交活，老板照样会说不简单。这种事儿他门儿清，脑力劳动就是这么有弹性。

由于需要一些俱乐部的材料，所以，张友德常常要去开发公司。

而郁小朋的又一次好运气则来得十分偶然。

其实，所有的偶然都有其必然。

俗话说，机遇总是留给那些有准备的人，这话不假。郁小朋为实现自己的梦想时刻准备着，所以，幸运女神就把机遇给了他。

那是在春节前。

他认识一个剧本策划，这位剧本策划不像王广明那样没有真正拿得出手的东西，而是曾经策划过一部家喻户晓的电视连续剧。这部电视剧热播时，不说万人空巷，但起码也是风靡大江南北，街头巷尾到处都是这部电视连续剧的主题曲。就冲这一部戏，这位剧本策划便堪称大家，对于郁小朋来说，认识这样一位剧本策划大家不容易，认识了以后更是念念不忘。

在无所事事的日子里，郁小朋言不由衷地喊着投资而去了兄弟传媒公司。可真正直面投资不投资的问题时，他又一筹莫展——

一是他没钱投资，诺言兑现起来不容易。投资之类的话不说还好，可话早已说出去了，虽然现在改口不是不可以，但他郁小朋说不出来。蓝可不高兴就说不投了，可他不是蓝可，蓝可有资本想不高兴就不高兴，而他没有动不动就可以不高兴的资本。

二是他原本就不甘心这样寄人篱下跟着做一档电视节目。带蓝可来是权宜之计，搞经营不是他的长项，吹吹牛对付三两个月还可以，总是找不来钱就难以自圆其说。

三是这与他的梦想相距比较远。他的梦想，是成为风风光光的影视人。生为影视，不能凤凰涅槃，甘愿死于影视。

一个人不能没有梦想，没有梦想就如同行尸走肉。

因此，在兄弟传媒公司的每一天，郁小朋都无时不在想着自己的影视梦

想，即便没有钱，他也在想。曾几何时，他曾经碰上了那位地产商，地产商成立了一家影视公司让他玩，原本已无限接近他的梦想，只可惜，没有经验，没能玩好。

事不过三，一次玩不好不能说明什么，也不代表第二次、第三次就玩不好。

郁小朋很明白，像他这样的人，又是目前这样的现状，若要实现自己的梦想，成为风风光光的影视人，还得把希望寄托在有钱的老板身上。这不仅是一条捷径，而且是他必须要走的必由之路。所以，他很渴望能再碰到这样一位有钱的老板，不管是什么商，只要肯出钱让他玩就行。

可是，郁小朋在老板圈里还真认识不了几个人。

不过，郁小朋也有郁小朋的智慧，既然老板圈里认识不了几个人，那就不能一棵树上吊死，得想想别的办法。

别的办法也有，那就是退而求其次，傍不上有钱的大款，便傍影视圈里的名人。

名人有名人的效应，名人有名人的资源，若是碰上个伯乐，先在影视圈里混混，骑着驴找马，说不定就有出头之日。

但说实话，郁小朋在京城的影视圈里也没有认识几个名人，这位剧本策划便是他认识的为数不多的影视圈里的名人之一。

当然，郁小朋这样一个大老爷们儿，要什么没什么，看家本事更没有，要在影视圈里傍上个名人也不容易。

但郁小朋有郁小朋的办法，那便是装小，装孙子。先是把大策划吹捧得一塌糊涂，然后自己又谦虚得一塌糊涂，最后让大策划高兴得一塌糊涂。

说来也巧，这位大策划虽然策划过一部很轰动的电视连续剧，但他却没有进那个圈子。圈子有圈子的利益，圈子有圈子的默契，而大策划却依旧置身于圈子外。一是年龄太大了，很难再有灵光一现的智慧；二是身体欠佳，差不多老年人有的各种慢性病都有，已经有心无力。不是不想进，而是因为他这个现状，不好进了。因此，几乎只能在家待着，独自感叹沧桑暮年的无奈。

人活着，就有感觉。在许许多多的感觉中，有一种感觉叫良好，每个人都不能少，不能没有这种感觉。

大策划也是一样，在风光过后的无奈中，当郁小朋还如此这般地把他当回事时，他恍惚中如同找到了这种感觉。这种感觉让他不由自主地把郁小朋当做莫逆之交。

郁小朋是有心人,离春节还有小二十天,便提着几瓶酒和一盒茶叶登门拜访这位大策划,虽然礼不重,但却让大策划既高兴又激动。

该着是郁小朋的造化,这一次对大策划的登门拜访,让他郁小朋惊喜不已。

虽说大策划由于身体原因身不由己待在家里,但毕竟还有些名气,还有些名人效应。

他认识一位大机关的干部,官不算大,可机关名气大,又负责后勤,认识不少的人。这些人中也有不少的大老板,其中就有一位山西的煤老板。

煤老板的钱多得花不了,置房子置地的事儿早就不放在心上了,好车也有好多辆,奔驰宝马就像平常人家的自行车。煤老板有钱没处花,心血来潮时就想玩点儿高雅,并且道听途说的高雅的事儿也玩了不少,买了好些字画什么的。

忽然有一阵子,煤老板又神使鬼差般地喜欢上了影视,看着一部部热播的电视剧,看着电视剧中一个又一个的美女,就像发神经似的要拍电视剧。可拿钱给别人拍电视剧他又舍不得,或者说不放心,就打算自个儿搞个影视公司自己玩儿。

为了搞影视,他就想见见影视圈里的名人,想和影视名人聊聊。于是,通过机关的那位朋友就拜访了大策划。

煤老板兴致勃勃地说了自己的意思,想搞个影视公司,想玩玩影视,反正有钱,就是玩玩呗。

说实话,大策划听懂了煤老板的意思,当然知道这是可遇不可求的好事儿,也不免有些心动。尽管有心无力,但还是答应做个顾问,并且还答应帮煤老板物色几个影视圈里的人,以便为煤老板撑起这一摊。

郁小朋的登门拜访感动了大策划,郁小朋的甘愿做小又让大策划很放心,就满口答应把郁小朋推荐给煤老板,争取让他郁小朋做煤老板的影视公司的总经理。同时还说,煤老板春节前后还会到京城来,来了一起谈谈,把这事儿定下来。

"我的上帝啊!"郁小朋惊喜,差点儿喊出来,差点儿蹦起来。

这当然是郁小朋梦寐以求的,只是这好事儿来得太突然,顿时就高兴得手足无措,一时竟不知如何表达内心的那份感激。

跪下磕个头吧,有些太过,不磕头吧,又无法表达自己对大策划的感激涕零。不知所措中,便站起身给大策划鞠了一个躬,而后又激动地搓着双手,结结巴巴地说了一些信誓旦旦的话,还有一些甘愿做小的话,把大策划捧得合不上嘴。

人逢喜事儿精神爽,郁小朋爽得不得了,就连冬季那刀子般的风飕飕地吹到脸上,都感觉是爽爽的。

但郁小朋把这一惊喜使劲儿憋着,仍然像往常一样,暂时在兄弟传媒公司熬着,盼着春节快一点儿到来。

人虽然还在兄弟传媒公司,可心里早就开始盘算煤老板的影视公司了。

高兴之余,他想,自己只身去煤老板的影视公司,仍然心里没底,若要拿下煤老板,依然需要蓝可。蓝可在兄弟传媒公司做编导也不开心,正好可以一块儿去煤老板的影视公司大展宏图。可是,若是两人一起走,目标显然太大,也不太合适。因此,他就让蓝可先回家过年,等着他的好消息,自己却对周瑾琪说了一些蓝可的不是,并帮着蓝可要工资。

蓝可听到这消息,也是喜出望外,更像出了一口恶气,心里要多亮堂就有多亮堂。之所以跟周瑾琪那么横,也多多少少是因为这好消息闹的。

郁小朋没有回老家过春节,他在京城等幸运女神。

他曾发过誓,若混不出个人模狗样来,他就不回家过春节。何况有这样的好消息,自然更不会回老家了。

其实,对郁小朋来说,在哪儿过年都一样,反正回老家过年是一个人,在京城过年也是一个人,没有什么区别。

但这个年不一样,老家没有幸运女神,而京城却有。

实事求是地说,郁小朋的年过得并不好,租住的那间破房子里锅冷碗凉,买了几斤速冻的饺子吃了上顿吃下顿。

不过,郁小朋的这个年又过得特别的开心。他一点儿不觉得这个年过得冰凉,因为他的心里是热乎乎的。躺在乱哄哄的床上盯着二十吋的旧电视看着春晚,煤老板的影视公司就像一只看不见的手,挠得他的心里直痒痒,一会儿让他心潮澎湃,一会儿让他激动不已,一会儿又让他喜气洋洋,一会儿还让他热血沸腾……

在望穿秋水般的等待中,就像盼星星盼月亮一样,春节后盼来了煤老板。

或许是有太多的兴奋和冲动,或许是经过了深思熟虑的思考,或许已经轻车熟路,见了煤老板以后,郁小朋不再甘愿做小,而是眉飞色舞。仅仅是自我介绍就谈了不下半个小时,从北方电影制片厂到地产商的影视公司老总,再到兄弟传媒公司的老总,从电影到电视剧,再到电视节目。就如天马行空,无所不能。

郁小朋的本事,就连大策划也刮目相看,得意之时,情不自禁地为郁小朋敲敲边鼓。

平常的时候,郁小朋相框般标准的方方正正的脸就是红扑扑的,激动时更是红成一片。但郁小朋天生一副憨厚的长相,前庭宽宽的,嘴唇厚厚的,不管脸是多么的红,只要不是吹牛太离谱,一般很少有人会认为他是心虚脸红,反而会对他有一种憨厚朴实的印象。

貌不惊人的煤老板看着郁小朋红扑扑的脸,也没觉得郁小朋是在吹牛,更没有什么反感。可煤老板这一次却话不多,只是轻描淡写似的问:"你能请到那些影视明星吗?"

郁小朋不以为然的样子说:"这没问题!"

说着,就掰着手指头,一口气说了一大串的人名。

"女明星也能请到吗?"煤老板又接着问。

"能啊!这有何难?"郁小朋又顺口说出一大串的人名。

煤老板这才乐滋滋地笑了。

郁小朋也笑了,他终于再一次梦想成真,好运就这样来了——煤老板出资,他出人,成立晋京影视公司。煤老板是董事长,他是总经理,那位大策划是总顾问。

万事俱备,只等煤老板的钱到位。

45

这天下午,赶在休养中的张友德和忙碌着的郁小朋及宁超英、十三每大摄影师都在,周瑾琪说商量个小事儿,就把他们叫进了会议室。

其实小事儿也不小,因为是专门商谈股权和出资的事情。

涉及到钱,对每个人来说,就都不是小事儿。

周瑾琪说了这次开会要商议的主要事项,也开诚布公地谈了自己的想法——

对于各位对《"爱跑"我玩时尚体育》节目的厚爱,她表示感谢;关于是否投资,则是各位自己的事情。大家在这段时间里对节目有了了解,公司的经营状况及你们需要了解的情况也已经陆续介绍过,是不是受让股权,是不是出资,应该有个明确的态度,这对公司,对在座的各位都是不该再拖下去的事情啦。

周瑾琪定了这次会议的议题,到会的老总们都开始了沉思,低着头的,若有所思的,眼睛不知道看着什么地方的,好像都无话可说。反正是除了宁超英嘶嘶啦啦抽烟的声音或时不时的咂吧嘴的声音,会议室里很静。

静得每个人都有些尴尬。

静得周瑾琪有点儿胸闷。初来乍到的时候,人人都是意气风发、慷慨激昂,那时,一个个都像老总。如今,她不再忍耐、不再等待,不得不直截了当地提到真金白银了,会议室里却是静悄悄的。

静悄悄的会议是难受的会议,静悄悄的会议是沉闷的会议,静悄悄的会议也是各想心事的会议。但这毕竟又是老总们的会议,毕竟又是一个要谈的议题,周瑾琪不便点名让与会者表明自己的态度,就只好耐心地等待着。

这一次,她真的想要一个结果。

也许主题会议就像学生的命题作文,命题作文总是有些不好写的,因为命题作文拒绝跑题。主题会议也拒绝跑题,除了成心捣乱,只能说要说的事情,不能想说什么就说什么,自然也像命题作文一样有些难度。需要时间想想是正常的,沉闷也是在所难免的。

张友德是不会先发言的,除了偶尔的激动之外,最后一个作概括式发言的传统什么时候也不能丢。善于总结别人的发言,及时吸纳他人的观点,不失时机地博采众长,不仅是他保证开会发言有的放矢的独家功夫,而且也是他应对各种尴尬议题或话题的谋略。

这次会议开头便没有人慷慨激昂,他张友德更不会慷慨激昂,何况他转身就可以有一个好去处,早已心猿意马,这会儿就更沉得住气,他自然是不会第一个发言。

况且,这会儿的他还要装出些休养中的样子来。

宁超英的屁股坐在椅子上扭来动去，刚抽完一支烟又点上一支，这还不够气定神闲，他还要把那双僵硬的手翻来覆去地看，看了手心看手背。手心手背都是自己的肉，翻过来覆过去都好看。平时开会话最多、时不时还会搞出一点儿洋相的他，这时就像面对命题作文而束手无策的小学生。

不过，宁超英也沉得住气。

他不像张友德和郁小朋那样，在新春后又有了新去处，但却相信会有一份好运气，这好运气就是挣钱。在他的生意经中，历来就没有从自己口袋里掏钱投资来挣钱的概念。有钱人多的是，有多少有钱人是从自己的口袋里掏出钱来挣钱的？投资不过是忽悠，挣钱则各有各的道。

十三每大摄影师则用手机械地捋着他的小胡子，呆呆地看着会议室墙壁上挂着的一张高山滑雪的宣传画儿，与这张画并排挂着的，是一张巨大的名为《探险》的照片。一档《探险》的节目也曾是他十三每大摄像师的喜爱，探险能够带给他的拍摄空间就像他的梦一样美轮美奂，天地间鬼魅般的悬疑境地，是探险家的乐园，也是摄影家的乐园。

而这时的他则与宁超英保持着一致。

郁小朋一双眼睛转来转去，却不知道目光该看哪儿，两只手互相揉搓着，也是有点儿不知所措的样子……

其实，最沉得住气的应该是郁小朋，可这会儿最沉不住气的却偏偏是郁小朋。

按说，他是对这个会议最无所谓的人，因为他又傍上了朝思暮想的大老板，他又傍上了有钱人，他又摇身一变成为影视公司的总经理。鲜花、掌声、名利、美女已经在向他招手，兄弟传媒公司在他眼里已经狗屁不是。冬季里刮北风，开春之后就该刮东南风了，也许没几天东风就来了。东风来了，就不跟你们玩了，还扯淡什么投资不投资？

但是，郁小朋却有些沉不住气。他在想，是不是现在就和周瑾琪摊牌，现在就提出来不干了，我郁小朋要走了，要发达了……

郁小朋正琢磨着说还是不说，恰巧周瑾琪站起来出去一趟。

很快，周瑾琪又回来了。

回来后坐下的周瑾琪换了一副笑脸，大大方方地说："嗨，想不到这事儿让大家这么为难！其实，大家不说话也是一种表态，我能明白的。要不这样吧，各位都在这儿工作两三个月了，有的时间可能更长些，但不管是先来的还是

后到的,若各位愿意继续做下去,我们就换个合作方式。大家可以提个条件,工资多少,待遇如何,不能总是这样不明不白的。不然,你们不踏实,我对大家也没个交代……"

周瑾琪以退为进,将了一军。

尽管多少有些无奈,尽管多少有些尴尬,可总比都不说话的尴尴尬尬要好。

周瑾琪把想说的话说出来,一下子轻松了很多,就连说笑也十分的轻松自如:"这没什么嘛!投资不投资并不是我们一起做事儿的条件。就像蓝导一样,起初也说要投资,自己投不了就找投资人。可投资不是简简单单的事儿,投不了或不想投就不勉强。倒是各位工资的事儿,咱们得明确下来,一码是一码。不做事儿咱们都是朋友,不能因为一起做事儿了,说不清道不明,以后别别扭扭,反而不是朋友了,那样就没意思啦!"

宁超英与十三每仍然无动于衷,而张友德和郁小朋却有些不自在。

周瑾琪看一眼各位,忍不住笑笑,又说:"俗话说,一年四季在于春啊。我们也趁着刚过完年的喜兴劲儿,一起商量商量各位的工资是多少,年薪是多少。当然喽,公司若不能满足各位的条件,也不能委屈了各位,都是老总,到哪儿都可以高就。"

按说,周瑾琪退一步本是好意,合作关系明确下来对谁都好。她不是那种较真的人,别人说过投资就一定让人家投资,这样的事儿她做不出来,也不会强人所难。

但这一步退得有些突然,让大家都有些措手不及。

最措手不及的是郁小朋。

说到底,在这几个人里面最实在点儿的还是郁小朋。别看他一双大眼忽闪忽闪的,像是很精明的样子,可比起其他几个人来,则是城府比不得张友德,厚颜无耻比不得宁超英,装深沉比不得十三每。若要论起油滑来,郁小朋又比不得他们那般油乎乎。他们个个都是老油条了,郁小朋不过就是半生不熟。

郁小朋虽然爱说些大话,可这对他来说,也是没有办法的办法。如果实话实说,那他只能是个小杂工的料。他不想一辈子都是一个小杂工的命,他执著的梦想就是成为风光的影视人。而要实现一个从小杂工到风光的影视人的梦想,不是没有可能,只是的的确确不容易。

可梦想在召唤,只要不撞南墙,只要不见棺材,就要朝着梦想前进。为了梦想,就不能太实在;为了梦想,就不能太安分守己;为了梦想,就不能不吹吹牛。

梦想是不屈不挠的,而实现梦想的过程是屈屈挠挠的。

实现梦想不容易,但可以从容易的地方做起。什么最容易?嘴是两扇皮,吹牛最容易!

大凡喜欢吹牛的人,往往都是有梦想的人。比如,吹嘘自己有钱的人,往往是没有多少钱而又梦想挣大钱的人;吹嘘自己官大的人,往往是官不大而又官瘾大的人,要不就是狗屁不是而又梦想当官的人;吹嘘自己有关系的人,往往是没有什么关系而又想找关系的人。

郁小朋也是一样,本不是影视人,因梦想成为风风光光的影视人,自然不自然就会说一些大话。

其实,这都在情理之中。

但郁小朋毕竟还有一些小杂工的胆怯,或者说是小杂工的朴实,周瑾琪的一番话顿时让他无地自容,就像周瑾琪早已看透了他的心思一样,使他坐立不安。

郁小朋的脸红扑扑的,两只手一会儿抱在胸前,一会儿又放在桌子上,终于熬不过其他人,第一个鼓足勇气打破了会议室内的沉默。

不过,他没有直来直去,而是说:"关于……这投资的事儿,让我再想想……但是,我先表个态吧,在十天半个月的时间内……最迟不超过二十天吧,我一定给周总一个明确的说法。"

其实,这个会议本来就是这么简单,简单得就像郁小朋的几句话。

只是,郁小朋是牵着不走打着倒退,要说商量商量投资的事儿吧,他没说话,而周瑾琪不谈投资改谈待遇了,他又反其道而行之,回过头来谈投资。

当然,郁小朋这么说自有他的想法,可没想到其他几个人比郁小朋更有过之而无不及。

有了郁小朋的这个开头,会议室里顿时就像换了一种氛围。

先是宁超英眼一瞪,用手一拍桌子,扯开大嗓门儿说:"这么好的节目为什么不投?谁敢比我们蒸蒸日上?哪档节目敢比我们红红火火?我老宁就是喜欢电视这个行当,好不容易混进电视圈了,你周老板可不能就这样把我打发走了!"

305

听他的口气,这所谓的开薪,跟把他赶走差不多。

"就是嘛!我们谁都不是冲着仨核桃俩枣的工资来的。"十三每也接着说,"既然都认为这档节目不错,那大家就一起投资,不知道你周总今天谈这个事儿,所以,没有准备,让我这几天好好想想,投多少,怎么个投法。"

宁超英又赶紧接着说:"不就是一人出点儿钱嘛,用不着商量来商量去,没啥好说的,该出就出!只是……我的钱现在不顺手,什么时候能到位我还定不下来……要不这样吧,回头我先筹措一下,投个几十万。都是站着尿尿的,绝不会说话不算数。"

接下来就剩下了张友德,他又是最后一个发言。

这是在领导岗位上形成的习惯,张友德刻意地保留着。

那时候,他是一个体育类刊物的部门领导,先是在编辑部,管着七八个人。张友德有当官的瘾,部门领导也是领导,他喜欢每天都能看到手下的兵。兵在,他心里就舒服,兵若不在,心里就别扭,而且还不是一般的别扭,而是别扭得像没个抓挠似的。编辑部的人总要出去采稿编稿,张友德又不能不让手下的兵出去。但让他们出去了,办公室里空空的,他又很失落,很不舒服。于是,他就经常开会,编前会、编后会、标题制作会、版面评比会、纠错会、通气会、业务会、组稿会等等,谁也不许请假,谁也不能缺席。如此一来,几乎天天有会,搞得七八个人怨声载道,最后忍无可忍了,集体到杂志社领导那儿请愿,结果把张友德赶出了编辑部。

被赶出了编辑部,张友德还是小杂志社的中层领导,不能闲着,领导就结合他能白话的特长,让他去了一个人少的部门——杂志社的活动部。

活动部只有三个人,但张友德仍然热衷于开会,一直开到提前退休。虽然最终再没有得到提升,却也练就了开会总结发言的好功夫。而这功夫是属于自己的,走到哪儿带到哪儿,反正艺不压身。

有了这等功夫,张友德在公司还常惦着开会,可公司的人都烦开会,周瑾琪投资也不是让大家来开会,因此,公司轻易不开会。

不过,公司偶尔也开会,每次开会张友德的心里总是很喜兴,连今天的会也不例外。

可这天的会先是沉闷了良久,郁小朋开了个头很快就轮到了他张友德。尽管这个会议的议题至关重要,可直到轮到他,却仍然没有多少内容可以总结。

306

然而，张友德毕竟是久经会议锤炼的人，从来没有在开会时张口结舌、磕磕绊绊。即便没有多少内容可供总结，但这并不影响他的临场发挥。他也没有像郁小朋那样，心猿意马了就沉不住气。心猿意马、吃着碗里的看着锅里的，只能让他心里热乎乎的，而不会让他局促不安，他依然能够侃侃而谈。

　　之前，他不情愿与周瑾琪面对面地谈投资，那如同是对他的拷问，如同是对他当初曾经的信誓旦旦的质疑。可这会儿他想谈了，他想知道"爱跑"，他想知道要不要抬起屁股就投到新东家的怀抱里。

　　他忘了休养中的他该是什么样子。

　　在侃侃而谈之前，张友德先抬起左手向耳后捋了一下左边的头发，又抬起右手向耳后捋了一下右边的头发，然后抑扬顿挫地说："今天既然专门开会谈投资，那么，我就先谈一个投资前提。即投资的项目怎么样？值不值得投？说实话，我个人很看好兄弟传媒公司及《'爱跑'我玩时尚体育》节目的前景！为什么呀？因为啊，兄弟传媒公司的经营实际上是资源的经营，而现在公司所拥有的资源是良好的，虽然我们做的只是一档节目，可时尚运动的资源是广阔而又丰富的，我们的选择和定位都是没有问题的。正因为如此，我觉得公司的业务和公司拥有的良好资源都是很有竞争力的，是值得投资的。"

　　张友德略一停顿，逐一看看在座的几个人，接着说："面对这么好的一档节目，面对这么好的公司前景，周总却没有忘记在座的各位，当然也包括我，我觉得周总的确不失大家风范！如果各位认为这事儿好，那么就一起投资一起做事一起挣钱，你有，我有，大家都有。这无疑是周总的大度，也是我们几个人的机会。如果不想投资，也还有别的合作方式，我认为这很好。有了这样一个良好的合作氛围，可以断言，我们离成功已经不远。所以啊，就我个人而言，我决定做下去，决定投资！"

　　听了张友德的话，周瑾琪便顺水推舟，说："既然各位原则上都同意投，那我们是不是具体地谈谈每人出资的额度……"

　　"这正是我要说的！"张友德及时打断周瑾琪的话，冲着郁小朋、宁超英、十三每说，"我们都是大老爷们儿，周总这样大度，我们是不是也该有个姿态？"

　　郁小朋、宁超英、十三每一时搞不懂张友德是啥意思，个个装聋作哑。

　　张友德不尴不尬地笑笑，接着有模有样地说："我的意思是，周总投资把节目做到现在不容易，又这么对得起大家，我们即便投资，也不能让周总吃

307

亏。比如说吧,周总一共投了多少,这都有账可查,可'爱跑'怎么算?算不算进去?或者说我们现在的盘子有多大?可计算的总资产有多少?"

宁超英顿时明白了张友德的意思,他不拐弯抹角,一张嘴话就出来了:"老张这话说得在谱。'爱跑'到底给多少钱?周老板能不能大概齐地比画比画?再捂着就快下蛆啦。"

周瑾琪也明白了,原来他们还是想知道"爱跑"。张友德一番白话看似夸她,实则拐着弯儿打听"爱跑",宁超英说投资支支吾吾,说"爱跑"脱口而出。

周瑾琪啼笑皆非。

她想,夏侯阳说得对,他们观望的是"爱跑"。

可转念又一想,他们关心"爱跑"也是正常,在事关投资的事情上,谁能不关心公司未来的情况好还是不好?

这么一想,周瑾琪笑笑说:"'爱跑'能有多少钱,大家可以自己想。像我们这样一档节目,冠名能卖多少钱?就是把节目中的广告资源合在一起打包卖了,又能卖多少钱?我说的意思是,投资不是下赌注,要基于公司正常的业务来决定是否投资。当然啦,现在有了'爱跑',大家不可能不关心。我可以明确告诉各位的是,如果'爱跑'是只金凤凰,是个金娃娃,那也是公司所有投资人的金凤凰、金娃娃,我周瑾琪不会多吃多占。可要说到投资,我希望的是务实而不是务虚。我们谈投资的时候,还没有'爱跑',除了要到一个时段之外,我们还一无所有,到现在我们已经有了'爱跑'的冠名,可各位的投资呢?不是比'爱跑'还神神秘秘吗?"

郁小朋赶忙模棱两可地说:"反正我不会超过二十天。"

这话的意思只有他郁小朋自己明白,却让宁超英、十三每和张友德难堪。

宁超英只好说:"我马上筹措资金,说话就到位。"

十三每跟着说:"宁总的到位,我的就落听。"

张友德不得不说了,却没有那么抑扬顿挫了:"就我本人而言,至于具体的投资嘛,我需要回家跟老婆商量商量……"

关于投资和股权的会议,就商议了这么一个结果,这个结果显然不是周瑾琪想要的。进也罢,退也罢,周瑾琪都想要一个明确的结果,但这个结果离着明确还很远。很远有多远?实际上,要多远有多远。

想想嘛,再筹措筹措,再准备准备,再和老婆商量商量……

可周瑾琪为要一个明确的结果,早为他们准备了一份意外——她让夏侯阳为她起草了一份《增资协议》，当场就给每人发了一份。

她说："既然各位都想投资，那么，我十分地欢迎！并将这份协议发给各位，请大家看看是否合适。并且，我给各位一周的时间考虑，希望一周之后，我们就是一荣俱荣、一损俱损的关系，齐心协力把心思用在挣钱上！"

46

张友德、郁小朋、宁超英、十三每等人的投资看似镜中花、水中月，听似雷声大、雨点小，如云里雾里，真真假假，假假真真。

开了这么一个啼笑皆非的会，周瑾琪没有高兴，也没有不高兴，他们投资不投资原本就是顺其自然的事情。退一步说，毕竟有"爱跑"，他们的投资并不那么重要。

原本，周瑾琪开这个会是另有想法的。她以为，张友德他们是否投资还是其次，重要的是明确公司与他们的关系，不论是投资的，还是发薪的，关系若是明确了，都不会像现在这样想来就来，想不来就不来。

她想，他们若是投了钱，那么自然会上心，他们若是不投钱，那么发薪自然有发薪的要求，都不会像现在这样松松散散。

因此，她给他们一周的时间，以便得到他们一个明确的答复，而对于这个尴尴尬尬的会，她并没有放在心上，开完就完了。

显然，周瑾琪真正放在心上的是"爱跑"。

但"爱跑"却跟她开了一个她最不想开的玩笑。

这一周的周五，周瑾琪还没有等来张友德、宁超英、郁小朋、十三每他们一个明确的答复，却等来了与"爱跑"的实质性商谈。

只是很遗憾，这次实质性的商谈，周瑾琪无功而返，甚至是铩羽而归。

她很想很想拿到与"爱跑"的一份合同，这份合同她已经等了很久很久，可是，还没有谈到具体的合同，周瑾琪就失望了。

尽管"爱跑"与《我玩时尚体育》节目如同天造地设、堪称绝配，怎奈命中无缘，最终还是要各奔东西，并且"爱跑"已经心灰意冷、心意已决。

这一天，"爱跑"走了。

"爱跑"走了，周瑾琪很失落。

原本，她希望这一天是快乐的。

她记住了夏侯阳的话，在夏侯阳去江南以后，又去找许老师，希望许老师能够再推动一下，将兄弟传媒公司与"爱跑"的合作落实到实处，说白了，就是帮着把"爱跑"赞助商的合同签了。

周瑾琪渴望签下这份合同，她渴望与"爱跑"的合作能够进入正常的轨道。

她知道，对于兄弟传媒公司、对于《我玩时尚体育》这档节目而言，开弓没有回头箭，唯独不能没有钱。

一旦"爱跑"的赞助合同签了，《我玩时尚体育》节目的未来便是金光大道。

周瑾琪渴望签下这份合同。

她知道，签下这份合同她便会有一份好心情，她想有一份好的心情等着夏侯阳回来，有一份好心情的时候她才会让夏侯阳有更多的喜悦……

但是，周瑾琪很失落，她没有等来这份好心情。

许老师经过一番预约，带着周瑾琪终于见到了"爱跑"的代理商。

四十多岁、浓眉大眼、胖胖乎乎的代理商还是那么热情，还是那么诚恳，并且毫不吝惜地把一连串的赞美之词给了《我玩时尚体育》节目。

但至于合作，至于节目冠名，代理商一番忧虑重重之后，还是很肯定地给了周瑾琪一个合作不能继续的结果。

至于原因，并不是国外总部不同意，也不是代理商无心无意，而是代理商有顾虑，不敢继续这个合作。

代理商虽然一脸的歉意，但还是直截了当地说："在到京城发展之前，我在江南经商也有五六个年头。我不了解江南电视台，不了解山河卫视频道，可我的朋友有了解山河卫视的。这几年，山河卫视几经动荡，不太稳定，就是现在与别人合作了，也不敢说就没有动荡了。周总，你说是不是？"

周瑾琪很是失望，却不失态，她还抱有最后的一线希望，不失风度地笑笑道："您说的这个情况可能过去会有……"

"不只是过去会有，说不定以后还会有。"直爽的代理商直爽地说。

"但这种情况以后不会再有了！"周瑾琪笑着纠正道。

代理商摇摇头说："周总，你想想，咱们做这个事儿不是一拍脑门儿一句话就定了那么简单，我总得了解了解情况吧？如果连山河卫视是怎么回事儿，我都不知道,就把广告的钱花出去了,我不是二百五吗？一看你也是实在人,我不用瞒你,就是现在,我还在不断地了解山河卫视的情况。你的节目是做得不错,我把样片寄到总部,总部也觉得这档节目挺适合我们的产品投放广告的。可咱们关上门说,你是一个节目公司,你们的节目属于外包性质的,能做多长时间连你们自己都不能掌握,这对我来说是不是有风险？我敢把这个情况告诉老外吗？还有啊,从你的节目播出……大概就是从元旦前后吧,一直到现在,就山河卫视这栏目、那节目打给我的电话少说也有上百个。这些电话找我干什么？不用说你也知道,全是要广告！除了电话,还有找上门来的,有要硬板广告的,有要赞助的,有要冠名的。有要钱的,还有要产品的。一个比一个价格低,一个比一个黏糊……你说这算什么呀？简直就是乱七八糟,我一生气,全都给打发走了！"

虽然代理商说的不是她周瑾琪,但她听了这话却有些不自在,脸上火辣辣的,只好实话实说:"其实他们也不容易……"

"干哪一行都不容易,这咱能理解,但我也不是唐僧肉啊！"代理商看了一眼旁边若无其事地叼着烟斗抽烟的许老师,又激动地接着说,"还有更让人哭笑不得的呢,在我这儿要不到广告,有人竟然把资料寄到了总部,你说这不是莫名其妙嘛！价格要多便宜有多便宜,甭说老外丈二和尚摸不着头脑,连我还稀里糊涂不知道是怎么回事呢。这要是我们早把合同签了,我还真是有嘴说不清了……"

代理商说到这儿,又歉意地看看周瑾琪,无奈地说:"周总啊,你说为了这俩儿钱,我值当去做这个事儿吗？所以,也请你理解！当然,并不是说价格低就做,恰恰相反,越是价格低越是不会合作。但是,这事儿忒乱,虽然钱是老外出,可老外的钱也是钱啊。我不能因为这么点事儿搞得老外不跟我做买卖了吧？虽然我现在有不少的买卖,说实话并不差这一单,可咱们是大陆区总代理啊,咱还得要脸面不是……"

事实上,在"爱跑"代理商与周瑾琪的兄弟传媒公司就节目的冠名有了初步的合作意向后,代理商是积极的,他及时地给外国总部提交了报告及相关资料。但在《"爱跑"我玩时尚体育》节目陆续播出后,不断的电话和骚扰,不得不让代理商考虑一些现实问题——冠名《我玩时尚体育》节目是否有风险？山河卫视怎么这么乱？广告经营怎么这么无序？

于是,代理商就通过自己的关系了解了山河卫视频道,了解了山河卫视

频道的节目来源。他无法回避自己的担心,因此,当外国总部来函确认他们关心的几个问题时,代理商只好顾左右而言他,谨慎地认为广告投放时机尚不成熟。

山河卫视频道不同节目之间的无序竞争恰恰是"爱跑"代理商迟迟不敢签约的真正原因。他相信许老师,这没有问题,但他的担心也是实实在在的,他反悔不需要撒谎。

山河卫视频道有数十档社会公司制作的节目,在收购这类节目时,频道并不支付费用,而是用频道广告资源置换。制作节目的公司基于经营的压力,当然会关注频道的播出广告,《我玩时尚体育》栏目的广告令许多个节目公司羡慕和垂涎,他们的羡慕和垂涎也实实在在地坑了周瑾琪,坑了兄弟传媒公司——广告的混乱和无序竞争搅黄了"爱跑"代理商对《我玩时尚体育》节目的独家赞助。

周瑾琪如鲠在喉。

她试图做最后的努力,她笑笑,虽然笑得不是那么灿烂,但也不是怎么青涩。

她婉转地说:"有道是,智者做事,慧者做人。正因为您是智者、慧者,做的都是大事儿,所以,我们特别珍惜与您的合作。其实,即便是外包节目,也各不一样。我们是一档外包节目不假,但我们做事儿则是规规矩矩。既然是合作,节目是什么情况,我们不想、也没有必要对您捂着瞒着。这段时间,一直想请您与山河卫视频道的领导、甚至是江南电视台的领导一起坐坐。耳听为虚,眼见为实,我们的节目与频道的关系,频道对我们这样一档节目的重视,我们节目的延续性和持续性等等,都有心让您了解和知晓,以便我们清清楚楚、明明白白地合作。但是,因为您忙,一直没有这样一个机会,这很遗憾。这个遗憾,让我们的合作失之交臂,这是我们的遗憾,也或许是您的遗憾。我说不如这样,今天我们先不谈合作,就当我们是朋友,在您方便时,我叫上频道或台里的领导一起坐坐,您看可否?"

代理商笑道:"你周总也是与众不同,既是智者,又是慧者,咱们这次不能合作确实有些遗憾。但遗憾也罢,不遗憾也罢,我现在没法再跟总部说了,再说就是自己打自己脸了。不过,现在不合作了,不等于以后我们不合作。有许老师在这儿呢,或许有一天我们还会合作。可有一点,你周总也是爽快人,前面的广告说播就播了,我呢,也不赖账,你回去算一下,我照价埋单就是! 要不就这样吧,广告播到三月底,正好一个季度,我付一个季度的广告费用,也算对得起你周总吧。"

周瑾琪咯咯一笑,开起玩笑说:"要知道这样,我就不来跟您谈合同了,等播到年底,来跟您结账不就得了嘛!"

代理商便哈哈笑。

但笑也枉然,周瑾琪最后的努力还是无济于事,除了一个季度的广告费用由"爱跑"代理商照价埋单外,合作已经没有可能。

当着许老师的面,事情到了这个份上,周瑾琪已经无话可说。

她无奈,《我玩时尚体育》节目即将在不久后无奈地去掉"爱跑"的冠名,不得不与其他公司制作的节目一样开始"裸奔"。

周瑾琪的情绪低落到极点,就像是无奈中"裸奔"的不是节目而是她。

送走许老师,情绪低落的她没有回办公室,她脑海里乱乱的,还没有想好如何告诉大家节目即将开始的"裸奔"。她不想在这个时候,带着这样的心情,回到办公室。

周瑾琪开着车漫无目的地行驶在二环路上,几乎沿着二环路转了一圈后,从建国门桥拐到了赛特购物中心。

心乱的周瑾琪进了商场,她想在茫然的这一刻,让商场内琳琅满目的商品唤起她的购物欲望,在购物的欲望和购物的满足中忘记"爱跑",她需要忘记"爱跑"。

47

周瑾琪过了一个百无聊赖而又慵懒的双休日。

周日的晚上,她想了又想,决定把节目即将"裸奔"的现实首先告诉张友德。

张友德是她多年的朋友,她一直尊称他为张老师。从这档节目的创意和策划时起,他就投入了满腔的热情,极力主张做这样一档节目。那时,他信誓旦旦地拍着胸脯说:"小琪呀,你来挑头做吧,我们是干什么的呀?我们不就是

做传媒的吗？别的做不了，传媒还做不了吗？节目有什么呀？不就是传媒吗！这几年我是看着你过来的，你的能力我是知道的，若是有什么困难，不是还有我嘛！我也可以投资啊，没有多还没有少……"

现在就是需要他的时候了。

"爱跑"走了，节目算是遇到了一些困难，有"爱跑"和没有"爱跑"自然不一样。有"爱跑"，大家心里都有底，有没有人投资无所谓，有钱就能做出好节目，有钱大家就不会白忙活。可是，若没有了"爱跑"，节目未来怎么样谁都不好说，到头来白忙活一场也不是没有可能。

当然，"爱跑"走了，也许算不得是什么困难，许多新开播的节目都没有冠名，没有冠名的节目也能照样做下去。自当是从一开始就没有"爱跑"，自当是年二十八打了一只兔子，有它过年，没有它也过年。

但不管接下来会不会面临困难，在被"爱跑"闪过之后，在这个时候，周瑾琪都需要张友德帮她稳一稳。当春季里的小寒风把"爱跑"吹走了的时候，当节目开始"裸奔"的时候，她希望张友德能稳如泰山，她希望张友德是沉稳的风向标，以便使兄弟传媒公司、使《我玩时尚体育》节目一如既往，风平浪静……

毕竟张友德是兄弟传媒公司老总。

在眼下，在"爱跑"走了的时候，即便张友德不投资，她也希望他是一位名副其实的总经理。

周瑾琪没有选择把这个消息首先告诉夏侯阳，不仅仅是因为夏侯阳在江南忙自己的事情，而且还因为她实实在在不想告诉夏侯阳这样一个消息。相反，如果与"爱跑"的合同签了，那她一定会把好消息第一时间告诉夏侯阳。

其实，"爱跑"走了后，周瑾琪曾经许多次想起夏侯阳，几次想打电话给他，但她想了再三，还是没有打。和"爱跑"的合作已经无力回天，给他打这个电话又能怎样？况且他在江南，这样的一个消息除了让他分心以外，便是让他着急。

她不想让他着急，关于《我玩时尚体育》节目，她很希望能告诉他一些好消息。假若告诉他一个好消息，他一定会无比的开心……可好消息总是遥遥无期。

周一早上，她准点儿到了办公室，就像平常一样。

她等张友德，自从那天开过会以后，张友德就没有再来过，但她希望这一天张友德会到公司来。她甚至想，这一天张友德一定会到公司来，因为关于投资的事情，上次商讨这个事情时，她把增资协议发给与会者每人一份，一个星期过去了，投与不投都该有个消息了。

张友德也有一份，他说过要投资，即便不投，也该有个话儿。

然而，这一天却依旧没有见到张友德的身影。

周瑾琪哪儿知道，此时的张友德已经在那家足球俱乐部的公关公司领了一个月的工资，并且比当初说好的工资还要高。

还没有正式过去上班，工资就涨了，这都是因为张友德的聪明。

前段日子，张友德在兄弟传媒公司的身体不适，是为忙着给这家俱乐部写方案。了解了一些俱乐部的情况，又旁敲侧击或察言观色摸了摸老板的脉搏，终于在上周向俱乐部的公关公司老总呈上了一份装订整齐的推广方案。

公关公司老总看了以后，不免喜从心来。厚厚的一本推广方案里面，虽然有不少的虚头八脑，可有些东西还是可以白话白话的。这老总想，自己虽为公关公司老总，但终究还是打工的，不管推广方案能不能推广，可在大老板那儿，这些虚头八脑的东西就是公关公司的业绩。有这些东西没什么用，可没有这些东西又不行，有张友德这么一个人，公关公司就不愁没有业绩。再说了，公关公司不就是需要能白话嘛。

可他又想，春节过后转眼月余了，虽然张友德对公关公司的事儿很上心，可他还是不提正式过来上班的事儿，莫非是嫌工资低？公关公司的一些事儿还指着他呢，可不能让他三心二意。

这么想着，公关公司的老总把第一月的薪水发给张友德时，顺手就给他涨了工资。

其实，公关公司的这位老总和周瑾琪一样，并不知道张友德是在一边等周瑾琪那儿与"爱跑"代理商合作的消息，一边又在他这儿预热预热，熟悉熟悉。

因为心里有事儿惦着和张友德说，下午四点多的时候，一直见不到张友德身影的周瑾琪便给张友德打了手机。

手机是打通了，张友德却没有接听。

人不来，电话也不接，周瑾琪心里不免嘀咕："难道真是身体不适了？还是因为有情绪？"

随着节目的开播，张友德的热情不增反退，周瑾琪自然看在眼里。可她仔

细想想，并没有什么地方对不起他张友德。自己依然把他当老师，公司的事儿也不让他着急，并且还让他享受着股东一样的待遇。至于后来的"爱跑"，尽管他想知道得更多，可在这之前，实在没有更多的内容可以告诉他，并不是不把他放在眼里。

他会因为"爱跑"有情绪吗？"爱跑"怎么会影响他的情绪呢？有"爱跑"对谁不好？

不管是不是因为"爱跑"有情绪，此前的周瑾琪心里想，只要"爱跑"签了，告诉张友德这个好消息，或许他就又会对节目热情似火。

现在"爱跑"走了，张友德想知道的都可以告诉他了。尽管不能告诉他一个好消息，但终究需要告诉他。

没有"爱跑"，就要一起做没有"爱跑"的打算。

即便他不投资，也需要他对节目有一份热情。

如果是因为"爱跑"而影响了他的情绪，那么现在好了，可以不把"爱跑"放在心上了。

"要不要去看看他？"周瑾琪想，"有情绪也罢，身体不适也罢，还是抽空去看看，毕竟他是张老师。"

周瑾琪正这么想着，张友德恰好把电话打了过来。

张友德很亲切，也很热乎："是小琪吧？你来电话时顾不上接，这不是，直到这会儿才给你回。"

周瑾琪一听，不像是有情绪，就关切地问："您身体怎么样了？这几天有没有好些？"

张友德叹了一口气，说："唉，这不是又检查了一下嘛。"

"结果怎么样啊？"

张友德很贼，话说得模棱两可："咳，还不是那样嘛！"

"正想抽空去看看您呢。"

张友德赶忙说："看什么呀，既碍不着吃又碍不着睡，千万别瞎跑！"

既然身体还是那样，该说的事儿肯定还是可以说，周瑾琪就用商量的口吻说："有个事情想和您商量一下。"

"什么事儿？你就说吧，小琪。"张友德好像早有准备，顺口就说，"我们谁跟谁呀，有什么事儿还不是随时就在电话里说了！"

"想让您到公司来上几天班，也不知道您的身体是否允许？"

张友德立马问:"公司出什么事了吗? 还是你要出差? "

周瑾琪笑笑说:"都不是,是想告诉您一件事儿。早先的时候,因'爱跑'的合同没有签,所以没法告诉您更多的情况,现在有结果了,和'爱跑'的合同签不了啦,所以,想告诉您这个情况。另外,除了您之外,公司的人还都不知道,想等您在的时候再让大家知道,免得影响大家的情绪……"

张友德没有多少惊讶,也没有多少失望,不以为然地说:"这也没什么,签不了就签不了呗,甭当回事儿。只是……"

张友德长长地叹了口气,才接着说:"我明白你的意思,你的想法也对。按说呢,这个时候我是该过去坐坐阵,有我在,怎么着也能稳定一下军心啊。可是吧,就我这身体呀,它不争气,这不是刚去检查过嘛,大夫说还是需要休息,不能累……要不我早过去了,你看这事儿赶得这个寸劲儿! "

周瑾琪无奈,就说:"既然是这样,那您还是先休息,当然是身体要紧! 说白了也没什么,签与不签都是正常的,天要下雨也不在于一个合同能不能签,您就踏踏实实先养好身体吧,这比什么都重要。"

张友德也无奈地说:"就我这身体吧,要照大夫的说法,还真是一时半时地上不了班,我也是干着急没办法呀! 或许,养个一年半载的就好了。"

"那您就好好养着吧,张老师。能过来看看就过来看看,不能过来看看也不用着急,有时间时去看您……"

"我不是说过了嘛,看就不用了。"张友德打断周瑾琪的话,以长者的口气说,"你那么多事儿要忙,就别老惦记着我了,有什么事儿打个电话就行。"

"那好吧,有事儿我会给您打电话的。"周瑾琪随口答应着,就想挂电话。

张友德却像突然想起什么,急忙说:"哎,对了,小琪啊,本来我还想给你打电话说一声呢。就上次说的那个投资的事儿,回来后跟我老婆商量了,可她不同意。这娘儿们吧,就是头发长见识短,哭着喊着不让动家里的钱,说这钱要留给在法国的女儿用,还要留着过日子用。唉,我有心她无意啊,为这事儿吵了好几次,弄得我还真没辙……"

周瑾琪听罢,心里顿时五味杂陈,关于共同投资做节目的事儿,张友德憋了这么长时间就憋出这么一个结果。可这无非就是托词和借口,谁家的钱不是过日子用的?

她心里酸酸的、涩涩的,却还得装作若无其事地劝张友德说:"张老师,您这又是何必呢? 如果真为这事儿让您与夫人吵吵闹闹的,反而倒让我过意不

317

去。因一档节目让你们疙疙瘩瘩，岂不是让我觉得歉疚？岂不是让我无地自容？"

"那就不说了，先这么着，回头再联系。"张友德这会儿倒痛快，说完就把电话挂了。

放下电话，周瑾琪心绪有些乱乱的，越想越觉得张友德话里有话。节目要"裸奔"，不仅不着急，反而像事不关己。不仅这两天不能到公司来，而且那意思分明是说以后也可能不到公司来上班了。不仅不来上班了，而且还不能投资了……这不像是公司的总经理，这不像是以前的张老师。

在几个曾经为《我玩时尚体育》节目热血沸腾的男人中，在几个曾经信誓旦旦要投资的大老爷们儿中，难道第一个要离开兄弟传媒公司的，偏偏是第一个热血沸腾的张友德？

周瑾琪心乱如麻，无意中就拿起了桌上的电话，她的办公室电话是有来电显示功能的，她翻回去找张友德打进来的电话。

张友德拨出的电话号码不是他自己家的电话号码，周瑾琪是知道张友德家的电话号码的，而张友德打电话来时，用的却是一个别的座机号码。

周瑾琪好奇，于是就回拨过去。

接电话的不是张友德，而是一位外地口音的男子。

周瑾琪问："请问是张老师家吗？"

对方十分冷淡："打错了，这儿不是家里的电话！"

周瑾琪接着问了一句："那您这儿是……"

对方变得不耐烦："我们是捣腾足球俱乐部，想看球啊？等着吧，现在还没打比赛呢！"

周瑾琪不由得一笑："省省吧，着不了那急！"

"那你瞎打什么电话呀？"

"是你那儿给我打过来的电话……"

"打电话的人下班了！"

周瑾琪终于恍然，原来张友德不是生病，而是去了这家捣腾足球俱乐部。怪不得一年半载好不了，怪不得老婆不同意他投资，怪不得不让去看他……敢情这张友德也不是地道人！而自己却一直把他当老师，并把事关《我玩时尚体育》节目未来的这样一件事儿第一个告诉了他，这岂不是被他卖了，还傻乎乎地帮他数钱？

周瑾琪懊悔不已，顺手抽了自己一个小嘴巴。

难怪有人说，不管看上去是多么男人的男人，如果说到关键事儿就要回家跟老婆商量商量的人，多半是不想合作或不可以合作的人，也是靠不住的人。这样的男人只会放空炮，不论是怎样的起哄，不论是怎样的壮志豪情，终究是不能当真的。因为，他不对自己说过的话负责，他也不想对自己说过的话负责，所以才会把老婆搬出来。他说的比唱的好听都没有用，他还有老婆，他的老婆会说 NO。倘若把他的话当真，那结果便如你上树，他抽梯，把你架在那儿，上也上不去，下也下不来。你急也没有办法，人家老婆不同意，你总不能搞得人家两口子闹离婚吧。

这话确实有些道理，起码在张友德这儿就是活生生的例子。或许他根本就没有和老婆商量，但这并不影响他拿老婆说事儿。

老婆不同意还真是没有办法，事关人家的家庭，老婆当然有话语权……

最早和周瑾琪一起做这档节目，张友德其实是走一步看一步，至于出不出钱、投不投资，只能是见机行事。如果周瑾琪早早地跟他商量投资的事儿，那他还真是挺为难，不是因为别的，只因痛痛快快地说投或不投都很难。说投吧，有可能赔，赔钱的买卖他不干，哪怕是赔一分钱，他也心不甘情不愿。说不投吧，等于打自己的脸，可他压根儿不情愿打自己的脸。

蓝可不高兴，不怕打自己的脸，不想投就说不投了。可他是张友德，他要脸面，打自己的脸他做不到。

后来喊着要投资的人多了，他就跟着浑水摸鱼。

有了那家捣腾足球俱乐部，有了俱乐部的那家开发公司，已经摸到了一条味道鲜美的鱼，可他张友德还想再等等，再看看，他还舍不得"爱跑"，因为"爱跑"的面纱没有揭开。倘若"爱跑"是条大鱼，周瑾琪签下的是一个大单，掏出十万能拿回二十万、三十万，而这时候走了，岂不是个傻瓜蛋！

现在好了，"爱跑"走了，他也可以放心地走了。这样走，走得如释重负，兄弟传媒公司没有什么牵挂了；这样走，走得心里不酸，不用看着他们挣钱眼馋了；这样走，走得舒坦，转过身之后的路已经铺垫了。

可就是这样走，仍然不能让自己说出的话再咽下去，仍然不能自己打自己的脸。

所以，他绕个弯儿说病了。

所以，他说老婆不同意。

319

48

"爱跑"走了,张友德走了。

张友德走后的第二天,郁小朋兑现了自己的诺言。

上次开会说到投资,他说会在十天半月内,给周瑾琪一个明确的说法。结果,他兑现了,还没有过十天,他便告诉周瑾琪一个明确的说法——他要走了。

张友德走了,郁小朋也要走;张友德不投资,郁小朋也不投资了。

不过,郁小朋没有像张友德那样悄悄溜走,并且他提出要走的理由和张友德悄悄溜走的理由不一样,不出钱投资的理由也不一样。

郁小朋要走,没有说谎,因为他比张友德年轻,还可以蹦蹦跳跳,说身体不适需要休养鬼都不信,所以他没有说鬼话。

郁小朋不投资,也没有不出息到和张友德一样拿老婆做挡箭牌。

郁小朋没有老婆,他不能拿老婆说事儿。

当然,郁小朋并不是一直就没有老婆。男人娶、女人嫁,任何人都少不了人生的这一桩事儿,郁小朋也是一样。

他在北方电影制片厂的时候,曾经是有老婆的,但老婆不是电影制片厂的人,而是一个工厂的工人。郁小朋其实是不甘心找个工厂的工人做老婆的,他很想近水楼台,在电影制片厂找个演员,甚至在那不计其数的青春梦中,还曾梦见过与李铁梅结婚生子,可那都是梦。从梦回到现实,只能找一位愿意嫁给他的女人当老婆。

但问题是,找位工人当老婆,倒是可以领到那张鲜红鲜红的结婚证了,却和自己的梦相差很远,总不算称心如意。他嫌老婆不懂电影,不懂得像电影演员那样风情万种,甚至不懂得红妆艳衣、抹唇画眉,只知道厨房,不知道厅堂,只知道柴米油盐,不知道风花雪月、小鸟依人。

老婆则反唇相讥,说那些屁话有什么用?你哪有厅堂让我上?你哪有红妆让我爱?你倒是长成棵参天大树让我依啊,可你却苗不苗,树不树!懂电影顶个屁用,在电影制片厂这么多年你也没混出个人模狗样来,天生就是一个小杂工的命！要不是我还能挣俩钱儿换些柴米油盐,你就得喝西北风……

彼此嫌弃,郁小朋便对家心灰意冷,就在准备"南漂"京城跻身"北漂"一族的那会儿,毅然决然地解放了两个人:他和他的女人。

但婚姻这种东西说不清,有了未必称心如意,而没有却肯定既不称心又不如意。

在京城闯荡这些年,郁小朋身边也有女人,本是有可能"梅开二度"的,但郁小朋对身边偶尔出现的女人动了动心就放下了,总觉得有一些遗憾,不是层次低,就是拿不出手,就像他原来的老婆,始终配不上他这个影视人儿。而漂亮点的、好看点的、年轻点的却没有人想嫁给他这个一直在租房子住的大龄的北漂人。

郁小朋需要女人,没有婚姻就没有自己的女人。

他终究也是一个热血男儿,他还是需要女人的。

因为女人,他曾经不安分。

那是有一年的冬天,他租住的是一间平房,挨着他的平房住的是一位来京打工的外地单身女子。虽说长得不是怎么漂亮,但在郁小朋的现实生活中,这却是他可以比较现实地惦记着的并且是棱角分明的一位女人。由于平房没有暖气,住在平房里的人在寒冬天多是靠生炉子取暖的。一个女人孤孤单单,生炉子也多有不便。平常上班的时候还好,晚上回去就钻进被窝里不出来。可星期六、星期天的就不能这样了,在家时间长,屋里冰冰凉的待不住人,单身女子只好学着生炉子。开始时,烟熏火燎的呛得连咳嗽带流泪,很有些无助和无奈。郁小朋怜香惜玉,就帮帮忙,倒也手脚利落。要说别的事儿或许帮不上忙,可生炉子却是郁小朋的长项,在北方电影制片厂的时候没少生炉子。

就这样,从帮着生炉子开始,一来二去的,郁小朋就和那女子不再生分,有时周六、周日的,赶上那女子在炉子上做些吃的,也常常地给他送些去。

吃什么不重要,重要的是心里暖和。

平房的晚上很寂静,尤其是冬天的晚上。静静地躺在床上,郁小朋就常常想邻家女子。

俗话说,兔子不吃窝边草,但那说的是兔子。兔子除了四条腿跑得快,剩下的便是傻乎乎,以为窝边有几棵草就可以高枕无忧,就可以做春秋大梦,以至于连鲜活鲜活的窝边草也不吃。可人就不一样了,哪个男人不吃窝边草?

郁小朋这么想着,就很给自己壮胆儿,就不免有些想入非非,并在脑海里

321

周密地想,邻家女子的门怎么敲,敲开门后说什么,说完了以后呢……

贾岛曾为诗句而反复"推敲",郁小朋想进邻家女子的门也如贾岛作诗一样,反复"推敲"、仔细琢磨无数遍以后,便在一个周末的晚上敲开了邻家女子的门。当然,在推门还是敲门上,郁小朋比贾岛聪明,一琢磨就能明白,要进邻家女子的门自然是"敲"而不能"推"——"推"门而入那是用心不良,而"敲"门而入则是两厢情愿。

因是郁大哥敲门,躺在床上还没睡的单身女子便穿上衣服开了门。门开了,郁小朋就照着早已想好的话说:"这么冷的天过来看看妹子,你我同是天涯沦落人的,都挺不容易。要不……咱就搭个伙吧,也暖和点儿……"

邻家女子吃了一惊,又羞又恼,又好气又好笑,正发愣时,郁小朋还是照着自己想好的方子抓药,扭扭捏捏欲罢不能,蠢蠢欲动要上前抱。

这突如其来的举动着实又把邻家女子吓了一跳,又好气又好笑没了,只剩下又羞又恼,劈头盖脸就把郁小朋骂了一顿。

好在郁小朋"敲"门而入时,也没想不达目的不罢休,见邻家女子如此生气,只好灰头土脸地回到自己屋里。

其实郁小朋是本分人,求爱求欢的心有,可耍流氓的胆并没有。回到自己屋里的郁小朋也是羞愧不已,觉得臊得慌,自言自语骂自己一番,不该忘了当初与老婆离婚时发下的毒誓,大男儿不立业就不能儿女情长。

郁小朋骂完了自己,心中仍然是翻江倒海,乱七八糟,很有些愤愤不平。心想,你又不是演员,你又不算漂亮女子,装什么装?等我郁小朋有一天发达了,一定要讨个漂亮的老婆,不是演员,也要和演员一样漂亮。到那时,你这么一个邻家女子,就是哭着喊着要我抱,我还不稀罕抱呢。

从那以后,郁小朋就收敛了一些男人的烈火,有了这段被邻家女子骂的经历,在还没有自己的漂亮老婆的日子里,他从不拿老婆说事儿。

关于投资的事情,郁小朋装模作样地考虑了几天后,便和周瑾琪实话实说:"周总,那出资的事儿呢,我……我就跟您说实话吧。虽然自己是一个人,不用考虑老婆孩子的吃穿花销,但自己一个人也没什么钱。好媳妇难为无米之炊,没钱想出点儿资便是有心无力。这几天原本是想和朋友借借的,如果能借到钱,也不用这么为难,我是愿意出资的,可这年月借钱也不容易。"

听了郁小朋的话,周瑾琪本想笑笑安慰他几句,可她试了试,实在笑不出来。她想,还是夏侯阳说的是对的,这个事情早谈清楚比晚谈清楚好,真金白银才是检验嘴上功夫还是实际行动的试金石。

周瑾琪笑不出来，郁小朋就有些手足无措，他的手摸着他的脸，他的脸红红的。当然，郁小朋的脸总是红红的，不是羞愧的那种红，而是久经日晒雨淋的那种红，就像是长期在野外工作的人，脸上总有那种健康的红色。

郁小朋有些局促不安的样子，向周瑾琪作了一番检讨："挺不好意思的，既没有钱出资，这段时间也没有拉来一个像样的广告。虽然我是很有信心的，可是不出活说什么都没有用。怎么说呢？总觉得吧，心里有愧，愧对您周总……真的，我说的是真的！"

看着郁小朋那双大大的、黑白分明的眼睛总是游离不定，听着郁小朋这样真诚地否定自己，周瑾琪终究不忍心让他如此惭愧，就劝了几句，又鼓励了几句，并说："不是一定要让你们出资，只是有些事情需要说清楚，亲兄弟还要明算账嘛。出资有出资的条件，不出资有不出资的待遇，我们要把它确定下来。不能出资也欢迎你继续干下去，就算是公司聘请你搞经营嘛。"

有了周瑾琪的这几句话，郁小朋顿时踏实了许多。不过，他倒不是因为周瑾琪说他可以留下来而踏实，而是周瑾琪的几句话分明透着一些宽容和大度，起码没有在出资的事情上要求他兑现诺言，也没有因为他不出资而要跟他郁小朋计较一番，这让他如释重负。

他不再那样局促不安，咂巴咂巴嘴，琢磨了一小会儿，笑嘻嘻地说："要不这样吧，周总，我呢，就不在这儿上班了。不瞒您说，有一个有钱的煤老板要请我过去做他影视公司的老总，他有钱，但他不懂影视，所以请我，我就到他的影视公司去上班。反正他有钱，你的节目呢，也需要钱，这样我们倒是可以合作！说实话，我很感激您周总，您是做大事的，您的能力，您的魄力，您的为人，都没得说，我很信服您！我郁小朋做事儿喜欢光明磊落，喜欢实话实说，我去了那家影视公司，我们肯定有机会合作，因为我能说了算……"

周瑾琪听着，周瑾琪无语。

郁小朋停顿了片刻，接着把他的话说完："我也没有别的要求，工资、报酬什么的我都不提了，反正也没做成什么事儿。只是，这段日子请客户吃饭什么的花了不少的钱，能够给我报销点儿呢，就报销点，不能报销呢，那就算了，您周总看着办。您周总是干大事的，自然不会斤斤计较。"

这时，周瑾琪的心里已经不是失落，而是难以名状的气恼：这都是些什么样的人啊？想来时一个个都说得天花乱坠，一个个都是人物，一个个都是了不

起的样子。那时候,你若说他没钱,或许他会跟你吹胡子瞪眼,或许他会跟你玩命。而真正说到出资了,却一个个鞋底下抹油,溜得要多快有多快。更不地道的是,溜就溜吧,却偏偏一个比一比贼,身在曹营心在汉,明明眼馋锅里的,却还要吃着碗里的……

这会儿,她没有想再抽自己一个小嘴巴,而是想站起来抡圆了胳膊抽郁小朋一个大嘴巴!

但不管怎么想,也不管怎样的气恼,周瑾琪却依然坦坦然然地坐在那儿,漠然一笑道:"你去煤老板的影视公司当老总,当然是好事啊!不求我们能有什么合作,若有一天你郁总把煤老板的影视公司做大了,别忘了开个价,把兄弟传媒公司收购了。"

"那没得说,到时候还不是一句话嘛!"郁小朋开始神气活现起来,眉宇间很是舒畅,接着问,"您看,那报销的事儿……"

"报销的事情先放放吧,我现在顾不上。"

"不急,不急,我抽个时间再过来呗。"郁小朋说着,便喜滋滋地起身而去。

周瑾琪无所谓的样子看着走出办公室门口的郁小朋的背影,突然很想夏侯阳……

49

天下熙熙,皆为利来;天下攘攘,皆为利往。

在乍暖还寒的春季里,一阵倒寒流卷走了《我玩时尚体育》节目的金缕玉衣"爱跑",可节目的创始人之一张友德却在春季里春风得意,他一身轻松满面红光去了捣腾足球俱乐部的公关公司,做了负责宣传公关的主管,并且有一份不菲的薪水。有了这样一份不菲的薪水,虽不至于富到哪儿去,却可以让老婆高兴,让自己有一份好心情,可以为自己买那种纯正而又香气浓郁的香水,让自己风度翩翩并青春不老。

在乍暖还寒的春季里,同样春风得意的还有郁小朋。

郁小朋离开了兄弟传媒公司就成了晋京影视公司的老总,看似一转身,其实则不然。能够前脚离开兄弟传媒公司,转身就坐在晋京影视公司老总的办公室里,这都得益于此前的未雨绸缪——还在兄弟传媒公司的时候,郁小朋就为晋京影视公司做了许许多多的准备。煤老板的300万注册资本金到位后,郁小朋就忙着跑执照,租房子、订设备。自己忙不过来,就叫来了蓝可。经过一阵子紧锣密鼓的明修栈道、暗度陈仓以后,万事俱备了,只待走马上任了,才羞羞答答地找到周瑾琪,辞了兄弟传媒公司而投到煤老板的晋京影视公司,开始寻找自己的梦想。

郁小朋要到晋京影视公司的事儿早就是板上钉钉的,只是等一个机会与周瑾琪摊牌。其实,郁小朋想走就走,与周瑾琪说与不说都无所谓。可郁小朋并没有那样做,男人嘛,还得有个男人样,来得光明也要走得磊落。况且,自己是去影视公司做老总,正朝着他的梦想前进,这么好的好事儿已经在肚子里憋了许久了,临走时再不说出来让大家知道还真有点儿憋不住。该显摆的时候还是要显摆,人活着不就是为一个面子嘛。

当然,郁小朋不想悄悄溜走的原因还是想要几个钱,顺便能要几个钱走则是好上加好。

就在郁小朋琢磨着怎么和周瑾琪明说的时候,周瑾琪给他一份增资协议。那份协议在他看来就是他已写好的辞职报告,就是他要走的理由和说辞。

辞职报告有了,理由有了,说辞有了,只等个机会和周瑾琪说拜拜。

恰在这时,周一的晚上,郁小朋意外接到了张友德的电话。

"爱跑"走了,张友德十分轻松,说话的口气也很轻松:"小朋啊,'爱跑'的事儿你知道吗?"

"什么事儿呀?我还没听说呢。"

"还能有什么事儿呀?'爱跑','爱跑',撒丫子就跑呗。"说完,张友德就哈哈笑。

"是吗?挺可惜的。"

郁小朋不惊不喜,这事儿已跟他没有关系。但他并没有像张友德那样如释重负,甚至是幸灾乐祸,只是真真假假地叹息几声,接着说:"周瑾琪挺不容易的,节目做下去也挺不容易的……"

"你知道就行了。唉,谁让她捂着盖着、闷声不响呢?要是早和大家说说是怎么回事儿,我们也好帮着出出主意啊,可她不说。现在想说了,可又晚了……"

郁小朋漫不经心地聊了几句，便挂了电话。

之所以漫不经心，是因为郁小朋在动自己的小心眼儿。他想，若是"爱跑"走了，说不定有人也会跟着走。如此一来，要走就宜早不宜迟，早走是走，晚走是起哄，早走相对顺利，起哄走着麻烦。

这么想着，第二天他就鼓起勇气去找周瑾琪。

可郁小朋没有想到，不管他怎么动心眼儿，他都比不上"老而奸"的张友德，张友德已经走在了他的前面。

不过，话说回来，早走也好，晚走也好，除了动动心眼，没有什么区别。谁早走或谁晚走，结果都是一样的，无非就是人往高处走，水往低处流。

张友德的走与郁小朋的走，说到底都是为了往高处走。

何谓高处？钱就是高处。

捣腾足球俱乐部有钱，张友德去了捣腾足球俱乐部的公关公司；煤老板有钱，郁小朋投靠了煤老板。

但也有不同。不同之处在于，张友德为钱直来直去，就是为了往自己的兜兜里多装点儿钱；而郁小朋则是又不全是，兜兜里多装点儿钱固然好，可他更想要的是名，有了名就会有更多的钱。

实事求是地说，郁小朋的高处最终也是钱，也是做一个有钱人。但这个时候的郁小朋，还真没有想过要往自己的兜兜里装多少钱。因为他还有梦想，这梦想便是成为一个影视人中的名人。他知道，靠自己挣钱他是成不了真真正正风光无限的影视人的，而他需要的是傍大款，需要有大款出钱让他做影视，需要借力发力。一旦借助有钱人的钱跻身影视界，成了真正的影视人，就有可能红红火火，红红火火了，他郁小朋自然就名扬千里万里。

如果成了影视名人，不用说，水到渠成的就是名利双收。名利名利，有名就有利，没有名哪有利呢？

不管是为名也罢，为利也罢，其实想想都可以理解，也无可厚非。人嘛，谁没有自己的追求和想法？谁没有自己的梦想和期望？谁又能对名利无动于衷？而在名利面前，又有几人一诺千金？梦想是美好的，生活是现实的，什么时候说什么话。

郁小朋毕竟比张友德年轻，毕竟有自己多年的梦想，那个一定要在影视界出人头地的梦想始终激励着他。正因为有这样一个梦想，他就显得比张友德更有出息。张友德去了捣腾足球俱乐部，无非就是再发挥一点儿余热，用那点儿余热换回一沓工资。但郁小朋就不这么想，他还有追求的事业，这事业让他从东北到了京城，在"北漂"一族中苦苦地熬着，就是想有一天会有出息。

果然，他郁小朋就要有出息了。

自己的梦想眼看着就有可能在这一次的机遇中变成现实，他自然不会再憋屈在一个节目公司，自然不会把钱投到兄弟传媒公司、投到《我玩时尚体育》节目，更不会把有钱人煤老板介绍给周瑾琪，尽管他说过要投资，尽管他还说过一定要为《我玩时尚体育》节目找来钱。

当然，在关于出资问题上，郁小朋对周瑾琪也说了一些实话，比如，没钱就说没钱，不像以前那样打肿脸充胖子。因为这时候的郁小朋虽然没钱，却可以直起腰板，也不用觉得低人一等，背靠有钱的煤老板，今儿个没钱不等于之后没钱。再说了，昨儿个说过什么甭在意，今儿个说过什么也甭在意，大丈夫要成大业，理当不拘小节。

这年头说过什么不重要，有没有钱没关系，只要有个好运气，运气来了是自己的。

这不，功夫不负有心人，郁小朋的好运气已经来了。

煤老板就是煤老板，300万的注册资本金很快就到账了。为什么是300万？这300万是郁小朋气沉丹田以后提出来的，要注册一个影视公司，就要办理影视制作许可证，300万是最低的门槛。那煤老板一听，就像放个屁一样轻松，二话不说，300万就300万，这是开办公司用的，若是拍大片或拍个电视连续剧什么的，该投时就接着投。

煤老板的大气，终于让郁小朋喘出一口舒畅之气，心里美滋滋的，连做梦都想笑。他怀着一颗激动不已的心，喜不自禁地上任高就晋京影视公司的总经理。

接下来的问题则要现实得多，公司成立了，该具体地做点儿什么呢？郁小朋急三火四地跑项目找业务。

拍电视剧显然不行，郁小朋有过月牙儿岛的教训。先不说投资电视剧的选题、发行和收益，就是一个基本的班子也是搭不起来的，月牙儿岛的草台班子乌七八糟，至今想起来还有些心有余悸，这是他目前还玩不了的。再说了，拍电视剧没有大腕出演不行，观众看的就是明星的脸，可他郁小朋到哪儿去找大腕？就是找到了大腕儿他郁小朋也镇不住，更侍候不了，还不是干着急没办法？

327

郁小朋也知道自己的弱点，或许是在北方电影制片厂干杂活时留下的后遗症，偶尔碰见一个有点儿名气的腕儿吧，总是不由自主地毕恭毕敬到鞠躬屈膝，心里虚，没出息，不能调动大腕如行云流水。

都说有钱能使鬼推磨，但真让鬼推磨了，那也是心惊肉跳。

所以，晋京影视公司不能先拍电视剧，台子不好搭，演员不好侍候，发行没有路子……反正这一次不能像月牙儿岛那样，一开张就砸了锅。

至于电影，郁小朋虽然出自北方电影制片厂，可他同样不敢想。

倒是他的老搭档蓝可，却是老骥伏枥，跃跃欲试。蓝可毕竟是北方电影制片厂的导演兼编剧，多少年了，没有再过过拍电影的瘾，这一次有心再试一把。就算是老当益壮，何况他还没有太老。

可郁小朋却不敢让他老夫聊发少年狂，不为别的，还是怕腕儿不好侍候，还是有心无力，还是怕拍砸了。别人的水平他不了解，蓝可的能力加上脾气他太了解了。

虽然拍不了影视剧，但郁小朋还是活动着小心眼儿。影视剧本能划拉的就往公司划拉，影视公司不能没有剧本，拍不拍再说，拍不了却不能说拍不了。

即便不能拍影视，那也不能没有业务。开张大喜，怎么着也得三拳两脚踢打出点儿名堂来给大老板看看。郁小朋左思右想，又想起了以前做的专题片。

俗话说做熟不做生，轻车熟路嘛，郁小朋还是觉得做节目拿手，就打起了拍专题片的主意。结果还是在那位大策划的指导下，在一堆朋友的指点下，策划了一部关于《家宴》的系列专题片。

从大处着眼，从小处着手，影视是梦想，节目是过渡……郁小朋很得意于自己务实而又清晰的思路。

至于《家宴》是发行还是在某个电视频道播出，就先不考虑那么多了，开了业再说。开业大吉，不开业怎么大吉？发行还是播出的事走一步看一步，活人不能让尿憋死。

有了新的投资商，有了晋京影视公司，又确定了公司的业务，郁小朋满面春风，在春风得意中，仿佛看见梦想再一次向他招手……

相比郁小朋的春风得意，这时的周瑾琪就笑不出来。

张友德走了，郁小朋走了，这对周瑾琪来说，自然不算是什么好事。尤其是张友德，从一起策划节目的时候开始，就一直说在他人生的最后，就做这么一件漂亮事儿了。一个人,也许一辈子都做不了几件漂漂亮亮的事儿,但我们却要共同做好这件事儿,搞了一辈子传媒,最后还是要在传媒上画一个圆满的句号。

可是,他没有画一个句号,而是留下一个省略号。

其实,从一开始,周瑾琪也没有指望张友德会有多少钱的投入,说白了,张友德毕竟和她不一样。张友德已经是提前退休的人了,做事儿也罢,不做事儿也罢,一辈子已经差不多可以交待了。而她不一样,她需要有自己的事业,并希望事业成功。和张友德合作,主要因为张友德是多年的朋友,是她认为可以信任的人,是可以合作的人,是能在事业上给她一些帮助的人。

但是,张友德让她失望,而且是以这样的方式悄然离开,连句实话也没有。

未曾共事时,一直以长者的口吻和姿态关心着她的张友德,还没有把她扶上马就这样离开了兄弟传媒公司,这对周瑾琪来说,不能不算是一个失落。

可这还没有完,张友德之后紧接着是郁小朋。郁小朋在把她晃了一下后,放下一大叠消费单据也转身离去,这对周瑾琪来说,又是一个失落。郁小朋曾经信誓旦旦地说过,他会为节目找到钱,他有很多很多的关系,可直到他转身离去前,他没有把任何一个关系带给她,更没有找到一分钱,他只把关系留给了自己。

张友德走了,郁小朋走了,但是,公司的运转不能停下。不管是谁离开,节目还要继续,公司也要继续。

周瑾琪深深明白这一点,所以,即便内心总有些许的失落,可她不得不把他们忘了,不得不把更多的时间和精力用在公司的业务上。

有些事情就是这样,放下了,反倒是轻松了。

周瑾琪忘了张友德和郁小朋,眉宇间反而舒展了,她更相信自己。

她不再把失去"爱跑"的失望藏在心里,她把这份失望扔掉;她不再把张友德和郁小朋走后的失落藏在心里,她把这份失落也扔掉。

因为,她还要往前走。

事实上,她也不能不往前走,尽管往前走不容易。

扔掉失去"爱跑"的失望却无法回避节目"裸奔"的现实,节目"裸奔"的现实便是不得不直面经营的压力。每月的占频费是要交的,机房租金是要付的,办公用费是不可少的,编导及员工的工资也是不能拖欠的……每月的费用加

起来是一个不小的数字。

"裸奔"后再看这个数字，周瑾琪有些眼晕，眼晕的时候心情就不阳光，时尚运动的炫和酷也不再是她潜意识里的主旋律，而是常常不由自主地想起一些会让心情不爽的事情来。

比如，有一档叫《他乡》的节目，制作公司的老总在春节后竟然慕名给她打来电话，几乎用乞求的口气说："您节目播不了的广告是不是匀给我们点儿，就算是支援一下，算扶贫也可以啊。"

周瑾琪当时只是笑笑，没有在意，现在她却会莫名其妙地想起这个电话，想起这位打电话的有些饥不择食的老总。她甚至刻意不去想这个电话，不去想这位老总，可是，这个电话如今却挥之不去。每每想起这个电话，她就会浮想联翩，她就会莫名其妙地想起一句经典的电影台词："拉兄弟一把吧！"

这个公司的老总很可能也给"爱跑"的代理商打过电话，因为他饥不择食，因为他没有游戏规则。可这不能怪他，因为，他在挣扎，他在挣扎着把《他乡》节目做下去。

想起这个电话，周瑾琪便有一丝担忧，"裸奔"的《我玩时尚体育》会不会有一天也会像"裸奔"的《他乡》一样四处求救？"拉兄弟一把吧"——是多此一举的杞人忧天，还是未来不久的结局？

这时的周瑾琪，又情不自禁地想起了同行的一句话："如果你爱一个人，你就让他（她）去做节目吧，因为那儿是天堂；如果你恨一个人，你也让他（她）去做节目吧，因为那儿是炼狱！"

她似乎明白了这句话，有钱做节目是快乐的，镜头里应有尽有；没钱做节目是痛苦的，做节目就是烧钱，把镜头给了别人的喜怒哀乐，可没有人知道你在水深火热中挣扎，没有人知道一秒一帧都是钱的苦衷……

忘了张友德容易，忘了郁小朋容易，忘了他们，周瑾琪眉宇舒展。可忘了"爱跑"不容易，不容易忘了"爱跑"，周瑾琪就免不了心事重重。

心事重重的周瑾琪才下眉头，又上心头，往前走，她想远在江南的夏侯阳。

郁小朋走了的傍晚，周瑾琪又收到夏侯阳到江南后发给她的第二个短信。

短信很简单，简单得只有两个字："想了！"

短信自然有短信的好处，电话里不方便说出口时，短信却要方便得多，不用看对方是否脸红，也不用看对方是否生气，不用担心别人会听见，也不用有什么不好意思。

在信息发达的时代,有多少的爱在短信里飞来飞去,飞来飞去的短信里,又有多少数不清的五花八门的爱。

周瑾琪忽然觉得一周多的时间是那样的漫长,仿佛已经恍若隔世,她很快回了短信,短信也很简单:"是不是真的想都想不起来了?"

夏侯阳看了短信,不由得抿嘴一笑,他知道,周瑾琪也在想他。

可是,他并不知道,这时的周瑾琪想他想得却很苦恼,既盼着他早点儿回来,又怕他回来⋯⋯

其实,周瑾琪一直在想他。

春节前的拥抱过后,周瑾琪就常常地想起夏侯阳。拥抱过了,她想他的时候就想得丰富多彩,不仅仅想他那份藏而不露的睿智,不仅仅想他那种偶尔闪过的羞涩,而且还想他的抱。他的抱是那么的富有激情,让她如梦如幻。想他的吻,他的吻是那么的富有创意,让她如醉如痴。想他宽宽的怀,想他不是柳下惠,想他的手从她胸间滑过时那种全身酥软而又窒息般难以名状的感觉⋯⋯

张友德和郁小朋接连溜走的时候,她想夏侯阳,这时的想还因为觉得孤单,她想靠在他宽敞的怀里,她想让自己有个依靠,她想靠靠他的肩。

而与"爱跑"的分手如同失恋,美好的感觉刚刚开始就已经结束,这失恋来得太快,这失恋来得太无情,这愉悦的恋爱太短暂。

走的走了,散的散了,周瑾琪扑朔迷离的视线里希望看见夏侯阳⋯⋯